Laurann Dohner a grandi avec Fifi Brindacier et *Alice détective*, Stephen King et Agatha Christie. Passionnée de romance, elle se lance dans l'écriture après la lecture d'un roman médiocre, persuadée de pouvoir faire mieux. Après une première série de romance dans un univers de science-fiction, elle s'aventure dans le monde de la bit-lit. Elle vit en Californie avec son mari et ses quatre enfants.

Du même auteur, chez Milady :

Hybrides :
1. *Rage*
2. *Slade*
3. *Vaillant*
4. *Justice*
5. *Brute*

Laurann Dohner

Vaillant

Hybrides – 3

Traduit de l'anglais (États-Unis) par Hélène Assens

Milady

Milady est un label des éditions Bragelonne

Titre original : *Valiant*

ISBN : 978-2-8112-2948-1

Bragelonne – Milady
60-62, rue d'Hauteville – 75010 Paris

E-mail : info@milady.fr
Site Internet : www.milady.fr

Chapitre premier

En vingt-huit ans, Tammy Shasta n'avait pas manqué d'occasions d'avoir peur, mais celle-ci les dépassait toutes de loin. Elle savait que son boulot pourrait être dangereux. Ces jours-ci, tout comportait une part de risque. Conduire sur l'autoroute, traverser la rue – on pouvait se faire percuter par une voiture –, et même nettoyer les fenêtres pouvait être hasardeux. Elle mettrait sa main à couper que quelqu'un, quelque part, avait cassé une vitre par mégarde, s'était méchamment blessé et s'était vidé de son sang sur son poste de travail.

Il faut toujours s'attendre au pire. C'était devenu sa devise dans la vie. Simplement, elle n'aurait jamais pensé que son boulot serait véritablement périlleux. Pas vraiment. À quel genre de méga tuile pouvait-on s'attendre quand on servait de la nourriture et des boissons ? Elle en avait dressé la liste dans sa tête. Elle pouvait glisser et trébucher ou se brûler si elle renversait des aliments chauds. Le pire scénario qu'elle avait jamais imaginé, c'était peut-être de se prendre une balle perdue si jamais elle bossait lors d'une réception donnée par la mafia, mais la probabilité que ces truands vivent dans une petite ville du nord de la Californie était quasiment nulle. Et pourtant… elle se retrouvait à présent en proie au genre de terreur qu'elle n'aurait jamais cru connaître dans la vie réelle. Pas même dans ses pires cauchemars elle n'avait anticipé une telle situation, pas même dans ses délires les plus fous.

Elle resta paralysée ; elle avait beau hurler intérieurement à son corps de faire demi-tour et de prendre ses jambes à son cou, il refusait de réagir. *Non. N'y compte pas.* Tous ses plans les mieux élaborés, où elle s'était représentée forte et prête à toute éventualité, s'étaient fait la malle avec son courage. Elle n'avait pas la trempe d'un superhéros. Elle ressemblait plus à une statue de jardin ou à un mime stupéfait d'horreur.

Elle avait la bouche ouverte mais aucun cri n'en sortait. Elle était même incapable d'émettre un gémissement. Rien. Son cœur battait si vite qu'elle craignait qu'il bondisse hors de sa poitrine, et pourtant aucun son ne franchissait ses lèvres. Elle ne pouvait même pas respirer et elle avait vraiment besoin d'air. Peut-être que si elle en aspirait un peu elle parviendrait à hurler mais… non. *Quelle poisse !*

Elle avait toujours entendu dire qu'on voyait sa vie défiler devant soi quand on se savait sur le point de mourir. Aucune image de son passé ne s'imposa à son esprit. *Non.* Ses yeux restaient rivés sur le gigantesque homme-animal qui grognait dans sa direction.

C'était bien un homme, mais pas tout à fait : aucun type normal n'avait de dents pointues ni ne pouvait la faire mourir de peur au seul son horrible qui s'élevait du plus profond de sa gorge, telle une bête féroce. Il était aussi beau que sanguinaire.

Pour ressembler au colosse qui la terrifiait, un type moyen devrait se gaver de stéroïdes. Il devait mesurer près de deux mètres, avait des bras extrêmement musclés et son large torse était pareil à une montagne. Sa peau avait un hâle doré, mais c'étaient ses cheveux qui le rendaient séduisant. Ils étaient de la couleur des feuilles d'automne – d'un roux orangé, et parsemés d'épaisses mèches blondes –, lui arrivaient aux épaules et étaient séparés par une raie légèrement de côté.

Mais le truc vraiment flippant chez lui, c'était son visage. Il avait presque l'air humain, mais pas tout à fait. Ses yeux étaient de la couleur de l'or en fusion et avaient la forme des yeux d'un chat, mais avec de très longs cils. Il avait le nez très évasé, le plus plat qu'elle ait jamais vu. Des pommettes saillantes dominaient ses traits mais étaient en harmonie avec son menton fort et carré. Ce qui attira l'attention de Tammy sur ses lèvres particulièrement pleines, presque boudeuses, entrouvertes, révélant des dents pointues d'une extrême blancheur. Encore une fois, pas le genre de dents que les gens normaux avaient.

— Reculez, Tammy, ordonna son patron, Ted Armstrong. Ne faites aucun mouvement brusque et venez vers moi. Maintenant.

Que je recule ? Il s'attend à ce que je bouge ? Elle prit conscience qu'elle s'était remise à respirer quand ses poumons cessèrent de lui faire mal à cause du manque d'oxygène. Elle eut envie de tourner la tête pour décocher à Ted un regard incrédule mais n'y parvint pas. Elle ne pouvait pas non plus arracher son regard terrifié du gigantesque homme-animal qui se rapprochait peu à peu, à pas furtifs, et la fusillait de ses grands yeux de chat à la beauté étrange. Il avait un visage furieux à faire froid dans le dos, et il grogna encore dans sa direction.

— Bon sang, Tammy. Reculez lentement tout de suite. Baissez juste les yeux et rejoignez-moi. Vous pouvez le faire.

Elle aurait aimé le croire, mais son corps refusait toujours d'écouter alors qu'elle lui hurlait intérieurement d'obéir. Seule sa poitrine se soulevait tandis qu'elle sentait son cœur tambouriner et l'air passer entre ses lèvres entrouvertes. Elle cligna des yeux, ce qui était un progrès, mais c'était tout.

— Vaillant ! appela un autre homme d'une voix forte. Calme-toi et éloigne-toi de l'humaine. Elle ne te défie pas. Elle a juste une trouille bleue.

La nouvelle voix avait un timbre puissant et grave, et l'homme avait l'air en colère.

L'homme-animal grogna encore en avançant d'un autre pas vers Tammy. Elle voulut fuir mais ses jambes semblaient clouées au sol. Elle tenta de s'arracher aux yeux dorés plongés dans les siens, mais en fut tout bonnement incapable.

Tout le monde avait entendu parler des Hybrides. Il aurait fallu ne jamais lire les journaux et ne pas avoir de télévision pour ignorer que c'étaient des humains qui avaient servi de cobayes à Mercile Industries. La compagnie pharmaceutique avait financé des laboratoires clandestins pendant des décennies pour conduire des recherches monstrueuses dans le but avoué de découvrir des remèdes aux maladies. L'affaire avait éclaté au grand jour quand d'innombrables rescapés avaient été libérés.

Merde, pensa-t-elle. *C'est manifestement un Hybride.* Elle savait que c'était le nom qu'ils s'étaient choisi, tous ces hommes et femmes survivants qui avaient été physiquement modifiés avec de l'ADN animal dans ces instituts de recherches.

Ils n'y étaient pas allés de main morte avec celui-ci. Il n'avait absolument rien de normal. Tammy n'avait jamais rien vu de semblable avant et ne voulait plus jamais rien voir de tel. Il ressemblait à un homme… mais non. Ce qui la poussa à se demander à quel point ses caractéristiques animales le gouvernaient.

— Qu'on apporte un fusil hypodermique. (C'était une femme et elle semblait effrayée.) Tout de suite. Vite.

— Vaillant ? (C'était de nouveau l'homme à la voix grave.) Écoute-moi, mon pote. Elle n'a pas voulu s'introduire sur ton territoire. Elle s'est perdue quand quelqu'un a merdé avec les plans et elle s'est retrouvée ici. Tu sais que Justice donne une réception et a engagé un traiteur. C'est juste une humaine terrifiée qui est venue servir à manger. Elle ne cherche pas à te défier. Elle ne peut pas détourner les yeux ni partir parce qu'elle est clouée de peur. Calme-toi et recule. Comme ça, elle pourra s'en aller.

Justice North était le leader attitré de l'Organisation du peuple hybride. Il avait acheté l'ancien centre de vacances et toutes les terres qui l'entouraient pour que son peuple puisse y vivre et l'avait transformé en une enclave hybride qu'ils avaient nommée la Réserve. Il était aussi leur porte-parole et se chargeait de toutes les interviews télévisées. Il avait fait appel à la société de Ted pour organiser sa première réception à la Réserve, et c'était ainsi que Tammy avait atterri au mauvais endroit.

Elle déglutit, reconnaissante que son esprit fonctionne encore et connaisse toutes ces informations. Elle pouvait au moins suivre la conversation dont sa vie dépendait probablement. Il semblait bien que ce serait la dernière fois qu'elle travaillerait pour Ted, sinon. *Zut, ça pourrait bien être mon dernier jour tout court.*

— Tu m'entends, Vaillant ? Tu sais à quel point Justice va être en pétard si tu écharpes une personne qu'il a embauchée ? Nous sommes censés organiser ce dîner pour que les gens de la ville ne craignent pas notre présence ici. Ça va vraiment mettre le feu aux poudres si tu l'attaques. (L'homme à la voix grave soupira.) Laisse-moi venir la chercher. Ça te va ? Je peux entrer dans ton jardin pour l'emmener ?

— Non, lança l'homme-animal avec hargne.

Il rejeta la tête en arrière et un rugissement strident ébranla la forêt.

Tammy bougea enfin, sauf que ce n'était pas dans la direction dans laquelle elle voulait aller, à savoir vers la camionnette de son boulot et les secours qui étaient arrivés, de l'autre côté du portail qu'elle avait franchi. Ses genoux se dérobèrent sous elle. Elle tomba dans l'herbe mais ne s'étala pas de tout son long. Elle resta agenouillée.

Ce devait être une sorte de lion ou de tigre. Elle avait reconnu son cri. Il avait un rugissement plutôt caractéristique. Elle examina son teint, son nez large et finalement ses dents pointues. *Merde. C'est à coup sûr un genre de mélange de grand félin.* Lion, pensa-t-elle. Elle leva les yeux vers lui, et craignit de se faire pipi dessus de terreur à l'état pur. Ce qui ne la surprendrait pas du tout. Ce n'était pas comme si sa journée pouvait être encore pire.

— Reste calme, exhorta l'homme à la voix grave. Je n'entrerai pas. Parle-moi, Vaillant. Sinon on va te planter une seringue sédative dans le cul et je sais que ça va te rendre fou de rage.

L'homme-animal avait un nom. Lequel n'était pas humain non plus, ni normal, mais Tammy assimila le fait que c'était le sien. *Quel genre de nom c'est, Vaillant ?* Elle savait que ça signifiait courageux, une qualité qui lui faisait alors défaut. Elle souhaita furieusement ne pas être vraiment là, ne pas avoir sous les yeux un cauchemar si horrible qu'elle serait incapable de l'imaginer.

Vaillant arracha enfin son attention de Tammy pour fusiller quelqu'un du regard derrière elle, sur la gauche.

— Ne me tire pas dessus.

Les accents menaçants dans sa voix ne faisaient aucun doute.

On poussa un profond soupir.

— Laisse partir l'humaine. C'est quoi ton problème, au fait ? Elle a dit un truc avant de franchir le portail ? Elle ignorait que c'était ta maison et pas le club-house. On lui a donné le mauvais plan. D'après ce que je peux en dire, tout ce qu'elle a fait, c'est sortir de la camionnette et marcher vers ta porte d'entrée avant que tu la rejoignes. Elle t'a fait chier ?

— Elle est là, Tigre. C'est suffisant.

Vaillant grogna.

— Et c'était un accident. (Tigre tenta d'être rationnel.) Un des nôtres s'est planté, et c'est notre faute. On n'a pas pris connaissance de ce qui s'était produit avant qu'elle se pointe. C'est la première à être arrivée après l'humain qui dirige la société de traiteur. Il s'appelle Ted Armstrong. Il est déjà venu ici quelques fois, et il a remarqué que ce n'était pas le bon plan lorsqu'il y a jeté un coup d'œil. On a immédiatement alerté les gardes à l'entrée, mais ils m'ont informé que sa camionnette était déjà passée. Maintenant nous voilà tous ici. Allez, Vaillant, tu l'as assez terrorisée. Justice a dit qu'on devait essayer de s'intégrer. Tu te rappelles cette conversation ? Dieu sait que je m'en souviens. C'est impoli de foutre une trouille bleue aux humains.

— Il ne va pas vraiment l'écharper, si ?

Ted avait l'air carrément nerveux. Ce qui n'était pas peu dire, parce que son patron gardait toujours son sang-froid quand il était sous pression.

— C'est vrai quoi, Seigneur ! Vous plaisantiez, n'est-ce pas ?

Tigre jura tout bas.

— Bien sûr que je déconnais. (Son ton ne parut pas du tout convaincant à Tammy.) Alors, qu'en dis-tu, Vaillant ? Elle pourra s'apaiser un peu et s'en aller si tu acceptes juste de reculer. Tu veux bien me laisser venir la chercher ? Ça ne prendra qu'une seconde. J'entre en vitesse, je l'attrape et je repars d'un bond.

Vaillant grogna encore et porta de nouveau son regard sur Tammy. Elle déglutit. Cligna des yeux. Sa respiration était redevenue régulière. Elle passa en revue toutes les fonctions qu'elle contrôlait, mais ses membres refusaient toujours de lui répondre. L'homme-animal s'immobilisa à près de deux mètres d'elle et elle lui fut reconnaissante d'avoir cessé d'avancer pour se contenter de la fixer du regard. *C'est un progrès, pas vrai ? Bon Dieu, je l'espère.*

Elle bougea la bouche, qui s'ouvrit bel et bien. Elle tenta de lui présenter ses excuses pour s'être introduite chez lui, mais rien ne sortit. *Bon sang.* Elle avait toujours cru qu'elle réagirait autrement en situation de crise. Elle avait toujours été une Madame je-sais-tout, jamais en manque de repartie. Elle avait acquis une réputation de grande gueule, même quand elle avait peur, en toute circonstance. *À l'évidence, je me suis trompée*, concéda-t-elle. Lorsqu'elle avait imaginé les pires scénarios possibles, aucun n'avait inclus des hommes-animaux aux dents pointues et aux yeux de chat qui rugissaient.

— N'approche pas, menaça Vaillant.

Il inspira avec lenteur, le regard toujours braqué sur Tammy. Il esquissa un autre pas vers elle.

— Vaillant ! cria Tigre, l'homme à la voix grave. Arrête immédiatement. N'avance pas plus. Bon sang, ne fais pas ça.

Vaillant tourna vivement la tête sur le côté pour fusiller quelqu'un du regard et lui montrer les crocs, grondant férocement. Il avait l'air carrément mauvais ; il reporta son attention sur Tammy.

— Allez la chercher, implora Ted. Vous êtes presque aussi costaud que lui. Sauvez-la.

Tigre proféra un juron.

— Impossible. Il m'éliminerait en un claquement de doigts. C'est l'un des fils de pute les plus méchants de la

Réserve. C'est pour cette raison qu'il est là et que Justice a acheté cet endroit. Une poignée d'entre nous ne sont pas exactement sociables. Ça ne ferait qu'envenimer les choses si j'y allais parce qu'il serait capable de tuer deux personnes au lieu d'une seule.

— Tirez-lui dessus, chuchota une femme, mais sa voix porta.

— Impossible, expliqua un homme. On ne nous a pas encore amené de fusil hypodermique.

— Servez-vous de vos pistolets, ordonna la femme plus fort. Ne le laissez pas la tuer. Mon Dieu ! Vous imaginez les conséquences sur les relations publiques ?

— Personne ne lui tire dessus, grinça Tigre. Vaillant ? (Il s'interrompit.) Dis-moi pourquoi tu en veux autant à l'humaine. Elle est toute menue. C'est ça ? Tu luttes contre tes instincts parce que tu la considères comme une proie ? Réfléchis bien, Vaillant. C'est une humaine innocente. Elle n'a pas cherché à t'insulter ni à s'introduire sur ton territoire. Parle-moi, bon sang. Dis-moi juste ce qui se passe dans ta cervelle.

Vaillant tourna la tête, arrachant de nouveau son regard intense de Tammy. Il ferma les yeux et inspira profondément. Il les rouvrit brusquement. Lança un regard furieux derrière l'épaule gauche de la jeune femme.

— Je ne vais pas la tuer.

— Dieu merci, gémit Ted.

— Tu voulais simplement l'effrayer ? (Le soulagement transparaissait dans la voix de Tigre.) Eh bien, tu as fait du bon boulot. Elle peut partir, maintenant ?

Vaillant reposa son regard exotique sur Tammy et huma de nouveau l'air. Il émit un son vibrant et sourd. Se détourna d'elle pour fusiller Tigre des yeux.

— Non. Elle reste. Vous partez.

— Tu sais que ce n'est pas possible, expliqua Tigre calmement. Qu'est-ce qui se passe, mon pote ? Quel est le problème ?

Vaillant grogna encore. Il avança d'un pas, puis d'un autre en direction de Tammy. Elle cessa de respirer. Ses yeux de chat étaient de nouveau sur elle. Il se mit soudain à quatre pattes, la renifla et produisit un son qu'elle n'avait pas entendu jusque-là. Ce n'était pas exactement un grognement, plutôt un ronronnement guttural, mais effrayant. Il s'arrêta face à elle, en appui sur les mains et les genoux.

— Oh merde, jura Tigre. Vaillant ? Ne fais pas ça.

Vaillant releva vivement la tête pour lancer à Tigre un autre regard menaçant. Il était assez proche pour qu'elle remarque qu'il émanait de lui des effluves de grands espaces et une odeur virile très agréable. Elle prit une inspiration et continua à respirer, puisqu'il ne la regardait pas.

Elle baissa les yeux, l'examina et constata que, même accroupi, il était gigantesque. Il portait un jean et un tee-shirt mais pas de chaussures. Ses mains et ses pieds étaient énormes. Il se rapprocha peu à peu d'elle, jusqu'à ce que Tammy puisse le toucher en tendant la main de quelques centimètres, mais elle n'en fit rien, toujours clouée sur les genoux.

— Il fait quoi, maintenant ?

Ted avait de nouveau l'air paniqué.

— Ne me le demandez pas, grinça Tigre. Vaillant, allez. Qu'est-ce que tu fais ? Arrête tout de suite si tu penses à ce que je crois. C'est une petite humaine et c'est un truc que tu ne veux pas tenter.

Vaillant cligna des yeux.

— Elle est en chaleur.

— Oh, bordel de merde, jura Tigre.

Vaillant grogna.

— Bordel de putain de merde ! (Tigre jura plus fort.) Ted, je vous ai dit de vous assurer qu'aucune de vos humaines n'ovulait. Nous en avons discuté, bon sang. Pas étonnant qu'il se comporte comme un fou.

— Comment j'étais censé le savoir ? bredouilla Ted. Vous avez idée du nombre de procès pour harcèlement sexuel qu'on pourrait me coller sur le dos si je demandais aux femmes qui travaillent pour moi où elles en sont de leur cycle menstruel ? Allez ! Et comment diable quiconque le saurait de toute façon, Tigre ? Comment ?

Tigre jura encore.

— Nous le saurions, Ted. Je vous ai dit qu'on pouvait les sentir à près d'un kilomètre de distance et que certains de nos mâles y réagiraient mal. Je suis dans le vent par rapport à elle, mais pas lui. S'il dit qu'elle ovule – et croyez-moi, c'est le cas –, c'est un problème. Pas étonnant qu'il se comporte ainsi. (Il s'interrompit.) Qui était de service quand on l'a laissée entrer ?

— Joyeux. (Un homme répondit.) C'est un primate et son odorat n'est pas très fin. Son odeur lui a manifestement échappé.

— Qu'est-ce que ça signifie si elle ovule ? C'est pour ça qu'il veut la tuer ? (C'était la femme qui parlait.) C'est comme un requin que l'odeur du sang rend fou ?

Tigre resta silencieux durant plusieurs longues secondes.

— Elle ne saigne pas. En tant que femme vous devriez connaître la différence entre la menstruation et l'ovulation. Elle ovule. Il ne veut pas la tuer. Il veut s'accoupler avec elle.

— Dieu merci. (La femme éclata carrément de rire.) Je croyais qu'il allait s'en servir comme d'un jouet en caoutchouc pour chien et la mettre en pièces.

— Marcy ! cria Ted. Comment pouvez-vous en rire ? Ce n'est pas drôle. Nous sommes tous soulagés qu'il n'ait pas l'intention de la tuer mais avez-vous entendu ce qu'a insinué Tigre ? Nous devons la tirer de là.

— Est-elle mariée ? demanda Tigre.

— Non. (Ted hésita.) Oh, attendez un instant. N'ayez pas l'air rassuré comme s'il allait se passer un truc entre eux. Faites-la sortir de là.

Tammy regardait fixement le visage de profil de l'Hybride. Il ne voulait pas mettre fin à sa vie. Il voulait s'accoupler avec elle. Elle était encore en état de choc. Elle jaugea du regard le gigantesque homme-animal de la tête aux genoux et frissonna. Elle avait été nulle en maths au lycée, mais elle en savait assez pour effectuer ce calcul-là.

L'homme-animal semblait faire presque deux fois sa taille et jamais un rapport sexuel ne serait possible entre eux. *Et en plus de ça… zut, qu'est-ce qui me passe par la tête ?* Elle voulut de nouveau appeler à l'aide en hurlant mais rien ne sortit de sa bouche. *Je suis baisée ! NON ! Ne dis pas ça. Trouve une autre expression. Je suis dans la merde jusqu'au cou. Ouais. C'est mieux. Ne songe même pas à tout ce qui a trait à baiser ou se faire baiser, rapport aux circonstances.*

— Je ne peux pas, expliqua Tigre. Il la protégera si l'un de nous tente de s'approcher d'eux. Imaginez un animal très méchant défendant son jouet préféré. Eh bien, ça résume la situation à laquelle nous devons faire face.

Tigre resta silencieux durant une minute entière. Personne ne parla. Il devait s'être finalement décidé pour une nouvelle stratégie quand il reprit la parole.

— Vaillant ? Je peux trouver une femelle qui accepterait de la remplacer. Tu dois la laisser partir. Ce n'est pas une Hybride, mais une humaine, et tu la briserais. Regarde comme elle est petite. Elle est chétive, une humaine minuscule, et tu sais que tu ne veux pas d'elle. Je comprends que tu sois séduit par son odeur et, bon sang, j'ai remarqué au premier coup d'œil qu'elle était jolie, mais encore une fois, c'est une humaine. On a discuté du fait qu'elles étaient toutes frêles, autour d'un soda il y a quelques semaines. On ne se les tape pas, tu t'en souviens ? Tu n'as qu'à t'éloigner d'elle et je vais appeler nos femelles. L'une d'elles sera parfaitement heureuse de venir prendre sa place si tu es d'humeur folâtre. Ça te va ? Mets-y un peu du tien, là.

— À moi, grogna Vaillant.

— Putain, gémit Tigre. Où est ce fusil hypodermique ? On ne va pas tarder à en avoir besoin.

— J'arrive, Tammy, cria Ted.

— Non ! hurla Tigre. Il vous réduira en pièces.

— Eh bien, faites quelque chose, demanda Ted. Je ne vais pas rester là à la regarder se faire violer par cette… cette… personne.

Vaillant tourna la tête. Son visage se trouvait à trente centimètres de celui de Tammy. Elle plongea les yeux dans les siens. De près, ils étaient d'une beauté incroyable. Elle y vit des volutes de couleur qui ressemblaient à un tourbillon d'or en fusion. Il avait de longs cils très épais, orange-roussâtre. À quatre pattes, il arrivait à son niveau, alors qu'elle était agenouillée dans l'herbe. Il avait la bouche close, masquant ses dents pointues, et humait encore l'air. Un son doux émana de sa gorge, un ronronnement sourd. Il cligna des yeux en la regardant, se rapprochant imperceptiblement.

Bouge-toi, bon sang. Elle ordonna à son corps de reculer, de faire quelque chose, mais il ne l'écouta pas. Vaillant tendit l'une de ses grandes mains et elle vit ses ongles. Ils étaient plus épais que la normale, presque pointus, mais avec une base de taille classique et d'apparence humaine. Avec des mouvements particulièrement lents, il repoussa les longs cheveux de Tammy de sa joue, lui caressant le visage du bout des doigts. Leur extrémité était calleuse. Le corps de la jeune femme se couvrit de chair de poule, une sensation bizarre mais agréable. Il rassembla tous ses cheveux derrière son épaule avant de baisser la main pour lui faire épouser sa taille.

— Belle, grommela-t-il tout bas. Si belle.

Elle déglutit.

— Mer… (sa voix se brisa) merci, articula-t-elle dans un chuchotement.

Elle ignorait ce qu'il trouvait séduisant chez elle. Étaient-ce ses longs cheveux ou son visage ? On lui avait dit qu'elle avait des yeux bleus magnifiques. Quel que ce soit ce qui l'attirait, elle était juste reconnaissante d'avoir enfin recouvré la voix. Ce n'était pas grand-chose étant donné qu'elle semblait tout juste capable de chuchoter, mais elle espérait être en mesure à présent de pousser un cri perçant en cas de besoin. Elle avait le pressentiment que l'occasion se présenterait bientôt si ce type voulait coucher avec elle.

Il ferma les yeux, inspira profondément.

— Tu sens si bon. La fraise et le miel. J'adore ces parfums.

Un autre grondement sourd s'éleva du plus profond de sa gorge. Il rouvrit les yeux.

— N'aie pas peur. Je ne te ferai jamais de mal, Tammy.

Il rapprocha encore son grand corps.

Le cœur tambourinant, Tammy ferma les yeux quand les cheveux du colosse lui effleurèrent le visage et se raidit quand sa joue frôla la sienne. Il avait la peau chaude et son souffle lui caressa le cou ; il le lui avait dénudé en lui écartant les cheveux.

Qu'est-ce qu'il fait maintenant ? Une partie de sa peur s'apaisa : il avait juré qu'il ne lui ferait aucun mal, ce qui avait été le cas jusque-là. *Il m'a foutu la trouille de ma vie, oui, mais il ne m'a rien fait de douloureux.* Elle sursauta un peu quand il la lécha à la jonction du cou et de l'épaule.

— Euh, lâcha-t-elle avant de se taire.

Cela ne correspondait à rien de ce qu'elle avait jamais connu. Sa langue avait une texture légèrement sableuse, mais pas grumeleuse ni abrasive. Des frissons la secouèrent, et l'expérience lui sembla bizarrement érotique. Il lui effleura ensuite la peau de ses dents pointues, créant une autre sensation étrangement séduisante.

— Chut, souffla-t-il alors qu'il écartait d'elle sa langue et ses dents. Je ne te ferai aucun mal.

— Qu'est-ce qu'il lui fait ? (La voix de Ted s'éleva, alarmée.) Arrêtez-le !

— Où est ce fusil hypodermique ? lança Marcy.

— Hé, bouclez-la, ordonna Tigre. Il ne lui fait pas de mal et on va l'irriter. Il a les mains sur elle, alors taisez-vous.

Le bruit d'un véhicule qui approchait brisa le silence. Un grognement s'échappa des lèvres près du cou de Tammy. Un son qui lui fit ouvrir brusquement les yeux, et elle gémit, le regard rivé sur ses dents pointues, qu'il dévoila quand il tourna la tête vers le moteur ronflant. Il resserra la main sur sa hanche, mais ce n'était pas douloureux.

Elle poussa un cri silencieux quand il glissa l'autre bras dans son dos. D'un seul mouvement, il se redressa, la hissa avec aisance sur ses pieds et la plaqua contre lui, le bras toujours enroulé autour d'elle.

Tammy leva les yeux vers le colosse. Ses jambes se dérobèrent sous elle, mais l'étreinte de son bras musclé suffit à la maintenir contre son corps robuste. Ce type était d'une puissance terrifiante.

Il jeta un regard menaçant au-dessus de sa tête. Son expression était vraiment furieuse, et soudain un autre rugissement franchit ses lèvres, assez fort pour déchirer les tympans de la jeune femme. Elle aperçut de nouveau ses dents blanches pointues alors qu'il grondait férocement, il la hissa plus haut contre son torse, la soulevant complètement du sol. Il la laissa ainsi, le corps suspendu dans le vide, et fuit le jardin.

Mienne. Cette pensée s'imposa à l'esprit de Vaillant. Tourna en boucle dans sa tête. *Mienne. Mienne. Mienne.* Il se déplaça plus vite, l'emmenant à l'abri des regards, loin des autres, à l'intérieur de sa maison. Ils ne la lui enlèveraient pas. Il donnerait sa vie pour la garder et tuerait quiconque tenterait de l'arracher à ses bras. Le parfum de la jeune femme lui inonda les narines, il sentit son corps brûler de désir, et rien d'autre ne comptait.

C'est une humaine. Ce n'est pas ce que j'avais en tête ou ce que je croyais vouloir. Les choses changent. Ça n'a pas d'importance. Elle est toute à moi. Il jeta un coup d'œil à Tigre, aux deux Hybrides qui l'accompagnaient et aux deux humains pour s'assurer qu'ils ne s'introduisaient pas sur son territoire.

L'humain avait le visage rouge et s'agrippait à la barrière, semblant prêt à l'escalader, et l'humaine avait la bouche ouverte, comme pour hurler. Il savait qu'il les remplissait d'horreur mais il n'en avait rien à faire. Ils ne représentaient pas une menace pour lui. C'étaient les Hybrides qu'il devrait peut-être affronter s'ils l'attaquaient. Il était prêt à se défendre. Il ne laisserait pas partir l'humaine.

Mienne!

Il resserra le bras sur la superbe humaine, veillant à ne pas l'écraser, reconnaissant qu'elle ne se débatte pas. Elle semblait presque docile, comme si elle savait aussi bien que lui qu'elle lui appartenait. Il sentit grandir en lui l'espoir qu'elle le désirerait autant qu'il la désirait.

Tu agis comme un fou, admit-il en silence, mais ça n'avait pas d'importance. Elle avait une odeur délicieuse, des traits délicats qu'il ne se lasserait jamais de contempler, et la tenir dans ses bras ne faisait que renforcer son envie de la garder. À la pensée de l'allonger sur son lit et de la dévêtir complètement pour explorer chaque centimètre carré de sa peau, sa queue l'élança douloureusement.

J'aurai quelqu'un à qui parler, que je pourrai serrer dans mes bras, et je la convaincrai que nous serons heureux ensemble. Je peux le faire. Elle voudra rester. Il le faut. Mienne. Mienne. Mienne. Sa place est avec moi.

Il n'avait pas d'idée concrète sur la façon de procéder, mais il était un mâle fort, déterminé, et tout était possible à présent qu'il était libre. Il avait passé une éternité enfermé dans une cellule froide et humide, à souffrir presque en permanence, et toujours si seul. La perspective d'avoir une compagne, quelqu'un qu'il pourrait apprendre à connaître, avec qui partager sa vie, était devenue son rêve ultime.

Il la tint avec plus de tendresse, jurant de la protéger de sa vie et d'empêcher quiconque de la lui enlever. Peu importait que ça semble insensé. Elle était dans ses bras, il l'avait revendiquée, et il n'était pas près de la laisser partir. D'une façon ou d'une autre, il la persuaderait qu'il était le mâle parfait pour elle.

Il avait rêvé un jour de vivre de l'autre côté des murs de béton, ce qui avait fini par arriver. Tout était possible. Il huma sa merveilleuse senteur féminine, la serra avec plus de fermeté contre son corps, et un mot tourna en boucle dans sa tête.

Mienne!

Chapitre 2

— Bon sang, Vaillant, beugla Tigre. Ramène cette humaine immédiatement !

— Tammy ! hurla Ted. Reposez-la ! Il va la tuer. Faites quelque chose !

— Partez ! rugit Vaillant par-dessus son épaule en piquant un sprint vers la maison.

— Ramène-la ! cria Tigre. Ne m'oblige pas à organiser une battue pour la sauver. Justice va t'arracher les couilles si tu lui fais du mal.

Tammy s'agrippa à son tee-shirt quand l'homme-animal ralentit et la fit remonter légèrement contre son corps alors qu'il grimpait des marches d'un pas lourd. Elle ne voyait rien à part l'étoffe brun clair contre son visage.

Il s'arrêta soudain, ils tournèrent et elle entendit claquer une porte. Une seconde après, le bruit distinct de verrous qu'on tirait lui parvint, puis il se remit en mouvement.

Ils gravirent de nombreuses marches. Elle ferma les yeux et ne se débattit pas. Elle sentait la puissance des bras qui la maintenaient étroitement serrée contre son corps dur et ferme. Elle huma son odeur : son eau de toilette lui plaisait et n'était pas trop forte.

Elle ravala une vague de nausée. Elle perdait la tête ; comment pouvait-elle songer à l'eau de toilette délectable de ce type dans des circonstances pareilles ? Vaillant, l'homme-animal, l'avait enfermée dans cette maison, qui se trouvait être la sienne.

Une autre porte claqua et Vaillant cessa de marcher ; quand il se pencha sur le côté, elle prit conscience qu'il tirait un autre verrou. Il se retourna encore, ses gestes étaient si brusques que les jambes de Tammy se balançaient légèrement, et il avança d'une dizaine de pas avant de la lâcher subitement.

Le souffle coupé par sa chute, Tammy ne heurta pas un sol dur, mais un lit moelleux. Elle retomba sur le dos, les jambes dépassant de l'énorme matelas, et, muette d'horreur, leva le regard vers l'homme debout entre ses cuisses. Les yeux exotiques de Vaillant étaient braqués sur elle.

Oh merde. Elle recouvra enfin l'usage de ses membres. Elle était sur son lit et celui-ci était imprégné de son odeur. Tammy sut instinctivement que c'était sa chambre. Elle jeta un coup d'œil à la vaste pièce au mobilier de bois sombre. Recula sur les coudes, enfonçant les pieds dans le matelas en tentant de s'éloigner de lui. Le colosse la regarda en silence.

— Arrête, grogna-t-il tout bas.

Tammy se figea.

— C'est toi qui vas arrêter, oui.

Il pinça les lèvres et plissa un peu les yeux.

— Arrêter quoi ?

— Arrêter… (elle lui lança un regard noir) arrêter de m'effrayer.

Il esquissa un sourire de ses lèvres pleines.

— Tu as peur de moi ?

Elle hocha la tête.

— Bien sûr.

Il se déplaça soudain, posa les mains à plat sur le matelas et se pencha vers elle. La jeune femme menue se retrouva aussitôt sous lui alors qu'il s'allongeait au-dessus d'elle, l'obligeant à s'aplatir sur le lit et contrecarrant son plan de reculer loin de lui.

— Pourquoi ? Je ne te ferai aucun mal. Ce que j'ai en tête sera vraiment agréable.

Il déconne ? Elle ne le pensait pas, à en juger par le regard intense qu'il rivait sur elle. Cette situation était bien des choses, mais il ne lui viendrait pas à l'esprit de la qualifier d'humoristique.

— Tu es gigantesque, tu as des dents pointues et… tu m'as enlevée. Je veux partir.

— Je ne veux pas que tu partes. Comme tu l'as souligné, je suis plus costaud.

Elle ouvrit et referma la bouche tout en le dévisageant.

— On va venir me chercher.

Il hocha la tête.

— Oui.

Hein ? Elle fronça les sourcils.

— Qu'est-ce qu'on fait ici, dans ce cas ?

— Question de temps. (Il lui sourit de toutes ses dents.) Il va leur en falloir beaucoup pour rassembler suffisamment de mâles pour oser s'introduire chez moi. Rares seront ceux assez stupides pour s'y risquer. Ils me craignent.

Elle commença à se sentir nerveuse alors qu'elle l'observait.

— Tu pourrais t'écarter un peu de moi, s'il te plaît ?

Il secoua la tête.

— Non.

— Tu me fais de nouveau peur.

Son sourire disparut.

— Je ne veux pas que tu aies peur.

— Qu'est-ce que tu veux ?

Il fit glisser son regard sur son corps avec lenteur avant de le replonger dans le sien.

— Toi.

Le cœur de Tammy manqua un battement.

— N'y compte pas.

— Hmmm.

Il ne semblait pas convaincu. Il poussa soudain sur ses mains et se releva, son attention toujours rivée sur elle.

— Tu en es sûre ?

— Tu as promis de ne pas me faire de mal.

Tammy le regarda saisir le bas de son tee-shirt et le faire remonter par-dessus sa tête. Il le jeta à terre derrière lui. Elle ne put s'empêcher de mater. Tout l'épiderme de cet homme était d'un brun doré et il avait un torse parfait. Elle s'était imaginé qu'il serait poilu, mais non. Il était musclé, avec une peau lisse et presque glabre. Impossible de ne pas remarquer les tablettes de chocolat qui attiraient le regard au-dessus de son ventre plat.

Il avait des bras énormes, à la musculature épaisse et bien dessinée, et un torse large. Les disques de ses mamelons, d'une pâle couleur roussâtre, étaient presque assortis à ses cils et ses cheveux. Elle baissa encore les yeux et vit qu'une fine ligne de poils blond-roussâtre descendait de son nombril jusqu'au bouton de son jean.

— Je ne te ferai pas de mal. (Il porta la main à sa braguette.) Parmi toutes les choses que j'ai en tête pour toi, la douleur n'a pas sa place.

Il déboutonna son jean, dévoilant son ventre plat plus largement encore. Tammy resta bouche bée quand il saisit la fermeture Éclair. Elle releva vivement les yeux vers son visage et ne manqua pas de constater qu'il semblait particulièrement amusé. Ses yeux dorés pétillaient.

— Ne t'avise pas de l'enlever.

Le bruit de la fermeture Éclair qui s'ouvrait retentit dans la chambre. Ce qui fit l'effet d'une douche froide à Tammy, comme si on l'avait aspergée d'eau glacée ; cela l'arracha à son état de choc en lui faisant prendre conscience qu'il comptait vraiment coucher avec elle. Elle inspira un grand coup, roula sur le matelas et chercha frénétiquement à s'agripper aux couvertures, tentant de s'éloigner de lui.

De grandes mains puissantes l'attrapèrent par les hanches, la jetèrent avec précaution sur le dos, et elle leva de nouveau les yeux vers lui. Trois choses lui apparurent soudain clairement quand elle lorgna sa taille. Son jean était ouvert, elle voyait sa peau et il ne portait pas de sous-vêtement. Elle ne put aussi que constater qu'il bandait, à en juger par le renflement considérable de son jean au niveau de l'intérieur de la cuisse.

— Où vas-tu ? Tu vas rater le meilleur si tu fuis maintenant.

— Arrête.

Il se fendit d'un large sourire, dévoilant ses crocs.

— Tu as de magnifiques yeux bleus.

Elle cligna des yeux.

— Tu as des yeux magnifiques, toi aussi. Ça ne veut pas dire que tu peux… (Elle montra sa taille du doigt.) N'y compte pas.

Il gloussa.

— Vraiment ?

Tammy acquiesça.

— Vraiment. Pas moyen, pas possible. Fais le calcul, Hercule.

— Je suis content que tu aies retrouvé la voix, et mon nom c'est Vaillant. Tu peux l'utiliser.

— Tu as cessé de grogner et de rugir.

— Alors si je ne veux plus que tu parles ou me dises « non », je n'ai qu'à rugir et grogner ? (Il arqua un sourcil.)

Merci de m'avoir confié comment te réduire au silence. C'est toujours bon à savoir.

Tammy recula imperceptiblement sur le lit, tentant d'atteindre l'autre côté.

— Je répète, fais le calcul. Pas moyen qu'on, euh, fasse ce que les gens font dans une chambre.

— Les maths n'ont rien à voir avec ce que j'ai en tête.

— Vraiment ?

Tammy était extrêmement reconnaissante de ne plus être muette. Elle se sentait plus calme à présent qu'elle n'était plus paralysée par la terreur. Elle s'habituait au physique du type, et depuis qu'il l'avait amenée dans sa maison, il semblait plus humain qu'animal. Il lui parlait au lieu de se contenter de gronder.

— Je ne suis pas d'accord. Tu es gigantesque et je suis petite en comparaison. Deux trucs incompatibles.

Il l'observa mais ne chercha pas à l'arrêter quand elle descendit de l'autre côté du lit et garda le meuble imposant entre eux. Les jambes tremblantes, Tammy lui fit face. Elle l'examina pendant qu'il la regardait, mais il souriait alors qu'elle était encore méfiante.

— Je ne suis pas d'accord. Je pense que nous pourrions être compatibles. Tu crois que je te blesserais ? Tu n'as rien à craindre. Je sais me montrer très doux, si nécessaire. (Il la déshabilla du regard.) Je reconnais que ça va être dur de maîtriser tous mes instincts, mais j'y parviendrai.

— Je ne coucherai pas avec toi.

Il rit.

— Tant mieux. Me coucher est le dernier truc que je veux faire avec toi dans mon lit.

Tammy serra les dents, bouillonnante de colère.

— Je ne ferai rien avec toi. Je ne me tape pas des inconnus et, zut, toi encore moins.

Son sourire mourut sur ses lèvres et son amusement s'effaça ; son regard sembla devenir légèrement froid, presque effrayant.

— Tu as des préjugés contre les Hybrides ? Je ne te dénigre pas parce que tu es entièrement humaine.

Elle fronça les sourcils.

— C'est, eh bien, au moins tu sais ce que je suis. (Elle se concentra sur sa bouche.) Et je ne pourrais pas te déchiqueter avec mes dents. Je ne suis pas effrayante, monsieur Lion. C'est ça que tu es ? Lion ? Tigre ? Ou quoi ?

Il se contenta de cligner des yeux, mais son expression durcit.

— On peut dire ça, déclara-t-il avec lenteur.

Elle avait touché un point sensible, apparemment. Elle déglutit, estimant qu'il avait l'air un chouïa en colère.

— Je suis désolée. Je n'ai pas voulu t'insulter. Je n'ai jamais…

Ferme-la, ordonna-t-elle à son cerveau. Elle s'enfonçait et le savait.

— Je n'ai pas cherché à te manquer de respect. Tu me fais peur, d'accord ? Je n'avais jamais rencontré d'Hybride avant aujourd'hui et tu dois reconnaître que tu es vraiment intimidant. Le garde qui m'a autorisée à entrer dans la Réserve ressemblait grosso modo à un humain. Pas toi. Si tu étais plus petit, ça aiderait, mais tu es gigantesque, tout en muscles, et je sais que tu pourrais me faire très mal si tu le décidais. Je radote probablement, mais arrête de me regarder comme ça parce que tu me files de nouveau les jetons. Je mesure un mètre soixante-deux et pèse cinquante-neuf kilos. Et toi, tu mesures combien ? Un mètre quatre-vingt-quinze peut-être, et tu pèses… (elle fit glisser son regard sur lui) quatre-vingt-dix kilos ?

— Un mètre quatre-vingt-dix-huit et cent dix-huit kilos.

— Tu es gigantesque, résuma-t-elle. Bien plus costaud que moi, et on ne peut pas vraiment dire que tu m'as informée poliment que je m'étais trompée d'endroit. Tu m'as fusillée du regard en grognant et tu m'as fichu la plus grosse trouille de toute ma vie. Je ne reste jamais sans voix. Jamais. Demande à qui tu veux. Tu m'as tellement terrifiée que j'ai oublié plusieurs fois comment respirer et que je n'aurais pas pu parler même si ma vie en avait dépendu. J'ai vraiment essayé de toutes mes forces.

Vaillant se pinça les lèvres et toute trace de colère disparut de ses traits.

— Tu ne restes jamais sans voix, hein ?

Elle secoua la tête.

— Jamais. On me répète depuis mes quatre ans environ que je pourrais tuer n'importe qui avec mon bavardage incessant. Dans ma famille, on n'arrêtait pas de me dire que la pire erreur qu'ils aient jamais faite c'était de m'avoir appris à parler, et que s'ils pouvaient remonter dans le temps ils m'enseigneraient la langue des signes pour n'avoir qu'à fermer les yeux pour ne plus m'entendre.

L'homme croisa les bras sur son large torse. Il lui adressa un grand sourire, dévoilant ses crocs.

— Tu es vraiment adorable et j'aime t'écouter parler. Tu as une très jolie voix. Viens là.

Tammy le foudroya du regard.

— Hors de question. Tu restes où tu es et je suis très bien à ma place.

— Viens là, ordonna-t-il encore.

Elle croisa les bras exactement comme lui et arqua les sourcils.

— Non. Je veux partir, maintenant.

Il laissa retomber ses bras et soupira.

— Je ne te ferai aucun mal. Ne l'oublie pas.

Oh merde. Tammy se crispa. Elle était certaine qu'elle n'apprécierait pas ce qu'il comptait faire. Au moins il l'avait prévenue, et il contourna rapidement le lit. Elle sauta sur le matelas, y atterrit à quatre pattes et commença à le traverser tant bien que mal puisqu'elle n'avait nulle part d'autre où aller.

Une main l'empoigna soudain par la cheville et la tira avec assez de force pour la plaquer sur le ventre, puis Vaillant la fit rouler sur le dos. En un clin d'œil, il s'accroupit au-dessus d'elle jusqu'à ce que leurs corps ne soient plus séparés que par quelques centimètres. Il ne fit pas reposer son poids sur elle, mais elle était clouée sur le lit entre ses bras et ses jambes.

Il plongea le regard dans le sien.

— Essayons un peu.

— Je ne préfère pas.

Elle avait le cœur qui battait la chamade. Elle ne chercha pas à appuyer sur son torse pour le repousser, même si elle en avait envie. La peur l'étreignait.

— S'il te plaît ? ajouta-t-elle.

Il sourit.

— J'insiste.

Elle regarda fixement ses dents et déglutit pour chasser la boule qui s'était formée dans sa gorge.

— Euh, tu as l'air effrayant quand tu montres tes… euh… dents. Elles semblent vraiment pointues.

Il ne se mit pas en colère. En fait, ses paroles parurent beaucoup l'amuser.

— C'est pour mieux te manger, la taquina-t-il doucement.

Le cœur de Tammy bondit dans sa poitrine.

— C'est une mauvaise blague, c'est ça ? S'il te plaît, dis-moi que tu ne fais que plaisanter.

— Je ne suis pas un loup.

— Je ne porte pas de rouge.

— Je veux quand même te manger.

Elle fut abasourdie par sa franchise, et prit conscience qu'aucun homme ne lui avait jamais parlé comme ça avant. Il ne l'attaqua pas mais sembla heureux de se perdre simplement dans ses yeux. Elle se calma un peu.

— Je n'aurais jamais cru dire ça, mais j'espère pour toi que tu me tiens des propos salaces.

Il gloussa.

— C'est le cas.

— Bien. (Elle rougit, gênée par sa réponse.) Je veux dire, pas bien. Mal. Tu sais que c'est totalement déplacé de parler ainsi à une inconnue, pas vrai ?

Il sourit de plus belle en dévoilant encore plus de dents.

— Embrasse-moi.

Elle examina sa bouche avec méfiance.

— N'y compte pas.

— Je ne te blesserai pas.

Elle hésita, et se mordit la lèvre inférieure durant quelques secondes. Elle se sentait étrangement attirée par ce type. Il l'avait attrapée et lui avait fichu une trouille bleue, néanmoins il se contentait de la clouer sur le lit. Il lui aurait arraché ses vêtements et l'aurait violée s'il avait été une sale enflure. À vrai dire, elle appréciait son sens de l'humour.

Ils se regardèrent dans les yeux. Les siens étaient probablement les plus beaux qu'elle avait jamais vus. De près, elle s'aperçut qu'il avait les pupilles légèrement ovales et non pas rondes, ce qui lui rappela un chat qu'elle avait eu. Assurément pas humaines, mais bizarrement sexy. Elle baissa le regard sur ses lèvres.

Pleines, viriles, elle les trouva à son goût sans pouvoir se l'expliquer. *Comment ça serait de l'embrasser ?* Elle était tentée de le découvrir. *Quelles sont les chances de jamais se retrouver dans une telle situation ?* Elle espérait vraiment que la réponse serait « aucune ». *Peut-être. Réfléchis, bon sang. Tu ne peux pas vraiment envisager un truc pareil ! C'est complètement dingue.*

— Je ne te connais pas.

Elle était fière d'avoir dit ça.

— C'est une bonne façon d'y remédier.

— La plupart des hommes invitent les femmes à dîner et les emmènent voir un film avant d'essayer d'atteindre la première base.

— La première base ?

Il arqua un sourcil.

— C'est une expression qui signifie embrasser quelqu'un. C'est une analogie avec le base-ball. La première base, c'est embrasser.

— Il y a une seconde base ?

— C'est peloter quelqu'un au-dessus de la taille.

— Une troisième base ?

— C'est faire un peu plus, y compris caresser les parties génitales, en général à travers les vêtements, mais il existe des exceptions comme se tripoter à travers des sous-vêtements légers.

Elle n'arrivait pas à croire qu'elle avait cette conversation avec un Hybride, mais il semblait sincèrement intrigué ; elle divaguait, parfaitement consciente qu'elle ferait mieux de la fermer, mais la nervosité la rendait toujours intarissable.

— Une quatrième base ?

— Non. Seulement trois bases, après ça s'appelle un coup de circuit.

— Qu'est-ce que ça inclut ?

— La totale. Aller jusqu'au bout.

Il sourit jusqu'aux oreilles.

— Dans ce cas, je veux un coup de circuit.

— Non.

Il gloussa.

— Embrasse-moi, Tammy. Laisse-moi au moins une chance de te montrer que je ne te blesserai en aucune façon. Je te promets que tu apprécieras ce que je veux te faire autant que moi.

— Je n'embrasse pas des inconnus.

Mais tu me donnes envie d'enfreindre cette règle. Elle repoussa cette pensée et s'efforça de se concentrer sur les raisons pour lesquelles c'était une mauvaise idée. *C'est un Hybride. Il est effrayant. Gigantesque. Ouais. Les maths, tu te rappelles ?* Et dire qu'elle avait cru que ça ne lui servirait jamais à rien au lycée, quand elle s'était tapé ces cours assommants.

Il cligna plusieurs fois des yeux et son sourire s'évanouit.

— On va vraiment apprendre à se connaître. Embrasse-moi. Je meurs d'envie de te goûter.

Elle était tentée, reconnut avoir bien envie de découvrir comment il embrassait et si quelqu'un de si intimidant pouvait se montrer tout aussi passionné. Elle n'avait pas embrassé d'homme depuis près d'un an, depuis que son dernier petit ami lui avait brisé le cœur en la trompant. Elle se demandait si elle devrait permettre à Vaillant de l'embrasser ou non quand il baissa la tête de quelques centimètres jusqu'à ce que leurs lèvres se frôlent presque. Elle prit une inspiration tremblante, sachant qu'il ne lui laisserait pas le choix.

— Ferme les yeux et n'aie pas peur, ordonna Vaillant dans un chuchotement rauque. Détends-toi. Je ne vais pas te faire de mal.

Qu'elle se détende ? Il plaisante ? Il était gigantesque et l'avait clouée sur le lit, même s'il ne la touchait pas. *Oups*, songea-t-elle quand il lui effleura les lèvres des siennes. *Il me touche, maintenant.* Elle se crispa un peu et posa les mains à plat sur son torse. Sa peau était douce sous ses paumes, mais si chaude qu'on aurait dit qu'il était brûlant de fièvre.

Avec délicatesse, il lui ouvrit la bouche avec ses lèvres. Elle ne résista pas et s'obligea au contraire à se détendre. *J'espère qu'il ne me blessera pas avec ses dents.* Ce fut sa dernière pensée avant que sa langue l'envahisse. Personne ne l'avait jamais embrassée ainsi et elle n'était pas novice en la matière. Elle n'avait pas été en reste de petits copains au lycée, quand rouler des pelles avait constitué un passe-temps agréable tant qu'ils ne se transformaient pas en pieuvre – tout en mains baladeuses. Elle n'avait pas été ce genre de fille, et s'était absolument refusée à aller plus loin avec les garçons.

Vaillant lui dévorait la bouche. De la langue il en explora les moindres recoins, la frotta contre la sienne avec érotisme et la passa même sur son palais, ce qui la chatouilla un peu. Ses lèvres étaient fermes contre les siennes, lui ouvrant davantage la bouche à son assaut. Lorsqu'il poussa un grognement sourd, elle sentit des vibrations contre ses paumes et jusqu'à la langue. C'était terriblement excitant et le corps de Tammy réagit immédiatement quand elle lui rendit son baiser.

Il empoigna le bas de son tee-shirt, l'arracha de la ceinture de son pantalon et soudain lui frôla le ventre de la main. Du bout calleux de ses doigts, il explora son épiderme. Une sensation follement agréable. Elle gémit dans sa bouche quand il fit lentement remonter sa main pour lui faire épouser un sein.

Là encore, il ne se montra pas doux. Il écrasa fermement son sein sensible, et même à travers la fine étoffe de son soutien-gorge elle perçut la peau rêche de ses doigts sur son téton. Celui-ci se contracta et durcit aussitôt. Tammy entendit gémir bruyamment, avant de prendre conscience que c'était encore elle.

La bouche qui couvrait la sienne s'écarta et laissa Tammy pantelante. Elle ouvrit brusquement les yeux et vit Vaillant qui la dévisageait, une expression intense sur ses traits étranges mais séduisants. Il étreignait toujours son sein droit de la main et en frotta le téton du pouce. Son sein sembla devenir plus lourd et son téton se raidit tant qu'elle craignit qu'il se brise. Malgré elle, Tammy bomba la poitrine contre sa main. Elle sentit une chaleur se répandre entre ses cuisses, et un frisson lui parcourut le ventre. Elle était excitée et se mit à trembler.

Il descendit peu à peu vers le bas de son corps.

— Juste un avant-goût, grogna-t-il.

La voix grave de Vaillant gronda dans sa poitrine, qui vibra contre les mains de Tammy. Il lui remonta brusquement le tee-shirt jusqu'au cou, dévoilant complètement son soutien-gorge, qu'il contempla avant de lâcher son sein. Il glissa un doigt dessous en une caresse légère, jusqu'à ce que la jeune femme sente une pression sur le devant.

Elle baissa les yeux et constata qu'il avait réussi à ouvrir son soutien-gorge en le coupant d'un ongle. L'étoffe avait été écartée de sa poitrine, l'offrant à la vue de Vaillant. Ses deux tétons étaient des pointes dures, elle avait la peau sensible et n'éprouvait aucune gêne. Elle savait qu'elle devrait tenter de les couvrir, mais s'en abstint.

— Magnifiques, et si plantureux pour quelqu'un de si petit, grogna-t-il doucement juste avant de baisser la tête. Je parie que si je les lèche, ils auront aussi bon goût qu'ils sont beaux.

Tammy ferma les yeux quand son souffle lui effleura la poitrine. Il ouvrit la bouche et donna des coups de langue à son téton. Elle poussa un cri, surprise par sa texture à la fois douce et rugueuse, une sensation unique ; une chaleur moite se répandit entre ses cuisses. Elle fut soudain si excitée que c'en était presque insoutenable. Il referma la bouche sur son sein, lui coupant le souffle.

Il déplaça sa langue râpeuse, exécutant un rapide mouvement de va-et-vient sur son téton tendu. Elle geignit, bomba la poitrine dans sa bouche. Elle n'eut aucun mal à imaginer ce que pourrait faire cette langue s'il s'en servait à d'autres endroits de son corps. Des dents, il racla délicatement la zone de part et d'autre de son mamelon et, en réponse, elle lui enfonça les doigts dans la peau, s'agrippant à lui.

Elle savait qu'elle devrait le repousser mais s'en abstint. Elle s'accrocha au haut de ses épaules, l'encourageant. Il grogna encore, vibra contre elle, et un autre gémissement franchit les lèvres de Tammy. Ce type était comme un vibromasseur géant sur sa poitrine, et la façon dont il faisait glisser sa langue sur son téton était intensément agréable. Elle eut le souffle coupé quand il décrivit un cercle autour de son mamelon avant de le sucer. Son ventre se serra violemment et les élancements entre ses cuisses s'intensifièrent.

Il fit descendre la main qu'il avait posée sur son ventre et elle sentit une pression au niveau de la taille. Mais elle ne pouvait pas vraiment y penser. Se concentrer sur autre chose que ce que Vaillant faisait à son sein était trop difficile. Elle se rendit à peine compte du fait qu'on tirait sur son pantalon jusqu'à ce qu'il lâche son mamelon. Elle rouvrit brusquement les yeux.

— Soulève les hanches.

Les hanches ? Elle le dévisagea, désorientée.

— Quoi ?

Il sourit. Baissa la tête et s'empara de son autre sein. Tammy laissa échapper un gémissement guttural. Il ne lui titilla pas le mamelon, il l'aspira dans sa bouche, se servant de sa langue et de ses dents. Elle devint incapable de la moindre réflexion alors qu'il la suçotait avec plus de vigueur, et les fortes aspirations sur son téton lui procurèrent des élancements au clitoris, comme s'ils étaient reliés. Quand elle se cambra au-dessus du lit pour se coller plus étroitement contre sa bouche, il passa une main dans son dos. Il la fit descendre, la posa sur ses fesses et serra.

Elle prit alors conscience qu'il étreignait sa peau nue. Elle ouvrit subitement les yeux en s'efforçant de le repousser. Il s'arracha à son sein et leurs regards se croisèrent. Elle se tortilla, tentant de voir derrière le corps de Vaillant, et comprit qu'il avait réussi à déboutonner son pantalon et à le faire glisser sur ses cuisses jusqu'aux genoux, où il formait une masse informe. Sa culotte se trouvait là elle aussi, enchevêtrée au pantalon. Tammy le regarda bouche bée.

— Je ne m'en étais même pas aperçue. Comment as-tu baissé mon pantalon sans que je le remarque ?

Il gloussa.

— C'est tout ce que tu as à dire ?

Vaillant se donnait beaucoup de mal pour maîtriser ses appétits. Il la désirait tant que c'en était devenu une souffrance physique. Elle hurlerait probablement s'il ôtait son jean, vu que la taille de sa queue semblait l'inquiéter. Leur différence de gabarit pourrait poser un problème, mais les femelles étaient faites pour se distendre pour accoucher. Il pouvait s'assurer que ça fonctionne à condition de procéder avec prudence, douceur et suffisamment de lenteur pour qu'elle s'adapte à lui.

C'est une humaine. Il serra les dents, mais finit par s'apaiser. Peu importait qu'il n'aurait jamais cru être attiré par une humaine ou qu'il ait pensé que les autres mâles de son espèce étaient des imbéciles de les désirer, parce que tout disparaissait dans cette simple vérité : il voulait cette humaine-là et avait besoin d'elle.

Il huma sa senteur merveilleuse et sexy, et réprima un grondement. Elle avait avoué que ce son l'effrayait. Les Hybrides auraient su qu'il grondait parce qu'il était excité, mais Tammy n'était pas l'une d'elles. Elle ne serait pas tout émoustillée s'il cessait de brider son instinct animal. Ça lui en coûtait, mais pour elle, il se battrait de toutes ses forces pour garder le contrôle.

Il dut prendre plusieurs profondes inspirations pour se calmer. Il résista à l'envie de lui arracher ses vêtements, de lui écarter les jambes et d'enfouir le visage entre ses cuisses douces, pâles et sensuelles. Au parfum de son émoi, il brûla de glisser sa langue en elle. Il lutta pour réfléchir, une tâche rendue compliquée par l'image qui s'imposa à lui : goûter son désir, connaître les profondeurs chaudes de son intimité et l'entendre pousser de doux gémissements alors qu'il la baisait avec la bouche.

Sa queue durcit tant qu'il craignit que son jean se déchire et qu'elle se libère. Son membre avait gonflé à en être douloureux rien qu'en pensant à l'endroit où il voulait fourrer sa langue – en elle. La peur refroidit ses ardeurs, néanmoins. Ce n'était pas une Hybride. Il ne pouvait pas simplement lui donner un orgasme, la renverser, lui soulever le cul en l'air et la pilonner jusqu'à ce qu'il éjacule. Il la blesserait.

Vaillant contempla les yeux magnifiques de Tammy. Leur bleu lui rappelait l'océan. Il ne l'avait jamais vu personnellement mais il avait visionné un paquet de DVD sur Hawaï – l'un des nombreux endroits qu'il connaissait grâce à la télévision et où il ne pourrait jamais aller.

D'abord, il avait été enfermé dans des prisons de béton ; puis dans le désert chaud et triste, dans un motel horrible avec rien autour que des kilomètres monotones de vide. Les Hybrides avaient acheté la Réserve pour leur fournir un lieu de vie plus approprié, et désormais il avait des arbres, un ciel bleu et une maison. À lui. Quelque chose qui lui appartenait.

Tammy cligna des yeux et respira profondément ; ses seins se soulevèrent quand elle inspira et il prit conscience qu'il voulait posséder autre chose – la posséder, elle. Il serait heureux de contempler ses yeux tous les jours. L'avoir étendue nue sur son lit serait une joie. Il n'aurait aucun mal à devenir accro à son odeur. Tout en elle l'attirait, le fascinait, et il n'était pas près de la laisser, de laisser tout cela, lui filer entre les doigts.

Il devrait juste se débrouiller pour la rendre accro à lui et la convaincre que sa place était à ses côtés. Il avait voulu une compagne mais il s'était imaginé qu'elle serait hybride. Il chassa ce rêve d'un haussement d'épaules mental. Aucune femelle ne l'avait touché comme la petite humaine sous lui. Il avait enduré de nombreuses privations dans son existence, mais elle, il l'aurait.

Mienne ! Entièrement mienne. Je ne renoncerai pas à elle. Jamais.

Chapitre 3

— Pousse-toi.

Vaillant secoua la tête.

— Débarrasse-toi de ton pantalon et ouvre les cuisses pour moi. Je veux te caresser.

La panique étreignit Tammy. Ce type avait pratiquement réussi à la déshabiller et elle ne s'en était même pas rendu compte. Elle avait eu envie de l'embrasser, elle le reconnaissait, mais à présent elle avait le pantalon et la culotte baissés jusqu'aux genoux, le corps en grande partie dénudé, et elle devait y mettre le holà. Elle ne pouvait pas coucher avec un inconnu, et encore moins quand il était aussi effrayant que Vaillant.

— Va au diable. Pousse-toi et remonte-moi mon pantalon.

Il secoua encore la tête avant d'obtempérer, bondissant en arrière. Il retomba au pied du lit avec grâce, les cuisses suffisamment écartées pour que les jambes de Tammy puissent tenir entre elles. Il lui sourit tout en faisant glisser son regard sur son corps. Le désir du colosse était flagrant tandis qu'il en examinait chaque parcelle dénudée.

Le souffle coupé, elle baissa son tee-shirt sur sa poitrine nue d'une main, tout en tendant frénétiquement l'autre vers son pantalon pour le remonter. *Nom de Dieu ! Comment est-ce arrivé ?* Elle était complètement exposée aux regards de ce type.

Il saisit son pantalon des deux mains, l'arracha brusquement à son étreinte désespérée, le fit descendre sur ses jambes et le jeta à terre. Abasourdie et offusquée, Tammy leva les yeux vers lui mais il se laissa alors retomber sur elle. Il prit appui sur les bras, comme pour faire des pompes, les jambes toujours écartées, le corps suspendu au-dessus du sien. Il ne la toucha pas. Quelques centimètres les séparaient tandis qu'ils se regardaient dans les yeux.

— Ouvre les cuisses pour moi, ma jolie. Je vais te caresser.

Sa voix était bourrue, râpeuse et grave.

Elle serra fort les cuisses et leva les mains pour lui appuyer sur le torse. Il avait une voix sexy quand il était excité, mais elle ne pouvait pas coucher avec lui. Elle devait se rappeler qu'elle ne se tapait pas des inconnus, même si elle en avait très envie et qu'elle brûlait de sentir son étreinte. *Hybride. Partiellement animal. Ça craint grave. Ouais. Ne l'oublie pas.* Elle le repoussa encore.

Il ne bougea pas d'un pouce et parut vraiment amusé qu'elle ait même essayé. Elle tenta de ne pas prêter attention au fait qu'il avait l'air terriblement sexy avec ses yeux exotiques et les muscles saillants de ses bras en plein effort. Elle fut submergée par l'envie de caresser chaque parcelle de son incroyable corps que ses doigts pourraient atteindre.

— N'y compte pas, Vaillant. (Son nom sonnait bizarre sur ses lèvres mais elle parvint à le prononcer.) Tu as affirmé que j'ovulais, c'est ça ? Tu peux vraiment le sentir ? Pour de vrai ?

Il gloussa et esquissa un bref signe de tête.

— Je le sens. C'est pour ça que je suis aussi excité. As-tu idée à quel point tu vas être chaude et mouillée pour moi en étant en chaleur ? N'as-tu jamais senti ton désir sexuel s'intensifier quand tu es dans cet état ?

Elle déglutit.

— Non. J'avais les doigts un peu gonflés ce matin mais c'est à peu près tout. Je n'aurais pas deviné que c'était pour cette raison si tu ne me l'avais pas dit. (Elle s'éclaircit la voix.) Je ne coucherai pas avec toi. Je ne te connais pas et je ne fais pas ce genre de choses avec des inconnus.

— Écarte les cuisses et je te ferai changer d'avis.

Elle plongea les yeux dans ses prunelles magnifiques. Elle savait comment il embrassait et l'effet qu'il lui faisait quand il la touchait. Personne ne l'avait jamais autant tentée et son corps avait réagi à son contact comme jamais auparavant avec un autre homme. Son entrejambe l'élançait toujours et elle avait la poitrine sensible.

— Écarte les cuisses, grogna-t-il tout bas. Je veux tellement te goûter que j'en bave.

Il bave ? Voilà qui n'est pas DU TOUT sexy. Ouais. Concentre-toi là-dessus. Les sourcils froncés, elle appuya une fois de plus sur la peau chaude de son torse, mais il ne bougea pas d'un pouce. Il déplaça les bras, glissant le long de son corps, et fit un peu dépasser ses jambes du lit, de telle sorte qu'au lieu d'être suspendu au-dessus de son visage, il hésitait au-dessus de son ventre. Il arracha son regard au sien pour contempler ses cuisses. Un autre grondement sourd s'échappa du plus profond de sa gorge.

— Ouvre-toi pour moi. J'ai besoin d'au moins ça. Ton odeur m'attire tant que c'en est douloureux.

Il ronronna soudain en relevant la tête jusqu'à plonger ses yeux de chat dans son regard abasourdi.

— J'adore la crème.

Il se lécha les lèvres avec lenteur.

Tammy frissonna. *Bon sang, il ne se bat pas à la loyale.* Le corps perfide de la jeune femme réagit avec force à ses mots alors que des images mentales de Vaillant s'installant entre ses cuisses s'imposaient à son esprit. Elle se mordit la lèvre jusqu'au sang avant de jurer tout bas, perdant son combat contre le désir tout en sachant qu'elle ne l'aurait pas dû.

— Je n'arrive pas à le croire. Il ne s'est jamais rien passé, OK ? J'ai perdu la tête mais j'en brûle d'envie.

Elle desserra les genoux et sentit ses joues s'empourprer de gêne. Elle avait laissé peu d'hommes lui faire un cunnilingus, et même si cela n'avait pas été désagréable, ça n'avait pas été super non plus. Elle s'était juré de ne plus recommencer, à moins d'être bourrée ou d'être avec quelqu'un auquel elle tenait vraiment beaucoup. Elle ne se tapait certes pas d'inconnus, mais elle n'avait jamais anticipé cette situation.

Elle écarta un peu les jambes et regarda Vaillant baisser vivement la tête. Il laissa échapper un autre grognement guttural, sourd et un peu effrayant. Elle empoigna ses cheveux épais, lui relevant la tête jusqu'à ce qu'il croise son regard.

— Ne me mords pas. Tu ne feras pas ça, d'accord ? Je veux être sûre qu'on est sur la même longueur d'onde et tu dois faire attention avec tes canines de vampire. Tu ne fais pas dans le sang, si ?

Il lui décocha soudain un large sourire.

— Je sais ce que je fais et tu n'éprouveras aucune douleur. Je ne te mordrai pas.

Elle lâcha sa crinière, mal à l'aise alors qu'elle écartait les jambes un peu plus, et tenta de ne pas se crisper. Elle baissa les yeux quand le matelas bougea et vit que Vaillant avait complètement glissé au bas du lit pour s'agenouiller par terre.

De grandes mains puissantes l'empoignèrent par les hanches, lui tirèrent les fesses jusqu'au bord du matelas et lui saisirent les genoux, la plaçant avec douceur dans la position qu'il souhaitait : les talons sur le bord du lit, les cuisses grandes ouvertes. Il riva les yeux sur son sexe totalement exposé et émit un ronronnement, et elle détourna le regard pour fixer le plafond, s'agrippant à la couette. Elle n'était pas du tout sûre de ce qu'ils faisaient.

— Tu n'as aucun poil.

Il semblait surpris.

Elle se demanda si elle pourrait mourir d'embarras.

— Je les rase. Ou tu t'y mets, ou tu me laisses partir. Je n'arrive même pas à croire que j'accepte de faire ça parce que c'est de la fol...

Avant d'avoir terminé sa phrase, elle eut le souffle coupé quand Vaillant lui appuya sur les genoux pour les écarter encore plus, faisant de la place pour ses larges épaules. Ses cheveux lui retombèrent sur le ventre quand il se pencha vers elle, et elle sentit son souffle chaud sur son intimité mise à nue. Avec des mains douces, il repoussa ses lèvres pour qu'elle s'offre encore plus à sa vue. Un autre ronronnement bruyant lui échappa et il passa sa langue chaude sur son clitoris.

Elle se cramponna aux couvertures quand il commença à la lécher avec de longs et rapides coups de langue. Le plaisir fut instantané et intense. La langue de Vaillant était râpeuse et il la mouvait d'une façon qu'elle n'aurait jamais crue possible, titillant et tournant autour de l'endroit précis d'où provenaient les vagues d'extase absolue qui la secouèrent.

Elle se contracta complètement, cambra le dos, et aurait refermé les jambes pour arrêter cette sensation bien trop puissante mais les épaules de Vaillant l'en empêchaient tandis qu'il lui écartait toujours les lèvres des mains pour mettre à nu son clitoris. Il l'immobilisa quand elle commença à soulever les hanches au-dessus du matelas.

L'orgasme transperça Tammy brutalement et elle cria. Sa jouissance avait été si rapide et si violente qu'elle en resta abasourdie. Les yeux fermés, elle redescendit de son petit nuage euphorique et tenta d'apaiser sa respiration saccadée. Elle entendit Vaillant haleter encore plus qu'elle et eut le souffle coupé quand il baissa soudain la langue sur sa fente.

Il grogna, vibra contre elle, et introduisit sa langue épaisse en elle en écartant ses parois. Ses muscles se contractaient encore convulsivement quand il glissa les mains sous ses fesses, la soulevant de quelques centimètres au-dessus du lit pour pouvoir la pénétrer encore plus profondément.

— Oh, bon Dieu, gémit-elle.

Il lui répondit par un grognement rocailleux et sa langue bougea en elle, allant et venant, avant de se retirer complètement. Elle ouvrit les yeux et le dévisagea avec stupéfaction quand il se releva pour se pencher au-dessus d'elle. Ses yeux incroyables avaient une expression sauvage et il se jeta presque sur sa poitrine, aspira un sein dans sa bouche sans ménagement et le suça frénétiquement. Cette nouvelle et merveilleuse sensation arracha un autre cri à Tammy. Quelque chose de dur et massif appuya contre son sexe. Elle eut le souffle coupé quand sa queue commença à s'enfoncer en elle, remplaçant sa langue.

Il était gros et incroyablement dur. Il se colla contre elle, faisant reposer sur elle juste assez de poids pour la clouer à plat sous lui, là où il voulait qu'elle reste. Les muscles de Tammy s'étirèrent pour le contenir. Il la pénétra avec lenteur, lui laissant le temps de s'adapter à sa queue, et elle s'agrippa à sa tête, glissant les doigts dans ses mèches épaisses à la recherche d'un truc auquel s'accrocher. Le plaisir et une sensation proche de la douleur l'étreignirent alors qu'il plongeait en elle. Une vague de panique la submergea quand il entra encore plus profondément.

— Arrête !

Il se figea et arracha sa bouche à son sein. Ses yeux exotiques avaient décidément une expression sauvage, et le désir à l'état pur était clairement visible dans la tension de ses traits.

— Ne me demande pas d'arrêter. (Sa voix était si grave et bourrue qu'elle ne semblait pas humaine.) J'ai besoin de toi.

— Tu es trop gros.

Elle avait peur.

— Je vais nous retourner, d'accord ? Tu vas être sur le dessus et m'accueillir en toi autant que tu le pourras. Je ne veux pas te blesser.

Il roula, démontrant son immense force. En l'espace d'une seconde, elle passa de sous lui à une position à califourchon sur ses cuisses. Il veilla à ne pas la pénétrer davantage en la tenant légèrement à distance et attendit qu'elle pose les genoux de part et d'autre de ses hanches avant de la lâcher. Il referma une main sur sa taille, la maintenant en place, et glissa l'autre sous elle pour lui masser le clitoris avec ses doigts. Elle rejeta la tête en arrière et s'enfonça un peu plus sur lui.

Sa queue lui paraissait vraiment massive. Il s'était écoulé beaucoup de temps depuis son dernier rapport sexuel. Elle se releva et le plaisir qu'elle éprouva à le sentir en elle lui arracha un gémissement. Des doigts, il jouait impitoyablement avec le centre de son plaisir, la faisant haleter. Elle montait et descendait, ne l'accueillant qu'en partie en elle.

La sensation d'être étirée, remplie, la volupté absolue qu'elle en retirait la stupéfièrent parce qu'elle n'avait jamais rien connu de plus délicieux. Elle percevait en elle chaque centimètre carré de son érection extrêmement dure qui, conjuguée à ce qu'il lui faisait avec les doigts, la propulsa vers un autre orgasme.

Elle le chevaucha frénétiquement, s'enfonçant un peu plus sur sa queue chaque fois qu'elle abaissait les hanches. Elle poussa des gémissements gutturaux alors que son corps semblait s'embraser. L'homme sous elle grogna et gronda, émettant des sons qui lui auraient normalement paru terrifiants, mais ne firent qu'attiser sa passion. Elle se crispa, frissonna et cria quand elle jouit de nouveau avec force, et ses muscles se serrèrent autour du membre massif alors qu'un violent tremblement la secoua.

Vaillant rugit quand il jouit et elle ne sursauta même pas. Sa queue d'acier était enfouie profondément en elle, ses hanches tremblèrent sous elle et une douce chaleur se répandit en elle alors que l'orgasme de Vaillant se prolongeait. Elle s'écroula sur son large torse.

Ils étaient tous deux hors d'haleine. Il lui tenait la hanche d'une main et glissa l'autre dans son dos, faisant courir le bout de ses doigts le long de sa colonne vertébrale jusqu'à sa nuque, où il lui empoigna les cheveux. Il ne lui fit pas mal mais l'obligea à relever la tête jusqu'à ce qu'elle n'ait d'autre choix que de croiser son regard. Ses yeux dorés lui parurent absolument splendides après l'amour. Il lui sourit, montra des dents pointues et éloigna la main de sa hanche pour lui faire épouser ses fesses avec douceur.

— Je te garde pour toujours.

Elle le dévisagea, abasourdie.

— Quoi ?

— J'ai décidé de te garder pour toujours. Tu es à moi.

Il était doué pour la rendre sans voix. Tammy le regarda fixement, à court de mots. *Il veut me garder ? Pour toujours ? Sérieusement ? Il s'imagine que je suis un animal de compagnie ?* Elle ne savait même pas comment prendre ses propos ou ce qu'ils signifiaient exactement. *Je suis à lui ? Il l'a décidé ?*

Elle ignorait même par où commencer ou ce qu'elle pensait du fait qu'il prononce de telles déclarations extravagantes.

Le sourire de Vaillant mourut sur ses lèvres et il se crispa soudain sous elle, son grand corps semblant se transformer en pierre. Tammy eut le souffle coupé quand il les fit basculer et retira d'elle avec lenteur son membre encore dur. Il lui lança un dernier regard passionné avant de rouler au bas du lit.

— Ils viennent te chercher mais je ne laisserai personne t'arracher à moi.

Qui vient me chercher ? Tammy s'assit sur le lit. Elle s'aperçut qu'elle portait toujours son tee-shirt, retroussé au-dessus de la poitrine, et que les bonnets de son soutien-gorge déchiré pendaient sous ses bras. Elle le regarda enfiler rapidement son jean, grognant et jurant à mi-voix tout du long.

Elle enleva son soutien-gorge et baissa son tee-shirt en glissant au bas du lit. Elle examina Vaillant avec soin. Il avait une expression effrayante quand il se tourna vers elle. Elle ne le connaissait pas depuis longtemps mais elle savait identifier la rage quand elle la voyait.

— Reste dans cette chambre pendant que je m'occupe d'eux. Personne ne va t'emmener. Tu es à moi maintenant.

Bouche bée, elle le regarda enfiler son tee-shirt et boutonner son jean tout en arpentant la pièce. Comme un animal en cage. Un lion. C'était ce à quoi il ressemblait. Sauf qu'aucun barreau ne les séparait. *Qu'ai-je fait ? Ah ouais. J'ai couché avec l'homme-lion. Une partie de jambes en l'air torride, bruyante, à la j'ai-joui-si-fort-que-j'ai-peur-de-m'être-blessée.* Et il allait blesser quelqu'un ou se faire blesser pour la garder.

Tammy recula, marcha sur quelque chose et baissa les yeux. Son pantalon était à ses pieds. De même que ses chaussures. Elle ne se rappelait même pas qu'il les lui avait enlevées ; comme elles n'avaient pas de lacets, elles avaient dû tomber quand il lui avait arraché son pantalon.

Vaillant s'approcha de la fenêtre et gronda d'un air mauvais.

— Ils sont six. (Il renifla.) Ils croient que six mâles seulement feront l'affaire. C'est insultant. Je ne serai pas parti longtemps, ma jolie. Pourquoi ne te remets-tu pas au lit en m'attendant ? J'irai chercher de quoi manger avant de rentrer. Tu es petite et je veux te nourrir. Je vais très bien prendre soin de toi et tu voudras rester avec moi.

Tammy jeta un coup d'œil à la lampe près d'elle, son cerveau marchant à plein régime pour arrêter ce qu'elle craignait de voir arriver. Vaillant était costaud, féroce, et elle ne voulait pas qu'il se fasse tuer ou gravement blesser par les Hybrides qui venaient la sauver. Il se battrait contre eux pour la garder dans sa chambre. Près de la table de chevet, elle vit la prise de courant où était branchée la lampe. Elle reporta son attention sur lui, remarqua qu'il lui tournait le dos alors qu'il regardait par la fenêtre, et il poussa un autre grognement.

— Je vais les tabasser jusqu'à ce qu'ils partent en geignant avant qu'ils t'arrachent à moi. J'essaierai de les faire fuir avant, mais hors de question qu'ils t'emmènent, Tammy. Je suis prêt à tout.

Elle ne le supporterait pas s'ils le tuaient. Tammy se baissa et tira sur le cordon de la lampe d'un coup sec. Elle garda les yeux braqués sur Vaillant pour s'assurer qu'il ne se retournait pas. Elle saisit la lampe d'une main tremblante, hésita, et estima que mieux valait ça qu'une balle. Elle devait l'empêcher à tout prix. Elle s'avança lentement, mais il ne se retourna pas, trop concentré sur ce qu'il voyait par la fenêtre.

— Les imbéciles. (Il grogna, se pencha légèrement en avant et serra le rebord de la fenêtre si fort que le bois grinça.) Je veux que tu restes dans cette pièce. Je ne devrais pas en avoir pour plus de cinq minutes. S'ils refusent de partir, je…

Tammy abattit la lampe avec force sur l'arrière de sa tête. Le socle en verre vola en éclats, qui dégringolèrent le long du dos de Vaillant. Il grogna et fit volte-face. *Oh, je suis complètement baisée. Je ne l'ai pas frappé assez fort.* Elle aurait pu lui assener un coup plus violent mais avait craint de le blesser trop gravement. Il semblait complètement interloqué alors qu'il baissait le regard sur elle en se redressant de toute sa hauteur, puis ses yeux chavirèrent et il vacilla avant de s'effondrer sur le tapis. Tammy le regarda fixement, la lampe cassée toujours serrée dans les mains.

Elle la jeta aussitôt de côté et tomba à genoux près de lui. Elle vérifia son pouls, qu'elle trouva fort et régulier, et passa les doigts dans ses cheveux à l'endroit où elle l'avait frappé. Elle sentit une petite bosse qui se formait mais il ne saignait pas. Sa poitrine se soulevait et s'abaissait avec aisance quand elle se releva, certaine qu'il ne demeurerait pas évanoui longtemps. Elle devait filer avant qu'il se réveille. Elle était certaine qu'il serait en pétard contre elle pour l'avoir assommé.

— Putain.

Les mains tremblantes, elle termina de s'habiller en vitesse et glissa les pieds dans ses chaussures. Elle fourra ce qui restait de son soutien-gorge dans le devant de son pantalon, n'ayant pas envie de le laisser là et souhaitant le cacher avant de partir. Un coup d'œil à Vaillant lui apprit qu'il était toujours affalé par terre sur le côté. Elle esquissa un pas vers lui, hésita à l'abandonner et une vague de regret la submergea. *Peut-être que je devrais rester et…*

Non ! Qu'est-ce qui me prend ? Il veut me garder pour toujours alors qu'on ne se connaît pas. Ce serait de la folie ! Elle fuit.

Il avait fermé la porte de la chambre à clé et elle dut tirer le verrou. Dans le couloir elle remarqua quelques portes closes, mais l'escalier était en vue. Elle le rejoignit en courant. Elle savait que, quand Vaillant reviendrait à lui, il serait vraiment en colère. Elle l'avait frappé avec sa propre lampe et l'avait mis KO. Elle doutait fortement qu'il comprenne qu'elle avait agi pour le protéger et elle ne voulait pas s'attarder dans le coin pour découvrir s'il était possible de raisonner avec lui.

Elle descendit l'escalier quatre à quatre jusqu'au vaste vestibule. Elle déverrouilla la porte à deux battants, l'ouvrit à la volée et sortit de la maison en trébuchant.

Elle claqua la porte derrière elle et suivit l'allée d'un pas rapide, les bras croisés sur la poitrine pour cacher le fait qu'elle ne portait pas de soutien-gorge. Elle espérait que personne ne le remarquerait, n'ayant pas envie d'avoir à s'expliquer. Elle vit sa camionnette, quatre Jeeps et le second camion du traiteur garés de l'autre côté de la barrière. Des hommes étaient déjà entrés dans le jardin par le portail.

C'étaient des Hybrides. Tous portaient des treillis noirs barrés du logo de l'OPH d'un blanc éclatant sur la poitrine et étaient équipés de vrais pistolets ainsi que de ce qu'elle supposait être des fusils hypodermiques. Elle avait aperçu de loin quelques agents hybrides à la porte principale, lors de son arrivée à la Réserve. Des hommes vêtus de ces mêmes uniformes avaient patrouillé le chemin de ronde qui surmontait le mur d'enceinte de neuf mètres de haut. Ceux qui étaient dans le jardin de Vaillant s'arrêtèrent.

— Salut. (Tammy ne regarda pas leurs visages, gardant les yeux baissés.) Je vais bien.

Elle accéléra le pas et contourna les hommes qui lui bloquaient le passage vers le portail.

— Tammy ! (Ted s'élança vers elle.) Vous allez bien ?

Elle continua à marcher et faillit heurter l'un des agents de l'OPH, mais il recula d'un bond.

— Je vais bien, Ted. Je rentre chez moi. J'ai eu une journée stressante mais je vais vraiment bien. On a parlé et il m'a laissée partir. Problème résolu, mentit-elle effrontément.

Un homme s'avança sur son chemin quand elle franchit le portail ouvert pour rejoindre l'endroit où étaient garés les véhicules.

— Vous allez bien ?

Elle reconnut aussitôt la voix grave de Tigre. Elle s'arrêta et releva le menton pour scruter son visage étrange, découvrant sans surprise qu'il avait l'air en partie félin. Non seulement son nom le trahissait, mais il avait des traits similaires à ceux de Vaillant.

Même s'il mesurait quelques centimètres de moins et n'avait pas le torse aussi large que Vaillant, il était quand même gigantesque. Les yeux de chat de Tigre étaient d'un bleu incroyable et il avait les mêmes pommettes caractéristiques et le même nez épaté que Vaillant. Il avait des cheveux brun sable parsemés de mèches rousses et blondes, mais son roux était loin d'être aussi vif ou beau que celui de Vaillant.

— Je vais bien. Je crois que je vais juste rentrer chez moi maintenant et me détendre. La journée aura été bizarre.

Il renifla et écarquilla légèrement les yeux.

— Je vous conduis à notre centre médical.

Tammy se crispa, craignant qu'il révèle quelque chose dont elle ne voulait pas parler devant son patron, et supposa qu'il sentait l'odeur de Vaillant partout sur elle. Ils semblaient avoir un odorat très anormalement aiguisé. Elle le mit en garde du regard, espérant en silence qu'il comprendrait.

— Je ne suis pas blessée. Il ne s'est rien passé.

— Que vous a fait ce salopard ?

Ted lui saisit le bras, la faisant pivoter pour qu'elle lui fasse face. Ted mesurait environ un mètre soixante-quinze, seulement treize centimètres de plus que Tammy, et il était d'une pâleur inhabituelle.

— Il vous a touchée ? Il vous a fait du mal ?

Elle croisa son regard inquiet et espéra avoir l'air calme.

— Je vais bien. Il ne s'est rien passé. On a juste parlé, il est revenu à la raison et il a dit que je pouvais rentrer chez moi. C'est aussi simple que ça, mentit-elle.

Les traits de Ted se détendirent.

— Dieu merci. Ils s'apprêtaient à venir vous chercher. On nous a enfin apporté les fusils hypodermiques et ils ont appelé des renforts pour prendre sa maison d'assaut. J'ai imaginé le pire et je vous ai entendue hurler une fois, ainsi qu'un rugissement.

— Il était effrayant. (Elle libéra son bras d'une secousse.) Je veux juste rentrer chez moi. Ça a été une épreuve et j'ai une violente migraine, mentit-elle encore.

Ted hocha la tête.

— Bien sûr. Je vous paierai pour aujourd'hui. Je suis vraiment désolé pour le cafouillage avec les plans et je suis heureux que vous n'ayez rien.

— Je vais très bien, marmonna-t-elle, se demandant en silence si elle devrait se rappeler le nombre de mensonges qu'elle proférait, mais elle s'empressa de chasser cette idée.

La vérité lui causerait bien plus de tracas et elle n'avait même pas envie d'y songer.

Ted recula avec un sourire mal assuré.

— Ça a été une journée mouvementée, hein ?

— Ouais. (Elle s'obligea à sourire.) J'y vais. Je peux prendre la camionnette ?

Son patron hésita.

— J'en ai besoin. C'est vous qui avez la plus grande partie de la nourriture pour la réception. Elle n'a pas été annulée.

— Je vais la reconduire, proposa doucement Tigre. Venez de ce côté, mademoiselle Shasta. Ma Jeep est juste là.

Elle marcha jusqu'à la camionnette pour attraper son sac à main, priant en silence d'être partie avant que Vaillant se réveille. Elle suivit Tigre jusqu'à l'une des Jeeps et grimpa à l'intérieur. Il ne démarra pas aussitôt. Il l'observa intensément. Elle décida de faire preuve de quelque peu de franchise parce que les minutes s'écoulaient et qu'elle ignorait combien de temps il restait avant que le « problème » se relève du sol de sa chambre.

— Nous devons partir tout de suite. Je vous en prie, démarrez et emmenez-moi loin d'ici.

Tigre fit ronfler le moteur et hurla par-dessus son épaule.

— Évacuez les lieux immédiatement.

La Jeep avança et le stress de Tammy diminua. Elle se souvint de boucler sa ceinture.

— J'habite à environ huit kilomètres d'ici. Merci de me reconduire.

Il hésita.

— Je vous emmène à notre centre médical d'abord.

— Non. Je veux juste rentrer chez moi.

Il lui lança un regard sévère.

— Vous avez besoin de soins médicaux et nous allons faire venir un psychologue. Vous devez signaler ce que Vaillant vous a fait. Nous nous chargeons de rendre la justice à la Réserve et il sera sévèrement puni.

Tammy le regarda bouche bée.

— Il ne m'a pas fait de mal et je ne veux pas qu'il soit puni. Je n'ai pas besoin de docteur et certainement pas d'un psy.

Il écrasa la pédale du frein et se tourna face à elle. Il plongea son regard bleu dans le sien.

— Vous pouvez mentir à Ted et Marcy. Ce sont des humains et ils croiront ce que vous avez dit, là-bas. Je ne suis pas eux et vous êtes imprégnée de l'odeur de Vaillant. Vous sentez aussi le sexe. À l'évidence, il vous a agressée et vous a contrainte à vous accoupler avec lui. Vous devez laisser nos médecins vous examiner, vous devriez parler à quelqu'un de ce qui s'est passé et vous devez porter plainte pour vous assurer que son crime ne reste pas impuni.

Elle avait ouvert la bouche et elle la referma alors qu'elle fixait Tigre du regard ; elle sentit ses joues s'empourprer. Elle déglutit pour chasser la boule qui s'était formée dans sa gorge et pouvoir parler.

— Je sais qu'il vous a agressée.

— Je vais bien. Il ne m'a pas forcée. Je veux rentrer chez moi.

Il fronça les sourcils.

— Que s'est-il passé ?

Elle hésita.

— Il ne m'a pas agressée mais il a refusé de me laisser partir. Il voulait me garder comme si j'étais une espèce d'animal de compagnie. Il était déterminé à attaquer tous ceux qui viendraient me chercher. Je l'ai frappé avec une lampe et l'ai mis KO. Vous feriez peut-être bien d'envoyer quelqu'un vérifier, mais je pense qu'il n'a rien. J'ai essayé de ne pas lui faire trop mal mais je me suis dit qu'il valait mieux ça que de se prendre une balle. Par contre, vous devez m'emmener loin d'ici parce que je crains qu'il se foute en pétard en découvrant mon départ à son réveil. Je veux juste rentrer chez moi.

— Putain de bordel de merde, jura-t-il en lâchant la pédale de frein pour appuyer sur le champignon.

La Jeep fit une embardée et prit de la vitesse.

— Laissez-moi vous conduire au centre médical.

Elle serra les dents.

— Il ne m'a pas violée, ne m'a pas forcée et j'étais consentante, OK? Ramenez-moi juste chez moi. S'il vous plaît. Je veux juste oublier que cette journée a jamais existé.

Tigre hocha la tête avec colère.

— Très bien.

Il prit la radio accrochée sur le haut de son gilet.

— Ici Tigre. Dégagez un périmètre de sécurité autour de la maison de Vaillant. Je veux que l'ensemble des agents patrouillant dans le coin soient équipés de fusils hypodermiques. Tirez-lui dans le cul et attachez-le s'il tente de quitter son territoire. Compris?

Tammy jeta un coup d'œil au type qui occupait le siège à côté d'elle. Il portait une oreillette. Quelle que soit la réponse qu'il obtint, celle-ci l'apaisa.

— Bien. Tigre, terminé.

Il raccrocha la radio à son gilet.

— Je vous présente toutes mes excuses. Contactez-nous si nous pouvons vous être utiles en quoi que ce soit. Notre service juridique se mettra en relation avec vous.

— Pour quoi faire?

— C'est la procédure. Lorsque vous avez accepté de travailler ici, vous avez dû signer des documents. Vous savez que tout ce qui se passe ici doit rester confidentiel, sinon vous vous exposez à d'importantes poursuites judiciaires; alors, je vous en prie, ne dites rien à la presse. Notre service juridique s'assurera que vous êtes bien dédommagée si besoin. C'est le moins que je puisse faire si vous refusez de porter plainte contre lui.

Elle avait signé un contrat de confidentialité ridiculement long. Elle n'était autorisée à parler de rien de ce qu'elle voyait ou entendait à la Réserve. Elle n'avait pas le droit de les traîner en justice dans l'éventualité où elle serait blessée sur leurs terres. C'était un marché à la tu-viens-à-tes-risques-et-périls, mais une clause stipulait qu'ils régleraient tous les frais médicaux en cas d'accident. À présent elle savait pourquoi.

— Je ne parlerai jamais aux journalistes.

Cinq minutes plus tard, Tigre arrêta la Jeep devant sa petite maison et deux autres véhicules se garèrent derrière eux. Elle avait été escortée par un détachement complet. Elle savait que les Hybrides étaient la cible des suprémacistes et n'avait pas eu besoin de demander pourquoi on les avait suivis jusque chez elle.

Elle jeta un coup d'œil vers sa maison et tenta de dissimuler sa gêne. Elle en avait hérité de sa grand-mère. Elle était en mauvais état depuis le début et Tammy n'avait jamais eu les moyens de la retaper. La véranda s'affaissait par endroits, au point de ne pas sembler droite, la peinture s'écaillait sur de grandes surfaces et la vitre cassée de l'une des fenêtres de devant était rafistolée avec du ruban adhésif. C'était un petit trois-pièces, mais il lui appartenait. Elle se demanda ce que pensait l'Hybride alors qu'il regardait fixement sa maison d'un air déconcerté.

— Vous êtes sûre de ne pas souhaiter voir un médecin ou un psy ? Nous le ferons payer si vous déposez plainte. Nous sommes plus sévères que votre justice.

Elle secoua la tête en décrochant sa ceinture.

— Il ne m'a pas agressée, je ne veux pas qu'il soit puni et je n'ai pas besoin de médecin. Je ne sais pas trop pour ce qui concerne le psy pour l'instant, mais je suis du genre solide. (Elle s'interrompit.) Je veux juste oublier que tout ça est jamais arrivé. OK ?

Il croisa son regard, l'examina en silence et hocha la tête avec lenteur.

Tammy descendit de la Jeep et marcha jusqu'à sa porte d'entrée, la déverrouilla et s'avança dans la pièce exiguë. Elle se retourna et remarqua que Tigre l'observait depuis le véhicule noir banalisé. Elle claqua la porte et tira le verrou.

— Putain de bordel de merde.

Elle soupira. Se dirigea vers la salle de bains et la douche.

— Je n'ai rien vu arriver.

S'efforcer d'être toujours prête, tu parles. Ah ! Des hommes-animaux qui embrassent comme des dieux et sont de vrais tombeurs. Elle secoua la tête. *Ma vie devient de plus en plus bizarre. Pourquoi ne puis-je pas avoir une vie juste normale ?*

Vaillant gémit. Sa tête l'élançait et il n'arrivait pas à se rappeler pourquoi. Quand il ouvrit les yeux, il contempla le tapis. Il était vautré sur le côté. Il cligna des yeux et on lui fourra une grosse poche de glace devant le visage. Le sac en plastique resta suspendu là. Il inspira et grogna doucement. Les élancements de sa tête empirèrent.

Tigre s'accroupit, continuant à lui tendre la poche de glace.

— Mets ça sur l'arrière de ton crâne.

Il parla à voix basse.

Vaillant la saisit. Il avait la main qui tremblait un peu mais il trouva l'endroit qui était le plus douloureux. Il grimaça et gronda au contact de la glace. Il braqua son attention sur Tigre.

— Tout va bien ?

— Que s'est-il passé ?

Tigre respira profondément.

— Ça va te revenir. Reste juste allongé.

La glace aida à dissiper les brumes de la douleur et il inspira un grand coup, laissant les odeurs de la pièce lui emplir les narines. *Tammy!* Il tenta de s'asseoir mais la chambre tourna. Il gémit encore, s'affala de nouveau par terre et regarda Tigre en montrant les dents.

— Lequel de tes mâles m'est tombé dessus ?

— C'est Tammy qui t'a fait ça. Elle t'a frappé avec une lampe. (Tigre se leva et recula, se tenant à bonne distance.) Elle est hors de danger et a quitté la Réserve.

Vaillant gronda, envahi par la rage.

— Ramène-la. Elle est à moi.

En réponse, l'autre Hybride s'appuya contre le mur, croisa les bras et soupira.

— Elle t'a assommé pour s'échapper, a demandé à être reconduite chez elle, mais a refusé de porter plainte. Tu as eu de la chance, mon pote. Elle aurait pu te faire enfermer dans une cellule minuscule, bon sang, et Justice aurait dû décider s'il fallait t'éliminer pour de bon. Si tu es trop dangereux pour vivre… Putain, ne me lance pas sur ce sujet ! C'est un scénario catastrophe auquel on ne veut jamais être confronté.

La douleur s'atténua encore et Vaillant s'assit sans que la pièce tourne. Il fusilla Tigre du regard.

— Elle est à moi.

— J'ai pigé. (Il renifla l'air.) Tu l'as eue, on est d'accord. (Il posa rapidement les yeux sur le lit avant de les ramener sur Vaillant.) Mais tu ne peux pas la garder. C'est une humaine. Tu ne ferais jamais un coup pareil à nos femelles. Tu sais que tu ne peux pas les revendiquer et les obliger à vivre avec toi.

— Elle est petite. Je pourrais facilement la garder ici et la convaincre de rester. J'ai prévu de la nourrir et prendre soin d'elle.

— Elle a bien dit que tu semblais croire qu'elle était une espèce d'animal de compagnie. J'ai cru qu'elle avait mal interprété la situation. Les humains ont tendance à nous voir sous un jour déformé mais, maintenant que je t'ai entendu parler, je constate qu'elle a mis dans le mille. Ce n'est pas un animal de compagnie.

— Je le sais.

Vaillant fronça les sourcils, craignant de l'avoir induite en erreur. Le regret l'étreignit.

— C'est pour cette raison qu'elle est partie ? Qu'elle m'a frappé ? Je lui dirai qu'elle est ma compagne, pas mon animal de compagnie.

— Elle ne t'appartient pas. (Tigre s'écarta du mur.) Elle a voulu partir. Fais-toi à cette idée. Toi et moi, on n'est pas faits pour les humaines. On en a parlé, tu te rappelles ? Elles sont trop fragiles, un rien leur fait peur et tu voulais une compagne hybride. Une féline.

— Plus maintenant. Je veux Tammy.

— Dommage. Tu ne peux pas l'avoir. Tu disais que notre peuple se ramollissait et que tu détestais ça. C'est toi qui fais dans le fleur bleue, là. Ressaisis-toi et regarde la vérité en face. Les humains ne pourront jamais se faire à notre nature. Du moins, pas avec des types comme nous. On est trop en phase avec notre partie animale. J'ai juste l'air plus humain que toi.

Vaillant avait beau avoir la tristesse en horreur, cette émotion s'insinua quand même en lui.

— Elle ne reviendra pas auprès de moi, pas vrai ?

— Non. (Le regard de Tigre s'adoucit.) Elle ne reviendra pas.

— Va-t'en.

— J'aimerais mieux rester un moment pour m'assurer que tu t'es complètement remis. Je vais nous préparer à dîner. On va descendre quelques sodas et discuter. J'ai entendu dire que quelques félines que tu n'as pas encore rencontrées vont être transférées ici. Peut-être que l'une d'elles sera la bonne.

Des images de Tammy s'imposèrent à l'esprit de Vaillant.

— Laisse-moi. J'ai besoin d'être seul.

— Les nouvelles félines arrivent demain. Je passerai te prendre pour te conduire à l'hôtel où tu pourras les flairer.

Vaillant se mit debout tant bien que mal et tourna les yeux vers le lit. L'odeur de Tammy était encore forte dans la pièce. Il s'en approcha et jeta la poche de glace. Il préférait sentir la douleur plutôt que retourner à l'état de torpeur qui avait été le sien avant qu'il découvre toutes ces merveilleuses sensations avec Tammy. Il se glissa sur le lit et s'allongea à l'endroit où la jeune femme s'était étendue, humant son parfum.

— Vaillant ? Je passerai te prendre à 14 heures.

— Ne t'embête pas. Va-t'en. Ferme la porte à clé en partant. Je ne veux pas rencontrer de félines.

Il aspira la senteur de Tammy, chercha à la mémoriser avant qu'elle se dissipe, et guetta les bruits du départ de son ami. Il ferma les yeux alors qu'il effleurait la couette de la main. Il n'arrivait pas à se rappeler la dernière fois qu'il avait versé une larme, mais ses yeux s'embuèrent. Il l'avait perdue et elle ne reviendrait jamais. Il avait connu la sérénité avec elle. *Le bonheur. L'espoir.* Et à présent, c'était fini. Il l'avait… perdue à jamais.

Chapitre 4

Pourquoi est-ce que je n'arrive pas à me sortir Vaillant de la tête ? Désespérée par son impuissance à contrôler ses pensées, Tammy alignait la queue de billard avec la boule blanche. Elle jeta un coup d'œil à la boule rouge et au trou. De la musique bruyante passait en fond sonore. Quelqu'un avait été d'humeur à écouter du bon vieux rock. Un soupir s'éleva près d'elle.

— T'attends quoi, Tam ? Tu sais que tu vas me foutre une raclée de toute façon.

Elle tourna la tête pour décocher un large sourire à son meilleur ami, Tim. Ils se connaissaient depuis l'école primaire et étaient vraiment proches. Il avait voulu plus que de l'amitié au lycée mais Tammy n'avait pas partagé ses sentiments. À présent, des années plus tard, leur relation était confortable mais strictement platonique, ce qui leur convenait à tous les deux.

— Je n'y peux rien si je suis plus forte que toi.

Elle vit un sourire lui tordre les lèvres. Il avait l'air un peu coincé mais avait un beau sourire et un doux regard marron. Tim ressemblait au crack en informatique lambda parce qu'il en était un. Il portait un tee-shirt barré d'un logo avec un jogging, et travaillait de chez lui en tant que programmeur de jeux vidéo. Ses lunettes renvoyaient les lumières du bar.

— Je peux te battre à plate couture aux jeux vidéo quand tu veux.

— Oui, je sais. (Elle frappa et la boule rouge roula dans le trou d'angle.) Ce qui prouve que je suis plus intelligente que toi puisqu'on est au bar et pas chez toi devant un jeu vidéo. Je voulais gagner.

Il ricana.

— Tu n'es pas plus intelligente. C'est juste que je suis un gentleman.

Elle rentra une autre boule.

— Dommage que tu ne mises jamais d'argent sur nos parties.

— Je gagne bien ma vie mais pas à ce point. (Il rit.) Je pourrais dire adieu à toutes mes économies vu comment tu joues au billard.

Tammy lui adressa un clin d'œil.

— Tu sais que j'ai besoin d'un nouveau toit.

Le sourire de Tim s'évanouit alors qu'il la dévisageait.

— C'est vrai ? Pourquoi ne me laisses-tu pas te le payer ?

Grosse gaffe. Ça lui avait échappé. Elle aurait dû faire plus attention mais elle était encore distraite par le souvenir des yeux de chat de la couleur de l'or en fusion et d'un corps qui continuait à l'embraser chaque fois qu'elle se le remémorait. Elle avait pensé à Vaillant cent fois par jour depuis leur rencontre, il y avait près de cinq semaines. Elle secoua la tête.

— Je plaisantais.

Tim ne fut pas dupe.

— Non. Il fuit encore ? Allez, Tam. Laisse-moi t'aider. On est amis. Zut, tu es pratiquement comme une sœur pour moi. Je sais ce que tu gagnes et ça craint. Tu n'as pas pu aller à la fac comme moi. Tu as dû t'occuper de ta grand-mère et je sais que tu rembourses encore ses dettes. Cette maison qu'elle t'a léguée est un piège à rats. Laisse-moi te payer un nouveau toit. Tu as besoin d'effectuer d'autres travaux ? J'ai de l'argent qui dort sur un compte bancaire. Ce n'est pas comme si j'avais une copine à couvrir de cadeaux.

Tammy rentra la boule noire. Fin de la partie. Elle fit les gros yeux à son meilleur ami.

— On a déjà eu cette discussion et je n'accepterai pas ton argent. Merci du fond du cœur, mais je ne suis pas une sangsue.

— C'est des conneries et tu le sais. Je ne t'accuserai jamais d'être une profiteuse. Tu as toujours dû t'occuper de tout le monde alors laisse-moi t'aider juste cette fois. C'est ce que font les amis et la famille.

— Je ne veux pas me disputer avec toi.

Elle s'éloigna du billard et marcha jusqu'à leur table. Elle saisit sa bouteille de bière, scruta la tranche de citron vert coincée dedans et en avala une gorgée. Tammy buvait rarement de l'alcool mais elle en ressentait parfois l'envie. Elle termina sa première et dernière bière de la soirée. Depuis sa rencontre avec Vaillant, elle avait plus souvent éprouvé le besoin de se sentir légèrement éméchée.

— On ne se dispute pas. J'essaie de te faire entendre raison. Je vis avec mes parents et n'ai pas d'emprunt à rembourser. La maison est payée. Je règle juste les impôts, une bagatelle. Je gagne vraiment bien ma vie et j'ai tout ce que je peux désirer. Laisse-moi te dépanner. Tu te rappelles quand mon père a eu son attaque l'année dernière et que l'hôpital lui a envoyé cette horrible infirmière ? Tu t'es occupée de lui. Tu lui as déniché cette femme merveilleuse qui prend soin de lui désormais. Tu lui as changé ses couches pendant des semaines sans accepter un centime. Maintenant, laisse-moi t'aider.

— Tu sais quoi, soupira Tammy, se retournant pour lui faire face, tu pourras venir changer mes couches si jamais j'ai une attaque. En attendant, n'essaie pas de me refiler de l'argent. C'est différent.

Tim rit.

— Enfin ! Tu me donnes le feu vert pour t'enlever ton pantalon.

Tammy éclata de rire et secoua la tête.

— Tu es dégoûtant.

Il remua les sourcils d'un air coquin.

— Hé, c'est ce qui s'approche le plus d'une invitation à te voir nue ou je n'y connais rien.

— C'est faux.

Elle jeta sa bouteille de bière dans une poubelle et saisit son sac à main. Un coup d'œil à sa montre lui apprit qu'il était à peine plus de 23 heures.

— N'oublie pas la fois où j'ai voulu qu'on se baigne à poil quand on avait dix ans. Tu t'es dégonflé. Tu craignais qu'une tortue alligator t'attrape au mauvais endroit si tu enlevais ton slip avant de barboter dans l'étang. Tu aurais pu me voir nue.

— Ça ne compte pas. Je trouvais toutes les filles dégueu à cet âge et en plus tu n'étais pas encore assez vieille pour espérer voir quoi que ce soit d'intéressant.

Elle lui adressa un signe de la main en riant.

— Toi non plus. Je dois y aller. On a un déjeuner demain à l'église et je dois être au boulot à 7 heures pour aider à tout préparer. Ashley Bless a rencontré un type et va se marier. C'est leur repas de fiançailles.

Tim frémit.

— Un type est prêt à l'épouser ? Elle s'est fait transplanter une nouvelle personnalité ? C'est la femme la plus agaçante que je connais. Pauvre gogo.

Il avala une bonne rasade de sa bière.

Tammy ricana.

— Non. C'est toujours une garce, mais elle a convaincu cet imbécile que c'était mignon d'écouter ses diatribes sur tout et n'importe quoi. Ou alors elle se sert de sa grande gueule pour lui tailler des pipes fabuleuses.

Elle marcha vers la porte, lui adressa un signe de la main et lui envoya un baiser. Elle entendit Tim s'étrangler avec sa bière et quitta le bar en riant.

L'été dans le nord de la Californie était parfois bizarre. La journée avait été chaude mais le soleil s'était couché, laissant place à une brise froide qui enveloppa Tammy quand elle se dirigea vers sa voiture. Elle jeta un coup d'œil autour d'elle, savourant la nuit calme. Elle avait adoré grandir dans une petite ville. Elle connaissait presque tout le monde et avait eu beaucoup de liberté, étant donné que sa grand-mère avait été à moitié sénile. Tammy avait emménagé avec elle juste après son huitième anniversaire, mais elle se rappelait encore sa vie d'avant dans une grande métropole. Elle préférait la campagne.

— Hé, la héla un homme. Vous êtes Tammy Shasta ?

Elle avait déjà sorti ses clés de voiture. Elle se retourna pour dévisager le grand inconnu vêtu d'un jean et d'une chemise en coton verte, boutonnée et à manches longues. Il avait complété sa tenue par une paire de santiags marron décolorées. Il n'était assurément pas d'ici. Il avait de courts cheveux bruns et semblait avoir dans les trente-cinq ans. Elle devint immédiatement plus vigilante. On lui avait appris à ne jamais faire confiance à des inconnus, et encore moins quand c'étaient des hommes.

— Qui la demande ?

L'homme s'arrêta et glissa les pouces dans la ceinture de son jean.

— Je suis Terry Briggs. J'ai entendu dire qu'il y avait eu un incident avec vous au complexe hybride qui vient juste d'ouvrir près d'ici.

Tammy sentit son cœur s'emballer. *Qu'a-t-il entendu ? Qui est ce type ?*

— J'ignore de quoi vous parlez, mentit-elle. Passez une bonne soirée.

Elle déverrouilla la portière de sa voiture mais garda les yeux rivés sur lui. Des scénarios flippants commencèrent à se dérouler dans sa tête et elle eut envie de gémir. Un psy s'en donnerait à cœur joie avec son penchant à envisager tout et n'importe quoi.

— Ne réagissez pas comme ça, protesta-t-il en avançant d'un pas. On sait que vous avez eu une prise de bec avec une de ces bêtes de laboratoire là-bas et qu'elle a posé ses pattes sur vous.

Tammy se crispa et un frisson de peur lui dégringola le long du dos. Il n'était plus qu'à quelques dizaines de centimètres d'elle à présent. Il mesurait plus d'un mètre quatre-vingts, ce qui ne voulait pas dire grand-chose. Tout le monde était en général plus grand qu'elle, mais c'était un inconnu et elle se sentait menacée. Elle leva un regard noir vers lui, n'aimant pas qu'il ait envahi son espace personnel. Elle ne pouvait pas ouvrir la portière de sa voiture, à moins de se rapprocher de lui, ce qu'elle se refusait à faire.

Elle baissa les yeux sur ses santiags et les remonta vers son visage.

— Écoutez, cow-boy. J'ignore de quoi vous parlez. Cette rumeur est fausse. Reculez, je veux partir.

Une expression de dégoût passa sur le visage du type. Lui durcissant les traits, l'enlaidissant.

— Ils t'ont fait un lavage de cerveau, c'est ça ? Ces bêtes y ont parfois recours. Tout va bien, ma belle. Ce n'est pas la première fois et tu n'es pas seule. Tu dois venir avec nous et on va t'aider à te remettre les idées en place. On veut que tu donnes une conférence de presse pour révéler au monde entier ce que ces monstres t'ont fait. Les honnêtes gens n'ont pas à vivre aux côtés de telles abominations. Il faut les éliminer.

Elle entendit tout ce qu'il dit. Resta un peu abasourdie par sa haine flagrante pour les Hybrides, mais la partie la plus inquiétante de son petit discours était l'emploi du « nous ». Elle tourna la tête et, sans surprise, aperçut trois autres hommes qui se dirigeaient furtivement vers elle, sortant de l'ombre du bâtiment où ils s'étaient cachés. *Pas bon. Merde.* Elle leva les yeux vers l'homme qui la dominait de sa hauteur, le cœur battant la chamade. *Réfléchis. Ne panique pas.*

— D'accord. Tu as gagné. Que dirais-tu de me suivre jusque chez moi pour qu'on discute là-bas ?

Elle pourrait se rendre jusqu'au poste du shérif si seulement elle parvenait à monter dans sa voiture – elle pourrait appeler à l'aide si elle pouvait mettre la main sur son téléphone portable. Elle n'avait aucunement l'intention de les conduire jusque chez elle.

Il cligna des yeux et parut un peu étonné mais il serra les lèvres.

— On va prendre mon camion.

Elle hocha la tête, estimant rapidement qu'elle ferait mieux de ne pas éveiller ses soupçons. Ce serait plus facile de le surprendre s'il croyait qu'elle était complètement idiote.

— OK. Mais que fait-on de ma voiture ? Je ne peux pas juste la laisser là. Sam, le proprio, va l'envoyer à la fourrière à la première heure demain matin s'il la voit sur le parking. Je vais conduire et tu n'auras qu'à me suivre.

Il tendit soudain la main et l'empoigna par le bras.

— Ta voiture est le cadet de nos soucis. Tu vas nous aider à monter tout le monde contre ces animaux.

Tammy serra le poing sur ses clés pour en faire dépasser quelques-unes entre ses doigts. À quatre hommes contre elle, la chance n'était pas de son côté. Elle pria en silence pour que quelqu'un sorte du bar et lui porte secours, en vain. De l'autre main, elle saisit la poignée de la portière.

— Je ne peux pas laisser ma voiture ici. Je suis prête à vous écouter, mais je ne peux pas me permettre de payer la fourrière pour la récupérer.

Le fumier tenta soudain de l'éloigner de son véhicule. Elle s'agrippa à la poignée, il tira sur son bras assez violemment pour que la portière s'ouvre légèrement, et l'éclairage intérieur s'alluma. Il y mit plus de force encore et le métal auquel elle s'accrochait lui glissa entre les doigts. Elle fit volte-face, consciente de devoir attaquer pour se libérer.

L'extrémité pointue des clés dépassant d'entre ses doigts repliés, elle flanqua un coup de poing dans le ventre du type et lui écrasa le pied. Les clés lui firent mal à la main quand elle le frappa ; elle lui griffa le visage de l'autre. Tammy lui planta les ongles dans la chair juste sous l'œil. Il beugla et la lâcha alors qu'elle hurlait à pleins poumons pour tenter d'attirer l'attention.

Tammy le poussa et s'élança en courant vers le bar mais ne réussit à parcourir que quelques mètres avant qu'on l'empoigne par les cheveux. La souffrance qui lui explosa à l'arrière du crâne lui arracha un autre hurlement. L'inconnu la tira sans ménagement et la plaqua contre un camion. Le rétroviseur lui rentra dans la joue et la douleur lui irradia sur tout le côté du visage près de l'oreille.

Il lui lâcha les cheveux et passa ses bras musclés autour de sa taille, lui évitant de s'écrouler quand ses genoux menacèrent de se dérober sous elle. Elle hurla encore et donna des coups de pied au fumier qui l'arracha du sol. Elle rejeta la tête en arrière et lui heurta le visage, tentant désespérément de l'obliger à la libérer. Son agresseur jura bruyamment et la lâcha.

Elle toucha le sol et manqua de tomber à genoux mais réussit à s'éloigner de quelques pas en titubant. Deux de ses assaillants se dressaient entre elle et le bar. Elle lutta contre une vague de vertiges, submergée par ses élancements au visage et à l'arrière du crâne. Elle se cogna au camion, s'en servit pour prendre son élan et piqua un sprint vers la route. Elle parvint à sortir du parking, à gagner le trottoir et même à rejoindre la chaussée quand elle aperçut des phares qui venaient vers elle.

Tammy courut vers eux, convaincue que ses agresseurs détaleraient dans la direction opposée. Même s'il y avait en général peu de circulation à cette heure de la nuit, le conducteur de la voiture qui arrivait ne pouvait qu'être mieux que ceux qu'elle fuyait. Elle agita les bras et cria pour attirer son attention, et comprit que le véhicule commençait à ralentir.

Elle le reconnut quand il se rapprocha. Tammy fut heureuse de voir la vieille bagnole toute déglinguée du pasteur Thomas alors qu'il écrasait la pédale de frein, s'arrêtant à quelques centimètres à peine d'elle. Avec une expression de stupéfaction flagrante, il la scruta à travers le pare-brise. Le soulagement la submergea jusqu'à ce qu'il arrache le regard au sien, entrouvre les lèvres et écarquille les yeux de peur en apercevant quelque chose à côté d'elle.

Tammy tourna la tête pour regarder derrière elle et découvrit les quatre hommes qui se précipitaient vers elle. Celui qui portait des santiags, qui l'avait soulevée dans ses bras, avait la lèvre éclatée et du sang lui dégoulinait sur le menton ; elle ne vit rien d'autre avant qu'ils l'atteignent.

Tammy hurla, lança le pied et tenta de donner des coups de poing, mais les hommes lui attrapèrent les bras et l'un d'eux lui saisit les jambes. Ils la soulevèrent brusquement et coururent vers le parking du bar en la portant à eux quatre. Un coup de klaxon retentit alors que le pasteur Thomas criait son nom.

Ils la hissèrent et la jetèrent par-dessus le rebord du plateau du camion comme si elle était un sac de pommes de terre. Sa chute lui coupa le souffle et la douleur lui explosa dans l'arrière du crâne quand il heurta violemment le métal. Elle haleta, ordonna à son corps de bouger, mais à la seconde où elle tenta de s'asseoir, deux corps lui tombèrent dessus.

Elle se débattit et essaya de griffer les deux hommes mais ils n'eurent aucun mal à la clouer sous eux. Le moteur du camion ronfla et des portières claquèrent une seconde avant qu'on passe la marche arrière. Les roues tournèrent et tout se déplaça rapidement.

Le mouvement soudain et brusque du camion projeta les deux hommes contre la paroi du plateau. Tammy roula sur le côté. Elle aperçut un instant le ciel nocturne. Les freins du camion bloquèrent les roues et elle roula dans une autre direction une seconde avant que le conducteur change de vitesses. La boîte de vitesses protesta bruyamment en crissant.

Tammy tendit la main vers le rebord de la paroi, espérant descendre, mais le conducteur appuya sur le champignon avant qu'elle ait pu s'y accrocher. Quand le camion repartit vers l'avant, Tammy glissa vers le hayon relevé. Des mains l'empoignèrent et deux corps s'installèrent de nouveau sur elle, la clouant contre le plateau. Elle réussit à hurler.

Le camion filait à toute allure, mais derrière le vacarme du moteur poussé et de la respiration forte de ses ravisseurs elle entendit klaxonner avec insistance. Le pasteur Thomas les suivait et tentait d'attirer l'attention sur ce qui se passait.

Qu'il soit béni ! Malheureusement, le conducteur se montra encore plus imprudent. Le camion se prit des nids de poule et Tammy gémit de douleur quand les hommes qui l'écrasaient la plaquèrent plus étroitement encore contre le métal dur qui lui faisait mal au dos.

Ses côtes et sa tête l'élançaient. Elle luttait aussi pour respirer, avec leurs poids combinés qui lui appuyaient sur les poumons. Le klaxon retentissait toujours derrière eux, semblant ne jamais vouloir s'arrêter. Les hommes qui la maintenaient couchée lâchèrent des jurons quand le trajet commença à les secouer sérieusement : le conducteur avait apparemment quitté la route pour rouler sur ce que Tammy supposait être de l'herbe, à en juger par la façon dont il sautait en avançant et dont l'arrière du camion glissait. Le bruit du klaxon s'affaiblit. Elle prit conscience que ses agresseurs avaient été assez intelligents pour faire du hors-piste, sachant que ce serait impossible à la voiture du pasteur.

Tammy s'était presque évanouie de douleur quand un fort crissement monta du camion, qui ralentit avant de s'arrêter. Un homme brailla des jurons dans la cabine. Ceux qui la tenaient relâchèrent leur étreinte. Tammy frappa l'un d'eux d'un méchant coup de genou dans le ventre. Il émit un bruit répugnant, comme s'il allait gerber, et elle agrippa le bras de l'autre homme, qui essayait de l'empoigner par la cuisse. Lorsque ses ongles s'enfoncèrent dans sa chair tendre, il hurla, reculant vivement.

Tammy joua des poings et des jambes pour échapper à ses ravisseurs. Elle parvint à causer assez de dégâts pour qu'ils s'écartent en grimaçant. Elle s'assit puis se jeta dans la direction opposée. Elle referma les doigts sur le hayon du camion. Le désespoir et la terreur la poussèrent à trouver la force de se hisser par-dessus pour basculer de l'autre côté, retombant par terre sur le flanc. Elle resta étendue là une seconde, tout endolorie, mais se mit debout tant bien que mal quand la portière de la cabine près d'elle s'ouvrit en grinçant.

Elle parvint à distinguer la vaste zone boisée qui l'entourait grâce à la lune. Tammy courut vers la lisière de la forêt sombre et touffue ; elle espérait pouvoir s'y cacher et savait que c'était sa seule chance de semer ces salopards. Elle avait à peine atteint les arbres quand elle les entendit lui crier après. Elle pressa le pas, aiguillonnée par la peur, ne prêtant pas attention à la douleur à son flanc.

Lorsqu'elle entendit haleter bruyamment derrière elle, l'envie de hurler la submergea. Ils la rattrapaient. Tammy évita une forme sombre et pria pour qu'ils se la prennent. Mais on la percuta dans le dos. Elle s'écroula violemment et quelque chose de lourd la cloua brutalement sur la terre couverte de feuilles. Tammy fut transpercée par un élancement d'une telle intensité qu'il laissa place aux ténèbres.

— Vaillant ? hurla encore Tigre.

Vaillant sortit de la maison, s'approcha du portail et s'arrêta. Il fusilla son ami du regard.

— Qu'est-ce qui te prend de beugler chez moi à 2 heures du matin ? Je dormais.

Tigre avait une mine sévère.

— On a reçu un appel du shérif du coin il y a quelques minutes. Il a besoin de notre aide.

Vaillant plissa les yeux d'un air furieux.

— Tu sais que je ne porte pas les humains dans mon cœur. Va leur filer un coup de main si ça te chante. Pourquoi m'as-tu dérangé ?

Tigre se mordit la lèvre.

— Tu dois conserver ton calme, d'accord ?

Vaillant sentit son ventre se nouer. Tigre ne le mettrait en garde que si ce qu'il avait à dire le allait le foutre en rogne.

— Pourquoi ? D'autres humains ont l'intention de nous attaquer ? Tu veux que je patrouille dans la zone interdite ? Ils ont ouvert une brèche dans les murs d'enceinte ? Je ne me joindrai pas aux vigiles humains à l'extérieur. Je tuerai juste les intrus s'ils viennent ici.

Tigre hésita.

— Une humaine a été kidnappée en ville et il y a un témoin. Le type qui l'a vue se faire enlever a suivi le camion de ses ravisseurs, mais ils l'ont semé en roulant dans les bois, car il n'a pas pu s'y aventurer avec sa voiture. Il a appelé à l'aide avec son téléphone portable, mais c'est une petite ville. Les flics ont mis quelques minutes à se rendre à l'endroit où il a perdu leur trace. Ils ont trouvé le camion mais pas la fille. Elle a été enlevée par quatre humains, qui ont fui dans les bois. Les forces de l'ordre locales n'ont pas immédiatement accès à des chiens de recherche. Il va leur falloir attendre l'aube, mais il sera peut-être alors trop tard. Le shérif a pensé à nous. Une poignée de nos agents vont se mettre en route avec moi et je me suis dit que tu voudrais te joindre à nous.

Vaillant détestait l'idée d'une femme, qu'elle soit humaine ou hybride, à la merci de ces humains. Ils étaient instables et méchants.

— Je suis désolé pour cette humaine mais je ne comprends toujours pas pourquoi tu es venu me voir. Tu perds du temps à discuter avec moi si tu comptes te lancer à sa recherche. Tu ferais mieux d'aller lui porter secours.

— Pour ne rien arranger, quand le shérif et ses adjoints ont trouvé le camion, ils l'ont fouillé, afin d'en identifier le propriétaire. Ils ont appris que ces types sont membres d'un de ces groupes extrémistes anti-Hybrides. Ils ont découvert des tracts dans la cabine, qui les ont orientés vers cette conclusion. (Tigre hésita.) Ils ont enlevé Tammy.

Vaillant en resta saisi.

— Ma Tammy ?

Tigre hocha la tête d'un air sévère.

— Ouais. Ta Tammy. Je me suis dit que tu voudrais aider à la retrouver. (Il s'interrompit.) J'ai supposé que tu te souviendrais encore suffisamment de son odeur pour pouvoir suivre sa piste plus vite.

Vaillant laissa échapper un rugissement. La fureur l'étreignit à l'idée d'humains attaquant sa Tammy. Les groupes suprémacistes tuaient les humains qui étaient en relation avec les Hybrides. Son beau visage s'imposa aussitôt à son esprit. Il haleta, perdant un peu la raison à la pensée de ce qu'ils lui feraient, et lutta pour réfléchir.

Tigre tressaillit.

— Je suppose que tu te joins à nous ?

Vaillant se retourna soudain et piqua un sprint vers sa maison.

— Laisse-moi prendre quelques affaires, lui lança-t-il d'un ton hargneux. Ne pars pas sans moi. Je les mettrai en pièces à mains nues s'ils lui ont fait le moindre mal.

— C'est ce que je pensais ! s'exclama Tigre.

Vaillant ressortit comme un ouragan quelques minutes plus tard. Tigre sembla remarquer les chaussures que Vaillant avait enfilées et inspecta sa cuisse. Il ne souffla pas mot au sujet du couteau menaçant qui y était fixé et grimpa dans la Jeep. Vaillant sauta sur le siège passager. Tigre leva un bras en l'air pour signaler aux deux autres véhicules derrière eux de les suivre.

— Je vais les tuer s'ils ont touché à un de ses cheveux, jura Vaillant.

Tigre se mordit la lèvre.

— N'oublie pas, nous ne serons pas à la Réserve. Ça pourrait enfreindre leurs lois, même s'ils ont bien kidnappé une humaine. Garde en tête qu'ils seront sévèrement punis par leur justice quand on aura mis la main sur eux. Je veux m'assurer que tu en as bien conscience. Ne pourrais-tu pas les mutiler un peu tout en leur laissant la vie sauve ? On aurait mauvaise presse si on rendait ces humains en morceaux aux forces de l'ordre.

Vaillant grogna.

— Tout dépend de s'ils lui ont fait du mal ou non.

— Ça me va.

Tigre accéléra.

Le shérif Cooper, les cheveux blancs, milieu de la cinquantaine, regarda bouche bée les quatre Hybrides sortir de trois Jeeps. Sur le chemin, Tigre avait indiqué à Vaillant le nom de l'humain et l'avait prié d'essayer d'être poli. Vaillant avait grondé.

Il voulait juste retrouver Tammy. Il n'en avait rien à faire de l'impression qu'ils faisaient ou du fait que Justice leur avait conseillé d'être aimables. Tigre semblait penser que c'était important que les humains demandent leur aide, que c'était un premier pas pour que la ville les accepte. Mais Vaillant était d'avis qu'ils étaient juste désespérés au point de faire appel à n'importe qui.

Il décocha un regard aux trois autres Hybrides. Tigre, Cuivre et Cavalier portaient leur uniforme. Le shérif, les pupilles dilatées par la peur, avait l'air de n'avoir d'yeux que pour Vaillant. Peut-être parce qu'il n'avait pas endossé la même tenue, ayant enfilé un jean et un pull gris quand Tigre l'avait réveillé. Il croisa le regard fixe du shérif et prit conscience qu'il semblait incapable de détourner les yeux de son visage. Il résista à l'envie de montrer les dents histoire de se donner en spectacle pour de bon. À l'évidence, ce n'était pas tant son jean qui décontenançait ce type que ses traits.

Le shérif parut se ressaisir et s'avança vers eux alors qu'ils approchaient du groupe d'humains qui attendaient au bord de la route. Il se racla la gorge et tendit la main à Tigre, qui les précédait.

— Je suis le shérif Greg Cooper et voici mes adjoints. Merci d'être venus. Vous avez fait vite et nous vous en sommes profondément reconnaissants.

Tigre s'arrêta près de l'humain et lui serra la main.

— Je m'appelle Tigre. Ce sont mes agents. (Il lui lâcha la main pour les montrer du doigt.) Voici Cuivre, Cavalier et Vaillant. Nous sommes heureux de vous aider, shérif Cooper. Du nouveau depuis votre coup de fil ?

Le shérif Cooper secoua la tête.

— Non. J'ignore comment une telle chose a pu arriver. Je connais Tammy Shasta depuis qu'elle a emménagé ici quand elle avait à peine huit ans et je ne vois pas qui pourrait bien lui vouloir du mal. C'est une gentille petite jeune femme. C'est notre pasteur qui a assisté à son enlèvement et il a suivi ses ravisseurs jusqu'ici. Le camion qu'ils ont utilisé pour la kidnapper est tombé en panne à un peu plus d'un kilomètre et demi de la route. Ils ont arraché le carter d'huile et le moteur s'est grippé. Ces hommes ne sont pas de la région, le pasteur Thomas connaît tous ceux qui vivent par ici et il ne les a pas reconnus.

Tigre hocha la tête.

— On va prendre la relève. N'hésitez surtout pas à vous joindre à nous si vous le souhaitez. Nous sommes deux félins et deux canins, à nous quatre nous pouvons suivre n'importe quelle piste.

— J'y tiens, déclara le shérif en leur lançant à chacun un regard nerveux, apparemment réticent à l'idée de ne pas être présent pour surveiller leurs faits et gestes. J'ai vu beaucoup de choses dans ma vie, alors quand nous retrouverons Tammy, quelque chose me dit que si elle est encore en vie, elle aura envie de voir un visage familier. Je ne vois pas pourquoi quatre hommes enlèveraient une jolie femme si ce n'est pour le pire. J'ai une ambulance qui est prête à intervenir au cas où ils ne l'auraient pas violée et tuée dans la foulée. (Il s'interrompit, les sourcils froncés.) Deux félins et deux canins ?

Vaillant gronda, faisant sursauter tous les humains autour de lui, qui reculèrent craintivement, le regard rivé sur lui. S'ils avaient agressé Tammy sexuellement, il leur arracherait les doigts. Il leur désarticulerait les épaules au milieu de leurs hurlements avant d'entreprendre de les frapper avec leurs propres membres. Il…

Tigre prit la parole, interrompant ses violentes machinations. Il mit Vaillant en garde d'un regard furtif, lui intimant en silence de brider sa rage.

— Vaillant et moi, nous sommes des Hybrides félins tandis que Cuivre et Cavalier sont des canins.

— Oh.

Le shérif parut à court de mots.

La fureur de Vaillant ne pouvait pas être contenue. Tigre échangeait des politesses avec les humains mais Vaillant voulait juste entendre ce que savait le shérif qui pourrait l'aider à retrouver Tammy. Il détestait perdre du temps. Il releva la lèvre pour montrer les crocs à Tigre, lui faisant passer à son tour un message silencieux. Il n'était pas patient et ces conneries devaient cesser. Quand les humains poussèrent un cri d'effroi, il fusilla du regard le shérif Cooper, qui recula en trébuchant, ses yeux horrifiés rivés sur sa bouche.

— Ce sont des… ?

— Dents, affirma Tigre. Ne vous en faites pas pour Vaillant. Il est juste furax à cause de l'enlèvement de l'humaine et il veut se lancer à sa recherche sur-le-champ.

Le shérif posa enfin les yeux sur Tigre.

— J'ai envoyé un de mes adjoints inspecter sa voiture au bar où elle a été kidnappée pour tenter de mettre la main sur ses affaires. Je sais que quand on a recours aux chiens ils ont besoin d'un objet imprégné de l'odeur de la victime. Il devrait revenir d'un moment à l'autre. Il m'a prévenu qu'il avait sa veste.

Tigre indiqua Vaillant.

— Ce ne sera pas nécessaire. Nous l'avons rencontrée tous les deux. Elle a travaillé à la Réserve pour un traiteur et ils sont devenus amis. C'est pour ça qu'il est là. Il a passé plus de temps auprès d'elle que moi. Il connaît bien son odeur. Il lui sera plus facile de suivre sa piste.

Le shérif lança un regard horrifié en direction de Vaillant.

— Eh bien, je suppose que c'est une chance. Ça signifie que vous autres là, vous savez que c'est une chic fille et qu'on doit la retrouver avant que ses ravisseurs aient eu le temps de trop lui faire de mal.

— Je pars à sa recherche, annonça Vaillant d'un ton hargneux, en ayant assez de les écouter perdre du temps alors que Tammy avait besoin de lui. Restez là à discutailler. Je la ramènerai.

Il s'élança en courant vers les bois.

— Bon sang, il est rapide. (Le shérif semblait impressionné.) Je ne ferai que vous ralentir. Allez-y. Retrouvez Tammy. Ils ont une heure d'avance.

Tigre gronda.

— Attends, Vaillant. Je suis juste derrière toi.

Ses yeux s'étant adaptés à l'obscurité, Vaillant suivit les empreintes nettes et profondes que les roues du camion avaient laissées dans les hautes herbes. Il savait que Cavalier et Cuivre le talonnaient de près. Ils avaient probablement reçu l'ordre de veiller à ce qu'il ne massacre pas les humains quand il leur tomberait dessus. Deux mâles ne suffiraient pas à l'en empêcher, s'ils avaient porté la main sur Tammy. Tigre aurait dû rassembler une dizaine des leurs si c'était son intention.

Vaillant trouva le camion et distingua immédiatement l'odeur de Tammy à l'arrière. Il bondit sur le plateau et découvrit du sang. Il s'accroupit, renifla et ne s'apaisa qu'à peine quand il comprit que ce n'était pas le sien. Les yeux fermés, il aspira plusieurs fois pour mémoriser la puanteur des humains. La rage à l'état pur le submergea, il sentait la peur de Tammy qui se mêlait aux effluves nauséabonds de ses ravisseurs. Il se releva et sauta au bas du camion. Tigre et les deux agents hybrides observaient Vaillant, attendant ses conclusions.

— Elle a été retenue à l'arrière du camion par deux d'entre eux. C'est leur sang, pas le sien.

Tigre hocha la tête. Vaillant marcha jusqu'à la portière du conducteur ouverte. Il s'arrêta, renifla, et la contourna pour s'approcher du rétroviseur cassé. Il grogna, le corps tout entier tendu.

— Qu'y a-t-il ? (Tigre s'avança, mais la réponse s'imposa à ses narines.) Du sang.

— Le sien. (Vaillant rejeta la tête en arrière et rugit.) Si le sang de Tammy se trouve sur ce rétroviseur cassé, c'est qu'ils l'ont blessée. Je les tuerai pour avoir fait ça.

Cuivre s'éclaircit la voix.

— Elle est tombée ici et est partie en courant mais ils l'ont suivie.

Il se tenait à près de trois mètres du camion, à côté de la lisière des bois.

Vaillant s'élança. À eux quatre, ils reniflèrent la zone et examinèrent les marques sur le sol. Les petites empreintes étaient plus difficiles à discerner de nuit.

— C'est récent.

— C'est ce qu'a déclaré le shérif, confirma Tigre. Ils l'ont enlevée il y a environ une heure. Tu crois qu'elle leur a échappé ?

Tigre regarda fixement les petites traces – celles d'une humaine qui courait. Il lança un coup d'œil à Vaillant.

— Elle est en forme physiquement ? Tu penses qu'elle pourrait semer ses agresseurs ?

— Non, dit Vaillant d'une voix rageuse. Elle est petite et ne fait pas le poids contre quatre humains.

— On a intérêt à les retrouver vite, grogna Cuivre.

Les quatre hommes partirent au pas de course. Ils s'arrêtèrent à l'endroit où Tammy avait été saisie à bras-le-corps ; tous s'accordèrent sur le fait que les signes indiquaient clairement qu'elle avait été plaquée contre le sol. Vaillant rugit en découvrant que Tammy avait encore perdu du sang.

— Du calme, gronda Tigre tout bas. On laisse tous notre part animale nous gouverner, mais on a affaire à des humains. Contrôle tes instincts pendant la chasse. Ce ne sont pas des chevreuils. Ne l'oublie pas.

Cavalier grogna, accroupi pour examiner les feuilles qui avaient été dérangées.

— Un humain la porte. L'empreinte de ses pas trahit le poids supplémentaire.

— Ce sera un humain mort quand j'aurai mis la main sur lui, promit Vaillant. Allons-y.

Tammy se réveilla et jura tout bas. Elle avait mal à l'épaule, au bras, au dos et à la tête. Elle cessa de faire la liste des endroits qui l'élançaient et tenta de se concentrer sur ceux qui n'étaient pas douloureux. Ses pieds et ses fesses allaient bien, mais c'était à peu près tout. Elle s'obligea à ouvrir les yeux et découvrit un feu de camp flamboyant. Elle était allongée sur le côté à un peu plus d'un mètre des flammes. Elle tourna la tête, et le regretta aussitôt.

Quatre hommes étaient assis sur le tronc d'un arbre et la fusillaient du regard. L'un d'eux, Terry, avait ôté ses santiags. Du sang séché lui maculait le menton et la chemise. Elle lui avait flanqué un coup de tête à celui-là. Un autre avait des lambeaux de sa chemise enfoncés dans le nez, lequel semblait saigner abondamment, tandis qu'un autre encore avait la main pressée contre son bras ; les griffures sanglantes qu'elle lui avait laissées lui assuraient que c'était l'un des fumiers qui avaient voyagé avec elle à l'arrière du camion. Le quatrième homme paraissait indemne.

Elle détourna les yeux pour examiner les arbres qui les entouraient. Elle avait été allongée dans l'herbe mais, quand elle tenta de se redresser, elle ne parvint pas à bouger les bras. Quand elle insista, elle prit conscience qu'ils étaient liés dans son dos. Elle fusilla les hommes du regard.

— Je t'ai attaché les poignets avec ma ceinture en cuir, sale petite furie. Reste à terre. (C'était l'homme indemne et il avait la voix vibrante de colère.) Je maintiens qu'on devrait juste la tuer. Regardez dans quel merdier elle nous a foutus.

Elle a cassé le nez de Ned en lui flanquant un coup de pied dans la tronche quand elle s'est échappée du camion.

Tammy fut frappée de surprise. Elle ne s'en souvenait pas, mais dissimula un sourire, heureuse de l'avoir fait. Elle se rappelait vaguement s'être servie de ses pieds pour hisser le haut de son corps par-dessus le hayon du camion. Elle avait pensé avoir pris appui sur le plateau. Qu'il se soit en fait agi de son visage était mieux.

— Je crois que deux de mes dents branlent. Elle m'a donné un coup de tête dans la bouche, dit Terry, qui grogna en la foudroyant du regard. Je propose d'enlever ma ceinture pour lui fouetter les fesses jusqu'au sang.

— Arrêtez de vous lamenter, ordonna le type au bras griffé. On a besoin de son aide. Vous avez entendu ce que notre indic infiltré dans le pays des animaux nous a dit. L'un de ces monstres l'a capturée. On doit la convaincre de s'exprimer publiquement pour révéler au monde entier ce qu'il lui a fait afin d'obtenir l'adhésion du plus grand nombre à notre cause.

— Comme si cette salope allait accepter. (Ned s'interrompit.) Bon. Elle m'a cassé le nez. Elle est autant un animal qu'eux. Est-ce qu'elle est venue avec nous paisiblement comme l'aurait fait une vraie dame ? Putain, non. Elle s'est battue comme une bête. Et maintenant on est coincés dans les bois sans camion. Cette voiture nous a suivis et je suis bien certain que le type a appelé à l'aide. Il a probablement noté la plaque d'immatriculation. On a à coup sûr la moitié de l'État à nos trousses parce qu'elle a refusé d'entendre raison.

— On aurait dû attendre, Paul. (Terry regarda le type au bras griffé, les sourcils froncés.) Il nous a ordonné d'attendre son arrivée pour la kidnapper. C'est toi l'abruti qui a cru qu'elle serait facile à enlever. Tu as dit que ce serait du gâteau.

Le patron sera là dans quelques jours et il va te l'enfoncer bien profond et à nous aussi puisqu'on a été assez cons pour exécuter ton plan foireux. Tu sais à quel point le patron tient à mettre la main sur elle, il t'a dit qu'il avait de grands projets pour elle. Il a promis qu'il pourrait la convaincre de faire tout ce qu'on voudrait, mais maintenant tout a merdé.

Chapitre 5

Paul jura.

— Je peux arranger ça. On peut la persuader de raconter à la presse ce qu'on veut mais ça pourrait juste prendre un peu plus de temps.

— On n'en a pas, répliqua Terry entre ses dents. Le patron va nous tomber dessus pour ce foutoir. On a merdé grave.

Paul fusilla Tammy du regard.

— Tu n'avais qu'à nous suivre paisiblement. On est humains, bon sang. On est de la même espèce. Qu'est-ce que t'a fait cet animal, quand il t'a capturée ? Il t'a violée ? Il a essayé de te manger ? De te transformer en l'un d'eux ? Dis-nous la vérité tout de suite !

Tammy le foudroya des yeux.

— Il s'est comporté en vrai gentleman et m'a apporté du thé. Après quoi, il m'a demandé si j'avais passé une bonne journée, mentit-elle. Il ne m'a pas jetée à l'arrière d'un camion ni écrasée au point de m'empêcher presque de respirer, pas plus qu'il ne m'a traînée dans les bois ni ne s'est servi d'une ceinture pour me lier les mains dans le dos. En fait, il s'est montré intelligent et poli.

Elle espérait que les libertés qu'elle s'était permises avec la vérité ne l'enverraient pas en enfer, parce que même si Vaillant était intelligent, la question de sa politesse était peut-être discutable.

— Ce sont des animaux. (Terry la fusilla du regard.) Tu prends leur parti ?

— Vous les traitez, vous, d'animaux ? C'est impayable venant de quatre voyous qui m'ont kidnappée.

Elle renifla bruyamment et roula des yeux.

— Salope ! brailla Ned en bondissant sur ses pieds. Tu m'as cassé le nez. Je vais te montrer quel genre d'animal je suis.

Paul le retint par le bras.

— Rassieds-toi.

— Elle nous cherche, se lamenta Ned tout en obtempérant.

Terry soupira.

— Elle n'acceptera jamais de nous aider. On ferait mieux de se débarrasser d'elle et de dire au patron qu'elle est morte accidentellement quand on l'a enlevée.

— On n'enfreint pas les ordres du docteur, jamais. Je lui ai promis de prendre les choses en main et que, au bout du compte, il l'aurait vivante quand on en aurait fini avec elle. (Paul lança un regard effrayé à ses hommes, semblant être à leur tête.) Croyez-moi. Vous n'avez pas envie de vous brouiller avec cet homme-là. Il nous autorise à enregistrer la déclaration de la fille mais après ça, il compte l'utiliser pour l'une de ses expériences. Notre indic pense qu'il s'est passé un truc sexuel entre elle et l'animal qui l'a capturée. Il a entendu une conversation entre Justice North et l'un des animaux qui leur font office de gardes. Ils ont dit qu'elle était peut-être blessée et ils voulaient qu'un médecin l'examine mais elle a refusé de porter plainte pour viol contre l'animal. Ils n'ont pas parlé de tentative de viol. Il a été catégorique sur ce point.

Tammy savait qu'elle avait blêmi. Quelqu'un avait divulgué des informations à un groupe suprémaciste, quelqu'un qui était proche de Justice North. Elle ne l'avait jamais rencontré, mais c'était le plus connu des Hybrides et elle l'avait vu donner des interviews à la télévision. Son peuple l'avait élu à sa tête comme s'il s'était agi d'une sorte de président. Il prenait la plupart des décisions pour les siens. À l'évidence, une taupe l'espionnait et racontait à ces types ce qui se disait. Pire, ils savaient pour elle et Vaillant. Ça craignait.

Quatre paires d'yeux la scrutaient. Tammy les foudroya du regard. Elle supposait que le seul moyen de se sortir de cette embûche serait de les convaincre que leurs informations étaient erronées. Elle ne pouvait qu'espérer qu'ils lui laissent la vie sauve.

— J'ignore à qui vous avez parlé, mais c'est des conneries. Il ne s'est jamais rien passé, bluffa-t-elle. Je chercherais un indic plus fiable si vous payez celui-ci pour vous communiquer des infos. Vous feriez peut-être bien de l'embaucher pour écrire des romans, puisqu'il a l'air d'être doué pour inventer des histoires. Votre indic ne serait-il pas un de ces journaleux pour l'un de ces torchons remplis de commérages ? Est-ce que je me suis fait attaquer par un extraterrestre, aussi ?

— Elle s'est tapé l'un de ces animaux ? (Terry paraissait abasourdi alors qu'il la dévisageait comme si elle était un truc qu'il n'avait jamais vu avant, un truc dégoûtant.) T'as baisé un animal ?

Elle ferma les yeux, compta jusqu'à cinq et les rouvrit.

— Écoute, cow-boy. Tu as entendu ce que je viens de dire ? Celui qui vous a raconté ces conneries affabule.

— C'est ce qu'on nous a dit, confirma Paul. Il l'a embarquée de force. Notre indic a entendu la conversation entre l'animal en chef et son chien de garde.

— Je crois que son chef de la sécurité est un chat, rectifia Ned, qui haussa les épaules.

— Quelle importance ? Chien ? Chat ? Quelle est la différence ? (Terry ricana.) Ce sont des animaux qui se baladent sur deux pattes, convaincus d'être aussi bien que nous, mais c'est faux. Ce ne sont que des rats de laboratoire qui ont développé un cerveau. Ça me rend vraiment malade de savoir qu'ils respirent, et de voir des imbéciles aux infos qui encensent ces abominations pour avoir créé leur propre territoire. C'est comme si on donnait une tape sur le dos d'un oiseau pour le féliciter d'avoir construit un nid dans sa cage avec des bouts de journaux. Ils souillent notre pays et maintenant ils mettent leurs sales pattes sur nos femmes. On doit les arrêter.

Ned regarda fixement Tammy.

— Peut-être qu'il lui a fait un lavage de cerveau. On sait que c'est possible. (Il se pencha, le regard rivé sur elle.) C'est pour ça que tu protèges ton amant animal ? Il t'a torturée jusqu'à ce que tu te soumettes ? Peut-être qu'il l'a mordue et lui a inoculé une maladie qui l'a transformée en animal comme eux. C'est ça ? Tu as été infectée ? Tu as une queue ou de la fourrure qui a commencé à pousser ?

Tammy n'arrivait pas à croire qu'elle avait été kidnappée par des crétins pareils. Elle eut presque honte qu'ils aient réussi.

— Pourquoi ne viens-tu pas vérifier ?

Elle avait envie de foutre un coup de pied à ce fils de pute, vu que ses jambes n'étaient pas attachées.

Il se leva et marcha vers elle. Tammy se crispa. Lorsqu'il fut assez près, elle se contorsionna et le frappa de toutes ses forces au tibia. Il hurla en bondissant en arrière et tomba sur le cul.

— Espèce de salope ! brailla-t-il.

— Espèce de crétin ! répliqua Tammy en criant.

— Ça suffit, ordonna Paul. Ne t'approche pas d'elle. Il lui manque manifestement une case, pour avoir laissé l'un d'eux la toucher. Le docteur va s'occuper d'elle. C'est un putain de sadique.

— Encore heureux que ces animaux tirent à blanc sinon elle aurait pu avoir une portée de chiots, si cette chose l'avait mise enceinte. (C'était l'homme indemne qui parlait tout en la scrutant.) Vous pensez, si c'était possible, qu'elle en aurait eu autant qu'une chienne ? Mon pitbull en a eu six la dernière fois.

— Ta gueule, Mark. (Paul lui décocha un regard noir.) Tout le monde sait qu'ils sont stériles alors arrête immédiatement. Ça me rend malade. Heureusement qu'ils ne peuvent pas faire de gosses. Ils se reproduiraient probablement comme des animaux, en donnant naissance à des portées entières. Essayons juste de dormir un peu, de nous reposer, et demain matin on rejoindra la maison à pied. Les renforts débarqueront en ville après-demain avec le docteur. On a juste besoin de la garder en vie jusqu'à son arrivée. Ça devrait nous laisser largement le temps de lui faire enregistrer une déclaration qu'on pourra envoyer à la presse pour montrer au monde entier que ces choses sont dangereuses.

Ned se releva tant bien que mal et fusilla Tammy du regard.

— Deux jours à attendre avec elle, ça va être long. Elle adore les animaux, ça saute aux yeux. Je crois que je sais comment faire passer le temps.

Il porta la main sur le devant de son pantalon et commença à le déboutonner.

— Arrête, ordonna Paul. Le docteur ne serait pas content. Je sais quel genre d'expériences il mène. Il te castrera si tu l'abîmes et fait foirer ses projets.

— Elle s'est déjà tapé un animal. Qui en aurait quelque chose à branler de ce qu'on lui fait du moment qu'on ne la tue pas ?

Ned ouvrit son pantalon, le faisant glisser sur ses hanches.

Tammy fut saisie de terreur quand elle comprit qu'il avait l'intention de la violer. Mark, le type indemne, bondit aussitôt sur ses pieds.

— On ne déconne pas avec le docteur. Remonte ton froc, bon sang. Je ne veux plus jamais voir ta queue.

— Mark a raison. (Paul se leva à son tour et se plaça entre Ned et Tammy.) Le docteur péterait une durite si tu la violais. Tu es le petit nouveau dans l'équipe et tu ne sais pas grand-chose sur ses travaux, mais il te tuerait si tu les mettais en péril. C'est lui qui nous verse notre paie. Trouve-toi une pute si tu veux te vider les couilles ou va faire un tour dans les bois et branle-toi.

— Mais c'est la salope qui m'a cassé le nez. Je ne vais pas juste encaisser ça sans lui rendre la pareille.

— Je comprends. (Paul baissa la voix.) Je suis en colère, moi aussi. (Il leva le bras.) En rentrant chez moi, je vais devoir expliquer à ma femme comment je me suis fait ça. Elle n'est pas stupide et la nature de ces griffures ne fait aucun doute. Ce sont des marques laissées par des ongles. Elle sera persuadée que je l'ai trompée. Ça me fout en rogne mais le docteur me file les jetons. Tu ne peux pas la violer.

Mark tourna la tête pour gratifier Tammy d'un regard furieux, ses yeux sombres plissés, et sourit d'une façon qui glaça le sang de la jeune femme. Les traits transformés par une jubilation à l'état pur, il se déplaça pour lui faire face. Quel que soit le plan qu'il avait conçu, il ne serait pas au goût de Tammy.

— On ne va pas la violer ni lui faire le moindre truc qui ferait péter un câble au docteur, mais on doit lui arracher cette déclaration. (Il tourna la tête pour adresser un grand sourire à Paul.) Tu as la caméra avec toi ? Je ne sais pas vous les gars, mais je ne suis pas fatigué et on est coincés ici jusqu'au matin. Je propose qu'on fasse bon usage de notre temps.

— J'ai une fonction caméra sur mon téléphone. (Une expression perplexe sur le visage, Paul le sortit de sa poche de derrière.) Mais elle n'acceptera pas de dire du mal d'eux. Tu l'as entendue. Ces animaux ont réussi à lui faire un lavage de cerveau.

Ned remonta brusquement son pantalon et referma la fermeture Éclair.

— L'animal l'a infectée. Je vous dis qu'ils sont porteurs de maladies. Si le docteur la veut, c'est probablement parce qu'il le sait. Je parie qu'il va tout consigner, quand elle se transformera en un animal comme eux. C'est le genre de truc qui tournerait assurément le public contre eux et servirait notre cause. Ce sera la panique générale et tout le monde voudra leur mort avant que l'infection se propage hors de leur enclos, et on pourra enfin les regarder crever.

— Qu'en penses-tu, Mark ? (Paul se rapprocha pour examiner Tammy avant de jeter un coup d'œil à l'autre type.) On ne peut lui faire aucun mal. Le docteur la veut en bonne santé. Il l'appelle une opportunité lucrative. Tu sais que c'est la galère pour lui en ce moment, question finance. Comme pour eux tous.

Mark sourit de plus belle en baissant les yeux sur Tammy, lui aussi.

— On peut faire plein de trucs à une femme sans lui causer de blessures permanentes ni de lésions internes. Elle dira tout ce qu'on voudra et le patron sera content.

Tammy gémit sous son regard haineux, devinant que ce qu'il avait en tête pour elle devait être atroce. Elle se débattit contre la ceinture qui lui liait les poignets mais elle ne réussit pas à les dégager. Quand Mark se laissa tomber à genoux près d'elle et l'empoigna par son tee-shirt à deux mains, elle cria de peur ; il la renversa sur le dos, les bras coincés sous elle. Il se pencha au-dessus d'elle jusqu'à avoir le visage à quelques centimètres du sien ; elle distinguait nettement ses yeux noisette à la lueur du feu.

— Pas son visage, ordonna Paul. Je peux la filmer en gros plan, mais si tu la frappes, fais-le en dessous du cou.

— Ne faites pas ça, supplia Tammy. Je ne porterai pas plainte. Je raconterai que ce sont des amis qui m'ont fait une farce en m'enlevant, ou un truc du genre. Laissez-moi juste partir.

Il empoigna son tee-shirt et le déchira. Le souffle coupé, elle sentit l'air lui caresser la peau. Il n'en resta pas là. Il mit le vêtement complètement en pièces et le jeta sur le côté après l'avoir arraché de sous elle d'un coup sec.

— Je persiste à dire qu'on devrait la violer, maugréa Ned, qui se rapprocha pour regarder. Elle a de beaux nichons.

— Ferme-la, lui lança Mark entre ses dents. J'aime travailler en silence.

Il baissa le bras, puis le releva, un canif à la main. Il appuya sur le cran d'arrêt pour l'ouvrir, glissa le doigt entre ses seins et scia son soutien-gorge.

Aveuglée par les larmes, Tammy inspira profondément. Un hurlement sortit de sa gorge quand des mains brutales continuèrent à la déshabiller. Il trancha les bretelles de son soutien-gorge, l'arracha complètement et le jeta dans le feu. Lorsqu'elle tenta de se détourner, il se laissa tomber sur sa taille, s'installa à califourchon sur elle et lui empoigna la gorge d'une main, la maintenant plaquée contre le sol. Elle leva un regard terrifié sur lui en prenant conscience qu'elle ne pouvait pas respirer.

— Je déteste les cris, cracha-t-il. Ferme-la. Tu vas dire à Paul que l'animal qui t'a capturée sans ménagement t'a violée, t'a rouée de coups et t'a fait tout ce que tu pourras inventer pour horrifier les gens.

Elle acquiesça d'un signe de tête, incapable de parler, ne voulant que de l'air.

— Elle a accepté. (Paul gloussa.) Pousse-toi que je la filme.

Mark desserra suffisamment sa main pour qu'elle puisse inspirer.

— Je ne la crois pas.

Il pinça soudain fortement l'un de ses tétons, le tordit tout en le comprimant entre l'index et le pouce. La douleur lui arracha un autre hurlement. L'atroce souffrance régressa quand il relâcha son étreinte brutale. Il rit.

— C'est trop bien.

Il lui effleura la cage thoracique de la main avant de la descendre sur son ventre. Il lui donna une tape et éloigna la main.

Tammy commença à sangloter. Son téton lui faisait horriblement mal et elle n'était pas sûre qu'il soit toujours attaché à son sein. Elle en doutait à cause de la douleur qui en irradiait. Le monstre assis sur elle plaqua brusquement la main sur son ventre, produisant un claquement plus bruyant que ses pleurs, et elle gémit.

— Tu t'éclates ? (Ned se rapprocha.) Laisse-moi la torturer un peu. Elle m'a cassé mon putain de nez.

Le type sur elle déplaça son poids plus haut, sur son estomac, et appuya jusqu'à lui faire mal. Il glissa les mains derrière lui et elle plongea les yeux dans son regard féroce.

Il s'assura qu'elle ne risquait pas de se sauver pendant qu'il se débattait avec le jean de la jeune femme.

— Baisse-lui son pantalon. Attends un peu que je lui enlève sa culotte si tu trouves qu'elle a les nichons sensibles. On ne va pas la violer, mais quelques meurtrissures sur cette zone ne dérangeront pas le docteur. Ce sont ses organes internes qui l'intéressent.

Tammy tenta de hurler alors qu'on lui arrachait ses chaussures et son jean, mais Mark se pencha en la fusillant du regard et lui plaqua la main sur le nez et la bouche. Elle ne pouvait plus respirer et écarquilla les yeux, ce qui sembla plaire au monstre qui la regardait se débattre.

— Voilà. Je lui ai enlevé son pantalon. (Ned gloussa.) Elle porte un string bleu. C'est une pute. Je le savais. C'est pour ça qu'elle refuse de nous dire qu'elle s'est fait violer par cet animal. C'est probablement ce qu'elle voulait et elle a dû le supplier pour qu'il la baise. (Son amusement s'évanouit.) Tu penses que ça dérangerait le docteur si je la sodomisais ? Ça ne compte pas vraiment, pas vrai ?

— Ferme-la, espèce de crétin. Pas de viol. Fais-toi à cette idée. Elle sera complètement hystérique quand j'en aurai fini et ça rendra super bien sur la vidéo. Ils croiront qu'elle a vraiment été traumatisée par ces saletés d'animaux quand on l'enverra aux chaînes d'informations pour qu'elles la diffusent.

Mark dégagea la bouche de Tammy pour qu'elle puisse reprendre son souffle et glissa rapidement sur son corps pour s'asseoir de nouveau sur ses hanches. Il tendit la main et pinça fort son autre téton, le serra et le tordit.

Le son que poussa Tammy lui fit carrément mal à la gorge. Elle ne pouvait pas échapper à la douleur et, pire, elle les entendit rire quand elle s'essouffla, démontrant sans l'ombre d'un doute que ses souffrances les amusaient beaucoup.

Tenaillé par la frustration, Vaillant se laissa tomber à genoux, rapprocha le nez du sol et tenta de discerner la puanteur de l'ennemi. Les humains étaient parvenus à une zone rocailleuse et le vent s'était levé. Il refusa d'abandonner même s'il avait perdu leur odeur. Les yeux plissés, il scruta les alentours à la recherche d'une trace de leur récent passage.

— Dispersez-vous, ordonna-t-il aux autres Hybrides. Trouvez-les.

— On se calme, Vaillant, murmura Tigre. Tu as presque l'air d'un fou, à gronder comme ça.

Vaillant tourna vivement la tête pour lancer un regard furieux à Tigre.

— Ils ont ma Tammy.

— Compris.

Tigre recula et se dirigea vers la gauche pour essayer de dénicher la piste.

Vaillant doutait que quiconque comprenne ce qu'il ressentait. Tammy lui avait manqué et avait occupé toutes ses pensées. Quand son lit avait perdu son odeur, il avait eu du mal à s'en remettre. Ne pas la retrouver serait inacceptable.

— Par ici, appela doucement Cavalier. J'ai une trace.

Vaillant bondit sur ses pieds, renifla la zone et discerna la puanteur légère d'un humain en sueur. L'un d'eux s'était frotté à un tronc d'arbre. Il s'avança et scruta l'obscurité, cherchant le chemin le plus facile pour un humain faible portant une humaine sur son épaule.

— Suivez-le, commanda Tigre. Ne le perdez pas de vue.

— Je vais les tuer, jura Vaillant.

— C'est pour ça qu'on ne te lâchera pas d'une semelle. Tu es tellement énervé que tu pourrais tous nous faire tuer, y compris Tammy. (Tigre franchit la distance qui les séparait et le talonna de près.) Réfléchis avant d'agir.

— Je suis prêt à tout pour la sauver.

— C'est ce qu'on craint, soupira Cavalier. On veut sauver l'humaine nous aussi, mais ne t'y prends pas comme un manche.

— Laisse-le tranquille, grogna Cuivre. Je comprends ce que c'est que de vouloir protéger une humaine. Je suis très proche de Trisha. Elles ne sont pas aussi fortes que nos femelles et cette Tammy ne sera pas capable de se défendre. C'est pour ça que j'ai souhaité me joindre aux recherches. Harley et Lune auraient aimé venir aussi, mais ils savaient que vous ne vouliez pas que les humains aient le sentiment d'être envahis si nous étions trop nombreux. Si ces humains ont fait du mal à l'humaine de Vaillant, il devrait pouvoir les tuer. Ce sont des enfoirés qui méritent de mourir.

Vaillant gronda d'approbation.

— Génial. Tu nous aides beaucoup, Cuivre.

Tigre lui décocha un regard noir.

Cuivre haussa les épaules.

— C'est la vérité.

Un hurlement strident fendit l'air, vers l'est, et Vaillant réagit à l'appel douloureux de sa femelle. Il rejeta la tête en arrière alors qu'il s'élançait à toute vitesse pour la retrouver.

— Elle dira tout ce que tu voudras, Paul. Tu vois ? (Mark éclata de rire.) Ce n'est qu'une question de savoir se montrer convainc…

Un rugissement fendit soudain la nuit. Et fit tinter les oreilles de Tammy. Elle avait déjà entendu ce cri. Vaillant était tout près.

Tammy fusilla du regard le fumier qui la clouait au sol. Il tournait frénétiquement la tête vers les bois autour d'eux, cherchant d'où venait le rugissement.

— C'était quoi, bordel ?

Ned recula vers le feu avec lenteur, jetant des coups d'œil interrogateurs vers les bois.

— Je ne sais pas, chuchota Terry. C'était proche.

— C'était un lion ? chuchota Ned. Il y en a dans cette partie du nord de la Californie ?

— Je l'ignore, chuchota Mark. Je sais qu'on rencontre des couguars et des lynx dans les régions montagneuses. (Il écarta la main du sein de Tammy pour tâtonner dans son dos.) C'est vraiment proche. Préparez-vous à une attaque. Il a probablement été attiré par ses cris et a cru qu'il trouverait de la nourriture.

Il sortit un pistolet de la ceinture de son pantalon, sous sa chemise.

— Ça ne ressemblait ni à un couguar ni à un lynx.

Terry se baissa, remonta la jambe de son jean et dévoila un étui de revolver. Il empoigna l'arme en se relevant.

— Quoi que ce soit, c'est proche.

Tammy aspira de l'air et hurla encore, malgré sa gorge douloureuse. Elle voulait que Vaillant la sauve et se disait qu'il y parviendrait plus facilement si elle l'aidait.

— Fais-la taire.

Ned paraissait paniqué.

Mark saisit la mâchoire de Tammy pour l'obliger à fermer la bouche. Il la fusilla du regard.

— Recommence et je t'étouffe jusqu'à ce que tu tombes dans les pommes.

Ned et Terry s'éloignèrent de Tammy. Elle fut immédiatement soulagée qu'ils détournent enfin leur attention d'elle. Ils se postèrent autour du feu de façon à surveiller les bois. L'espoir que Vaillant vole à son secours lui fit battre le cœur. *Comment sait-il que je suis en danger ? Pourquoi s'est-il lancé à ma recherche ? Est-ce important ? Zut, non. Il est là.*

Ce devait être Vaillant, à moins que d'autres Hybrides soient capables de rugir comme lui. C'était possible. Quoi qu'il en soit, elle savait qu'avant l'arrivée des Hybrides, aucun animal dans la région n'avait ce genre de cri. Il devait s'agir de l'un d'eux et elle n'avait jamais été plus heureuse de les avoir comme voisins.

Un hurlement brisa le silence, faisant sursauter Mark. Ned jura tout bas et se retourna vivement vers une autre partie des bois, le pistolet brandi.

— Merde.

Semblant terrifié, Mark lançait des coups d'œil de tous côtés.

— C'était un loup ?

— Un loup et un lion ? (Terry proféra un juron.) Merde. Ce ne sont pas de vrais animaux. C'est eux. Ces maudits animaux de labo.

Un nouveau hurlement déchira la nuit et un autre se joignit à lui. Tammy se tortilla, tentant de s'écarter de l'enfoiré qui lui tenait toujours la bouche, mais il l'empoigna soudain par la gorge et la plaqua fermement contre le sol. Il la foudroya du regard.

— Bouge d'un centimètre et je t'étrangle. Et ne t'avise pas de crier.

Elle le croyait. Il avait l'air terrifié et elle discerna de la sueur qui perlait au-dessus de sa lèvre supérieure et sur son front. Il lui lâcha le cou et souleva suffisamment les hanches pour qu'elle ne soit plus clouée par terre. Il la mit en garde du regard.

— Ne bouge pas ou je te tue. Pigé ?

Elle hocha la tête avec de grandes précautions, gardant les lèvres serrées. Elle les avait entendus dire que celui pour qui ils travaillaient la voulait vivante, mais à en juger par leur terreur, ils n'avaient plus les idées claires. Elle tourna les yeux vers les pistolets des hommes. Même Ned et Paul en avaient un à la main à présent. Elle eut soudain peur pour la sécurité de Vaillant. Ou, si ce n'était pas lui, pour celle des autres Hybrides qui étaient dans les bois, s'étant lancés à son secours.

— À tous ceux qui sont dans les parages et peuvent m'entendre, hurla Mark. Je tuerai la salope si vous nous attaquez.

Ned se rapprocha du feu avec lenteur.

— Qu'est-ce qu'on fait ?

Terry brandit son pistolet et scruta les bois sombres.

— On attend le matin quand on y verra mieux, parce qu'ils ont l'avantage dans le noir. Tant qu'on gardera une arme braquée sur elle, ils n'oseront pas attaquer. De toute évidence, ils la veulent. Assure-toi que le feu continue à bien flamber pour les repousser.

— Peut-être qu'on devrait la rhabiller, comme ça ils ne sauront pas qu'on a joué avec elle, chuchota Ned.

— Je ne bougerai pas. (Mark secoua la tête.) Je n'en ai rien à foutre si ça les fout en rogne qu'on l'ait déshabillée. Je suis assez proche pour lui faire sauter la cervelle s'ils nous tombent dessus.

— On pourrait les pousser à nous fondre dessus et les trucider. (Un pistolet dans une main et un canif dans l'autre, Terry tournait en rond avec lenteur, surveillant les bois au-delà du cercle de lumière émanant du feu.) L'un de nous pourrait faire mal à la fille pour les obliger à approcher et on prendrait l'avantage. Ils ne sont que trois et on peut gérer ce nombre d'animaux à deux pattes.

— Comment tu sais qu'ils ne sont que trois ? chuchota Ned. Ils pourraient être des dizaines à nous observer. Ils pourraient nous avoir encerclés.

— J'ai entendu deux hurlements de loup et un rugissement, déclara Paul. Je suis d'accord avec Terry. Ils ne sont que trois ; s'il y en avait eu d'autres, ils auraient poussé leur cri dans une ultime tentative d'intimidation. À mon avis, ils resserrent leur étau autour de nous et se servent de leurs cris pour signaler leurs positions. C'est une tactique de chasse de base, avec des animaux. Il s'agit de chercher à savoir où se trouve la proie pour ne pas risquer de se prendre une balle, quand plusieurs équipes cernent la même cible.

— Ils ont des armes à feu ? geignit Ned. Personne ne m'a prévenu.

— Putain, ouais, confirma Terry. Je les ai vus quand j'ai participé à ce rassemblement il y a quelques mois à leur Homeland. Ils étaient alignés au sommet d'un mur, avec des tireurs d'élite qui en défendaient les portes au cas où certains d'entre nous auraient décidé d'en forcer de nouveau le passage.

Tammy savait avec certitude que les crétins qui l'avaient kidnappée tireraient sur les Hybrides. Ses sauveurs se doutaient-ils que ces fumiers étaient armés ? Elle leur jeta encore un coup d'œil et inspira un grand coup avec lenteur. Elle était prête à parier qu'ils ne la tueraient pas sur-le-champ. Elle avait conscience d'être devenue leur seul moyen de pression pour empêcher les Hybrides de leur tomber dessus.

Vaillant s'élança vers le campement quand l'odeur de la peur de Tammy lui emplit les narines. Le besoin de la protéger, de l'aider devint si impérieux qu'il ne fut plus capable de former la moindre pensée cohérente.

Une lourde masse s'abattit soudain sur son dos et ses genoux se dérobèrent sous lui. Deux bras musclés l'étreignirent, l'un à la gorge pour lui bloquer la respiration et l'autre sous les bras, au niveau du torse. Vaillant empoigna le corps du mâle mais les mots que celui-ci lui cracha à l'oreille le dissuadèrent de se débattre.

— Elle sera morte avant que tu l'aies rejointe. Calme-toi maintenant, ordonna Tigre. Réfléchis, mon ami. (Il relâcha son étreinte sur sa gorge.) Respire profondément quelques secondes, lutte contre tes instincts et fais-moi confiance.

Vaillant aspira l'air par la bouche, ravala un rugissement et sut que Tigre avait raison.

— Les humains la tueraient. Je dois aller la retrouver.

Il parla à voix basse pour que celle-ci ne porte pas jusqu'au campement.

— On doit la rejoindre avant qu'ils l'aient tuée. Je comprends ta fureur ; je la sens, j'en sens l'odeur. Tu veux la sauver et moi aussi. On ne peut pas faire n'importe quoi. Écoute. Tu vois le feu ? Tu as remarqué l'humain avec le pistolet assis sur elle ? Il est là pour la descendre si on leur tombe dessus.

Vaillant ne remarqua pas seulement l'humain qui clouait sa Tammy au sol. Ils l'avaient déshabillée, exposant sa peau pâle à l'air froid nocturne et à la vue de ses ravisseurs. Une rage meurtrière l'étreignit, et il trembla de tout son corps.

— Je sais, murmura Tigre d'une voix apaisante. Je sens avec quelle force tu veux leur arracher le cœur et leur trancher la tête. Mais tu mettrais Tammy en danger. Tu te maîtrises ?

Il secoua la tête avant d'acquiescer.

— Oui, dit-il d'une voix râpeuse.

Tigre relâcha son étreinte sur son torse et le poids sur son dos disparut quand il se leva. Cavalier poussa un hurlement de l'autre côté du campement. Il était en position. Vaillant eut les idées un peu plus claires, sachant que les humains étaient encerclés. Les Hybrides lanceraient l'assaut de la direction opposée pour attirer leur attention. Il n'aurait qu'à attendre quelques instants avant de rejoindre Tammy. Il la protégerait et massacrerait ses ravisseurs.

Tigre s'accroupit près de lui.

— Je t'autorise à trucider l'humain installé sur elle. Utilise ton couteau. On ouvrira le feu quand tu attaqueras. Elle est plus en sécurité au sol, Vaillant. Veille à ce qu'elle ne se relève pas et ne te mets pas à découvert. Ils te tireront dessus. Tu ne pourras pas l'aider si tu es mort. Tu es un fils de pute costaud, mais tu ne survivras pas à une demi-douzaine de trous dans le corps. Tu m'as compris ?

— Oui.

Même s'il n'en avait pas envie.

— Prépare-toi, mais attends d'avoir la voie libre.

Vaillant se leva et porta la main sur le couteau fixé à sa cuisse, le soupesant. L'attention rivée sur l'humain à califourchon sur les hanches de Tammy, il sentit la fureur bouillonner en lui et il sut qu'il ne le raterait pas.

— Va la chercher à la première occasion. Repars avec elle pendant qu'on s'occupe d'eux.

— Je veux les voir tous morts. Je veux m'en charger.

— Tammy, Vaillant. Concentre-toi sur Tammy. Emmène-la loin d'ici à la seconde où tu auras une chance de l'attraper, quand les humains se seront jetés par terre pour échapper à nos coups de feu, mais pas avant. Tu ne pourras pas l'aider si tu es mort. Ne l'oublie pas, bon sang.

— Je m'en souviendrai.

Il plissa les yeux et réprima un autre rugissement, impatient de tuer le salopard qui était assis sur sa Tammy.

— Ils sont armés, hurla Tammy pour informer les Hybrides de ce à quoi ils s'exposaient s'ils s'introduisaient dans le campement.

Mark lui serra la gorge de la main, mais il s'y prit trop tard. Elle avait réussi à prévenir les Hybrides. Ils devaient l'avoir entendue, elle l'espérait du moins alors qu'elle fusillait des yeux l'enfoiré assis sur elle. Si les regards pouvaient tuer, elle savait qu'elle serait morte sous ses prunelles noisette.

— C'est bien triste de voir quelqu'un choisir un animal plutôt que les siens, grogna Paul. On se met dos à dos, les mecs. Tirez sur tout ce qui bouge.

Tammy se débattit frénétiquement contre la ceinture qui lui enserrait les poignets. Pour ne rien arranger, elle avait les mains coincées sous les fesses et elle avait du mal à les bouger. Elle s'efforçait de ne pas frôler les cuisses écartées de Mark, installé à califourchon sur ses hanches, quand elle prit conscience qu'il l'étranglait toujours et qu'elle ne pouvait pas respirer. Alors que les secondes s'égrenaient, elle comprit qu'il n'avait pas l'intention de desserrer son étreinte.

Complètement paniquée, elle releva brusquement les deux genoux. Il jura quand elle le frappa dans le dos ; il se rattrapa de la main avant de basculer, choisissant de lâcher sa gorge plutôt que son pistolet. Tammy aspira l'air dans ses poumons et laissa retomber ses jambes.

— Ne fais pas ça, salope, cracha-t-il.

— Je ne pouvais plus respirer, haleta-t-elle.

Il la fusilla du regard.

— Espèce de sal…

Tammy regardait Mark quand les mots moururent sur ses lèvres et qu'il écarquilla les yeux. Il ouvrit davantage la bouche, presque comme s'il allait hurler, mais seul un très faible sifflement en sortit. Il baissa le regard avec lenteur sur le manche du couteau qui dépassait de son torse. Du rouge jaillit soudain de sa bouche et éclaboussa Tammy. Le sang frais, chaud et éclatant recouvrit sa peau nue.

Tammy réagit après une fraction de seconde d'horreur absolue. Elle se contorsionna violemment et souleva les hanches, inclinant son corps en direction du feu. Le poids de Mark se déplaça et il s'écroula ; Tammy roula brusquement de l'autre côté, pour se dégager complètement. Y étant parvenue, elle utilisa son épaule pour prendre appui dans l'herbe, les mains toujours liées dans le dos.

Elle prit appui sur les genoux et l'épaule, sans se soucier des cailloux et des brindilles sur le sol qui lui rentraient dans la peau. Elle entendit un coup de feu, vraiment bruyant, et la situation dégénéra complètement alors que d'autres détonations éclataient, un battement de cœur plus tard. Elle ignorait si elle était visée ou non. Elle se leva tant bien que mal avec la frénésie du désespoir et se sauva à toutes jambes dans l'obscurité des bois.

Tammy continua à avancer malgré les balles qui déchiraient des troncs d'arbres autour d'elle. Elle laissa le campement derrière elle sans avoir reçu la moindre blessure et réussit à ne rentrer dans aucun arbre. Lorsque la lueur du feu s'effaça, elle se retrouva totalement aveugle.

Elle courut jusqu'à ce qu'elle se cogne l'épaule contre une branche basse, tombant à genoux sous le choc. Elle se releva tant bien que mal et s'appuya contre l'écorce raboteuse, tentant de recouvrer le souffle qu'elle avait perdu ; elle ne se soucia pas de la rugosité douloureuse contre sa peau.

Un homme hurla dans son dos – un cri horrible et déchirant, mais qui la poussa à reprendre sa course. Elle tira violemment sur ses poignets mais le cuir refusait toujours de céder. Tiraillée par la frustration et la peur, elle s'élança en trébuchant. Elle voulait creuser la distance qui la séparait des balles.

Elle marcha, priant pour que sa vision s'adapte à l'obscurité. On aurait dit qu'une guerre se déchaînait derrière elle, entre les coups de feu et tous les cris qui déchiraient la nuit. Tammy parvint enfin à distinguer des formes imprécises et accéléra l'allure jusqu'à avancer d'un bon pas. Elle n'alla pas loin avant que quelque chose surgisse soudain sur son chemin, arrivant par le côté – c'était gros et ça fonçait droit sur elle.

Elle ouvrit la bouche pour hurler alors qu'elle tentait de se retourner pour fuir dans une autre direction, mais elle ne fut pas assez rapide. De grandes mains l'empoignèrent à la taille.

— Tammy, dit Vaillant d'une voix rauque.

Elle se figea. Les mains l'attirèrent contre un torse recouvert d'un tissu. Elle huma le parfum viril qu'elle n'avait pas oublié. En cet instant, elle s'avoua que cette odeur lui avait manqué, qu'il lui avait manqué. Il émanait de son grand corps chaud une impression de force tandis qu'il refermait les bras autour de sa taille. Elle sentit ses genoux se dérober sous elle mais ne tomba pas. Il la maintint contre lui avec fermeté.

— Je te tiens.

Tammy avait les doigts qui la démangeaient de l'étreindre, mais c'était impossible. Elle renifla, luttant contre les larmes qui lui montèrent aux yeux tant elle était soulagée qu'il l'ait sauvée. Elle avait été terrifiée. Ces hommes lui avaient fait du mal mais elle était en sécurité dans les bras de Vaillant. Son cauchemar était terminé. Il s'assurerait qu'ils ne la kidnappent plus jamais. Elle n'en doutait pas une seconde.

— Je vais t'installer par terre et te donner mon pull, souffla-t-il. Tu es glacée. C'est compris ?

Elle acquiesça d'un signe de tête contre son torse et Vaillant grogna doucement alors qu'il l'aidait à s'asseoir dans l'herbe froide. Elle observa sa silhouette sombre quand il s'accroupit devant elle. Dans l'obscurité, il n'était guère plus qu'une grande ombre réconfortante à la voix râpeuse. Du tissu lui frôla la jambe.

— Lève les bras pour moi.

— Je ne peux pas. J'ai les mains liées dans le dos.

Il jura.

— J'avais oublié. Je suis si furieux que j'ai du mal à garder les idées claires.

Vaillant l'enlaça de nouveau. Tammy apprécia, rassurée par sa chaleur et ses bras autour d'elle. Il dénoua la ceinture en cuir avec douceur et la tira d'un coup sec, lui libérant les poignets. Elle ramena les bras devant elle et la douleur qui irradia de chacun d'eux lui arracha un gémissement. Même ses épaules l'élançaient à force d'avoir été bloquées dans la même position.

— Je vais les tuer, grogna-t-il. Tous.

Il s'écarta jusqu'à laisser un peu d'espace entre leurs corps et lui saisit les poignets avec délicatesse, passant le pouce sur sa peau meurtrie.

— Je sens une odeur de sang sur toi.

Vaillant porta les mains de Tammy à son visage et renifla, avant de faire quelque chose qu'elle n'aurait jamais imaginé. Elle sursauta mais ne retira pas ses mains quand il lécha doucement son épiderme écorché. En fait, la douleur insoutenable s'évanouit. Il se tourna vers son autre poignet et y passa la langue.

— Qu'est-ce que tu fais, Vaillant ?

— Ils te font moins mal ?

Elle hocha la tête, avant de se rappeler qu'il ne devait probablement pas y voir grand-chose non plus dans le noir.

— Oui.

Elle prit conscience que tout était soudain exceptionnellement silencieux. Les bruits de la forêt s'étaient complètement éteints, de même que les coups de feu. Seule la petite brise dans les branches au-dessus d'eux était audible en cet instant sinistre.

— Ils vont bientôt arriver et je dois t'habiller, annonça Vaillant tout bas. Je vais te faire enfiler mon pull.

Il lui lâcha les mains.

— Qui est-ce qui arrive ?

Saisie de peur, elle espéra qu'il ne parlait pas de ses bourreaux.

— Les miens vont nous chercher, ce qui ne leur prendra pas longtemps. Ne t'inquiète pas. Ils s'occupent de tes ravisseurs. Lève les bras pour moi.

À eux deux, ils réussirent à faire passer son pull par-dessus la tête et les poignets blessés de la jeune femme. L'étoffe douce et épaisse avait conservé la chaleur du corps de Vaillant et était imprégnée de son odeur. Il l'aida à se mettre debout et elle s'aperçut que le pull lui descendait à mi-cuisses, ressemblant plus à une robe courte sur elle. Il lui roula les manches jusqu'aux coudes.

— Je ne veux pas que le tissu frotte contre tes écorchures, expliqua-t-il.

— Merci.

Elle fut touchée de le voir si attentionné.

Tammy vit la silhouette de Vaillant reculer et lever les bras. Le pâle clair de lune qui leur parvenait à travers la cime des arbres se réfléchit sur une surface blanche. Elle entendit un bruit de tissu qu'on déchirait.

— Ne bouge pas, Tammy. Je vais te porter, mais avant je vais me servir de mon débardeur pour préserver ta pudeur. Je vaïs te confectionner une sorte de short.

Il se laissa tomber à genoux devant elle. Même ainsi, la tête de Vaillant arrivait au niveau de la poitrine de la jeune femme. *Il est super grand*, se rappela-t-elle. Il lui remonta le pull jusque sous les seins et lui demanda de le maintenir en place. Elle ne se sentit même pas gênée d'être nue en sa présence.

Elle sentit qu'il glissait une partie de son débardeur entre ses cuisses et en nouait les côtés sur ses hanches pour couvrir son string. Cela lui évoqua la tenue d'un lutteur de sumo. Vaillant se releva et elle lâcha le pull. Il se rapprocha d'elle.

— Je vais te soulever. Tu es pieds nus et blessée. Tu ne risques plus rien maintenant et personne ne te fera de mal.

— Je sais, murmura-t-elle. Merci.

Il resta silencieux un long moment.

— Tu n'as pas à me remercier de te protéger, Tammy. Tu es mienne. C'est pour moi un devoir et un honneur.

Ses mots la laissèrent sans voix. Jamais aucun homme ne lui avait tenu de tels propos, et elle n'avait d'ailleurs jamais rien attendu de tel, mais tout chez Vaillant était unique. Elle n'imaginait pas un seul de ses anciens petits amis se précipiter dans les bois en pleine nuit pour tenter de lui sauver la vie. Ses yeux se remplirent de larmes qu'elle s'empressa de chasser en clignant des paupières. Elle craignait qu'il s'énerve encore plus si elle craquait et s'effondrait en sanglots à ses pieds.

Il se pencha, et avec une grande douceur passa un bras dans son dos et l'autre derrière ses genoux pour la prendre dans ses bras. Il la souleva facilement, comme si elle était légère comme une plume. Sans hésiter, Tammy enroula les bras à son cou et le serra fort.

Sa peau chaude et nue la réconforta. Elle posa la tête dans le creux de son épaule alors que Vaillant marchait en la portant. L'épuisement et la douleur l'avaient vidée tant physiquement que mentalement. Le balancement des enjambées prudentes de Vaillant l'apaisa.

Chapitre 6

Le bruit réveilla Tammy. Elle prit conscience qu'elle avait dû s'évanouir ou s'endormir. Vaillant la portait toujours. Elle huma son odeur merveilleuse et sa chaleur l'enveloppait aussi fermement que ses bras. Il grogna tout bas.

— On approche des humains. On va bientôt sortir des bois mais je te préviens déjà, j'irai là où tu iras. Ils vont vouloir te faire examiner par leur médecin et j'y tiens, Tammy. Dis-leur juste de m'autoriser à rester à tes côtés. Je me battrai contre tous ceux qui tenteront de t'éloigner de moi.

— Évite surtout de rugir ou de grogner, s'il te plaît. (Elle releva la tête.) Tu es assez effrayant comme ça.

Il s'arrêta de marcher un instant. Elle discernait à peine ses traits à la faible lumière de la lune, mais il acquiesça d'un signe de tête.

— Ne crois pas que je vais te laisser partir. C'est arrivé une fois, et regarde ce que ça a donné. Tu aurais pu te faire tuer cette nuit. Ces humains n'auraient pas pu te kidnapper si tu étais restée avec moi. Personne ne se serait autant approché de toi sans y perdre la vie.

La culpabilité la rongea.

— Au sujet de cette lampe…

Il tourna vivement le visage dans sa direction et grogna tout bas, faisant vibrer son torse ; il inspira.

— Je ne veux pas en parler.

— J'ai eu peur que tu te fasses blesser.

Elle prononça ces mots à toute vitesse.

Il se détourna, renifla l'air et se remit à avancer.

— On discutera plus tard. Tu es plus en sécurité avec moi. Je te protégerai, et n'essaie pas de me fuir une nouvelle fois. Ce serait stupide.

Elle ne trouva rien à y redire. Elle n'avait pas envie de se l'avouer, mais elle ne voulait pas que Vaillant s'éloigne d'elle non plus. Au cours des cinq dernières semaines, il n'avait pas cessé de lui manquer et d'occuper ses pensées. C'était peut-être à cause du traumatisme qu'elle venait de vivre et parce qu'il lui avait sauvé la vie, avait volé à son secours alors même qu'il devait être furieux qu'elle l'ait frappé avec une lampe, mais elle se sentait bien dans ses bras.

— Je suis désolée.

Vaillant plongea le regard dans ses jolis yeux. Le jour où elle s'était échappée de chez lui, elle avait pris l'avantage sur lui, lui était tombée dessus sans crier gare, et il ne l'avait pas du tout vue venir. Il l'avait sous-estimée, une lourde erreur qui avait permis à la jeune femme de filer. Il n'eut aucune difficulté à lire le regret sur son visage et il se réjouit de pouvoir identifier ses émotions.

— J'étais distrait par les mâles qui venaient te chercher.

— Je sais. J'en ai complètement profité. Je t'ai fait mal ?

Sa blessure à la tête avait vite cicatrisé, contrairement ses blessures intérieures. Il avait voulu garder Tammy mais elle l'avait abandonné. Il se rappelait les rares fois où des femelles avaient été introduites dans sa cellule quand il était prisonnier. Toute une vie de rejet transparaissait dans ses souvenirs.

Il terrifiait trop la plupart des Hybrides pour qu'elles acceptent qu'il les touche. Une primate avait poussé des cris stridents et pleuré jusqu'à ce qu'un des techniciens revienne pour la faire sortir. Il savait qu'aucune d'elles n'avait eu envie de s'accoupler avec lui, même si certaines avaient eu pitié de sa solitude.

Il avait rarement vu les siens, et ses rapports sexuels avec leurs femelles avaient été encore plus rares. Tammy l'avait rejeté au début, mais elle avait répondu à ses caresses comme jamais aucune d'elles auparavant. Il lui manquait l'expérience que la plupart des mâles avaient acquise, pourtant il n'avait pas eu l'impression de ne pas être à la hauteur avec Tammy dans ses bras et dans son lit. Il s'était empressé de mettre en pratique tous les conseils en matière de sexualité que lui avaient donnés les femelles, ces rares fois où elles l'avaient autorisé à les monter.

Tammy comptait pour lui, et l'idée qu'elle puisse souhaiter le quitter de nouveau le préoccupait beaucoup. Il avait connu le confinement et refusait de lui imposer ça. S'il la retenait prisonnière chez lui, elle pourrait le haïr. Menacer était une chose, mais en réalité il n'avait jamais voulu la blesser en aucune façon. Il devrait la convaincre de rester de son plein gré.

Il ignorait comment procéder et avait intérêt à trouver une solution rapidement. Les humains chercheraient à les séparer. Beaucoup craignaient les Hybrides, étaient persuadés qu'ils les menaçaient, et il avait conscience que son apparence ne jouait pas en sa faveur. Il avait moins l'air humain que les autres Hybrides. Non pas qu'ils passeraient pour humains, mais ils étaient moins intimidants. S'il ne pouvait pas modifier son apparence, il pouvait faire l'effort d'être aimable.

Il réprima un grognement. Il n'aurait jamais cru qu'il serait prêt à jouer les gentils et les dociles auprès des humains pour qui que ce soit. Plonger le regard dans les yeux de

Tammy changeait tout, cependant. Cela posait la question de ce à quoi il tenait le plus. À elle ou à sa fierté. C'était dur à encaisser, mais il fit son choix.

— Pour toi, Tammy, j'essaierai de bien me comporter avec les humains. Je souhaite interrompre cette discussion. Elle ne me plaît pas.

Message reçu. Vaillant n'avait pas envie de parler du jour où elle s'était enfuie de chez lui.

— Laisse-moi parler, d'accord ?

Il haussa les épaules.

— OK, mais n'oublie pas, je te suis partout. Je terroriserai tout le monde si on tente de t'éloigner de moi, ma jolie.

— Ça marche.

Elle se détendit dans ses bras.

Elle se sentait toute chose quand il l'appelait « ma jolie ». *Ouais, bon. J'ai grave besoin d'une douche.* Elle avait été clouée au sol et n'avait pas besoin de se toucher les cheveux pour savoir qu'ils n'étaient plus qu'une masse informe pleine de terre et de Dieu savait quoi. Elle avait pleuré, avait le corps meurtri et du sang séché sur le visage. Elle ne devait pas être belle à voir, mais c'était adorable à Vaillant de mentir aussi ouvertement pour lui remonter le moral.

Des voitures bordaient les deux côtés de la route lorsqu'ils sortirent des bois. Notamment celles du shérif et de ses adjoints, ainsi qu'une ambulance. D'autres véhicules étaient garés dans l'herbe près de la chaussée, y compris une grande camionnette blanche avec des inscriptions sur le côté. Les voix se turent soudain dans la zone éclairée par les phares. Tammy sut alors qu'on les avait repérés.

Le shérif Cooper courut vers eux avec un de ses adjoints, Carl Bell, sur les talons.

— Tammy !

Elle s'obligea à esquisser un sourire courageux.

— Je vais bien. Vaillant et ses amis m'ont sauvée.

Le shérif hésita à quelques mètres du colosse qui la tenait contre son torse. Il jeta des coups d'œil nerveux à Tammy et Vaillant.

— Je vais prendre la relève, fiston.

Greg Cooper tendit les bras.

Vaillant secoua la tête.

— Je vais la porter jusqu'à l'ambulance. Elle est blessée.

— Où sont ses ravisseurs ?

Le shérif scruta les bois sombres derrière eux.

Vaillant haussa les épaules.

— Ce n'est pas mon problème. Tout ce qui compte pour moi, c'est Tammy. Je suis sûr que mes collègues vous livreront ses agresseurs s'il en reste quelque chose.

Il contourna le shérif et son adjoint abasourdis, soucieux que Tammy reçoive des soins médicaux.

Tammy tressaillit quand elle regarda par-dessus l'épaule de Vaillant, qui s'éloignait à grandes enjambées. Le shérif Cooper scruta les bois pendant encore quelques secondes avant de se retourner. Elle remarqua le coup d'œil intrigué qu'il échangea avec son adjoint, qui haussa les épaules. Les deux hommes s'élancèrent au pas de course pour les rattraper.

Tammy connaissait les deux personnes qui attendaient près de l'ambulance. Elle était allée au lycée avec Marty Homer, qui regarda d'un air grave Vaillant la déposer avec douceur sur un brancard à roulettes qu'il avait sorti en les voyant approcher. Debra Molmes, l'autre ambulancière, avait quelques années de moins que Tammy, qui était allée à l'école avec son frère aîné.

— Merde.

Debra resta bouche bée devant Vaillant et déglutit bruyamment, une expression méfiante sur le visage. Elle détourna les yeux et procéda à un examen visuel de Tammy. Debra tressaillit.

— Nom de Dieu. Tu es dans un sale état, Tam.

— La nuit a été dure et je crains de ne pas être très présentable.

— Euh, excusez-moi, monsieur, dit doucement Marty à Vaillant. Je… euh, je dois m'approcher pour examiner Tam.

Vaillant hésita une seconde avant de s'écarter. Torse nu, musclé, gigantesque, Vaillant valait le coup d'œil. Il avait l'air terriblement viril et sexy quand il ne grognait pas en montrant ses dents pointues. Tammy plongea les yeux dans les siens avec un sourire forcé. Il croisa les bras, mettant en valeur ses bras massifs et musculeux. Il lui rendit son regard avec une expression sévère. Tammy tourna la tête et surprit Debra qui reluquait Vaillant d'un air presque rêveur. Elle semblait avoir dépassé son incertitude initiale quant à la façon de se comporter avec lui.

— Tammy ? (Le shérif Cooper s'approcha.) Tu dois nous dire ce qui s'est passé exactement. Tu avais déjà rencontré ces hommes avant ? Ils t'ont dit pourquoi ils t'ont kidnappée ?

Tammy essaya de ne pas grimacer pendant que Marty et Debra l'examinaient et nettoyaient ses plaies. Elle souffrit quand ils lavèrent son visage ensanglanté et soignèrent sa joue près de l'oreille, là où elle s'était cognée contre le rétroviseur du camion. Ses poignets ne lui avaient pas trop fait mal depuis que Vaillant s'en était occupé.

Pendant que les ambulanciers s'affairaient, elle raconta lentement au shérif ce qui était arrivé quand elle avait quitté le bar et que les hommes l'avaient attrapée, mais elle passa certains passages sous silence. Elle choisit de ne pas souffler mot de tout ce qui avait trait aux Hybrides, mais lui rapporta les remarques de ses agresseurs qui montraient clairement qu'ils les détestaient. Elle mentit éhontément.

— Ils ont dit qu'ils savaient que j'étais allée dans la Réserve. (Elle s'efforça de coller à une partie de la vérité pour que son récit reste crédible.) Ils m'ont attaquée parce que j'y avais bossé et ils m'ont accusée de trahir l'humanité parce que je n'avais rien contre les Hybrides.

Le shérif Cooper bafouilla de colère.

— Ces enfoirés t'ont enlevée parce que tu as travaillé une fois à la Réserve ? Bon sang. Toute la ville va être prise pour cible la prochaine fois s'il ne leur en faut pas plus. Où diable est ton pantalon et pourquoi portes-tu son pull ?

— Ils… (elle baissa les yeux, incapable de regarder le shérif pendant qu'elle parlait, de peur d'éclater en sanglots) ils m'ont déshabillée, maintenue au sol et torturée, lâcha-t-elle, incapable de regarder cet homme qu'elle avait connu la majorité de sa vie alors que ses joues la brûlaient. C'est pour ça que je porte le pull de Vaillant. Quand il est arrivé avec les autres Hybrides, ils n'avaient pas eu le temps de me faire trop de mal, mais ils m'ont arraché tous mes habits à part ma culotte.

— Putain de bordel de merde, jura le shérif Cooper. Ils t'ont violée, Tammy ?

Elle secoua la tête.

— Non. L'un d'eux en avait envie mais les autres ont préféré se contenter de me faire souffrir. Ils voulaient me filmer en train de dire que je détestais les Hybrides moi aussi. Ils étaient cinglés.

Le shérif Cooper se tourna vers Vaillant et lui tendit la main.

— Merci, monsieur Vaillant. Toute la ville vous est immensément redevable à vous et vos amis d'avoir empêché ces salopards de la tuer.

Vaillant fronça les sourcils mais serra la main du shérif.

— Ne me remerciez pas. Elle est à moi et je la protégerai toujours.

Tammy grimaça en mettant Vaillant en garde du regard, avant de secouer la tête.

— Tu te souviens de notre accord, comme quoi c'est moi qui suis censée prendre la parole ?

Il lâcha la main du shérif et haussa les épaules.

— C'est la vérité.

Le shérif Cooper sembla déconcerté quand il se tourna vers Tammy.

— Qu'est-ce que ça signifie ? Tu es à lui ?

Elle hésita.

— Nous sommes ensemble.

Elle n'en dit pas plus.

— Oh. (Le shérif écarquilla les yeux, reportant son attention sur Vaillant, puis de nouveau sur Tammy, comme s'il suivait une partie de ping-pong du regard.) Je n'aurais jamais deviné que vous sortiez ensemble tous les deux. Ça non.

— Mademoiselle Shasta ! s'époumona une femme. Pouvez-vous m'accorder une interview ?

Abasourdie, Tammy tourna la tête et découvrit une femme et un cadreur qui tentaient de contourner l'un des adjoints du shérif pour rejoindre l'arrière de l'ambulance.

Le shérif Cooper s'éloigna de quelques pas et apostropha ses hommes en hurlant.

— Chassez ces reporters. Pas de commentaires, espèces de charognards. Faites-les partir, Byron et Vince. Je suis sérieux.

— Que font des reporters ici ?

Cette situation ne plaisait pas du tout à Tammy.

Le shérif proféra un autre juron entre ses dents.

— Un imbécile a laissé filtrer qu'une femme avait été kidnappée et que nous avions demandé l'aide de la Réserve. Ces maudits journaleux ont rappliqué par camions entiers et nos lignes au poste sont saturées d'appels en provenance de la presse du monde entier.

— Vous devez la faire partir d'ici, déclara Tigre au shérif, longeant l'ambulance pour les rejoindre à l'arrière. Ça va vite se transformer en un délire médiatique, sinon. Nous devons aussi quitter les lieux immédiatement.

— Avez-vous attrapé ces hommes ? lui demanda le shérif Cooper, lui faisant face.

Tigre hésita.

— Nous en avons capturé trois et les avons héliportés à la Réserve. Vous n'avez rien entendu ? Le quatrième est mort, nous n'avons pas pu l'éviter. (Il plongea ses beaux yeux de chat dans les yeux de Vaillant pendant quelques secondes avant de les reposer sur le shérif.) Ils étaient armés et ont refusé de se rendre. L'un de mes agents a reçu une balle lui aussi, mais il survivra. Ce n'était qu'une blessure superficielle. Nous placerons l'humain décédé au frais en attendant que vous vous organisiez pour venir le chercher à notre centre médical. J'ai fourni à l'un de vos adjoints une description détaillée de l'endroit où ils avaient établi leur campement et retenaient Mlle Shasta. Vous devriez retrouver facilement la scène du crime.

— Vous avez fait venir un hélicoptère ici ? (Le shérif sembla surpris.) Où sont mes prisonniers ?

— Nous les conduirons à votre poste lorsque nous aurons le feu vert de nos médecins. (Tigre observa Tammy avant de reporter son attention vers le shérif.) Ils reçoivent des soins médicaux au sein de notre centre médical mais vous pouvez envoyer vos adjoints les chercher si vous le souhaitez. L'un des prisonniers est dans un état critique et, comme je l'ai expliqué, l'un de mes agents a été blessé. Les héliporter était plus rapide que tenter de les porter à travers bois jusqu'ici. Nous gardons un hélicoptère prêt à décoller en permanence. (Tigre jeta un autre coup d'œil vers Tammy.) Nous avons un excellent centre médical, alors si vous me le permettez, je vais rappeler l'hélicoptère pour transporter Mlle Shasta afin que nos médecins la prennent en charge.

— Ils ont besoin d'un vrai hôpital, répliqua le shérif Cooper.

— Ne vous en faites pas pour ça, intervint doucement Marty, l'ambulancier. Ils ont un centre médical de premier ordre. En fait, nous y avons eu recours par deux fois jusqu'ici dans des cas de traumatismes sévères. Ils disposent d'un meilleur matériel et de traumatologues qualifiés, ce dont notre hôpital local ne peut pas se vanter. Nous n'avons pas ce genre de machines. Les prisonniers sont mieux là-bas. (Marty regarda Tigre d'un air stupide, paraissant intimidé.) Nous pouvons prendre Tammy en charge mais merci, monsieur.

Tigre lui adressa un signe de tête et se tourna vers le shérif.

— Vous souhaitez venir chercher les prisonniers quand les médecins en auront fini avec eux ou vous préférez qu'on vous les amène ? Nous rédigerons des rapports complets et nous vous ferons un compte-rendu détaillé de l'assaut de leur campement. Mes agents et moi-même nous tenons à votre entière disposition pour répondre à toutes vos questions.

— Je viendrai, décida le shérif Cooper. Merci infiniment pour tout ce que vous avez fait cette nuit, et je vous suis reconnaissant de vous être déplacés si vite quand je vous ai appelés.

Tigre lui serra la main.

— Nous sommes voisins, et c'est ce que font les voisins. Vous pourrez toujours compter sur le soutien de la Réserve, shérif Cooper. Nous sommes heureux d'avoir réussi à retrouver Mlle Shasta avant qu'ils aient eu le temps de lui faire trop de mal ou de la tuer. (Il lui lâcha la main et posa les yeux sur Vaillant.) Allons-y. Cavalier s'est pris une balle mais rien de grave ; et on doit faire un débriefing par téléphone avec Justice dès notre retour.

L'expression de Vaillant fit froid dans le dos et sa voix se mua en un grognement grave.

— Je ne rentrerai pas sans Tammy.

L'irritation déforma les traits de Tigre.

— Tu ne peux pas rester avec elle. Ses agresseurs appartiennent à un groupe suprémaciste organisé. Tu peux parier que d'autres ne vont pas tarder à débarquer, si quatre des leurs sont dans le coin. D'autres membres de leur groupe sont peut-être déjà là. Tu ne peux pas déambuler dans les rues de cette petite ville. Tu constitues une cible, et si tu es seul tu seras une proie plus facile pour eux. Et n'oublie pas les dommages collatéraux, Vaillant. Ils pourraient blesser des innocents en essayant de te tuer, y compris Mlle Shasta. Justice nous a donné l'ordre de rentrer à la Réserve immédiatement.

Lorsque Vaillant montra ses dents pointues, Tammy sentit que ça allait barder. Elle savait que Vaillant ne la quitterait pas.

— J'irai avec lui, proposa-t-elle d'une voix forte. Je vous accompagne à la Réserve.

Elle repoussa les mains de Debra qui lui bandait les poignets et tenta de descendre du brancard.

— Attends un instant, bredouilla le shérif Cooper. Je dois t'interroger.

— Tu pourras le faire à la Réserve. (Tammy implora le shérif du regard.) Je suis terrifiée et je veux rester avec Vaillant. S'il te plaît, n'en fais pas toute une histoire parce que j'en ai assez vu comme ça cette nuit. S'il te plaît. Tu pourras m'interroger autant que tu voudras, mais laisse-moi juste partir avec lui.

Le shérif détailla Vaillant des pieds à la tête avant de soupirer.

— J'y réfléchirais à deux fois avant de me colleter avec eux. Je comprends que tu te sentes plus en sécurité auprès de lui. J'ai vu comment ils se sont organisés là-bas et tu seras plus à l'abri derrière leurs murs d'enceinte qu'en ville. C'est finalement une bonne idée. Je manque d'effectifs pour te protéger d'autres menaces ou même de ces maudits reporters. J'aurai bientôt besoin de ta déposition si tu te rends à la Réserve.

Le soulagement la submergea.

— Bien sûr.

Vaillant se déplaça avant que Tammy ait pu se lever et la prit au creux de ses bras. Debra saisit l'un des draps et en enveloppa la taille et les jambes nues de la jeune femme ; elle lui adressa un clin d'œil.

— Petite chanceuse, chuchota-t-elle.

Tammy en resta presque bouche bée. Debra lui décocha un autre clin d'œil avant de se retourner pour grimper dans l'ambulance, marmonnant un truc tout bas qui échappa à Tammy. Tammy passa les bras autour du cou de Vaillant et remarqua son sourire.

— Qu'est-ce qu'elle a dit ? Tu as entendu ?

Il plongea son regard amusé dans le sien.

— J'ai une excellente ouïe. (Il approcha les lèvres de son oreille.) Elle a dit qu'elle serait heureuse d'avoir mes bras autour d'elle et qu'elle aimerait bien aussi enrouler ses cuisses autour de moi.

— Oh.

Tammy rougit avant de se mettre en colère, tiraillée par une pointe de jalousie. Elle le fusilla des yeux, ne partageant pas l'hilarité manifeste que lui inspiraient les paroles de l'ambulancière.

Le cœur de Vaillant se gonfla de joie en voyant les yeux de Tammy lancer des éclairs. Elle n'appréciait pas qu'une autre humaine le trouve séduisant et ait envie de s'accoupler avec lui. La bouche de Tammy formait une ligne tendue. Elle garda le silence, cependant.

Il se retint de sourire jusqu'aux oreilles. Tammy ne voulait pas que d'autres femelles lui offrent leur corps. C'était clairement un signe de possessivité. Ce qui ne pouvait que lui laisser espérer parvenir à la convaincre de rester avec lui. Il disposait d'une nouvelle arme à son arsenal, au cas où il aurait besoin de se battre pour la garder à ses côtés. Il ne s'en servirait jamais, elle était la seule femelle qu'il désirait, en revanche il était bien tenté de lui laisser croire qu'il pourrait être intéressé par une autre.

Le regard perdu dans ses yeux, il n'aima y voir soudain couver l'incertitude. La peur du rejet n'avait rien de bon. Ce serait cruel de la laisser penser qu'il ne lui était pas entièrement acquis alors qu'il n'y avait aucun risque qu'il en choisisse jamais une autre qu'elle. Bien sûr, ça ne signifiait pas qu'il ne pouvait pas savourer l'allégresse que lui procurait sa colère.

— Tu crois que mon affection est aussi inconstante ?

Elle hésita.

— Je ne sais pas.

Sa franchise ne fut pas du goût de Vaillant, en l'occurrence.

— Tu m'insultes. Je ne t'ai pas caché mon désir pour toi. Aucune autre femelle ne m'intéresse.

— Je ne suis pas vraiment à mon avantage physiquement pour l'instant et je me sens encore pire.

— La nuit a été longue et tu es très courageuse.

— Ouais. D'accord. Ce n'est pas l'impression que j'ai eue. J'étais terrifiée.

— Tu as cessé de parler ?

— Non. Tu es le seul à me faire cet effet. (Elle vit un sourire se dessiner sur ses lèvres.) Tu trouves ça amusant ?

— Un peu. Je t'affecte d'une façon unique. C'est une idée qui me plaît.

Elle roula des yeux.

— Super.

— Tammy ?

Elle croisa son regard et il résista à l'envie de l'embrasser. Sa bouche le tentait. Il n'aurait qu'à baisser la tête pour s'emparer de ses lèvres. Il n'en avait rien à faire de choquer les humains autour d'eux. Il serait heureux de la revendiquer devant n'importe qui, Hybride ou humain. Il hésita trop longtemps.

— Quoi ?

Vaillant aimait la voir sourire et espérait la dérider en la taquinant un peu. Il gloussa.

— Je ne veux pas d'autres cuisses que les tiennes enroulées autour de moi, alors ne te mets pas en colère.

Tammy détourna les yeux et s'apaisa. Elle était heureuse de l'entendre dire ça. Elle ne savait pas si elle le croyait, vu qu'elle pensait que la plupart des hommes n'étaient pas monogames. Mais encore une fois, Vaillant ne ressemblait à aucun des hommes qu'elle avait jamais rencontrés. *C'est bien le moins qu'on puisse dire.*

Tigre les précéda jusqu'à l'une des Jeeps. Il était accompagné par une poignée d'Hybrides.

— Mademoiselle Shasta ! (Le reporter hurla pour attirer son attention.) Que s'est-il passé ? Où allez-vous avec eux ? Qui est l'Hybride qui vous porte ?

Tigre jura tout bas.

— Ne leur répondez pas.

Vaillant se laissa tomber sur le siège passager, Tammy bien installée sur ses genoux. Tigre leur coula un regard et démarra.

— Tu connais la réglementation en ce qui concerne le port de la ceinture de sécurité, pas vrai ? On n'est pas à la Réserve.

Pour toute réponse, Vaillant grogna.

— OK. Je ne pense pas qu'on risque de se faire arrêter, mais je tenais à te le signaler.

— J'ai entendu et on va bien.

Vaillant installa Tammy plus étroitement contre lui. Elle se tordit le cou pour jeter un coup d'œil à Tigre. Elle haussa les épaules et serra Vaillant plus fort dans ses bras. Elle se retourna et posa la joue contre son torse chaud. Elle se sentait en sécurité. Tigre prit la tête des cinq véhicules noirs qui roulaient vers la Réserve.

— J'ai quelque chose à vous dire, annonça Tammy à voix haute pour que les deux hommes l'entendent.

Vaillant baissa les yeux vers elle jusqu'à ce qu'elle croise son regard.

— Que se passe-t-il ?

— Vous m'entendez, Tigre ?

— Oui. J'ai l'ouïe fine.

— Je n'ai pas tout dit au shérif au sujet de ces hommes. Ils savaient que Vaillant m'avait portée dans sa maison le jour où je l'ai rencontré. Ils ont dit qu'ils avaient un indic qui a surpris une conversation entre Justice North et peut-être vous, Tigre. Ils ont parlé de leur patron et du fait qu'il me voulait à cause de ce qui s'était passé.

Elle fixa son regard sur Vaillant et poursuivit :

— Ils savaient que j'avais couché avec toi. Ils n'ont jamais mentionné le nom de l'homme pour qui ils travaillent mais ils l'appellent « le docteur ». Ils voulaient filmer une déclaration où j'aurais raconté des horreurs pour inciter les gens à vous haïr. Ils ont dit que ce docteur, leur patron, espérait procéder à des expériences sur moi dans une sorte de laboratoire. L'un d'eux pensait que j'avais été infectée et que je me transformerais en Hybride, mais j'ai menti et ai prétendu qu'il ne s'était rien passé entre Vaillant et moi. Ils ont parlé d'un indic plusieurs fois, quelqu'un qui serait proche de Justice North.

— Putain de bordel de merde, grogna Tigre. Vous en êtes sûre ?

— Certaine. (Tammy hésita.) Ça vous évoque quelque chose ? Je n'ai pas voulu en parler au shérif Cooper parce qu'il aurait aussi voulu savoir ce qui s'était passé entre nous.

— Avez-vous raconté à qui que ce soit ce qui est arrivé chez Vaillant ?

Tigre avait l'air inquiet.

— Non. (Tammy tourna la tête pour le scruter.) Je n'en ai parlé à personne, et j'ai aussi demandé à Ted d'en faire autant. Il a juré de ne pas en souffler mot. Il a cru tout ce que je lui ai raconté et pense que Vaillant et moi, eh bien, il pense que je lui ai dit toute la vérité. Ces hommes, cette nuit, étaient certains que j'avais eu un rapprochement sexuel avec Vaillant ; selon eux, leur indic avait entendu Justice

North et son chef de la sécurité discuter du fait que je veuille ou non porter plainte pour viol. Ils ont affirmé aussi que leur patron et d'autres membres de leur groupe viendraient ici dans deux jours.

— Ça ne me plaît pas, grogna Tigre. J'ai eu cette conversation avec Justice.

Vaillant resserra les bras autour d'elle. Tammy l'observa. Il la fusillait de ses yeux plissés, une expression blessée sur son visage tout à la fois séduisant et effrayant.

— Ne me regarde pas comme ça. Je n'ai jamais parlé de viol. Je n'ai pas cessé de répéter que tu ne m'avais pas agressée.

— Elle ne t'a jamais accusé de l'avoir forcée, confirma Tigre. Elle a été très claire sur le fait que tu n'avais aucune raison d'être puni, mais je n'étais juste pas convaincu. Tu l'as emmenée dans tes bras, Vaillant. Tu n'étais pas toi-même ce jour-là et tu étais agressif. J'ai envisagé la possibilité qu'elle mente. Certaines victimes de viol le nient. J'en ai parlé avec Justice, mais manifestement quelqu'un nous a espionnés et a divulgué certaines informations à ces groupes terroristes.

Vaillant avait encore l'air furieux, mais il relâcha son étreinte sur Tammy, l'installant plus étroitement contre lui. Il soupira. Tammy ferma les yeux et posa la joue contre son torse. Elle était fatiguée mais réussit à ne pas s'assoupir.

La Jeep s'arrêta à la porte principale de la Réserve. Tammy leva la tête et contempla le haut mur qui protégeait le complexe. Elle savait que sa construction avait suscité l'enthousiasme des habitants de sa ville et des villes voisines car ils avaient embauché énormément de main-d'œuvre. Des gardes armés étaient postés à intervalles réguliers sur le chemin de ronde qui le surmontait. Deux hommes fortement armés sortirent de la guérite près de la porte et examinèrent ouvertement Tammy.

— Tout va bien, Tigre ?

— Oui. Mlle Shasta sera notre invitée pendant quelque temps.

L'agent hocha la tête.

— Je vais appeler la résidence des visiteurs pour qu'ils lui préparent un appartement et lui affectent des gardes du corps.

— Elle vient chez moi, déclara Vaillant avec fermeté.

Tigre secoua la tête.

— Tu ne peux pas l'emmener dans ta maison.

— Elle vient chez moi, grogna Vaillant.

Tigre hésita.

— Vaillant, tu ne peux pas l'emmener là-bas. Tu peux t'installer à l'hôtel si tu veux rester avec elle. Ces enfoirés l'ont prise délibérément pour cible, et en tant que chef de la sécurité je soutiens qu'elle sera plus à l'abri à l'hôtel à proximité de l'ensemble de nos agents que dans ta maison isolée. En plus, le shérif veut recueillir sa déposition, et je suis sûr que Justice risque de vouloir lui parler. Elle a aussi besoin de soins médicaux. Quand la situation se sera détendue, et si elle souhaite aller chez toi, nous en reparlerons. Pour l'heure, je l'interdis. Elle logera à l'hôtel et ce n'est pas sujet à discussion. Tu peux la fermer et rester avec elle ou rentrer seul chez toi.

— Très bien, grogna Vaillant. On reste à l'hôtel.

Tigre reporta son attention vers les agents qui attendaient.

— Je ne veux pas qu'elle soit en contact avec les autres humains. Elle sera confinée dans l'une des suites avec Vaillant. Elle aura besoin de vêtements et de soins médicaux.

— Les médecins sont pas mal occupés. (L'agent scrutait toujours Tammy.) C'est urgent ? L'un de ces enfoirés est dans un état critique et les médecins sont tous en train de l'opérer.

— Elle ne passera pas après l'un de ses agresseurs, protesta Vaillant d'une voix rageuse. Qu'on le laisse crever.

Tigre leva les mains pour faire signe à Vaillant de se calmer.

— J'appellerai Slade pour lui demander de faire venir Trisha. D'accord, Vaillant ?

Il hocha la tête.

— Je préfère de toute façon que ce soit Trisha qui l'examine. Je lui fais confiance pour prendre soin de ma femelle.

Sa femelle ? Tammy arqua un sourcil.

Vaillant lui lança un regard mauvais.

— Tu es mienne.

— On est des gars possessifs, l'informa Tigre doucement.

— Vraiment ? (Tammy roula des yeux.) Je ne l'aurais jamais deviné.

L'agent ricana.

— Vaillant s'est trouvé une humaine. Je croyais qu'elles étaient trop fragiles, mon pote.

Vaillant grogna et l'agent recula d'un pas.

— Je plaisantais. (Il jeta un coup d'œil à Tigre.) Tu connais les règles. On fouille tous les humains à leur entrée. Elle doit sortir du véhicule.

Vaillant poussa un autre grognement menaçant.

— Ne t'avise pas de la toucher.

Tigre intervint.

— Elle n'a pas besoin d'être fouillée. Tout ce qu'elle a sur le dos c'est le pull de Vaillant et... (il baissa les yeux sur la taille de Tammy) et un drap, en plus du débardeur de Vaillant par-dessus sa culotte. Je réponds d'elle. Je ne doute pas une seconde que Vaillant l'a déjà soumise à un examen minutieux pour s'assurer qu'elle n'avait aucune blessure sérieuse. Elle a des armes sur elle, Vaillant ?

— Non.

L'agent soupira.

— Compris, OK, vas-y, Tigre. Je vais passer ces coups de fil à l'hôtel et au magasin pour lui commander des vêtements.

Tigre franchit les portes quand elles s'ouvrirent. Il prit son téléphone portable et composa un numéro.

— Salut, Slade. Vaillant demande que Trisha vienne examiner sa petite copine. Je les conduis à l'hôtel. Elle a été blessée. (Il s'interrompit.) Humaine. (Il s'interrompit encore.) C'est une longue histoire. (Il écouta quelques secondes.) Merci.

Il raccrocha.

— Slade amène Trisha. Il a dit qu'en temps normal il ne l'aurait pas laissée sortir si tard mais qu'il ne pouvait pas manquer ça.

Contrarié, Vaillant lui montra ses dents pointues. Tammy fronça les sourcils à cette remarque inhabituelle mais décida de ne pas la relever. Elle n'était pas sûre de vouloir entendre les réponses aux questions qui flottaient dans sa tête. N'ayant pas été dans cette partie de la Réserve, elle observa attentivement les lieux. Elle aperçut un petit bâtiment d'un étage.

— C'est la résidence des visiteurs, dit Tigre. C'est là que logent les humains de passage. Elle offre six trois-pièces. C'était la résidence du personnel quand cet endroit était un centre de vacances mais nous l'avons remaniée. L'hôtel où la plupart des nôtres vivent quand ils sont ici se trouve un peu plus loin. Il a été refait aussi. Il propose essentiellement des chambres, mais il dispose également de quelques suites de deux ou trois chambres. On vous installe dans l'une d'elles ; vous devriez y être bien. Tous les repas sont servis à la cafétéria mais on vous fera porter les vôtres. Vous ne serez pas autorisée à quitter votre suite sans escorte. Vous avez des questions ?

Et comment !

— Pourquoi ne voulez-vous pas que je sois en contact avec d'autres humains et pourquoi nous désignez-vous ainsi ? Vous êtes un humain vous aussi, vous avez juste des trucs en plus que je n'ai pas.

Tigre gloussa.

— Des trucs en plus comme des bijoux de famille ou comme mon ADN modifié ?

— Votre ADN.

— On vous désigne par ce terme parce qu'on veut être désignés par celui d'Hybride. Nous avons été tenus à l'écart toute notre vie. C'est difficile pour tout le monde, nous y compris, de nous considérer comme de bons vieux humains. Ce ne serait pas vrai de toute façon. Nous n'avons rien d'ordinaire.

— Merci. Pourquoi ne puis-je pas quitter la suite sans escorte ?

— Vous serez installée dans un bâtiment entièrement occupé par des Hybrides, ce qui en rendra certains nerveux. La plupart d'entre nous avons du mal à faire confiance aux vôtres. Moins ils vous verront, mieux ils se porteront et plus vous serez en sécurité. Certains Hybrides ne sont pas très fans des humains.

Vaillant grogna.

— Ça pourrait être lié au fait qu'ils nous ont enfermés la majeure partie de notre vie et qu'on a eu affaire au genre d'humains qui t'ont kidnappée cette nuit.

Tammy croisa son regard furieux.

— Tu parles comme si tu haïssais les humains. (Elle se mordit la lèvre.) Est-ce qu'une partie de toi me déteste aussi parce que je ne suis pas une Hybride ?

Il fronça les sourcils.

— Je ne te déteste pas.

— Mais…

— Je ne connais que deux humains que je ne déteste pas et tu en fais partie.

— Parce que je te plais ?

— Parce que tu es à moi.

Elle le regarda fixement.

— Pourquoi suis-je à toi ?

— Ne cherchez pas à savoir, soupira Tigre. Faites-moi confiance. C'est à y perdre la raison. Vous lui plaisez, il vous aime bien et zut, ne vous prenez pas la tête avec ça. Vous vous rappelez le jour où vous l'avez rencontré et qu'il n'avait pas l'air de vous apprécier ? Représentez-vous la différence en pensée et je crois que vous m'aurez compris.

Elle hocha la tête, le regard rivé sur Vaillant.

— Je préfère mille fois que tu m'aimes bien.

Il lui adressa un clin d'œil, ce qui la laissa bouche bée. Elle n'aurait jamais cru qu'il ferait ça, et avec ses yeux de chat c'était absolument surprenant. Il fronça les sourcils.

— Je m'y suis mal pris ? J'ai essayé de te mettre à l'aise. Tu as tressailli et tu as une expression sur le visage que je n'ai jamais vue avant. Je ne peux pas dire qu'elle soit très séduisante.

— Ne me refais plus jamais de clin d'œil. (Elle sourit.) S'il te plaît.

— Quel est le problème ?

Tigre se gara devant l'hôtel. Environ une quinzaine d'Hybrides en sortirent et les dévisagèrent ouvertement ; certains visages étaient franchement hostiles. Tammy se sentit aussitôt mal et se cramponna un peu plus à Vaillant. Les femmes étaient grandes et musclées et n'avaient pas l'air faciles. Elle pouvait tous les imaginer sans difficulté, tant les hommes que les femmes, comme figurants dans un film mettant en scène d'affreux bandits. Pire que tout, ils semblaient absolument furieux de la voir.

— Tammy ? Pourquoi n'as-tu pas aimé mon clin d'œil ?

Elle s'obligea à arracher son attention des colosses aux visages mauvais qui la fusillaient du regard et leva les yeux vers Vaillant.

— Fais-en un à Tigre.

Vaillant tourna la tête et s'exécuta. Tigre éclata de rire.

— Je suis d'accord avec elle. Ne recommence jamais plus. Ça fait juste trop bizarre sur les Hybrides félins. C'est sympa sur les humains, mais pas sur nous.

Vaillant soupira.

— Très bien. Je ne te ferai plus de clin d'œil.

Il déplaça son grand corps et descendit de la Jeep en portant Tammy, la serrant plus étroitement contre son torse.

Tammy sentit un frisson de peur lui remonter le long de la colonne vertébrale avec lenteur. Elle n'avait rencontré qu'une poignée d'Hybrides, mais à présent ils étaient au moins une quinzaine à l'entourer ; elle ne les avait jamais vus mais son arrivée semblait beaucoup les irriter. Ils bloquaient la porte à deux battants de l'hôtel et la frayeur de la jeune femme augmenta comme son rythme cardiaque. Elle détestait avoir peur mais c'était plus fort qu'elle.

Tigre s'avança devant Vaillant et Tammy.

— Il n'y a rien à voir. Voici Tammy et elle est avec Vaillant. Ils vont séjourner dans l'une des suites du troisième étage de l'hôtel. Elle a été attaquée cette nuit par l'un des groupes suprémacistes qui nous prennent pour cible.

Personne ne bougea. Tammy remua dans les bras de Vaillant, l'agrippant plus fort. Elle lui aurait bien demandé de la poser et se serait glissée derrière lui, mais elle savait qu'il n'en ferait rien. Pourtant, il était assurément assez costaud pour la cacher. Elle sentit qu'il resserrait ses bras autour d'elle. Elle le regarda et vit qu'il montrait de nouveau les dents. Il baissa les yeux sur elle.

— Couvre-toi les oreilles tout de suite.

Elle lâcha son cou et leva les mains alors qu'il prenait une profonde inspiration. Il fusilla du regard les hommes et les femmes qui se dressaient sur son chemin et rugit. Tammy tourna la tête et vit Tigre faire un bond de près de soixante centimètres.

— Dégagez ! rugit Vaillant. Tout de suite !

Tammy regarda les Hybrides se disperser alors que Tigre riait. Elle enroula de nouveau les bras autour du cou de Vaillant. Il ne restait pas une seule personne dans le hall quand ils franchirent la porte que Tigre leur tenait.

— Rappelle-moi de faire appel à toi la prochaine fois que j'aurai besoin de vider une pièce. (Tigre semblait très amusé.) Je vais chercher la clé de la suite et je vous rejoins devant l'ascenseur.

— Merci.

Vaillant se retourna et traversa le hall comme un ouragan.

Ils ne virent pas âme qui vive. Tammy se demanda comment quinze personnes pouvaient disparaître ainsi ; elle supposait qu'elles avaient dû courir pour échapper à Vaillant.

Elle reposa les yeux sur l'homme qui la tenait délicatement dans ses bras et examina ses traits furieux, comprenant qu'il puisse effrayer les siens. Elle n'oublierait jamais le jour où elle l'avait rencontré ; il l'avait laissée muette de terreur. Un exploit que personne n'avait jamais réussi à accomplir de toute sa vie.

Chapitre 7

— Je vais me doucher. (Tammy mit les mains sur les hanches.) Pousse-toi.

Vaillant grogna tout bas.

— Laisse Trisha t'examiner d'abord. Elle devrait être bientôt là.

— Je veux me laver avant. J'arrive à sentir ma propre odeur et je pue. (Elle lâcha sa hanche pour se toucher la tête.) J'ai des trucs dans les cheveux, peut-être même des trucs vivants, et je ne le supporte pas. Je pourrais être toute propre avant l'arrivée du médecin si seulement tu me laissais passer. Je parie qu'elle apprécierait. Maintenant, pousse-toi.

— Tu es blessée et tu boites. Je vais entrer dans la cabine avec toi si tu insistes pour te doucher.

Il tendit la main vers la ceinture de son jean.

— Non ! (Elle le fusilla du regard.) Pas moyen. Garde ton pantalon. Maintenant, tiens-toi bien et cesse de me commander. Je sais que tu penses que je suis à toi, mais laisse-moi te dire une chose. Je n'aime pas recevoir d'ordres. Je vais me doucher seule et tu vas rester ici. Maintenant, pousse-toi.

Il grogna encore, mais s'écarta de son chemin pour qu'elle puisse accéder à la salle de bains.

— Je n'aime pas recevoir d'ordres, moi non plus.

— Je ne t'en donnerai pas si tu ne m'en donnes pas. Comme de juste. (Elle s'arrêta à la porte de la salle de bains.)

Tu veux bien être un amour et regarder si tu peux me trouver des vêtements ?

— Je vais appeler pour voir si on peut nous les porter tout de suite.

— Merci.

Tammy entra dans la salle de bains, alluma et ferma la porte. Celle-ci était équipée d'un verrou, qu'elle tira.

— Ne t'enferme pas ! rugit Vaillant.

Les dents serrées, elle enleva le verrou et ouvrit la porte à la volée.

— Tu as conscience du bruit que tu fais ? C'est le milieu de la nuit et je parie que des gens essaient de dormir. Tu pourrais baisser le ton s'il te plaît ?

— Ne t'avise jamais de fermer une porte à clé en ma présence ou je la défonce.

Les sourcils arqués, elle plongea le regard dans ses yeux dorés exotiques qui lui rappelèrent qu'il n'était pas entièrement humain. Elle l'aurait probablement envoyé bouler si ça avait été un type lambda qui lui avait parlé sur ce ton. Elle aurait fui à toute vitesse en se disant qu'il lui manquait une case. Mais Vaillant ne pensait pas comme la plupart des gens.

— Tu pourrais te blesser en tombant et je mettrais plus de temps à te rejoindre.

En entendant ces mots, elle inspira profondément pour se calmer. Il venait juste de lui sauver la vie, elle savait qu'il avait pris des risques pour elle alors même que rien ne l'obligeait à voler à son secours. Il craignait peut-être qu'elle s'évanouisse. Elle pouvait supporter ses ordres si c'était l'inquiétude qui les motivait. Elle n'était pas si sûre que ce soit vraiment le cas, mais elle était prête à fermer les yeux.

— Bon. Je ne mettrai pas le verrou si tu n'entres pas.

Elle ferma la porte avant qu'il ait pu répondre mais ne la verrouilla pas. Elle s'approcha d'un miroir et tressaillit.

— Oh purée, soupira-t-elle. J'ai une tête épouvantable. Et je sens le fauve.

Elle grimaça immédiatement quand ces derniers mots franchirent ses lèvres, prenant conscience de son mauvais calembour. Elle jeta un coup d'œil vers la porte et se mordit la lèvre, espérant qu'il ne l'avait pas entendue. Quand aucun grognement furieux ne lui parvint, elle regarda de nouveau le miroir. *Dieu merci. Ma gaffe lui a échappé. Et une expression de plus à oublier. Faut que j'arrête de dire « baisée » et toutes les allusions aux fauves.*

Elle avait les cheveux hirsutes, pleins de terre et de feuilles sèches. Le visage maculé de terre ; et parce qu'elle avait pleuré, les larmes avaient tracé des lignes plus claires sur ses joues. La seule zone réellement propre, c'était la coupure violette qu'elle s'était faite en heurtant le rétroviseur du camion. Les ambulanciers l'avaient nettoyée. Elle tourna la tête et vit que ce n'était qu'une égratignure mais elle était sûre que l'hématome prendrait une couleur affreuse dans les prochains jours.

Elle ôta le pull de Vaillant et le jeta près du lavabo pour examiner le reste de son corps, et fut à deux doigts de se remettre à pleurer. Des bleus se formaient sur ses hanches, sur un de ses flancs au niveau des côtes et sur ses épaules, là où l'une de ces têtes de nœud l'avait attrapée pour la clouer au sol. Elle leva le menton et proféra un gros mot. Une empreinte de main commençait à apparaissait sur le dessous. Elle baissa les yeux sur sa poitrine et serra les dents en remarquant ses tétons gonflés qui avaient failli être arrachés. Elle était couverte d'écorchures aussi, qu'elle s'était faites en courant.

— Tu vas bien ?

Vaillant parla tout contre la porte.

— J'évalue juste l'état de mon corps et je rouspète toute seule. Je vais bien, je suis juste folle de rage.

Elle enleva les bandages de ses poignets pour ne pas les mouiller.

— Je peux entrer ?

— Non. Je vais me dépêcher.

Elle tourna le dos au miroir et tenta de dénouer l'espèce de couche que lui avait confectionnée Vaillant avec son débardeur. Elle essaya ensuite de la faire glisser au bas de ses jambes mais jura tout bas. Il avait fait des nœuds avec le vêtement déchiré et elle ne parvenait pas à les défaire.

— Vaillant ? J'ai besoin d'aide.

Elle se couvrit la poitrine des mains quand la porte s'ouvrit avant qu'elle ait fini de parler. Il entra dans la salle de bains et braqua aussitôt les yeux sur ses mains, dont débordaient ses seins. Tammy se mordit la lèvre. *Eh bien, il ne ressemble peut-être pas au type lambda, mais il se comporte assurément comme un homme.*

— Je n'arrive pas à enlever ce truc que tu m'as fait. Les nœuds sont trop serrés.

Il garda les yeux rivés sur sa poitrine. Elle se retourna, lui présentant son dos, et le scruta par-dessus son épaule. Il fronça immédiatement les sourcils, manifestement contrarié qu'elle lui ait soustrait cette vision.

— J'ai besoin d'aide avec l'espèce de couche. Je n'ai pas besoin que tu mates mes nichons.

Il grogna en s'approchant d'elle. *Waouh, il est costaud*, remarqua-t-elle encore une fois, certaine qu'elle ne s'habituerait jamais à regarder un homme de près de deux mètres. Il dirigea son attention sur ses fesses et lui effleura la peau du bout des doigts en les glissant entre sa taille et le débardeur.

— J'ai essayé de la baisser mais tu l'as attachée trop serrée et elle reste coincée au niveau des hanches.

Elle entendit un bruit de tissu qui se déchirait quand il trancha les nœuds de la couche, qui tomba à ses pieds. Elle se tordit un peu pour jeter un coup d'œil au débardeur en lambeaux et aux doigts de Vaillant. Elle éloigna une main de sa poitrine pour en saisir un. Elle veilla à le prendre par la jointure en évitant l'extrémité acérée. Elle lui leva la main et examina, abasourdie, ses ongles épais. Ils n'étaient pas très longs mais étaient légèrement pointus et manifestement assez tranchants pour couper du tissu.

— Tu devrais vraiment te couper les ongles.

Il grogna encore.

Elle lui lâcha la main et le regarda.

— Merci.

Il fit glisser avec lenteur son regard sur son corps et poussa un autre grognement.

— J'ai envie de toi.

Elle s'éloigna en vitesse vers la cabine de douche.

— Merci, mais va-t'en. Je vais me laver et ce médecin va arriver, non ?

Elle enjamba le rebord du bac de douche et rabattit fermement les portes presque transparentes. Il émit une sorte de ronronnement quand elle se pencha pour tourner les robinets. Elle régla la température, déterminée à ne pas lui prêter attention s'il décidait de la reluquer à travers la vitre.

— J'ai besoin de vêtements, Vaillant. S'il te plaît.

— D'accord, convint-il d'une voix forte.

Il semblait énervé : sa voix était plus grave que d'habitude, ce qui arrivait, avait-elle remarqué, quand il était en colère ou excité.

Il sortit de la salle de bains et Tammy se détendit. Elle était stupéfaite qu'il la désire dans l'état où elle était. Elle ouvrit le jet de la douche, et fut surprise par les étagères bien remplies. Elle se retourna pour les contempler.

Elle avait assez séjourné à l'hôtel pour s'attendre à trouver des échantillons. Les Hybrides n'y allaient pas de main morte. Elle examina les deux sortes de shampoing et d'après-shampoing, et découvrit même de grandes bouteilles de gel douche. Il y avait deux rasoirs – un rose, un bleu –, de la crème à raser et une pierre ponce avec un manche. Elle sourit en la voyant. *Ils se plient vraiment en quatre pour leurs hôtes.*

Elle se doucha en vitesse et s'aperçut qu'elle avait une coupure à l'arrière de la tête quand celle-ci la piqua à cause du shampoing. Elle se rasa les jambes avec le rasoir rose, essayant de gagner un peu de temps pour ne pas rester trop longtemps seule avec Vaillant avant l'arrivée du médecin. Elle savait qu'il la désirait et elle ne savait pas trop comment gérer la situation.

Elle se sécha et enroula une serviette autour de sa tête et une autre autour de son corps. Tammy demeura immobile une seconde et soupira. Elle était propre et ne pouvait pas se cacher éternellement dans la salle de bains. Elle ouvrit la porte et entra dans la chambre, s'agrippant à sa serviette.

— On m'a déjà trouvé des vêtements ?

Tammy se figea aussitôt en découvrant que Vaillant n'était plus seul dans la pièce. Elle dévisagea le gigantesque Hybride et la petite femme aux longs cheveux blonds. Elle était humaine et manifestement enceinte. Trois paires d'yeux croisèrent son regard surpris.

La blonde sourit en s'avançant.

— Salut. Je suis Trisha…

— Elle est médecin, précisa rapidement l'homme qui se tenait près d'elle. Je suis l'agent affecté à sa protection.

C'est une humaine de passage qui a postulé un poste au centre médical et une amie de Justice North.

Les sourcils froncés, la femme lui décocha un regard mauvais avant de retourner son attention vers Tammy.

— J'ai entendu dire que vous aviez eu une nuit difficile. Je suis désolée d'avoir mis autant de temps à venir mais Slade a dû me réveiller et j'ai dû m'habiller.

— Je l'ai réveillée sans entrer dans sa chambre, grogna le colosse aux yeux d'un bleu saisissant. Je la protège pendant son séjour ici.

La femme lui lança un autre regard noir.

— C'est Slade et il est très protecteur avec moi. (La femme semblait fort amusée.) C'est mon garde du corps.

Il se crispa.

— Agent.

Le médecin rit.

— Peu importe.

Tammy glissa un regard vers l'homme aux yeux bleus. Elle n'était couverte que d'une serviette et celle-ci n'était pas très grande, pourtant il ne l'avait pas reluquée, ce qui lui valut son estime. Elle reporta toute son attention vers Trisha.

— Merci d'avoir accepté de m'examiner si tard, ou devrais-je dire à une heure si matinale, pour être plus exacte.

— C'est avec plaisir. Les hommes vont nous laisser seules pendant que je jette un coup d'œil à vos blessures.

Vaillant grogna.

— Je n'ai pas besoin de partir. Je l'ai vue nue. Chasse Slade. Il ne peut pas la voir ainsi.

Tammy lui fit les gros yeux.

— Laisse-nous, s'il te plaît. Ne m'oblige pas à me disputer avec toi devant ce gentil médecin qui attend un bébé et le type qui la protège. Elle est sortie de son lit pour venir m'examiner et la dernière chose dont elle a besoin, c'est de nous écouter nous chamailler.

Vaillant grogna encore en la regardant.

— Arrête, dit-elle d'un ton brusque. Arrête de me grogner dessus. J'ai eu une longue nuit, je suis fatiguée et j'ai mal. Tu veux bien obtempérer sans m'obliger à me disputer avec toi ? S'il te plaît ?

Il sortit de la pièce comme un ouragan. L'Hybride éclata de rire et une expression joyeuse illumina ses traits.

— Ça valait carrément le coup de s'habiller pour voir ça.

Le sourire jusqu'aux oreilles, il tourna les talons et quitta la pièce à son tour. Il referma la porte derrière lui.

— Merci, lui cria Tammy. C'est gentil.

Elle regarda le médecin, sentant ses joues la brûler un peu tant elle était gênée.

— Je suis désolée pour tout ça.

Trisha lui adressa un large sourire.

— Vous n'avez aucune raison d'être désolée. J'aurais payé pour voir quelqu'un tenir tête à Vaillant. (Elle avait apporté un sac qu'elle plaça au bord du lit.) Pourquoi ne me dites-vous pas où vous êtes blessée, que nous voyions ce que je peux faire ? Que vous est-il arrivé précisément ?

Tammy se rapprocha du lit, hésita et laissa tomber la serviette.

— Autant que vous le constatiez par vous-même, je suppose. J'ai été kidnappée par quatre hommes, ils m'ont un peu tabassée à l'arrière d'un camion et m'ont traînée à travers les bois. Ils m'ont torturée aussi, mais Vaillant et ses amis sont venus à mon secours. (Elle tourna sur elle-même avec lenteur pour lui montrer toutes ses blessures.) C'est mon épaule qui me fait le plus souffrir et je boite. Ma hanche a encaissé pas mal de chocs assez violents à l'arrière du camion quand deux de ces enfoirés m'ont sauté dessus.

J'étais coincée sous eux et leur poids m'a clouée contre le plateau en métal. (Elle tendit les poignets vers le médecin.) Ils se sont servis d'une ceinture pour me lier les mains dans le dos.

Trisha ne souriait plus. Elle demanda à Tammy de rester debout pendant qu'elle s'asseyait sur le lit et ouvrait son sac.

— Laissez-moi panser certaines de ces égratignures. (La femme lui palpa la hanche.) Désolée si je vous fais mal. Je veux juste m'assurer que rien n'est cassé.

— Ce n'est pas cassé mais ça fait super mal.

Trisha passa une sorte de crème sur les coupures et mit un pansement sur les plus graves. Elle lui donna quelques poches de glace et lui dit de les secouer pour les refroidir. Puis elle se leva et demanda à Tammy de se retourner pour qu'elle puisse faire pivoter son épaule. Tammy grimaça.

— C'est ce qui me fait le plus mal.

— Vous avez de vilaines contusions. Votre gorge est-elle douloureuse ?

— J'ai une sensation désagréable mais je ne pense pas que ce soit inquiétant. La douleur est équivalente à un léger rhume.

— Je vais vous donner des antalgiques que j'ai apportés au cas où vous en auriez besoin. Je veux que vous en preniez deux en cas de douleurs, et s'il vous en manque, demandez à Vaillant de me passer un coup de fil. Vous devrez vous rendre au centre médical dans quelques jours si vos douleurs à la hanche ou à l'épaule empirent ou ne s'atténuent pas. Nous vous ferons une radio.

Tammy hocha la tête.

— Merci. (Elle ramassa la serviette et s'en enveloppa.) C'est très gentil.

Trisha s'assit sur le lit.

— Alors, vous avez revu Vaillant depuis l'incident chez lui ?

Tammy eut envie de grimacer, mais s'en abstint.

— Vous êtes au courant ?

Trisha acquiesça d'un signe de tête.

— Ouais. Slade, Tigre, Justice et moi savons que vous avez couché avec lui, et c'est à peu près tout.

— Non. Je ne l'avais pas revu avant cette nuit. Je n'arrive pas à croire qu'il m'ait pardonné de l'avoir assommé avec une lampe et ait eu la gentillesse de se lancer à ma recherche.

Trisha baissa considérablement la voix.

— Vous l'avez assommé avec une lampe ? Je pensais qu'il vous avait laissée partir. Tigre ne nous a pas dit ça.

— Je l'ai mis KO.

La femme se fendit d'un large sourire.

— Merci, chuchota-t-elle. Je vais mourir de rire dès que ce sera sans danger. Ils ont une ouïe impressionnante, ne l'oubliez jamais.

— Merci pour l'avertissement, chuchota Tammy, qui baissa les yeux sur son ventre. Je parie que vous et votre mari êtes fous de joie. C'est votre premier bébé ?

La femme toucha son ventre avec un grand sourire et sa voix porta quand elle lui répondit.

— Je ne suis pas mariée. Le type m'a engrossée et s'est barré.

Un grognement retentit dans le couloir et on frappa à la porte.

— Elle est présentable ? J'entre.

Trisha fit un clin d'œil à Tammy.

— Entre, Slade.

Furieux, Slade fusilla Trisha du regard. Vaillant le suivit de près. Trisha gloussa.

— Je parlais juste de mon bébé à Tammy.

Elle se tapota le ventre.

— Il est prévu pour quand ?

Tammy resserra sa serviette autour de son corps, s'efforçant de ne pas être trop gênée par la présence de Slade dans la pièce.

Trisha hésita.

— Je n'en suis pas vraiment sûre. Je le découvrirai quand il décidera de naître.

Tammy digéra sa réponse.

— Je parlais de la date présumée de votre accouchement.

La femme hésita encore.

— Je suis enceinte de cinq mois.

Tammy baissa de nouveau les yeux sur le ventre proéminent du médecin.

— Waouh. Vous êtes sûre de ne pas porter des jumeaux ? L'une de mes amies est enceinte de huit mois et elle… (Tammy ferma la bouche et rougit) je suis désolée. Vous n'êtes pas grosse ni rien. Je prends tout juste conscience de ce que je viens de dire. C'est juste que vous êtes si petite qu'on croirait à voir votre ventre que vous êtes enceinte de plus que ça. Je…

Trisha éclata de rire.

— Arrêtez ! Je ne suis pas choquée. Je sais que je suis énorme et que j'ai l'air d'être sur le point d'éclater. Le père est un type costaud et le bébé l'est aussi.

Tammy était heureuse de ne pas l'avoir blessée.

— Vous êtes restée en contact avec le père ? Vous devriez vraiment l'obliger à vous verser une pension alimentaire. Les gamins coûtent très cher de nos jours.

Slade grogna encore. Trisha rit.

— On s'est réconciliés et il a pris conscience qu'il avait été un abruti de me quitter. Je suis sûre qu'il va m'épouser. Je l'aime à la folie, mais il est assez obtus, vous voyez ? J'ai parlé mariage il y a quelques semaines à peine et il a dit que ce n'était pas nécessaire puisque nous formions déjà une famille.

— Les hommes. (Tammy secoua la tête.) Ils ne pigent vraiment pas.

Trisha sourit de toutes ses dents.

— Tellement vrai. Je songe à faire la grève du sexe.

Tammy lui sourit.

— Ça pourrait marcher. Vous pourriez aussi lui dire que s'il refuse de vous épouser, un autre pourrait accepter. Vous êtes belle. Je suis sûre qu'un autre homme serait heureux de vous conduire à l'autel s'il n'est pas assez intelligent pour vous passer la bague au doigt.

Slade grogna encore. Tammy lui jeta un coup d'œil inquiet avant de reporter son attention sur Trisha.

— Il va bien ?

Trisha lui tendit une boîte de comprimés.

— Il devient grincheux quand on le réveille mais il s'en remettra. Je l'enverrai dans la chambre d'amis quand on aura regagné le logement que j'occupe et il pourra piquer un somme. Ravie de vous avoir rencontrée, Tammy. Demandez à Vaillant de m'appeler si vous avez besoin de quoi que ce soit. Je pourrais peut-être apporter de quoi déjeuner dans la semaine. Ce serait sympa de discuter avec une autre femme.

Tammy lui adressa un grand sourire.

— J'en serais ravie si je suis encore là. Merci encore, Trisha. J'ai été très heureuse de vous rencontrer.

Trisha se retourna pour observer la jeune femme.

— Au fait, Tigre a annulé votre entrevue de cette nuit avec le shérif. J'espère que ça ne vous dérange pas mais je lui ai dit que vous auriez besoin de repos. Je lui ai demandé de dire au shérif que vous aviez déjà reçu des antalgiques. Il passera à 9 heures demain matin pour vous interroger.

— C'est super. Merci. Je suis complètement vannée.

Trisha s'arrêta près de Vaillant.

— Elle a de vilains hématomes. Prends bien soin d'elle et assure-toi qu'elle dort suffisamment. Elle a besoin de deux antalgiques toutes les quatre à six heures, selon son niveau de souffrance. Veille à ce qu'elle mange avant de les prendre.

— Merci.

Vaillant hésita avant d'ouvrir les bras.

Trisha rit en le serrant contre elle.

— Tu apprends.

Il recula.

— Ce n'est pas si dur. Tu sens toujours aussi bon.

Ces gens sont trop bizarres. Tammy regarda la femme quitter la chambre. Son agent lui administra soudain une claque sur les fesses en sortant dans le couloir avec elle. Trisha sursauta, tourna la tête et éclata de rire en levant les yeux vers le colosse qui la suivait, avant de disparaître avec lui. Tammy en resta bouche bée. Vaillant lui bloqua soudain la vue.

— Son garde du corps vient de lui donner une claque sur les fesses ?

Vaillant sourit.

— Oui.

Tammy secoua la tête.

— Ça pourrait ne pas plaire à son petit ami.

Vaillant haussa les épaules, le sourire jusqu'aux oreilles.

— Je ne pense pas qu'il y verrait la moindre objection. Lui et Slade sont très proches.

Il s'esclaffa.

Tammy décida de ne pas chercher à comprendre, ne voulant pas poser de questions trop indiscrètes.

— Mes vêtements sont déjà arrivés ?

— Ils sont dans l'autre pièce.

— Tu pourrais me les apporter, s'il te plaît ?

— Tu n'en as pas besoin. (Vaillant s'approcha du lit et repoussa les couvertures.) Enlève cette serviette et mets-toi au lit. Il est tard et tu as besoin de dormir. Je vais te chercher un verre d'eau pour tes comprimés. Tu as mangé ce soir ou tu veux que je te commande quelque chose ?

— J'ai mangé. (Elle hésita.) Tu pourrais au moins te retourner ?

Il s'exécuta. Tammy laissa tomber la serviette et grimpa dans le lit. Elle remonta les couvertures jusqu'à ses épaules.

— C'est bon.

Vaillant marcha vers la salle de bains. Il revint avec un verre d'eau. Tammy avait toujours la boîte de comprimés à la main. Elle prit deux antalgiques et les avala en vidant son verre. Vaillant le posa sur la table de chevet.

— Tu es fatiguée ?

— Ouais. Je suis claquée.

Il cligna des yeux.

— Est-ce que « claquée » signifie « fatiguée » ?

Elle acquiesça d'un signe de tête.

— L'argot, ça n'est pas ton truc, pas vrai ?

— J'apprends. J'ai grandi entouré de médecins, de techniciens et de vigiles. J'ai bien peur que mon vocabulaire se limite à ce qu'ils m'ont enseigné. Je n'ai pas été autant en contact avec eux que certains autres Hybrides. J'étais différent.

Elle fronça les sourcils.

— Tu sais lire ?

— Oui. J'ai appris après ma libération, quand on est restés cachés pendant des mois en attendant d'avoir un endroit à nous. (Il s'assit sur le bord du matelas.) La plupart des Hybrides savaient déjà lire, mais je n'étais pas destiné à avoir des relations avec les humains. C'était une perte de temps selon eux. Ils voulaient juste me garder en vie parce que j'étais particulièrement fort et plus proche de l'animal que la plupart des autres.

Tammy le dévisagea sans un mot. Elle était trop stupéfaite pour pouvoir parler. Vaillant avait l'air un peu triste quand il la regarda dans les yeux.

— Que sais-tu sur les Hybrides ?

— Juste ce que j'ai entendu à la télévision et ce que je lis parfois dans les journaux. Je sais qu'une compagnie pharmaceutique a conduit des recherches illégales sur vous et qu'elle a fini par se faire épingler. Je sais qu'elle a fait de vous des êtres en partie animaux et en partie humains. C'est à peu près tout, à part que vous avez fondé votre propre patrie, Homeland, dans le Sud près de Los Angeles et que vous avez ouvert ce complexe ici récemment.

Elle haussa les épaules.

Vaillant soupira.

— On a été modifiés avec de l'ADN de différents animaux. Certains plus que d'autres, comme c'est le cas pour moi. Ils ont commis des erreurs et j'en suis une.

La colère durcit ses traits alors qu'il la dévisageait, semblant attendre une réaction.

Tammy plongea le regard dans ses yeux exotiques.

— Une erreur ? Je ne comprends pas.

— Je suis différent… mes caractères animaux sont plus marqués que mes caractères humains.

Elle regarda fixement son visage, passant en revue ses yeux, son nez, sa bouche et ses pommettes.

— Tu ressembles plus à un Hybride que la plupart des autres.

— Ce n'est pas juste mon apparence physique. Mes instincts sont plus puissants.

— Qu'est-ce que ça signifie ?

Elle était bien contente d'être assise, ayant presque peur d'entendre ce qu'il voulait lui confier.

— Je suis plus animal qu'humain. Je ne peux pas l'expliquer autrement. Les « échecs » du laboratoire dans mon genre étaient dressés à être agressifs, à se battre et à encaisser la douleur. Comme nous n'avions pas de valeur pour eux, ils ont procédé à de lourds essais pharmaceutiques sur nous. On leur a servi à tester les molécules les plus dangereuses qu'ils fabriquaient. Nous n'étions bons qu'à ça.

Contrairement à son habitude, Tammy se retrouva incapable d'émettre le moindre son. Vaillant avait le don de la laisser sans voix.

— Ils ont conduit de nombreux essais pharmaceutiques sur la plupart des Hybrides. Ils espéraient réaliser d'énormes bénéfices sur des produits dopants qui rendraient les soldats et les sportifs plus forts, plus rapides et amélioreraient leurs performances. Ils les ont entraînés pour faire étalage de leurs produits. Ils avaient de la valeur. Les échecs n'en avaient pas. Ils ont mené des expériences de reproduction avec moi mais ont décidé après quelques tentatives infructueuses qu'ils ne souhaitaient pas engendrer d'autres échecs.

— Des expériences de reproduction ?

La question lui échappa même si elle n'était pas sûre de vraiment vouloir entendre la réponse.

— Ils ont amené des femelles dans ma cellule pour voir si je pouvais les féconder. Les autres mâles avaient fait chou blanc. Leur expérimentation a échoué avec moi aussi.

Tammy fit de gros efforts pour dissimuler son horreur. Elle comprit qu'elle ne s'y était pas bien prise quand Vaillant baissa les yeux et que ses épaules s'affaissèrent. La tristesse qu'elle lut sur son visage lui fendit le cœur. Il n'avait pas eu le choix, avait été affreusement maltraité, avait été une victime.

Vaillant refusa de regarder Tammy dans ses jolis yeux plus longtemps. La répugnance qu'il y lisait le blessait profondément. Il avait voulu être honnête avec elle en lui révélant tout sur sa vie. Sa compagne devait savoir. Ce ne serait pas juste de lui demander de passer sa vie avec lui s'il gardait des secrets. Il fixa du regard ses jambes à travers la couverture.

— Nous avons une ouïe et un odorat fins et notre vue est meilleure que celle de la plupart des Hybrides. Nous sommes plus forts, plus rapides, et même notre intelligence a parfois été aiguisée. Nous sommes des prototypes expérimentaux qui ont échoué, et pour rentrer dans leurs fonds ils ont même essayé de nous transformer en parfaites machines à tuer. Ils ont voulu supprimer toute humanité en nous pour pouvoir nous dresser comme de simples animaux qui obéiraient à leurs ordres. Les choses ont mal tourné pour eux quand ils n'ont pas réussi à nous briser. On a lutté contre eux, on les a tués dès qu'on en avait l'occasion et on a refusé de faire ce qu'ils nous ordonnaient. Ils travaillaient encore sur nous quand on nous a découverts et libérés.

— Ils ont essayé de te transformer en tueur ?

La voix de Tammy n'était qu'un chuchotement.

Il releva les yeux et la dévisagea.

— S'il te plaît, ne me regarde pas comme ça. Je sais me battre et tuer. Ça ne signifie pas que je suis un tueur sans état d'âme. Ils ont tenté de recycler les échecs en combattants, et parce qu'on avait un physique si impressionnant ils ont cru qu'on pourrait leur rapporter gros. Ils voulaient que je sois leur… (il s'interrompit) « vitrine » des échecs qu'ils espéraient vendre. J'ai refusé d'obtempérer.

— Leur vitrine ?

— Pour nous vendre, dit Vaillant d'une voix tendue. À des pays du tiers monde, aux armées privées de riches fanatiques et à tous ceux qui étaient prêts à payer une fortune pour un animal capable de parler et de tuer efficacement sur commande. Par chance pour nous, nous n'avons jamais été doués pour obéir. Nous avions trop d'imperfections pour pouvoir être mis en vente. (Il haussa les épaules.) Du moins, pour la plupart d'entre nous. On sait maintenant que certaines de nos femelles ont été vendues.

Tammy le regarda fixement, horrifiée.

— Alors certaines Hybrides sont dans la nature, contraintes de tuer des gens ?

Il secoua la tête.

— J'ignore avec quel ADN exactement j'ai été modifié. Il pourrait s'agir de l'ADN de plusieurs espèces de grands félins à en juger par mon apparence et mes aptitudes, mais le lion nous a semblé le plus flagrant. Les documents concernant notre création ont été détruits. Pour l'essentiel, les prototypes expérimentaux comme nous ont été formés à partir d'espèces connues pour leur force et leurs habilité à traquer, chasser et combattre. Canines. Félines. Simiennes. Nous avons découvert que certaines de nos femelles ont été créées à partir de souches d'ADN d'animaux plus faibles pour qu'elles soient plus petites et moins agressives. Elles ont été vendues pour financer les recherches.

— Vendues à qui et dans quel but ?

Vaillant semblait furieux.

— Vendues à tous les grands donateurs de Mercile Industries. Ils les appelaient des « Cadeaux », et en échange d'importantes sommes d'argent et pour les remercier de les aider à dissimuler leurs activités illégales, ils les leur offraient. Ils donnaient nos femelles à ces salopards pour leur servir d'esclaves sexuelles. Nous en avons retrouvé certaines, tant mortes que vivantes.

Tammy déglutit, les yeux embués de larmes.

— Je n'en ai jamais entendu parler aux infos. Mon Dieu. C'est terrible. Ces pauvres femmes.

— Ça ne passera pas aux infos. Justice craint que si la presse révèle cette affaire, les humains qui détiennent nos femelles les tuent sur-le-champ pour éliminer toute preuve de leur présence. Justice et votre gouvernement épluchent les transactions financières et délivrent des mandats de perquisition pour retrouver celles qui ont disparu. Nous ignorons combien elles sont, les archives ayant été détruites, mais nous en découvrons une toutes les semaines ces derniers temps.

Elle lui effleura le dos de la main des doigts.

— C'est horrible. C'est juste révoltant. Ces pauvres femmes. (Elle s'interrompit.) J'espère qu'on les retrouvera toutes.

Il hocha la tête d'un air grave.

— Nous aussi. Nous sommes libres et nous ne supportons pas de savoir que certaines de nos femelles sont encore emprisonnées et martyrisées.

— Il n'y a pas moyen de récupérer toutes les données permettant de remonter jusqu'à elles ?

— Lorsque les instituts de recherche clandestins ont été pris d'assaut par vos forces de l'ordre, des alarmes se sont déclenchées. Le personnel a incendié les salles des archives et a détruit les ordinateurs. Ils ont commencé à nous tuer, aussi. Certains Hybrides sont morts mais la plupart d'entre nous avons survécu. Très peu de documents ont été sauvés.

— Je déteste dire ça, mais c'est probablement aussi bien. Tu sais la vitesse à laquelle les informations se propagent. Quelqu'un aurait pu mettre la main dessus et s'en servir pour tout recommencer depuis le début. Les Hybrides sont vraiment impressionnants. Je parie que des sociétés seraient tentées de monter de nouveaux laboratoires avec d'autres cobayes.

Il frémit.

— Un des médecins qui ont été arrêtés nous a dit que la chercheuse en chef qui nous a créés a détruit tous les documents consignant ses recherches après avoir découvert ce que Mercile comptait faire de nous. Elle a disparu, emportant ses connaissances avec elle. C'est pour cette raison qu'ils ont commencé les expériences de reproduction. J'espère que personne ne parviendra jamais à reproduire ce qui nous a été fait. J'ai des cauchemars rien que d'y penser. Nous tentons de mettre Mercile Industries sur la paille. Vos tribunaux nous ont souvent donné gain de cause sur des questions financières et votre gouvernement a envoyé un bon nombre de leurs employés en prison.

— C'est votre gouvernement aussi. Vous êtes américains, non ?

Il hocha la tête.

— Nous avons toujours été tenus à l'écart. C'est difficile de changer notre façon d'envisager les choses. C'est pour cela que Justice et les membres de notre conseil se sont battus si dur pour notre indépendance en faisant l'acquisition de Homeland et qu'ils ont utilisé une partie des sommes gagnées aux procès pour acheter la Réserve.

— J'ai entendu dire que vous jouissiez d'une sorte d'immunité diplomatique à Homeland et ici aussi. Un journaliste a expliqué que c'était un peu comme un consulat et que vous aviez vos propres lois et votre propre justice.

— Je suppose, oui. Votre gouvernement ne peut pas nous attaquer ni nous obliger à obéir à vos lois. Pas sur notre territoire.

— Alors c'est un peu comme si j'étais dans un pays étranger là, hein ? (Elle se fendit soudain d'un large sourire.) Et je n'ai même pas de passeport. C'est trop cool !

Il réprima un sourire. Elle était adorable quand elle souriait, et il résista à l'envie de lui prendre le visage entre les mains. Il examina l'hématome sur sa joue et ravala la colère qui monta en lui au souvenir de ce que lui avaient fait les humains.

— C'est cool ?

— Plutôt, oui.

Il soutint son regard.

— Je veux t'embrasser et te caresser. Dis-moi oui, Tammy.

Le sourire de Tammy s'évanouit alors qu'elle le dévisageait, se mordillant la lèvre inférieure.

— Je ne sais pas.

— Qu'est-ce que tu ne sais pas ? Est-ce que je t'ai fait mal la dernière fois ? Tu n'as pas aimé ? Je sais que si.

L'espoir qu'elle soit tentée explosa en lui. Il brûlait de la toucher de nouveau.

Tammy ne pouvait pas le nier. Le moment passé dans la chambre de Vaillant l'avait hantée pendant cinq semaines. Il l'avait complètement chamboulée. Lorsqu'il posa la main sur elle, elle fut soudain incapable de réfléchir. Il sembla prendre son silence pour un consentement et se pencha vers elle avec lenteur. Il tendit la main pour caresser le côté de son visage qui n'avait pas été blessé.

— Je ne te ferais jamais de mal.

Elle le croyait. Il l'avait terrifiée lors de leur première rencontre, mais après ce qu'il venait de lui raconter sur les Hybrides, elle comprenait qu'il ne l'avait pas fait exprès. Il avait des instincts et des pulsions dont la plupart des gens ne soupçonnaient pas l'existence. Il l'avait désirée et l'avait prise. C'était assez sexy.

Vaillant se leva pour se déchausser avec les pieds. Il passa ensuite à son jean. Tammy le regarda l'enlever sans protester. Toujours pas de slip. Elle contempla sa nudité avec un peu d'appréhension. Ce type était vraiment bien bâti. Elle baissa les yeux. *De partout.* Elle s'obligea à les remonter sur son visage.

Vaillant se pencha, saisit la couverture qui la couvrait et la ramena d'un coup sec au pied du lit. Tammy se crispa mais ne tenta pas de se cacher derrière un oreiller. Vaillant embrassa du regard chaque parcelle de son corps entièrement dénudé. Lorsqu'il grogna soudain d'un air mauvais, elle écarquilla les yeux et son cœur s'emballa.

— Je veux tuer tous tes agresseurs. Regarde ce qu'ils ont fait à ton beau corps. Ça me rend fou. Je veux les déchiqueter à mains nues et les regarder mourir d'une mort douloureuse.

— Je vais bien.

— Je veux quand même les tuer. Je me serais baigné dans leur sang s'ils t'avaient violée.

Elle le dévisagea. *Dégoûtant. Mais l'intention est adorable.* Elle le croyait. *Enfin, pour ce qui concernait sa volonté de les tuer.* Vaillant posa les genoux sur le lit et s'accroupit peu à peu au-dessus de la jeune femme. Elle leva les yeux vers lui. Il soutint son regard mais ne la toucha pas.

— Tu vas rester avec moi pour toujours et personne ne te fera jamais plus de mal.

Elle ne le corrigea pas. Elle ne pouvait pas vraiment rester avec lui indéfiniment. Elle devrait bientôt reprendre le cours de sa vie. Elle s'humecta les lèvres. Vaillant observa sa langue et grogna. Il se déplaça, recula vers les pieds de la jeune femme. Tammy se demanda s'il avait changé d'avis et ne voulait plus coucher avec elle, quand il s'arrêta, le visage suspendu au-dessus de son bas-ventre.

— Écarte les cuisses pour moi.

Elle les ouvrit en grand. Vaillant lui saisit les chevilles, les souleva au-dessus du lit et s'agenouilla à la place de ses jambes, qu'il baissa jusqu'à ce que les cuisses de Tammy reposent sur ses propres cuisses écartées. Leurs entrejambes n'étaient séparés que d'une trentaine de centimètres alors qu'il parcourait la jeune femme des yeux.

— Tu es si petite comparée à moi. J'ai toujours peur de te blesser par mégarde.

Ouais, convint-elle en silence, *je comprends.* Il pesait deux fois plus qu'elle et mesurait près de quarante centimètres de plus. Il avait un torse extrêmement large et quand elle jeta un coup d'œil à ses bras musclés, elle sut que si elle en mesurait le tour, il dépasserait celui de ses propres cuisses de plusieurs centimètres.

— Fais-moi confiance, je ne te ferai aucun mal.

Elle décida de jouer la carte de l'humour.

— Je serais déjà en train de hurler sinon.

Il sourit.

— Je veux t'entendre hurler mais pas de terreur.

Tammy se redressa soudain et prit appui sur les coudes pour mieux le voir. Elle savoura la vision sexy de sa peau hâlée et de son corps magnifiquement sculpté. Il grogna encore avant qu'un doux ronron s'échappe de sa gorge.

— C'est bon ou mauvais signe, tous ces sons ?

Il lui décocha un grand sourire.

— Je suis en train de décider ce que je veux te faire en premier.

— Quelles sont les possibilités ?

Il sourit de plus belle, montrant plus encore ses dents pointues.

— J'ai grogné quand j'ai pensé à te renverser sur le ventre et à te prendre par-derrière. Te baiser avec des coups de reins rapides et brutaux m'enflamme le sang. J'ai ronronné parce que je veux me délecter de toi. J'adorerais lécher ta chatte pour te goûter encore.

Elle sentit son cœur battre la chamade et son corps s'embraser.

— On pourrait faire les deux.

Il hocha la tête.

— Bonne idée.

Tammy le regarda se relever et changer de position ; il s'allongea sur le ventre avec les jambes qui dépassaient du bord du lit. Il plaça les pieds de la jeune femme sur ses larges épaules, les genoux pliés. Il tira la langue et plongea les yeux dans les siens. Lécha le creux de sa hanche.

Elle haleta. La texture de la langue de Vaillant n'était pas humaine. Elle était douce, tout en étant un peu rugueuse. Une sensation étrange mais d'une façon vraiment exquise qui lui donna chaud. Il ouvrit la bouche et appuya avec douceur ses dents pointues sur la courbe de sa hanche. Tammy haleta alors que le désir commençait à brûler en elle. Elle voulait vraiment qu'il s'aventure plus bas, le souvenir de sa bouche à jamais gravé dans sa mémoire.

Vaillant glissa soudain les mains sous elle et les referma sur ses fesses pour l'incliner à son goût. Il se pencha vers elle. Ses larges épaules lui écartèrent davantage les cuisses, pour faire de la place à sa bouche.

— Je suis de plus en plus impatient. La patience n'est pas mon fort, grogna-t-il. Je sais que tu mérites plus de préliminaires, mais je te désire trop.

— OK. Je ne me plains pas, au contraire.

Elle se sentit rougir de son audace, mais elle voulait vraiment qu'il titille son clitoris qui l'élançait, à l'image du pouls qui tambourinait à son poignet.

Il lui souleva légèrement les fesses, la faisant basculer sur le dos, la tête sur l'oreiller. Il lui écarta encore plus les cuisses et commença à la caresser de sa langue merveilleuse. Tammy ferma les yeux et gémit de plaisir. Vaillant ne plaisantait pas. Il allait droit au but. Pas de chemins de traverse. Ni de torture en évitant délibérément de lécher le centre de son plaisir. Il appuya fermement la langue contre son clitoris et se mit à la bouger, le frottant avec assez de force pour qu'elle comprenne qu'elle ne durerait pas longtemps. Il semblait savoir précisément où exercer une pression pour lui envoyer une onde d'extase absolue directement au cerveau.

Tammy enfonça les ongles dans les draps, ses tétons durcirent et des gémissements lui sortirent de la gorge. Vaillant grogna et elle geignit plus fort. *Bon Dieu ! C'est une langue montée sur un vibro.* Il referma les lèvres sur son clitoris et commença à le sucer tout en le frottant de sa langue qui vibrait. Elle se cambra, craignant que son dos se casse en deux. Poussa un hurlement en jouissant si fort qu'elle manqua de s'évanouir.

Vaillant éloigna sa bouche. Tammy haletait. Elle ne pouvait même pas rouvrir les yeux. Elle avait l'impression de flotter, le corps avachi à la je-ne pourrais-pas-bouger-même-si-le-lit-prenait-feu, tandis que ses muscles continuaient à se contracter. Il la saisit et elle eut le souffle coupé quand il la retourna avec aisance sur le ventre.

Tammy s'obligea à ouvrir les yeux alors que Vaillant l'empoignait par les hanches, la hissant sur les genoux. Sa force aurait probablement dû l'effrayer, pourtant elle n'eut pas peur quand le lit se creusa sous le poids des genoux de

Vaillant, alors qu'il s'approchait d'elle par-derrière et plaçait les jambes de part et d'autre des siennes, les lui bloquant.

Elle tenta de se mettre à quatre pattes mais n'en trouva pas l'énergie. Vaillant gronda, un son bestial et sauvage, quand son gland massif appuya contre sa fente. Il maintint Tammy en place d'une main sur sa hanche pendant qu'il attrapait de l'autre, supposait-elle, son membre pour l'empêcher de glisser, l'orgasme qu'il lui avait donné l'ayant laissée toute mouillée.

Elle trembla quand Vaillant la pénétra peu à peu, insistant, obligeant son intimité à se dilater pour l'accueillir. La merveilleuse sensation d'être remplie lui arracha un gémissement. Elle n'était pas sûre de pouvoir supporter une telle intensité alors que les contractions de sa jouissance lui secouaient encore le corps, mais il ne lui laissa pas le choix, s'enfouissant plus profondément en elle. Un frisson de désir la surprit. Elle n'avait pas eu conscience d'être autant excitée par le fait de se sentir vulnérable alors qu'il gardait totalement le contrôle.

Son clitoris était un peu trop sensible après les caresses qu'il lui avait prodiguées, mais il ne lui laissa pas le temps de se remettre. Il déplaça sa main de sa hanche à sa taille. De l'autre, il lui saisit un sein et serra. Elle cria, surprise par la douleur que lui causaient ses tétons après les tortures qu'ils avaient subies. Il ne la pinça pas cependant, mais la massa du bout des doigts.

— Ça fait mal, haleta-t-elle.

Il lâcha immédiatement son sein et lui agrippa les hanches des deux mains. Il se retira presque entièrement mais glissa de nouveau en elle avec lenteur, profondément. Elle gémit, l'encourageant alors qu'il allait et venait en elle, s'enfonçant un peu plus chaque fois. Il prit soudain appui sur le matelas d'une main alors qu'il l'enveloppait de son corps.

Les hanches de Vaillant claquèrent contre ses fesses, comme s'il perdait le contrôle. Ses coups de reins se firent rapides, brutaux et profonds. Des grondements s'échappèrent de sa gorge en réponse aux cris de plaisir étouffés de Tammy.

Tammy était incapable de réfléchir. Le sentir en elle devait être la meilleure sensation du monde, supérieure même à celle de sa langue qui la léchait jusqu'à l'orgasme. Elle savourait chaque centimètre de sa queue dure comme la pierre, qui effectuait un mouvement de va-et-vient en elle pendant qu'elle faisait des bruits qu'elle n'avait jamais faits avant.

Vaillant lui lâcha la hanche, glissa le pouce entre ses petites lèvres et le maintint appuyé contre son centre du plaisir pendant qu'il la baisait plus fort. Ce frottement contre son clitoris déjà sensible et gonflé fut intolérable.

Un autre orgasme monta en elle, ses muscles se contractèrent autour de sa queue en pleine action et elle eut le souffle coupé quand la volupté la transperça encore. Elle hurla son nom, jouissant avec force, et Vaillant rugit en jouissant à son tour. Il plaqua les hanches contre ses fesses, s'enfouit profondément et une chaleur se répandit en elle pendant que l'orgasme de Vaillant se prolongeait. Il grogna doucement à chaque soubresaut qui lui agitait le corps alors que son sperme jaillissait en elle, puis il retomba sur le lit, Tammy toujours étroitement serrée dans ses bras.

Tammy haleta, les yeux fermés, et un sourire se dessina sur ses lèvres alors que les muscles de son intimité immobilisaient Vaillant, se contractant autour de son membre. Il se blottit tout contre elle, lui embrassa la courbe de l'épaule, et elle ne se souvint plus de rien.

Vaillant attira Tammy tout contre lui, l'enveloppa de son corps dans la position de la cuillère et passa les doigts sur sa peau pour s'assurer qu'elle n'avait pas froid. Sa respiration avait ralenti, il savait qu'elle s'était endormie et il tenta de ne pas se sentir coupable. Elle avait eu une longue nuit mais il ne regrettait pas de l'avoir prise.

Elle est à moi et je ne lui permettrai jamais de me quitter. Je ne survivrais pas sans elle. Cette prise de conscience lui fit l'effet d'une claque. C'était l'importance qu'avait cette humaine pour lui. Elle avait réussi à faire ce que certains des humains les plus méchants et les plus cruels auxquels il avait jamais eu affaire avaient tenté en vain. Il éprouva soudain de la terreur à l'idée de perdre quelque chose qui comptait tant pour lui. Il resserra les bras autour d'elle et jura de lui montrer que sa place était auprès de lui.

Il la rendrait heureuse, la nourrirait, comblerait tous ses besoins et elle ne pourrait que voir l'importance qu'elle avait pour lui. Il enfouit le visage dans ses cheveux humides, savourant sa proximité.

Il lui montrerait qu'il était le mâle qu'il lui fallait. Un bon protecteur, un amant attentif à son plaisir, et il voulait la voir sourire tout le temps. Il adorait l'entendre rire, la façon dont ses yeux bleus pétillaient, et elle avait un rire contagieux. Il le rendait heureux. *Elle* le rendait heureux.

Je ne peux pas la perdre. Je ne le peux pas, c'est tout.

Chapitre 8

C'est si bon, fut la première pensée de Tammy. Elle sourit, faisant le plus beau des rêves où elle était étendue sur le côté, avec un grand corps chaud collé dans son dos. On lui mordilla l'épaule et une langue merveilleusement chaude la titilla au même endroit. Elle trembla ; un souffle chaud lui chatouilla la peau tandis que des dents la frottaient avec douceur, lui envoyant un frisson érotique à travers le corps. Elle gémit.

Une main abandonna sa hanche pour se glisser sur l'intérieur de sa cuisse, qu'elle saisit et souleva, lui écartant les jambes. Elle grogna de plaisir quand une queue dure et massive joua avec son clitoris, puis descendit suffisamment pour la pénétrer d'un coup de reins lent et plein d'aisance. Elle s'agrippa au bras auquel appartenait la main qui lui tenait la jambe, juste histoire de s'accrocher à quelque chose.

Vaillant s'enfonça plus profondément en elle et un ronronnement sexy s'échappa de sa bouche près de l'oreille de Tammy. Il commença à la baiser avec lenteur et elle gémit plus fort. Il lui leva la jambe plus haut et elle coinça le pied derrière sa cuisse. Il relâcha son étreinte pour faire courir sa main sur l'intérieur de sa cuisse jusqu'à son clitoris et traça du bout des doigts des cercles autour du bouton qui gonflait. Elle rejeta la tête en arrière contre le torse de Vaillant et se cambra pour aller à la rencontre de ses assauts.

Je ne rêve pas. C'est trop bon pour ne pas être réel. Tammy ouvrit les yeux. Elle gémit et planta les ongles dans les draps et dans la peau de Vaillant, là où elle lui agrippait le haut du bras. Vaillant glissa la jambe entre les siennes pour s'enfouir un peu plus profondément en elle, maintenant le rythme lent et régulier qui commençait à lui vider l'esprit de toute pensée. La respiration de Tammy se fit irrégulière et ses tétons durcirent. Son corps se contracta et elle s'arc-bouta contre lui avec des mouvements plus frénétiques, au bord de la jouissance.

— Plus vite, supplia-t-elle.

— Pas encore, grogna-t-il.

Tammy empoigna le drap pour s'y accrocher et bougea les hanches, les faisant claquer contre Vaillant. Il grogna alors que ses coups de reins se faisaient plus brutaux et plus rapides ; il accéléra aussi les mouvements de son doigt sur son clitoris, appuyant plus fort. Il savait exactement ce dont elle avait besoin alors qu'il allait et venait en elle et jouait avec son clitoris pour la propulser vers l'orgasme.

Les muscles de Tammy se contractèrent, son extase si intense que c'en était presque trop, et elle hurla, s'arc-boutant violemment contre Vaillant alors qu'il était profondément enfoui en elle, transpercée par sa jouissance.

Vaillant rugit. Il éloigna la main de son clitoris pour la refermer sur la taille de Tammy. Il cambra les hanches, tout son corps se crispa et il sembla se pétrifier derrière elle alors que tous ses muscles se bandaient. Il se détendit soudain lorsque sa jouissance s'acheva.

Elle sourit quand une chaleur se répandit en elle, stupéfaite de sentir son sperme gicler en elle alors qu'elle n'avait jamais connu cette sensation avec d'autres hommes. À chaque jet, il frissonna un peu et resserra son étreinte sur elle.

C'était apaisant, d'être envahie par sa chaleur après avoir fait l'amour avec lui. Elle sourit. Vaillant lui mordit l'épaule.

Tammy poussa un cri strident.

— Hé. Fais gaffe à tes dents.

Vaillant lécha l'empreinte de ses dents sur sa peau, qui n'avait pas été entamée.

— Désolé.

Elle tourna la tête pour regarder l'homme avec qui les parties de jambes en l'air étaient toujours si intenses et décida qu'il avait l'air sexy le matin. Il avait les cheveux en bataille, ce qui donnait l'impression que sa crinière était encore plus fournie, et une étincelle joyeuse et paresseuse brillait dans ses beaux yeux. Ils lui rappelaient vraiment de l'or en fusion et étaient absolument à couper le souffle. Elle distinguait des volutes dans différentes teintes de jaune éclatant quand elle examinait ses iris de près. Elle pourrait facilement se perdre des heures durant dans son regard.

— Pourquoi m'as-tu mordue ?

Elle n'était pas fâchée, juste intriguée.

— Pour m'avoir abandonné hier soir. Je voulais te… (il s'interrompit) refaire l'amour mais tu dormais à poings fermés.

— J'étais fatiguée. Tu m'as laissée sur le carreau, beau gosse.

Il arqua les sourcils, avant de les froncer.

— Je ne comprends pas. Ce n'est pas une expression humaine signifiant mourir ? Je croyais que tu aimais nos ébats. Tu avais l'air de prendre ton pied. J'ai veillé à te combler.

Elle rit.

— Je ne l'ai pas employée dans ce sens. J'ai voulu dire que tu m'as laissée sur le carreau de fatigue.

Il sourit.

— Je vois. J'aime te baiser au réveil. Je pense qu'on devrait commencer toutes nos journées ainsi.

— Je n'y vois rien à redire. (Elle lui adressa un large sourire.) Et je ne serais pas contre non plus me coucher tous les soirs comme on l'a fait hier.

— Ce n'est pas un problème. On est réputés pour notre force et notre endurance. Notre vigueur. J'en ai à revendre. J'ai énormément de libido. Je suis toujours prêt à te monter.

Elle le regarda fixement, prenant conscience qu'il était sérieux.

— Énormément ?

Il examina son visage.

— J'ai soif de sexe tous les jours, sept jours sur sept, tous les jours de l'année. Je pourrais le faire plus souvent. Nous pourrions nous recoucher après les repas et rester au lit jusqu'au prochain. Tu veux recommencer ?

Elle le regarda bouche bée.

— Je n'y survivrais pas. Tu devrais m'enterrer si on restait au lit tous les jours de l'année et si on ne cessait de faire l'amour que pour dormir et manger. Je ne suis qu'une humaine, Vaillant. Tu me tuerais.

Il fit glisser sa main pour lui faire épouser son sein.

— Je pourrais te réanimer.

Elle se crispa mais s'aperçut que son téton n'était plus douloureux. La caresse de Vaillant était très légère et même vraiment agréable.

— OK. Je ne marcherais plus jamais.

Il gloussa et s'écarta d'elle, retirant sa queue encore raide avec lenteur.

— Tu es fragile. Je ne dois pas l'oublier. Je ne veux pas te briser. (Il se décolla entièrement d'elle et descendit du lit.) Je t'ai déjà fait tomber de fatigue. Je devrais te nourrir.

— Je meurs de faim. (Elle s'assit et jeta un coup d'œil à la pendule près du lit.) Waouh. Il est déjà 8 heures.

Vaillant lui coula un regard.

— Il y a un problème ?

— Je suis censée parler au shérif à 9 heures, tu te rappelles ? Ça me laisse à peine le temps de me doucher et de me préparer avant de devoir faire ma déposition.

— Tu vas manger. Tu n'as qu'à te doucher pendant que je nous commande quelque chose. Il pourra t'interroger pendant ton petit déjeuner ou il n'aura qu'à attendre que tu aies fini. (Vaillant plissa les yeux.) Tu as besoin de beaucoup de nourriture. Tu es petite et tu dois te remplumer.

Elle le dévisagea.

— Tu cherches à m'engraisser ? C'est ce que tu veux ? Que je sois plus dodue ?

Il sourit de toutes ses dents.

— Je ne passe pas de marché avec les sorcières, si jamais elles existent. Je n'ai pas l'intention de t'engraisser pour pouvoir te pousser dans le four et te manger.

— C'est quoi ton truc avec les contes de fées ? Tu les connais bien. Je croyais être la seule à être assez perchée pour y faire allusion à tout bout de champ.

Elle rit.

Il hésita.

— On m'a beaucoup raconté ces histoires quand j'étais petit. Mon gardien m'a dit qu'elles étaient très instructives. Je les ai toutes apprises par cœur.

Tammy sentit une partie de son cœur se briser. Elle descendit du lit d'un air déterminé et marcha droit vers lui. Elle le prit dans ses bras et le serra fort. Vaillant hésita avant de refermer ses bras musclés autour d'elle. Ils étaient debout près de la porte de la chambre, nus, dans les bras l'un de l'autre.

— Pourquoi me fais-tu un câlin ? Pour me remercier de t'avoir envoyée au septième ciel ?

— Non, rit-elle. Je te fais un câlin parce que… (elle ne voulait pas lui avouer qu'elle avait eu de la peine pour lui à cause de son enfance misérable) parce que j'en avais envie. J'adore être dans tes bras.

Il resserra son étreinte.

— Tu peux me faire autant de câlins que tu voudras, Tammy.

Elle l'étreignit pendant une longue minute avant de reculer en lui souriant.

— Je vais filer sous la douche. J'ai besoin de vêtements.

— J'étais parti pour aller te les chercher. Je reviens tout de suite.

Elle entra dans la salle de bains, ouvrit l'eau de la douche et s'avança sous le jet. Un soupir de contentement franchit ses lèvres quand l'eau chaude lui coula sur le corps. Elle prit le shampoing. Quelques secondes plus tard, un Vaillant nu ouvrit la porte de la cabine et s'y glissa. Tammy rit, reculant pour lui faire de la place.

— On t'a déjà dit que tu prenais beaucoup de place ?

Il se fendit d'un large sourire.

— Tout le temps. Tourne-toi que je te lave les cheveux.

Elle secoua la tête en souriant.

— Je dois manger et parler au shérif. Je vais me débrouiller et tu vas en faire autant. Bas les pattes, Vaillant. Je ne peux plus réfléchir quand tu me touches.

— Mais…

Elle sourit jusqu'aux oreilles.

— Sois sage.

Le sourire de Vaillant mourut sur ses lèvres et il hocha la tête d'un air sévère.

— Très bien.

Ils se frottèrent l'un contre l'autre quand ils échangèrent leurs places pour que Tammy puisse se rincer les cheveux. Le corps de Vaillant réagit. Elle sourit à la vue de sa queue qui grossissait et durcissait jusqu'à pointer vers elle.

— Tu appelles ça être sage ? Tu pourrais blesser quelqu'un avec ce truc.

Il rit.

— Tu pourrais me laisser te soulever pour que je te baise contre ce mur. Après ça, je serai sage comme une image.

Tammy secoua la tête.

— Je boite déjà, et pas juste à cause des hématomes sur ma hanche. Tu essaies de me tuer, c'est ça ?

— Non.

Il fronça les sourcils, et ses traits se départirent de toute trace d'humour.

— Je plaisantais. C'était une blague. (Elle prit la bouteille de gel douche.) Appuie-toi contre le mur.

Il fronça les sourcils, mais recula. Tammy versa du gel douche dans ses mains et reposa la bouteille. Elle commença par ses épaules avant de descendre sur son corps en le savonnant. Il grogna quand elle atteignit ses tétons, un son très sexy à présent qu'elle commençait à faire la différence entre l'excitation et la colère. Ses tétons se contractèrent sous ses paumes et ses doigts pendant qu'elle les massait.

— Tu essaies de me tuer, gémit-il.

Elle rit.

— Pas encore.

Elle fit descendre ses mains sur son ventre puis sur ses hanches, et les referma sur sa verge. Vaillant poussa un grognement plus grave, fermant les yeux. Tammy se pencha vers lui jusqu'à le frôler de son corps. Elle lui massa la queue des mains, et augmenta le rythme quand sa respiration commença à se faire bruyante. Des grognements et des ronrons s'échappèrent de sa gorge.

Tammy se rapprocha encore, jusqu'à ce que son gland frotte contre son ventre pendant qu'elle le caressait plus vite, resserrant les doigts ; son membre devint encore plus raide dans son étreinte. Vaillant se crispa soudain, rejeta la tête en arrière et un son fort qu'elle n'avait jamais entendu sortit de sa gorge. Pas tout à fait un rugissement, mais presque. Tammy se pencha vers lui, pour que son sperme chaud jaillisse sur son ventre alors qu'elle plaquait sa verge contre sa peau. Son orgasme laissa Vaillant légèrement tremblant.

— Tu te sens mieux ?

Il ouvrit les yeux et esquissa presque un sourire.

— À ton tour.

Tammy éclata de rire, le libérant.

— Pas maintenant. Je dois finir de me doucher et m'habiller. J'ai besoin de manger et d'avoir cet entretien avec le shérif Cooper. Tu pourras me rendre la pareille après son départ.

— Tu es excitée. Je le sens.

Il l'empoigna par les hanches.

— Non ! (Elle rit.) Enfin, oui, c'est vrai. Tu m'excites mais on n'a pas le temps, là.

Il soupira.

— Ce shérif compte-t-il plus pour toi que moi ?

Tammy s'était retournée sous le jet pour laver le devant de son corps. Elle jeta un coup d'œil à Vaillant par-dessus son épaule. L'expression blessée sur son visage était facile à lire.

— Non. Pourquoi me poses-tu cette question ?

— Parce que je pourrais te caresser mais tu préfères parler avec un humain.

Elle lui fit face. Elle mit les mains à plat sur son torse et le poussa contre le mur. Il la laissa faire. Elle croisa son regard et refusa de détourner les yeux, souhaitant qu'il voie qu'elle était sincère.

— C'est parce que je veux m'assurer que ces hommes restent derrière les barreaux. C'est le shérif et c'est important de jeter ces salopards en prison pour très longtemps. Je dois l'aider à y arriver. Sans ma déposition, et si je ne porte pas plainte, ils pourraient repartir libres. Tu comprends ? Pas de témoin, pas de victime, pas de crime. C'est comme ça que fonctionne la loi dans mon monde.

— Je comprends.

Le corps de Vaillant se détendit et il acquiesça d'un signe de tête.

— Le shérif est un ami aussi. Ma grand-mère et lui étaient proches. Il est presque comme un oncle pour moi. Je ne le considère pas comme étant plus important que toi, ne pense jamais ça, mais je lui ai dit qu'il pouvait compter sur moi. Il a besoin de mon aide et moi de la sienne pour faire en sorte que ces enfoirés paient pour m'avoir kidnappée.

Il hocha la tête.

— J'aurais pu te porter dans notre lit et te lécher jusqu'à ce que tu hurles mon nom si je les avais tués au lieu de laisser les miens les livrer aux tiens.

Il n'avait pas tort. Tammy esquissa un large sourire.

— Oui, mais ça aurait été mal.

— Te lécher jusqu'à ce que tu hurles mon nom n'a rien de mal.

— Je parlais de la tuerie. (Elle gloussa.) Le cunni me plaît énormément. Il n'y a assurément rien de mal à ça.

Il grogna.

— Le shérif n'a qu'à attendre.

Elle recula et laissa retomber ses mains.

— Je vais m'entretenir avec lui puis il partira. On pourra alors se remettre au lit. OK ?

Il hocha la tête.

— D'accord.

Il se retourna, saisit la pierre ponce et examina sa main libre, paume vers le haut.

— À quoi ça sert ?

Il veilla à ce qu'elle puisse bien voir alors qu'il utilisait la pierre sur ses ongles.

— C'est pour les nettoyer. (Il lui montra sa main ouverte.) Et aussi pour adoucir la peau aux endroits où elle est plus rêche.

Tammy tendit la main pour lui effleurer les doigts. Elle sentit des durillons à leur extrémité et sur le haut de sa paume, à la naissance des doigts.

— C'est dû à quoi ?

— Au fait d'être hybride. Certains de nous en avons. D'autres non. Moi si. Ça m'aide à grimper aux arbres sans m'égratigner. (Il plissa les yeux d'un air méfiant.) Tu me trouves moins attirant du coup ?

Elle secoua la tête.

— La rugosité de tes mains m'excite. Elles me procurent des frissons et me donnent la chair de poule. J'aime beaucoup.

— Bien. Je craignais que mes différences par rapport aux humains me rendent moins séduisant à tes yeux.

Elle réprima un sourire.

— Ne t'inquiète pas, Vaillant. J'apprends à apprécier toutes tes différences.

Il plongea les yeux dans les siens, comme pour s'assurer de sa sincérité, et sourit.

— J'en suis ravi.

Tammy termina de se doucher en vitesse pendant que Vaillant prenait soin de ses ongles et de ses durillons. Elle se sécha rapidement, s'enveloppa dans une serviette et sortit dans la chambre. Quatre cabas attendaient sur le lit. Elle les vida pour se faire une idée de ce dont elle disposait. Deux sacs contenaient des vêtements pour Vaillant mais les autres étaient pour elle. Elle choisit un bermuda en coton et un tee-shirt noir trop grand. Ils lui avaient acheté des culottes minuscules et deux brassières de sport extensibles.

Vaillant entra dans la chambre derrière elle. Il avait peigné ses cheveux humides en arrière. Il avait l'air différent, le visage ainsi dégagé. Tammy le trouva plus effrayant. Sa crinière de cheveux adoucissait un peu ses traits et le rendait plus séduisant, à la façon d'un gros nounours. Tammy sourit mais ne dit rien pendant que Vaillant fouillait dans le tas de vêtements de grande taille pour hommes qu'elle avait préparé à son attention.

Tammy faillit marcher sur une boîte de chaussures qui dépassait de sous le lit. Elle la ramassa et l'ouvrit, devinant qu'elle était pour elle, la boîte n'étant pas assez grande pour les grands pieds de Vaillant. À l'intérieur, elle découvrit une paire de tongs blanches. Elle les détesta, mais au moins elle avait des chaussures. Elle les laissa dans la boîte. Elle n'avait pas prévu de quitter la suite. Elle entendit sonner à la porte et braqua un regard interloqué sur Vaillant.

Vaillant sourit.

— Les suites ont des sonnettes. C'est notre petit déjeuner. (Il avait enfilé un boxer noir.) Je vais le chercher.

— J'y vais. Je suis habillée. (Elle lui sourit.) Tu montres une partie bien trop grande de ton anatomie. C'est peut-être une femme qui nous apporte notre petit déjeuner.

Il rit.

— Tu serais jalouse si une femelle me regardait ?

Elle hésita.

— Oui, répondit-elle franchement.

Vaillant redevint sérieux.

— Tu es à moi et je suis à toi. Tu n'as pas à être jalouse. Je ne laisserai aucune autre me toucher.

— Je suis heureuse de l'entendre, lui cria Tammy en se dépêchant de sortir de la chambre.

Elle était contente qu'il lui ait dit ça. Elle traversa le salon et ouvrit la porte.

— Salut, dit-elle aussitôt.

La femme qui se tenait sur le seuil devait mesurer près d'un mètre quatre-vingt-cinq. Elle avait de longs cheveux bruns et des yeux sombres. Sa peau hâlée et ses traits marqués la rendaient intense, mais belle. C'était la première fois que Tammy se trouvait aussi près d'une des Hybrides. Elle avait des pommettes larges et un nez épaté, et elle baissa les yeux sur Tammy avec un sourire qui dévoila des dents pointues et acérées. Son expression n'était pas menaçante.

— Bonjour à vous, petite humaine. Je vous ai apporté à manger.

Tammy ne put pas s'empêcher de rire.

— Merci beaucoup. Je suis Tammy.

— Je m'appelle Brise.

Tammy s'effaça pour lui permettre de pousser un chariot dans le salon. Elle grimaça presque en voyant des assiettes manquer de glisser du plateau. Ne semblant pas le remarquer ni s'en préoccuper, l'amazone se retourna, examinant Tammy de la tête aux pieds. Elle gloussa.

— Alors vous êtes la compagne de Vaillant. (La femme ne dissimula pas son amusement.) Vous êtes si petite. Je croyais qu'il choisirait Soleil. Elle est aussi grande que moi.

— Soleil ?

— L'une de nous. Il cherchait une compagne. Je devais voir de mes propres yeux l'humaine dont on m'a parlé cette nuit. Ils ont dit que vous étiez petite comme Trisha et Ellie. Ils avaient raison. Toutes les humaines sont-elles de votre taille ? Je n'ai pas l'habitude d'en fréquenter beaucoup.

— J'ai rencontré Trisha cette nuit, c'est ça ? La femme enceinte ? Qui est Ellie ?

— C'est la compagne humaine de Rage. C'est un canin, mais ils ne sont pas ici. Ils vivent à Homeland. C'est ma grande amie. Je suis venue ici avec d'autres femelles il y a quelques mois pour l'ouverture de la Réserve. Mon amie me manque et j'ai eu envie de vous rencontrer. J'aime la compagnie des humaines.

Elle sourit de toutes ses dents.

Tammy lui rendit son sourire. Elle vit celui de la femme se transformer soudain en une ligne tendue quand elle aperçut quelque chose derrière Tammy. Elle supposait que Vaillant était entré dans la pièce. Le grognement qui retentit une seconde après dissipa tous ses doutes. La grande Hybride recula vers la porte, le regard baissé. La peur se lisait sur son visage.

Tammy fit volte-face et mit les mains sur les hanches.

— Ne grogne pas comme ça.

Vaillant reporta son regard furieux sur Tammy.

— Personne ne doit t'approcher.

— Fais-toi une raison. Je me fais une amie.

Elle se retourna et sourit à Brise. La femme sembla surprise lorsqu'elle leva les yeux pour croiser son regard.

— Ne faites pas attention à lui. Il est… (elle haussa les épaules) protecteur.

Brise acquiesça d'un signe de tête.

— À juste titre. Certains Hybrides ne tolèrent pas les humains.

— Eh bien, vous n'en faites pas partie. Vous avez dit vous-même que vous étiez amie avec des humaines comme moi. Je suis vraiment contente de vous avoir rencontrée. J'espère qu'on se reverra bientôt.

La femme lui décocha un sourire.

— Je vous porterai tous vos repas. Personne d'autre n'a accepté.

— Parce qu'ils ne veulent pas me voir ?

La femme jeta un rapide coup d'œil à Vaillant en secouant la tête. Elle regarda Tammy. Reporta son attention vers Vaillant.

— Je vous reverrai à midi.

La femme se sauva, refermant la porte derrière elle.

— Ils m'évitent.

Vaillant marcha jusqu'au chariot et enleva les cloches des assiettes.

Tammy fronça les sourcils.

— Pourquoi ça ?

— Je les effraie. Je ne suis pas sociable.

Il haussa les épaules.

— Parce que tu leur as rugi dessus cette nuit quand ils m'ont dévisagée ?

— Oui. Exactement. (Il hocha la tête.) Mangeons.

Tammy et Vaillant placèrent les assiettes sur la table basse. On leur avait préparé plusieurs boissons différentes. Tammy se jeta sur le chocolat chaud. Vaillant grimaça.

— Pourquoi tu fais une tête pareille ?

— Ce truc est dégoûtant.

— Le chocolat chaud ?

Il acquiesça d'un signe de tête.

— Ça me donne envie de vomir.

Elle hésita.

— Oh. Je vois.

— Qu'est-ce que tu vois ?

— Eh bien, j'ai eu un chien à une époque. Il a mangé une barre chocolatée et a vomi. C'est probablement à cause de ton ADN. J'adore le chocolat.

— Je ne suis pas un chien.

Elle réussit à ne pas rire en découvrant son expression horrifiée à la seule idée d'être accusé de quelque chose qu'il jugeait manifestement insultant. Elle trouva ça mignon.

— Tu es un lion. Je parie que le chocolat rend les lions malades aussi. Vous ne devez probablement pas le digérer.

Il plaça l'assiette de viande devant lui. Tammy remarqua alors ce qu'on lui avait apporté pour le petit déjeuner. Elle ne put s'empêcher de le fixer du regard. Quatre épais steaks partiellement cuits trônaient dans l'assiette, rien d'autre, et ils étaient vraiment bleus. Du sang formait une flaque en dessous comme si c'était de la sauce.

— C'est ce que tu manges ? C'est cuit au moins à l'intérieur ?

Elle réussit à ne pas frémir d'effroi.

Il en prit une bouchée. Tammy constata alors que la viande était presque crue. Elle s'obligea à détourner les yeux. Vaillant mangeait de la viande bleue. Elle observa sa propre assiette, heureuse d'avoir droit à un petit déjeuner classique composé de bacon, de pommes de terre sautées, d'œufs brouillés et de toasts. Elle n'y aurait pas touché, si on lui avait préparé des steaks quasiment crus.

— Tu en veux ? C'est bon.

Elle secoua la tête.

— C'est tout pour toi. Je ne mange du steak que bien cuit et avec de la sauce. Et accompagné d'une belle pomme de terre au four aussi. (Elle hésita et jeta un coup d'œil à l'assiette de Vaillant.) Combien de kilos de viande engloutis-tu par repas ?

Il haussa les épaules.

— Quelques-uns.

— C'est tout ce que tu manges ?

— Non. Je mange du chevreuil aussi. J'aime bien le bœuf. Le poulet et le porc aussi, mais je les préfère plus cuits. J'adore le poisson cru. Je les attrape à la main dans la rivière. Je t'en pêcherai quand on s'installera dans ma maison. Mais tu voudras sans doute les faire cuire.

Elle se contenta de hocher la tête. *Purée, je ne le regarderai surtout pas manger.* Elle s'obligea à rester concentrée sur sa propre assiette jusqu'à ce qu'elle l'ait finie. Elle s'efforça de ne pas tourner les yeux vers Vaillant.

On sonna de nouveau à la porte une quinzaine de minutes plus tard. Vaillant l'ouvrit. Tammy posa son assiette vide sur le plateau et sourit quand le shérif Greg Cooper entra dans la suite. Il était flanqué de deux agents hybrides qui lui servaient manifestement d'escorte. Le shérif lui rendit son sourire.

— Tu as bien meilleure mine, Tam. (Il parcourut la suite des yeux en sifflant.) Et ils prennent assurément bien soin de toi. Bel endroit. Très classe.

— Merci. Tu veux t'asseoir ? (Tammy sourit aux agents.) Vous aussi ?

Les deux hommes secouèrent la tête et restèrent debout près de la porte qu'ils avaient refermée. Le shérif Cooper marcha jusqu'à l'un des fauteuils et s'y affala. Tammy prit place sur le canapé. Vaillant s'installa à côté d'elle.

— Tu veux entendre ma déposition, c'est ça ?

Le shérif Cooper glissa la main dans sa poche.

— En fait, c'est déjà plus ou moins réglé. Ils… (il jeta un coup d'œil à Vaillant) sont très efficaces. J'ai juste besoin que tu lises ça et le signes s'il te convient.

— Oh.

Tammy prit les feuilles de papier et les déplia. Elle commença à les parcourir. Quelqu'un avait rédigé un compte-rendu de ce qui s'était passé, pour l'essentiel en tout cas, en passant sous silence tout ce qui concernait le docteur qui avait ordonné aux hommes de l'enlever et sans faire mention d'un indic. Malgré quelques imprécisions, il était accablant pour les quatre hommes.

Vaillant se leva et s'éloigna. Il revint rapidement et donna un stylo à Tammy.

— Tiens. Signe avec ça.

Il avait un visage sévère.

Tammy acquiesça d'un signe de tête et apposa sa signature sur la dernière page. Elle rendit la déposition au shérif.

— Voilà.

— Tout est exact ? J'en déduis qu'ils t'ont déjà interrogée ?

Elle hocha la tête. Les Hybrides l'avaient écrit et elle leur faisait confiance.

— Oui. C'est parfait.

— Comment te sens-tu aujourd'hui ? Tu as bonne mine. Tes contusions au visage ne sont pas aussi graves que je l'aurais cru.

— Je me sens mille fois mieux. L'un de leurs médecins est passé cette nuit pour me donner des antalgiques et m'examiner.

Vaillant se leva.

— Je vais te chercher tes comprimés. Tu as mangé.

Il sortit de la pièce.

Le shérif Cooper se pencha vers elle et chuchota :

— Tu es bien ici ? Tu peux partir avec moi si tu le souhaites.

— Je vais très bien. (Tammy lui sourit.) Je vais devoir appeler Ted pour le prévenir que je n'irai pas travailler pendant quelques jours.

Le shérif Cooper se redressa avec une grimace.

— Toute la ville ne parle plus que de ce qui est arrivé. Tu sais comment c'est. Ted m'a téléphoné à la première heure ce matin pour savoir si les rumeurs étaient vraies. Je lui ai dit ce qui s'était passé et où tu étais. J'ignorais combien de temps tu resterais ici. (Il s'interrompit.) Ce serait bien de passer un coup de fil à tes amis. Tim était particulièrement inquiet pour toi. Il a essayé de t'appeler ici, mais on lui a dit que tu ne prenais aucun appel.

Elle le regarda fixement.

— Je viens tout juste de me réveiller. J'appellerai Tim dès que j'en aurai l'occasion.

Le shérif Cooper se leva.

— Bon, je ferais mieux d'y aller. Je suis accompagné par quatre de mes adjoints. Nous sommes venus chercher deux de tes agresseurs. Le troisième a dû être transféré dans un hôpital à Sherver. Il a survécu à son opération.

Tammy se mit debout et serra le shérif Cooper dans ses bras.

— Merci pour tout. Surtout d'avoir pensé à appeler les Hybrides pour qu'ils vous aident à me retrouver.

— Je suis heureux d'avoir pris la bonne décision. Je ne savais pas quoi faire d'autre. Quand une personne est portée disparue, plus le temps passe, moins on a de chances de la retrouver vivante. J'ai promis à ta grand-mère sur son lit de mort de veiller sur toi comme sur ma propre famille.

Tammy raccompagna le shérif à la porte où l'attendait son escorte. Vaillant s'approcha dans son dos. À la seconde où la porte se referma, Vaillant lui tendit un verre d'eau et deux antalgiques. Elle les avala et lui rendit le verre. Il le posa violemment sur la table la plus proche, se retourna, l'attrapa et la souleva du sol. Le souffle coupé, Tammy le dévisagea alors qu'il la serrait tout contre son torse. Il se dirigea vers la chambre.

— Pose-moi.

Il ne l'écouta pas.

— Tu as parlé à cet homme, tu as mangé, pris tes comprimés et maintenant je te porte dans le lit. C'est notre marché.

— C'est vrai.

Elle rit alors qu'il la jetait sur le matelas.

Vaillant saisit son bermuda en coton et le fit glisser au bas de ses jambes. Sa culotte suivit rapidement. Il s'accroupit au-dessus d'elle sur le lit, souriant de toutes ses dents.

— Je vais te lécher maintenant.

On sonna à la porte. L'humeur facétieuse de Vaillant s'envola aussitôt et la colère lui déforma les traits alors qu'il grondait d'un air menaçant.

— N'y prête pas attention.

Tammy hésita.

— Mais…

Il lui agrippa les cuisses, les ouvrit en grand et baissa la tête. Tammy retomba contre le matelas et planta les ongles dans les draps, ne se souciant plus de savoir qui se trouvait à la porte alors qu'il refermait la bouche sur son clitoris. Il enfouit plus étroitement le visage entre ses cuisses et les petits coups de langue rapides et appuyés qu'il prodigua au centre de son plaisir vidèrent instantanément l'esprit de Tammy de toute pensée. Il grogna contre elle.

— J'adore quand tu vibres, gémit-elle.

Vaillant ronronna, vibrant davantage. Une sensation si délicieuse qu'elle en était presque insupportable ; Tammy resserra les cuisses sur sa tête et il les lui écarta de nouveau d'une main forte. Il la maintint immobile jusqu'à ce qu'elle n'ait d'autre choix que de cambrer le dos en criant de plaisir. Quelques minutes après, Tammy hurla son nom en se tortillant sous sa bouche, jouissant avec violence.

Il releva la tête et tira son corps avachi vers lui. Elle ouvrit les yeux et posa un regard interrogateur sur Vaillant, qui était agenouillé sur la moquette. Il avait les yeux plissés, son beau regard intense et passionné. Il la lâcha quand ses fesses dépassèrent presque du bord du matelas et plaça avec douceur ses pieds sur la moquette pour l'empêcher de glisser à terre.

Sans arracher son regard au sien, il ouvrit brusquement sa braguette, descendit son pantalon, se baissa pour l'enlever et le repoussa du pied. Il se pencha, l'empoigna par les hanches et la fit rouler sur le ventre.

Vaillant l'inclina sur le matelas. Du pied, il lui ouvrit doucement les cuisses. Elle écarta les genoux et il s'avança entre ses jambes. Elle gémit quand sa queue appuya contre son intimité et il la pénétra peu à peu, se frayant un passage en elle.

— À moi, grogna-t-il en la recouvrant de son grand corps tout en prenant appui sur ses bras pour ne pas l'écraser sous son poids.

— Oui, gémit-elle, s'agrippant à ses mains posées sur le lit près d'elle. Bon Dieu, oui.

Vaillant se crispa une seconde puis commença à onduler des hanches contre ses fesses pour la prendre plus brutalement et profondément. Il plaça ses jambes de part et d'autre de celles de Tammy et baissa le bassin pour la baiser à un autre angle ; Tammy l'encouragea à continuer en geignant doucement, le suppliant d'accélérer le rythme.

Il lui procurait des sensations incroyables, chaque centimètre de sa queue dure réveillant et caressant des terminaisons nerveuses merveilleuses qui propulsèrent son plaisir vers des sommets toujours plus hauts jusqu'à ce qu'elle se sache être de nouveau au bord de l'orgasme. Ses muscles se serrèrent autour de lui et elle hurla son nom.

Vaillant laissa échapper un rugissement. Tammy se cramponnait à ses mains alors qu'il lui donnait un dernier coup de reins, son intimité se contractant encore autour de lui, et il se délecta de la chaleur de sa propre jouissance qui l'enveloppa. Il s'écroula sur elle, la clouant plus étroitement sous lui, mais veillant à ne pas entraver sa respiration.

— On devrait toujours faire ça après le petit déjeuner, dit-il en gloussant près de son oreille.

Elle sourit, tournant la tête pour croiser son regard.

— Je piquerais bien un somme.

Il hésita.

— Je t'accompagnerais bien mais je dois d'abord m'enquérir de ce que nous veulent nos visiteurs. Ils attendent dans l'autre pièce.

Elle en resta bouche bée.

— Quoi ?

Elle tenta de se dégager mais il était trop lourd et ne bougeait pas d'un pouce. Il lui adressa un grand sourire.

— On a de la compagnie dans l'autre pièce. Ils sont probablement venus nous voir tous les deux.

Tammy se contorsionna pour tourner la tête de l'autre côté. La porte de la chambre était grande ouverte. Elle repoussa frénétiquement Vaillant.

— Pousse-toi. Bon sang, pourquoi ne m'as-tu rien dit ? Ils auraient pu entrer dans la chambre et nous voir !

Vaillant haussa les épaules avec une indifférence apparente et décolla leurs corps. Il se leva et rejoignit la porte à grandes enjambées.

— On sera prêts dans une minute.

Il claqua la porte et se retourna vers elle.

Tammy le fusilla du regard en ramassant son bermuda et sa culotte, qu'elle s'efforça d'enfiler rapidement, assise sur le bord du lit.

— Tu savais que quelqu'un était entré dans notre suite et tu n'as pas réagi ? Et s'ils étaient venus dans la chambre ? S'ils avaient vu… zut, tout ce qu'on faisait ?

Il croisa les bras, semblant particulièrement amusé.

— Je les aurais tués s'ils nous avaient dérangés.

Elle tira d'un coup sec sur son tee-shirt qui était remonté lorsque Vaillant l'avait prise. Cette pensée lui arracha un sourire narquois.

— Rejoins-les. Je me cache ici. Ils ont dû tout entendre.

— Comme probablement tout le monde aux deux étages du dessous, voire plus, et assurément au nôtre.

Elle le regarda bouche bée.

— Sérieusement ?

— Oui. On a une bonne ouïe.

La situation semblait grandement l'amuser.

— Bon sang, Vaillant. Ce n'est pas drôle. Tu veux dire que chaque fois qu'on a couché ensemble, tout le bâtiment était au courant ?

— Tu hurles mon nom et je ne peux pas m'empêcher d'exprimer tout le bien que tu me fais.

Tammy resta assise sur le lit, doutant de tenir sur ses jambes alors qu'elle encaissait le choc. Elle se couvrit le visage des mains.

— Je ne pourrai plus jamais regarder personne dans les yeux. J'ai trop honte.

Des mains l'empoignèrent soudain et Vaillant la souleva sur ses pieds. Tammy releva brusquement la tête. Elle découvrit avec stupéfaction l'expression furieuse de

Vaillant. Il ne lui faisait pas mal, même s'il la tenait d'une main ferme.

— Je te fais honte ?

Il lança ces mots d'un ton hargneux.

— Non !

Elle était horrifiée qu'il soit parvenu à cette conclusion.

— Ça te gêne que les autres sachent que tu aimes que je te caresse et que je te pénètre ?

— Non ! Ne crois pas ça. Comment peux-tu dire une chose pareille ? J'ai voulu venir ici avec toi. Je suis originaire d'une petite ville, Vaillant. Un quart d'heure après que j'ai demandé à rester avec toi, que j'ai accepté de te laisser m'emmener dans une de vos Jeeps, toute ma ville était au courant pour nous deux. Je n'ai pas du tout honte d'être avec toi. Je suis gênée parce que c'est juste embarrassant de savoir que tout le monde entend nos ébats. C'est privé, quoi.

Elle vit son expression se détendre et il relâcha son étreinte sur ses bras, la touchant à peine.

— Oui. Je suis désolé d'avoir mal interprété tes paroles.

— Tu t'es mis en rogne. Tu étais fou de rage. Tu ne me fais pas honte, Vaillant. Je suis fière d'être avec toi. Tu me plais vraiment. Je… (elle jura tout bas) je me sens profondément attirée par toi et je n'en ai rien à foutre de ce que les gens en pensent ou de si ça leur pose un problème. C'est clair ?

— Oui. (Il déglutit bruyamment et son expression s'adoucit.) Si j'ai pété un câble, c'est parce que ça me blesse terriblement de croire que tu ne veux pas qu'on apprenne qu'on est ensemble. Je sais que les humains nous détestent et j'ai mal rien qu'à l'idée que tu aies honte de moi parce que je ne suis pas humain.

Tammy sentit son cœur se serrer. Elle s'en voulait de l'avoir blessé par mégarde et de lui avoir donné des raisons de douter de ses sentiments. Elle s'arracha à son étreinte, jeta un coup d'œil au lit et s'agrippa à son bras pour grimper sur le matelas. Elle se retourna, lui lâcha le bras et croisa son regard surpris : depuis sa nouvelle position, elle le dépassait légèrement.

— Tu es si grand. Je ne vois pas comment faire autrement. Approche.

Il n'hésita pas. Il s'avança devant elle. Tammy posa les mains sur ses joues et se pencha jusqu'à ce que leurs nez se touchent. Elle plongea le regard dans ses yeux exotiques, éprise de leur beauté et probablement éprise de lui aussi. Elle repoussa cette idée, refusant d'y songer pour l'instant. Tomber amoureuse de lui aussi fort qu'elle l'anticipait compliquerait sa vie bien plus qu'elle ne pouvait l'imaginer.

— Je n'ai pas honte de toi. Tu es mieux que tous les hommes que j'ai jamais rencontrés, Vaillant. Mille fois mieux. Tu es d'une gentillesse incroyable avec moi, tu sembles toujours prêt à prendre soin de moi, même si je ne sais pas trop quoi penser de ce qui est de m'engraisser. (Elle lui décocha un large sourire.) Et tu es un dieu au lit. Tu es intelligent, affectueux, et même si certains trucs chez toi me rendent folle, comme ton agressivité, ça me plaît aussi. J'aime vraiment beaucoup que tu sois aussi possessif. Je m'en fous qu'on sache qu'on est ensemble. Je ne veux juste pas qu'un autre que toi me voie nue. D'accord ?

Il passa les bras autour de sa taille et la plaqua contre lui.

— Je mettrai KO tous ceux qui essaieront. Ils me craignent, mais je ne te donnerai jamais aucune raison d'avoir peur de moi. Je ne te ferai jamais de mal, Tammy.

— Je te crois. (C'était la vérité.) On ferait probablement mieux d'aller voir qui nous attend dans l'autre pièce.

— Ils n'ont qu'à attendre. Je veux te serrer dans mes bras.

Elle hocha la tête et enroula les bras à son cou, le visage enfoui dans le creux de son épaule, et il l'enveloppa dans ses bras, l'enlaçant plus étroitement. Tammy passa les jambes autour de sa taille. Il la porta facilement – ce type était un roc. Elle sourit jusqu'aux oreilles.

Vaillant glissa un bras sous les fesses de Tammy, s'assurant qu'elle ne le lâcherait pas de sitôt. Il huma son parfum, les yeux fermés à présent, et enfouit le visage dans ses cheveux. Elle n'avait pas dit qu'elle l'aimait, mais pour elle il saurait se montrer patient.

Il se retint de déclarer qu'ils n'étaient pas simplement ensemble. Elle était sa compagne, sa moitié, et désormais une partie de son âme. Il l'aimait. C'était un sentiment nouveau pour lui, mais il n'avait pas peur de se l'avouer. Elle lui réchauffait le cœur, le rendait heureux, et rien ne lui semblait plus normal que de la serrer contre son corps. Parfait. Ils étaient assortis l'un à l'autre malgré leur différence de taille. Elle était en tout point merveilleuse.

Sauf qu'elle est trop petite. Je dois veiller à ce qu'elle mange. Il sourit.

Il se rappelait quand il l'avait pénétrée et lui avait dit qu'elle était à lui. Il lui avait dit « à moi » et elle avait dit « oui ». Son sourire s'élargit. Pour être plus exact, elle avait dit « bon Dieu, oui ». Elle y avait mêlé sa religion. Ça devait signifier qu'elle avait été entièrement sincère. Son espoir se transforma en joie. Tammy était à lui. Il l'étreignit un peu plus fort.

— Mienne.

Elle ne protesta pas et il sut alors qu'il parviendrait à la garder pour toujours.

Chapitre 9

— Bon. Allons voir qui se trouve dans l'autre pièce.

Tammy sourit à Vaillant quand il la reposa à terre.

— C'est Trisha et Slade. Ils ont amené Cuivre avec eux.

Vaillant sourit en s'écartant d'elle. Il lui tendit la main, qu'elle accepta, ouvrit la porte et ils sortirent ensemble dans le couloir. Trisha, Slade et un Hybride attendaient au salon, assis sur le canapé et dans un fauteuil. Les hommes semblaient amusés. Trisha souriait.

— Qu'est-ce que tu veux ? (Vaillant fusilla Slade du regard.) On a dû se rhabiller. On serait en train de piquer un somme en ce moment si vous n'étiez pas là.

Le visage de Slade se fendit d'un large sourire et ses yeux bleus pétillaient.

— Trisha veut vous parler à tous les deux. Elle était fatiguée cette nuit et n'y a plus pensé. Elle a demandé à venir ici sans attendre.

Vaillant jeta un coup d'œil à l'autre homme.

— Bonjour, Cuivre. Qu'est-ce qui t'amène ?

— Je suis avec eux.

Il examina Tammy et fit un clin d'œil.

Vaillant laissa échapper un grognement, réagissant aussitôt. Il lâcha la main de Tammy et esquissa un pas menaçant vers Cuivre, la cachant à sa vue.

— Ne la regarde pas et ne flirte pas avec elle. (Vaillant gronda plus fort.) Elle est à moi !

— Waouh, et moi qui te trouvais possessif, marmonna Trisha, qui se leva. Calme-toi, Vaillant. Cuivre n'a pas pensé à mal. Il fait des clins d'œil à tout le monde. Même aux hommes. J'ai besoin de m'entretenir en privé avec vous deux. (Elle s'interrompit.) Dans la chambre.

— Mais…, protesta Slade.

Trisha se retourna vivement vers lui.

— Ça suffit. Je sais qu'on pourrait discuter de n'importe quel sujet devant vous les gars sans que ça vous pose le moindre problème, mais c'est une femme. Je n'aimerais pas avoir cette conversation devant deux hommes que je ne connais pas. Alors rassieds-toi s'il te plaît et cultive un peu cette patience qui te fait grandement défaut. (Elle se retourna de nouveau et croisa le regard interloqué de Tammy.) Vous, moi et Vaillant avons à parler.

— Dis-nous juste ce que tu as à nous dire. (Vaillant croisa les bras.) Plus vite tu cracheras le morceau, plus vite vous partirez et je pourrai retourner au lit avec Tammy.

Tammy soupira en sortant de derrière lui.

— Croiser les bras, ça c'est son truc. Vaillant a parlé. Sujet clos. (Elle leva les yeux vers son visage et sourit en voyant son expression menaçante, qu'il semblait utiliser pour intimider les autres.) Faites ce qu'il dit ou il vous fusillera du regard.

Trisha rit.

— Ils font tous ça. C'est un truc d'Hybride. C'est adorable, n'est-ce pas ?

Tammy n'était pas sûre d'aller jusqu'à dire ça, mais quand elle leva les yeux vers Vaillant qui regardait le médecin d'un œil mauvais, elle se retint de rire. Elle reporta son attention sur Trisha.

Trisha contourna Vaillant et prit Tammy par le bras.

— Faites-moi confiance. C'est une conversation qu'on devrait avoir en privé.

— Allons dans la chambre. Il suivra.

Tammy ouvrit le chemin.

Trisha s'installa dans un fauteuil et massa doucement son ventre rond. Tammy ramassa la couette sur le sol et la jeta sur les draps froissés. Elle tenta de ne pas se sentir gênée par l'état du lit. Le fait qu'ils venaient de coucher ensemble dessus sautait aux yeux. Vaillant resta debout près de la porte, à faire son truc d'Hybride. Elle sourit en se détournant de lui et s'assit sur le bord du matelas, près de Trisha.

— Je ne veux pas vous mettre mal à l'aise, expliqua Trisha doucement. Mais je sais maintenant avec certitude que vous avez des relations sexuelles. (Elle soutint le regard de Tammy.) Vous prenez la pilule ?

Tammy secoua la tête.

— Non.

Trisha jeta un coup d'œil à Vaillant.

— Tu as utilisé des préservatifs ?

Il ricana.

— Jamais.

Tammy grimaça.

— Je vois où vous voulez en venir. Bon. L'année dernière, je suis sortie avec un enfoiré qui m'a trompée. (Elle refusa de regarder Vaillant.) Je l'ai découvert et j'ai paniqué. Je me suis précipitée immédiatement chez ma gynécologue. J'étais terrifiée à l'idée qu'il m'ait refilé une merde. On utilisait des capotes mais pas pour tout. J'ai demandé à ma gynéco de rechercher toutes les infections possibles, les analyses se sont toutes révélées négatives, et on les a refaites il y a six mois. Je suis garantie sans M.S.T. Je serais heureuse de me soumettre à un examen et à des analyses si vous craignez que je contamine Vaillant.

Trisha ouvrit et referma la bouche.

— C'est bon à savoir mais les Hybrides n'attrapent pas facilement de maladies vénériennes. Ils sont suffisamment différents pour que la plupart des maladies les plus répandues ne leur soient pas transmissibles. De toute façon, ils ont un système immunitaire très fort qui les en protégerait.

— C'est bon à savoir. (Tammy sourit.) Je me doutais qu'il n'y aurait pas de problème. Enfin, j'ai plus ou moins compris d'après ce que Vaillant m'a dit qu'il n'avait pas vraiment couché à droite et à gauche.

Trisha cligna plusieurs fois des yeux.

— Il pourrait vous mettre enceinte.

Tammy digéra ces mots, secouant la tête.

— C'est impossible. C'est vrai, quoi, je regarde les infos. Ils n'arrêtent pas de parler de la stérilité des Hybrides. Ils ne peuvent pas avoir d'enfants. Ils ont été délibérément créés ainsi dans les labos. Tout le monde sait ça.

— Vous croyez tout ce que vous entendez aux infos ? (Trisha soupira.) Oubliez cette question. Ça n'a pas été porté à la connaissance du public. Il s'agit en fait d'une information classée secrète que seuls les Hybrides, ou en l'occurrence les femmes qui ont des rapports sexuels non protégés avec eux, ont besoin de connaître. Vous entrez dans cette catégorie puisque vous ne prenez pas la pilule ni n'utilisez d'autre moyen de contraception. Vous deviez être informée du risque de grossesse.

Vaillant grogna.

— Je ne suis pas stérile.

Trisha posa les yeux sur lui avant de regarder de nouveau Tammy.

— Je suis un médecin spécialiste des Hybrides, Tammy. Mercile Industries a mené des expériences de reproduction avec eux, sans résultat. Ils ne les ont jamais stérilisés puisqu'ils ont encouragé leur procréation. Ce n'est que récemment que nous avons découvert qu'il était possible qu'un humain et un Hybride aient un enfant ensemble dans certaines circonstances.

Tammy regarda le médecin bouche bée, à court de mots.

Trisha reprit :

— Nous avons effectué de nombreuses analyses. Je voulais juste que vous soyez tous deux informés de ce risque. (Elle tourna le regard vers Vaillant.) Tu es plus… (Elle s'interrompit de nouveau.) Tu as des caractères hybrides plus prononcés et à moins d'analyser ton sperme, je ne suis pas certaine que tu puisses la mettre enceinte. Ton ADN pourrait avoir été trop modifié pour cela. (Elle reporta son attention sur Tammy.) Je pourrais vous donner un contraceptif si vous voulez être sûre d'être protégée.

Tammy la regarda fixement.

— Mais on a déjà couché ensemble. Ça signifie que je pourrais déjà être enceinte, c'est ça ?

Trisha hocha la tête.

— Oui. Je pourrai vous prescrire un test de grossesse dans quelques semaines.

Tammy jura tout bas, et ne manqua pas de remarquer que Vaillant tourna soudain son attention sur elle. Il avait de nouveau l'air en rogne.

— Est-ce si terrible ? (Il baissa les yeux sur son ventre.) De porter mon enfant ?

Tammy le dévisagea. Vaillant grogna, les yeux plissés, et se crispa. Il poussa un autre grognement, plus grave.

— Arrête, chuchota Tammy. Ne te mets pas en colère. Je suis stupéfaite parce que je ne pensais pas que c'était possible, OK ? Accorde-moi quelques minutes pour me calmer. La possibilité de tomber enceinte ne m'a même jamais effleuré l'esprit.

— Ça ne change rien. Tu es à moi et je suis à toi. Ce sera une bonne nouvelle si nous faisons un enfant. Je suis fort et je pourvoirai à vos besoins à tous les deux. Je te protégerai et je serai heureux d'accueillir un bébé. Tu as dit que tu n'avais pas honte de moi. Tu aurais honte d'avoir mon enfant ?

— Non. (Elle fronça les sourcils.) C'est juste que je ne te connais pas assez pour songer à fonder une famille, OK ? Il faudrait être en couple depuis des années avant de prendre cette décision. Crois-moi, j'en sais quelque chose. Mes parents se sont mariés parce que ma mère s'était fait engrosser et, à mes deux ans, ils se détestaient déjà. Ils se disputaient tout le temps, jusqu'à ce que mon père nous abandonne enfin quand j'avais quatre ans. Ma mère a commencé à boire et a fini par rencontrer un homme qui ne supportait pas de me voir traîner avec eux. Elle m'a refilée à ma grand-mère sans un regard en arrière. Je ne l'ai plus jamais revue.

Il esquissa un pas vers elle.

— Tu es à moi. Je ne te détesterai jamais et tu ne me détesteras pas non plus. Je ne te quitterai jamais. Jamais. Tu es à moi.

Tammy rechercha de l'aide auprès du médecin.

— Qu'est-ce que ça signifie exactement pour eux ?

Trisha hésita.

— Vaillant, on pourrait discuter seules, s'il te plaît ?

— Non. (Il croisa encore les bras.) Tu peux lui parler devant moi.

— Je ne veux pas t'offenser.

Il secoua la tête en la regardant.

— Aucun risque.

Trisha n'en sembla pas si sûre, mais commença à parler.

— Ils n'ont jamais été autorisés à posséder quoi que ce soit. Quelque chose qui leur appartiendrait. Ils ne pouvaient même pas s'attacher aux Hybrides avec lesquels ils étaient mis en relation. Ce qui se produisait rarement pour la plupart, puisqu'ils étaient enfermés dans des cellules individuelles. Si jamais ça arrivait, si le personnel comprenait que le sort d'un autre Hybride ne leur était pas indifférent, c'était utilisé contre eux pour les punir ou les contraindre à obéir. Maintenant, quand ils pensent que quelque chose est à eux, ils n'y renoncent pas. Ils veulent le garder pour toujours.

Abasourdie, Tammy regarda fixement le médecin.

— Pour toujours ?

— Jusqu'à ce que l'un de vous meure.

— Alors je ne peux pas le quitter, quoi qu'il fasse ? Il ne me quittera pas ?

Trisha se mordit la lèvre.

— Que croyez-vous qu'il puisse faire qui vous pousserait à vouloir le quitter ? Je sais qu'il a tendance à être exigeant, mais c'est leur façon d'être. Il serait vraiment prêt à tuer ou à mourir pour vous protéger, et on ne peut pas en dire autant de bien des hommes. Oui, ils cherchent à tout contrôler, mais ils le font dans l'intérêt de l'autre. Ce qui n'est pas rien, quand on les connaît un peu mieux.

— Et s'il me trompe ?

Tammy fuyait le regard de Vaillant.

Un sourire se dessina sur les lèvres du médecin.

— Ils sont très fidèles. Seule une poignée de couples s'est formée pour l'instant, mais d'après ce que nous avons pu observer, les hommes s'imprègnent à l'odeur de leur partenaire, en quelque sorte. Plus vous passerez de temps avec lui, plus il sera mordu. Au bout d'un moment, il ne souffrira plus l'odeur d'une autre femme sur lui. Par exemple, nous avons eu le cas d'un couple où une autre femme s'est jetée sur l'homme et a tenté de l'embrasser, ce qui l'a profondément perturbé. Il a failli écraser sa femme en se frottant contre elle pour chasser l'odeur de l'autre. Celle-ci lui était insupportable, l'a rendu furieux ; il a dit qu'elle lui avait donné envie de gerber, quand je l'ai interrogé plus tard à ce sujet.

— S'agissait-il de ce couple marié, Ellie et Rage ? Celui des infos ?

— Oui.

— Rage a reçu les gènes d'une race de chien, c'est ça ? C'est ce que j'ai lu. Vaillant est un lion. Est-ce que ça ne change pas la donne ? Les chiens et les lions n'ont rien en commun.

— Je ne peux pas l'affirmer avec certitude mais vous pourriez poser la question à Vaillant. Si vous pouvez bien compter sur une chose, croyez-moi, c'est leur franchise brutale.

Tammy regarda enfin Vaillant. Il soupira en lui rendant son regard.

— Si une autre femelle essayait de me sauter dessus, je lui en foutrais une. C'est toi que je veux et personne d'autre. Je ne permettrai pas qu'une autre me touche.

— Vous voyez ? lui fit remarquer Trisha. Vous n'avez pas à vous inquiéter qu'il vous trompe.

— Si un autre mâle posait la main sur toi je me baignerais dans son sang. (Vaillant poussa un grognement grave.) Je lui arracherais les membres. Je lui arracherais la tête. (Il s'interrompit, prit une profonde inspiration.) Il mourrait dans d'atroces souffrances. Mais je ne te ferais jamais aucun mal.

Trisha parvint à conserver son sourire.

— Vous ai-je précisé qu'ils étaient d'une grande possessivité et avaient un goût pour les descriptions crues ? (Trisha regarda Vaillant de travers et secoua la tête.) Tu peux réduire un peu les détails gore, s'il te plaît ? Les humains ne tiennent pas vraiment à entendre ce genre de choses. Ce n'est pas très vendeur. Aide-moi un peu, là.

Il grogna.

— Je dis toujours la vérité à Tammy.

— C'est ce que j'apprends. Je ne suis pas prête à avoir un bébé, cela dit. (Tammy croisa le regard furieux de Vaillant.) Je veux mieux te connaître avant même d'envisager d'en faire un avec toi, si jamais c'était possible. S'il te plaît, essaie de me comprendre et de ne pas mal le prendre ou te mettre dans tous tes états. Ce n'est pas un non définitif, je dis juste que pour l'instant je souhaite passer plus de temps avec toi avant de l'envisager. (Tammy se tourna vers le médecin.) Pourriez-vous me donner quelque chose ?

Trisha hocha la tête.

— Bien sûr. Je vais devoir le commander pour qu'on nous le livre puisque nous n'avons pas de contraceptifs à la Réserve. Dans quelques semaines vous aurez besoin d'un test de grossesse pour vérifier que vous n'êtes pas enceinte et nous vous mettrons sous pilule. (Trisha hésita.) Je ne veux pas vous la prescrire tout de suite, au cas où une grossesse aurait déjà commencé. Prévenez-moi dès que vous aurez vos règles. Je…

— Pas de rapports sexuels ? l'interrompit Vaillant.

Tammy fronça les sourcils.

— Tais-toi et laisse-la parler.

Trisha les regarda tour à tour, avant d'arrêter son regard sur Tammy.

— Je vous serais reconnaissante aussi de garder notre conversation pour vous. Beaucoup de groupes suprémacistes seraient très mécontents s'ils apprenaient qu'il nous était possible d'avoir des enfants avec eux.

— C'est un euphémisme ou je ne m'y connais pas. (Tammy grimaça.) Ils péteraient les plombs. J'ai vu une émission il y a quelques semaines sur des imbéciles qui ont monté une boîte qui prend des paris sur l'âge jusqu'auquel vivra chacun des Hybrides connus.

Horrifiée par ce qu'elle venait de dire, elle posa les yeux sur Vaillant, espérant ne pas l'avoir blessé. Il croisa son regard avec calme, ne semblant pas choqué d'entendre qu'on cherchait à se faire du fric sur leur mort.

— Ouais. Nous sommes au courant. (La tristesse se lut sur le visage de Trisha.) Et ils seraient probablement prêts à tout pour tuer la femme portant ce bébé dans son ventre ou le bébé s'il était déjà né. Beaucoup d'entre eux se réjouissent à l'idée que les Hybrides finiront par s'éteindre avec le temps. Cela rendrait certains de ces enfoirés complètement fous s'ils découvraient que les Hybrides pouvaient engendrer de nouvelles générations.

— Eh bien ! Une raison de plus de ne pas vouloir de bébé pour l'instant. J'ai déjà été attaquée une fois. Je pourrais aussi bien m'acheter un tee-shirt orné d'une cible et ne jamais plus l'enlever. Je ne suis pas prête à courir ce risque pour le moment. Je veux prendre la pilule dès que vous pourrez me la prescrire.

Tammy tourna la tête pour voir comment Vaillant réagissait à sa décision. Il était parti, avait carrément quitté la pièce, et elle jura tout bas. Il s'était éclipsé sans dire un mot. À l'évidence, il n'était pas d'accord avec elle. *Bon sang.*

— Laissez-lui du temps. (Trisha toucha le bras de la jeune femme.) Je crains qu'il se sente un peu rejeté.

— Je n'ai pas voulu qu'il le prenne de cette façon. Vous comprenez, n'est-ce pas ? Je l'ai rencontré il y a cinq semaines, il m'a foutu une peur bleue, on a eu une partie de jambes en l'air incroyable et je l'ai frappé à la tête avec une lampe. Hier soir il est revenu dans ma vie en me sauvant. Il me plaît beaucoup, mais on a besoin de passer bien plus de temps ensemble avant de prendre volontairement des risques de ce genre. Zut, je crois que je suis en train de tomber… (Elle ferma la bouche.) Au total, j'ai passé si peu de temps avec lui et certainement pas assez pour chambouler ma vie à jamais en ayant un enfant avec lui.

— Je comprends parfaitement.

Tammy lut la compassion sur le visage de l'autre femme.

— Il y a toute la question de notre différence. J'ai été kidnappée hier soir parce que quelqu'un a entendu dire que j'avais couché avec lui. Juste couché avec lui. Et si je tombais enceinte ? Ces putains de salopards et tous les putains d'enfoirés dans leur genre voudraient mettre la main sur moi. Et c'est sans parler de ce que ferait la presse. J'ai vu ce qui s'est passé avec ce couple marié. Ces deux-là ne peuvent rien faire sans s'attirer une horde de reporters. Ils ne quittent plus Homeland, c'est ça ? J'ai entendu dire que la presse les suivait partout comme s'ils étaient des vedettes de cinéma ou des rock stars. Zut, je crois que même ces célébrités en bavent moins qu'eux.

Trisha soupira.

— Ouais, je sais. Par chance, ils s'en foutent vu qu'ils travaillent tous deux à Homeland et que leur vie se trouve à l'abri du mur d'enceinte.

— J'ignore si je pourrais vivre comme ça. Pour le moment, je ne suis pas même censée sortir de cette suite. C'est comme ça que ça se passe pour Ellie ? Elle est enfermée dans leur maison ?

— Non. Elle a un emploi à Homeland et les choses sont plus apaisées là-bas. La Réserve vient d'ouvrir, c'est pourquoi vous devez rester dans la suite. Les Hybrides ont l'habitude des humains, mais pas ceux qui vivent ici. C'est uniquement pour votre sécurité. Je ne peux pas sortir non plus sans une escorte. Je n'ai pas ce problème à Homeland. J'ai une maison là-bas.

Tammy avait désespérément envie de changer de sujet.

— Comment cela s'est-il passé avec le père de votre bébé ? Il vit par ici ? Je le connais peut-être vu que c'est une petite ville.

Trisha secoua la tête.

— En général il vit et travaille dans le sud de la Californie.

— Oh.

Tammy hocha la tête.

— Il a été envoyé en mission ailleurs ces derniers temps. Dans quelques mois il sera rentré chez lui et moi aussi. Nous avons discuté ce matin et il reconsidère le mariage.

Tammy leva les deux pouces.

— Contente pour vous.

Trisha hocha la tête.

— Oui. Je veux l'épouser et je l'aime plus que tout.

Tammy soupira, son esprit refusant de se détourner de l'inquiétude qui grandissait en elle.

— Vaillant est vraiment en pétard contre moi.

— Je crois qu'il s'est senti blessé parce que vous comptez beaucoup pour lui. Je ne pense pas que vous ayez conscience de l'ampleur de son attachement. Certains Hybrides ont eu des relations sexuelles avec des humaines mais ils ne les ont pas revendiquées. Je crois qu'il s'est déjà imprégné à vous.

— Et s'il rencontre quelqu'un d'autre et change d'avis ?

— Comme je l'ai dit, ils sont très fidèles. Ils ne ressemblent pas aux hommes dont on a l'habitude. Ils ont eu des vies infernales, et ils sont très attachés aux personnes qu'ils aiment. Il tient manifestement à vous sinon il ne vous aurait pas revendiquée.

Tammy hocha la tête.

— Je suis vraiment déconcertée.

Trisha hocha la tête à son tour.

— Je comprends. Croyez-moi, c'est le cas.

— Merci de m'avoir tout expliqué. Je devrai attendre combien de temps pour que la pilule fasse effet une fois que j'aurai commencé à la prendre ?

— Un mois. Je vous fournirai un grand stock de préservatifs. Je peux vous les procurer aujourd'hui. (Elle hésita.) Vous devrez probablement lui montrer comment s'en servir car je doute qu'il en ait jamais eu l'occasion. Mercile Industries ne les autorisait à avoir des rapports sexuels avec des femmes que dans le cadre d'expériences de reproduction. C'était le seul moment où ils avaient la possibilité de se rapprocher physiquement d'un autre Hybride. Je ne pense pas qu'il ait jamais eu de contact physique avec une autre humaine que vous. Vous devrez le lui demander. Je ne sais pas grand-chose de l'endroit où on l'a envoyé avant l'ouverture de la Réserve, mais d'après ce que j'ai compris c'était au milieu du désert. On avait tendance à affecter des femmes à leur surveillance, des humaines, car les Hybrides n'attaquent pas les femmes. Qui sait s'il a plu à l'une d'elles. (Elle s'éclaircit la voix.) Je parierais que non. Il est assez intimidant.

Tammy avait du mal à imaginer que beaucoup de femmes abordent Vaillant à moins d'être super courageuses.

— Ce qu'on leur a fait est horrible.

— Je sais. Comme je l'ai dit, ils ont eu des vies dures. (Trisha se prépara à partir.) J'apporterai à déjeuner dans quelques jours pour que nous puissions discuter un peu plus. Mon poulet frit est à se damner. Parlez à Vaillant et essayez de garder votre calme. Ils ont parfois du mal à comprendre mais ils apprennent vite, et si on leur explique les choses clairement ils saisissent en général l'essentiel de nos propos. C'est vrai qu'ils sont susceptibles et ont tendance à prendre la mouche. Le proverbe « chien qui aboie ne mord pas » résume bien les choses.

— Merci.

Quand Trisha sortit de la chambre, Tammy poussa un gros soupir. Vaillant était probablement vexé qu'elle ne saute pas de joie à l'idée d'être peut-être enceinte. Elle le connaissait à peine et ils étaient juste si différents. Elle n'avait rien contre lui, il ne s'agissait pas d'une forme de rejet ; elle avait juste décidé de ne pas se précipiter.

Elle jeta un coup d'œil au lit et ricana. Ils avaient des parties de jambes en l'air torrides, fréquentes, et rien jusque-là ne semblait pouvoir arrêter leur relation. Elle était incapable de lui résister quand il commençait à grogner et à ronronner. Il faudrait coller une étiquette de mise en garde sur sa bouche. Elle sourit et se leva enfin. Elle devait lui parler afin de dissiper tout malentendu. Elle n'aimait pas l'idée qu'il se sente rejeté.

Tammy sortit de la chambre. Après avoir rapidement inspecté l'autre chambre, la salle de bains et le salon, elle parvint à la conclusion que Vaillant était parti. Les bras serrés sur sa poitrine, elle marcha vers la porte de la suite. Elle hésita avant de l'ouvrir.

Un Hybride se tenait de l'autre côté. Il avait les cheveux noirs et les yeux gris. Il se tourna pour la scruter d'un air interrogateur. Elle n'était pas vraiment surprise qu'un garde soit posté devant sa porte. Elle savait qu'elle n'était pas autorisée à quitter la suite.

— Savez-vous où est Vaillant ?

Il secoua la tête.

— Il avait l'air vraiment en pétard quand il est sorti comme un fou alors je ne lui ai posé aucune question. Je ne voulais pas qu'il me saute dessus en rugissant.

— Merci.

Tammy referma la porte sans un bruit.

Elle avait finalement décidé de regarder la télévision quand elle se rappela sa promesse au shérif Cooper. Elle se demanda si elle avait le droit de passer des coups de fil. Elle retourna à la porte de la suite et l'ouvrit. L'Hybride se retourna et l'observa encore.

— Puis-je utiliser le téléphone ?

Il hésita.

— Personne n'a dit le contraire. Allez-y.

— Merci.

Elle referma la porte et choisit de se servir du téléphone de la chambre. Elle s'assit confortablement sur le lit et composa le numéro de son meilleur ami. Tim répondit à la deuxième sonnerie.

— Allô ?

— Salut, c'est moi.

— Tam ! Comment vas-tu ? Tu es chez toi ? J'arrive tout de suite avec des pizzas. Je me suis tellement inquiété pour toi.

— Je ne suis pas chez moi mais je vais bien. Je suis encore à la Réserve et je vais y rester un moment. (Elle s'interrompit.) Je sors avec l'un d'eux, si on veut.

— Tu as perdu la tête ? hurla Tim. Tu sais ce qui s'est passé depuis que tu as été attaquée ? La ville est envahie par des équipes de reporters et des manifestants anti-Hybrides. Des groupes de soutien se sont pointés au petit matin pour défendre les Hybrides. C'est un bordel sans nom, et pour couronner le tout le bruit court que tu sortirais avec l'un d'eux, mais j'ai cru que c'étaient des conneries. Je suis ton meilleur ami et tu m'en aurais parlé. J'ai crié aux journalistes qui ont frappé à ma porte que c'étaient des putains de conneries de dire que tu étais casée avec l'un d'eux. Ils ont montré une vidéo de vous deux aux infos ce matin où on le voyait te porter jusqu'à une Jeep et s'asseoir sur le siège avant avec toi sur les genoux.

Tammy s'efforça de ne pas se laisser désarçonner par la colère de Tim. Elle tenta de l'apaiser.

— Génial. Je suis passée aux infos et j'ai raté ça ? Tu ne les aurais pas enregistrées par hasard ? Si c'est pas cool, ça !

— Ce n'est pas drôle.

— J'étais bien coiffée au moins ?

Elle grimaça, se rappelant ses cheveux pleins de terre et de feuilles.

— Bon sang, Tam. Je ne plaisante pas. Je suis allé chez toi ce matin pour nourrir ce chat sauvage à qui tu jettes des restes, car le shérif m'a appris que tu étais blessée et avais été conduite à la Réserve pour être examinée par leur médecin. Il a dit que tu resterais là-bas pour un jour ou deux le temps de te rétablir. J'ai trouvé des manifestants dans ton jardin et tu aurais dû lire les pancartes qu'ils portent, Tam. Cette vieille rosse à côté menace de lancer une pétition pour t'obliger à vendre la maison de ta grand-mère. Elle est sortie pour me hurler qu'elle voulait que tu partes parce qu'il était hors de question qu'elle vive à côté de ce genre d'horreur.

— Que disaient les pancartes ?

Tammy commençait à avoir mal à la tête. Elle se rappela ses antalgiques mais le cordon du téléphone ne lui permettait pas d'atteindre la salle de bains.

— Tu préfères ne pas le savoir, crois-moi. Elles clamaient que tu sortais avec ce type et que c'était ton amant. Tu t'en doutes, c'était cru.

— Alors Mme Haller est en rogne, hein ?

— Elle a beuglé qu'elle avait lancé une pétition pour essayer de t'obliger à vendre. Tu n'as pas entendu ?

— Eh bien, c'est une garce et je suis sûre qu'elle va y mettre le paquet. (Tammy gloussa soudain.) Il y a beaucoup de manifestants ? Ils font vraiment beaucoup de bruit ? Tu crois qu'ils vont rester là-bas toute la nuit et la rendre folle ? Elle n'arrête pas de se plaindre alors que le volume de ma télévision n'est même pas fort. Il y a un bon côté, pas vrai ? Peut-être qu'elle va s'énerver au point de tourner de l'œil. Cette femme me déteste depuis que je suis gamine et que j'ai emménagé avec mamie.

— Tam, bon sang, ce n'est pas drôle. Je vais venir te chercher. Tu pourras te cloîtrer dans notre chambre d'amis. Mes parents se font un sang d'encre pour toi aussi. Ils ne pensent pas que tu es en sécurité là-bas et moi non plus. Tu ne sais presque rien sur ces gens.

— Ne sois pas idiot, Tim. J'en sais plus sur eux que toi. Je suis parfaitement en sécurité.

— Depuis quand ?

— Depuis que j'ai appris à les connaître.

— Cette vieille garce va vraiment lancer une pétition, Tam. Elle va vraiment essayer de te forcer à vendre ta maison. Tu feras quoi si elle réussit ?

— Eh bien, tu te rappelles il y a quelques années quand j'ai eu ma phase *heavy metal* ? Elle a lancé une pétition à ce moment-là aussi et a demandé à tous les voisins de la signer en racontant que je vénérais le diable et essayais d'invoquer des démons dans mon jardin chaque fois que je faisais un feu de camp. Ils lui ont ri au nez.

— Il n'est pas question de tes goûts musicaux qui ne lui plaisent pas. C'est super sérieux. Il y a au moins vingt manifestants dans ton jardin qui brandissent des pancartes t'accusant d'aimer baiser tous les trucs en laisse à quatre pattes.

— C'est à ce point, hein ? (Tammy grimaça encore.) Eh bien, si je venais chez toi ça ne les ferait pas partir, si ? Ils viendraient juste manifester devant chez toi s'ils apprenaient que je m'y cachais. Je reste ici.

— Tu dois rentrer en ville et démentir ce qu'ils ont dit aux infos. Tu dois faire taire ces reporters.

— En quoi ils se sont trompés ? Je sors avec l'un d'eux.

Tim demeura silencieux durant une longue minute.

— Pourquoi ?

— À ton avis ? Il est merveilleux, gentil et j'ai simplement envie de rester avec lui.

— Tu aurais pu me le dire si tu te sentais seule à ce point. Tu n'as pas besoin de te taper l'un d'eux. Je sortirai avec toi, si c'est ce que tu veux.

— Oh, arrête. Ne t'aventure pas de ce côté-là, Tim. Sérieusement, arrête. On est meilleurs amis toi et moi. Je me fais souvent draguer, si tu veux savoir. Je ne cherche pas désespérément un homme. Il m'attire vraiment, vraiment beaucoup.

— Mais c'est…

— Ne l'insulte pas, l'avertit Tammy, l'interrompant.

— Très bien. J'espère que tu as conscience que ça va foutre ta vie en l'air. Quand tu cesseras de voir ce… de le voir… aucun type en ville ne voudra te toucher. Je dois y aller. Tu as manifestement pris ta décision et c'est impossible de discuter avec toi pour l'instant.

Tim raccrocha.

Tammy garda le combiné à la main pendant de longues secondes avant de le reposer sur son support. Elle essuya les larmes qui l'aveuglèrent un instant. Tim ne lui avait jamais raccroché au nez avant. Elle glissa au bas du lit, marcha jusqu'à la salle de bains et remplit un verre d'eau. En revenant, elle s'arrêta net quand elle croisa le regard de Vaillant. Il était appuyé contre le mur de la chambre, juste à côté de la porte, l'expression sévère.

— Tu es revenu.

Les bras croisés, il l'observa de ses yeux dorés et plissa ses lèvres pleines. Il respira profondément.

— Tu vas perdre ta maison ?

— Tu as tout entendu.

Il haussa les épaules.

— J'ai une ouïe fine. Je suis descendu prendre l'air et tu étais au téléphone quand je suis rentré. Je suis resté derrière la porte pour ne pas interrompre ta conversation avec ton ami. Tu as dit que c'était ton meilleur ami. (Il se redressa, s'écartant du mur.) Il t'a fait pleurer. Réponds-moi. Est-ce que tu vas perdre ta maison ?

Elle haussa les épaules.

— C'est une vieille baraque avec un toit qui fuit, mais j'en doute. La plupart des voisins ont toujours vécu là et me connaissent depuis que je suis petite. Ma plus proche voisine est l'antéchrist. Elle fait des vagues, mais c'est une habitude chez elle. Il y a des manifestants devant ma maison.

— Tu n'as plus besoin de cette maison, ma jolie. Tu as la mienne et tu m'as moi.

Tammy le regarda fixement.

— Mais pour combien de temps ?

— Tu ne te débarrasseras jamais de moi. (Il marcha vers elle avec lenteur.) Pas même si tu essaies. Tu m'appartiens et je t'appartiens.

Tammy leva les yeux vers Vaillant quand il s'arrêta à quelques centimètres d'elle. Il prit le verre et le posa. Ils se dévisagèrent durant un long moment puis Vaillant l'attrapa soudain, la plaquant sur le lit. Il déchira ses vêtements en lui embrassant la gorge. Tammy gémit.

Vaillant cloua Tammy plus étroitement sous lui ; il huma son parfum merveilleux, brûlant de la déshabiller entièrement pour sentir sa peau contre la sienne. Elle avait tenu tête à son meilleur ami pour lui, avait refusé de le quitter, et il voulait s'assurer qu'elle ne changeait pas d'avis.

Elle pourrait perdre sa maison parce qu'elle fréquentait les Hybrides. La culpabilité le rongeait alors qu'il caressait ses seins nus. Il plongea le regard dans ses yeux brûlants de passion et jura de lui faire tout oublier à part lui. Il veillerait à ce qu'elle sache qu'être avec lui valait tous les sacrifices.

Il grogna en s'évertuant à lui enlever son bermuda et glissa au bas du lit pour s'agenouiller sur la moquette. La senteur de l'émoi grandissant de Tammy le remplit d'une envie presque folle de la goûter, de la revendiquer, mais elle recula soudain sur le matelas en se tortillant. Il gronda, agrippant le lit, déterminé à la retenir. Elle leva la main, paume face à lui, lui faisant signe d'arrêter, et il se figea.

— Préservatifs.

Il avait envie de rugir. Elle était à lui. Il savait ce qu'étaient ces trucs mais il ne voulait rien entre eux quand il la prendrait. Il voulait la marquer de son odeur, la remplir de sa semence, et si la vie s'accrochait… qu'il en soit ainsi !

— S'il te plaît. Je ne suis pas prête à avoir un bébé.

Il plongea les yeux dans les siens, luttant contre sa colère et son amour-propre blessé.

— Vaillant ? (Le regard de Tammy s'adoucit.) Tu n'aurais aucun mal à me convaincre, je te désire, mais j'ai besoin de plus de temps avant de prendre ce risque. Tu peux faire ça pour moi s'il te plaît ? S'il te plaît ?

Il ferma les yeux en grondant et bondit sur ses pieds.

— Déshabille-toi. Je reviens tout de suite.

Il sortit comme un ouragan de la chambre et longea le couloir jusqu'à la porte de la suite. Il l'ouvrit à la volée et fusilla Flamme du regard. Ils venaient juste de changer de garde.

Flamme recula en le dévisageant avec méfiance.

— Qu'est-ce que j'ai fait ?

— J'ai besoin de préservatifs.

Il cracha le dernier mot.

Flamme dissimula son amusement sans grand succès.

— Hum, d'accord. Toujours sortir couvert, hein ?

Vaillant gronda férocement.

Flamme recula encore d'un ou deux mètres, glissant la main dans son dos. Vaillant se crispa, croyant que l'agent attrapait son arme. Mais il sortit un portefeuille, l'ouvrit et prit un truc qui bruissait dans un conditionnement allongé.

— Tiens. (Il s'avança.) L'expression « sortir couvert » a été évoquée dans un cours qui a été donné à Homeland sur les humaines. Cela signifie que certaines refusent d'avoir des rapports sexuels sans préservatif. (Il risqua un autre pas.) On en a toujours dans notre portefeuille à Homeland quand on est en contact avec des humaines, juste au cas où on voudrait coucher ensemble. Je vais m'assurer qu'on t'en apporte d'autres, mais c'est tout ce que j'ai pour l'instant. (Il les tendit vers lui.) Tu sais t'en servir ?

— Non.

Vaillant détestait l'admettre. Il accepta l'étrange bande formée de quatre trucs ronds enfermés hermétiquement dans un plastique bizarre d'un côté et dans une matière brillante de l'autre.

Flamme déglutit.

— On va vraiment devoir organiser des cours ici à la Réserve. Tu ouvres délicatement une des pochettes contenant une capote en latex. Tu la places sur ton gland et tu la déroules jusqu'à la base de la verge. (Il jeta un coup d'œil aux mains de Vaillant.) Laisse-la faire. Tu as les ongles pointus, tu vas la déchirer. Prends juste un air mignon et désespéré en lui disant que tu as besoin d'aide. Les humaines kiffent.

— Merci. (Il croisa le regard de Flamme.) J'apprécie le conseil.

Vaillant recula, claqua la porte et la verrouilla. Il serra les dents, écrasa les préservatifs dans son poing et se rua vers la chambre. *Ce que je suis prêt à faire pour ma Tammy.*

Chapitre 10

Tammy sut que Vaillant était en colère quand il revint dans la chambre et claqua la porte. Elle s'était dévêtue, glissée sous les couvertures, et elle observa le colosse qui lui faisait face. Il brandit une bande de quatre préservatifs.

— Je n'y connais rien du tout.

Elle fut extrêmement touchée qu'il se les soit procurés. Elle repoussa les couvertures et se leva.

— Ça va être sympa.

Il arqua les sourcils, ne semblant pas convaincu.

— Tu me fais confiance ? demanda-t-elle, s'approchant avec lenteur.

Elle prit la bande sur la paume de sa main ouverte.

— Je veux que tu sois heureuse, reconnut-il à contrecœur. Mais je ne le suis pas.

Elle recula.

— Enlève tes vêtements. Je peux arranger ça.

— Ça va être douloureux ?

Il baissa les yeux sur les préservatifs.

— Non.

— Ce n'est pas naturel.

Dit l'homme en partie lion. Elle garda cette remarque pour elle.

Il commença à se déshabiller néanmoins. La vision de son corps nu la rendait toujours toute chose. Il la suivit jusqu'au lit en lui lançant un regard furieux, lui montrant son mécontentement, mais au moins il avait trouvé des préservatifs. Une idée la frappa et elle esquissa un grand sourire.

— Tu veux bien t'allonger sur le dos pour moi ?

Il plissa les yeux.

— Pourquoi ?

— Parce que je te le demande. (Elle lui sourit.) S'il te plaît.

Il poussa un profond soupir.

— Ça a intérêt à ne pas être douloureux.

Il se retourna et se jeta sur le matelas. Elle se retint de rire quand il roula sur le dos, coinça ses bras derrière sa tête, se servant de ses mains comme d'un oreiller, et la fusilla des yeux. Elle grimpa sur le lit et s'installa à califourchon sur ses cuisses. Elle lut aussitôt la stupéfaction sur ses traits.

— Qu'est-ce que tu fais ?

Elle laissa tomber les préservatifs près de la hanche du colosse.

— Reste allongé et je vais te montrer que ça peut être sympa, les préservatifs.

Il grogna doucement.

— Tu as un comportement étrange.

— J'aime te voir comme ça.

Elle attarda le regard sur son ventre ferme et musclé et son large torse avant de le baisser sur sa queue en partie dressée. Il était circoncis. Elle ne l'avait pas remarqué avant car il ne lui avait jamais vraiment laissé le temps d'examiner cette partie de son anatomie. Il n'avait pas non plus de poils pubiens, même si une mince ligne de poils lui descendait du nombril au bas-ventre. Soutenant son regard, elle prit appui sur ses bras et s'avança au-dessus de lui. Elle esquissa un sourire.

— Tu peux rester parfaitement immobile ?

— Pourquoi ? Que comptes-tu faire ?

— Te rendre si excité que porter une capote ne te posera plus aucun problème.

— Je te désire toujours.

— Ne bouge pas, OK ? Ne t'assieds pas. Ne m'attrape pas non plus et ne me fais pas rouler sur le dos. J'ai été claire ? Reste exactement dans cette position.

Il sembla méditer sa demande.

— Tu es ma Tammy et tu peux me faire ce que tu souhaites.

Il n'était pas content mais accepta néanmoins. Ce qui amusa Tammy, mais elle se retint de rire. Elle se pencha, observa sa cage thoracique et posa la bouche sur son épiderme. Il contracta les muscles du ventre quand elle lui lécha la peau et que ses cheveux tombèrent en avant, lui caressant le flanc. Elle l'embrassa, le mordilla du bout des dents et commença à explorer des lèvres ses tablettes de chocolat, descendant progressivement.

Un grognement monta dans la gorge de Vaillant.

— Qu'est-ce que tu fais ?

— Détends-toi. (Elle sentit sa queue se raidir et appuyer contre ses côtes alors que son excitation grandissait.) Savoure.

Elle reposa la bouche sur son épiderme.

Il banda les muscles des jambes sous les cuisses de la jeune femme quand peu à peu elle descendit plus bas, jusqu'à avoir le visage au-dessus de son membre. Il était gros, massif, impressionnant. Elle leva le regard vers son visage et vit qu'il avait les yeux fermés, que ses dents pointues lui creusaient la lèvre inférieure et que ses traits étaient tendus. Elle se demanda si on lui avait déjà fait ce genre de gâterie. Il avait reconnu avoir une expérience sexuelle limitée.

Elle se lécha les lèvres pour les mouiller et enroula les doigts autour de son membre rigide. Vaillant poussa un grondement en ouvrant les yeux, releva la tête et la dévisagea avec une surprise manifeste.

— Tu es en train de m'en mettre un ?

— Non. Pas encore.

Il déglutit et sa respiration s'accéléra un peu.

— Tu souhaites m'examiner ?

— Non.

Elle baissa le regard, inclina légèrement la tête et tira la langue pour la passer sur son gland.

Vaillant tressaillit, émit un étrange son et enfonça les fesses dans le matelas, s'arrachant à sa bouche. Elle leva les yeux vers lui.

— Qu'est-ce que tu fais ? s'enquit-il, bouche bée, absolument choqué.

Voilà qui répond à ma question.

— Aucune femme ne t'a jamais fait ça avant ?

— Me lécher ? Pas à cet endroit. Les mâles le font aux femelles pour les préparer à la pénétration et pour se délecter de leur saveur, mais je suis prêt à te prendre.

— Ferme-la et profite, chéri.

Elle accorda toute son attention à son érection et ouvrit grand la bouche. De peur qu'il proteste, elle décida de lui montrer à quel point c'était bon plutôt que de commencer par le titiller un peu. Elle referma la bouche sur son membre, l'accueillant en elle sur quelques centimètres, et se mit à le lécher et à le sucer, resserrant l'étau.

Il ne se débattit pas, ne la repoussa pas, mais son corps se raidit. Elle l'aspira plus encore en elle, l'attira plus profondément, jusqu'au fond de la bouche, et commença à aller et venir sur lui à un rythme lent et régulier, le frottant de la langue.

Il émit des ronronnements rauques et bruyants et elle sut qu'il appréciait beaucoup. Une douce saveur la titilla soudain et elle gémit, prenant conscience qu'il devait s'agir de liquide pré-éjaculatoire.

Chaque fois qu'elle le laissait sortir jusqu'au bord de ses lèvres, il en coulait davantage sur sa langue ; puis un bruit fort retentit et elle s'écarta de son érection pour en découvrir l'origine.

Vaillant enfonçait les mains dans le dessus-de-lit près de sa tête rejetée en arrière, et elle vit que l'étoffe était déchirée. La bouche ouverte, il poussait des ronronnements graves et gutturaux. Il releva la tête pour croiser son regard. Il avait une lueur sauvage dans ses yeux sexy, où couvait un tel désir qu'elle fut impressionnée qu'il ait pu rester aussi calme.

— Je vais éjaculer si tu recommences. C'est ce que ça te fait quand je lèche ta chatte pour savourer ta crème ? C'est merveilleux. C'est si bon.

Sa voix ne semblait pas humaine, plus un grognement.

Elle jeta un rapide coup d'œil au pauvre dessus-de-lit, heureuse qu'il ait subi la morsure de ses ongles à la place de sa peau.

— Je crois que tu es prêt à mettre un préservatif.

Il acquiesça.

— Tout ce que tu voudras.

Elle se pencha, toujours à califourchon sur ses cuisses, et les saisit. Veillant à ce qu'il voie chacun de ses gestes, elle détacha une pochette de la bande, en déchira le haut avec les dents et lui montra le disque en latex. Elle nota avec soulagement qu'il s'agissait d'une marque conçue pour les grandes tailles. Elle doutait de réussir à lui en enfiler un de taille normale. Vaillant n'était assurément pas le genre de type abonné aux tailles uniques.

— Regarde.

Elle plaça le préservatif sur son gland et le déroula avec lenteur jusqu'à la base de la verge. Il grogna et le dessus-de-lit essuya encore l'assaut de ses ongles. Il ne détourna cependant pas les yeux pendant qu'elle lui montrait comment utiliser la capote. Son corps à elle aussi l'élançait et elle voulait l'avoir en elle. Elle avait beau être tentée de le finir avec la bouche, elle était d'humeur égoïste, brûlant de le baiser.

Elle lâcha sa queue gainée et lui rampa sur le corps, jusqu'à lui enserrer les hanches des cuisses. Elle glissa une main derrière elle pour saisir son membre incroyablement dur et elle le guida vers sa fente, se tortillant pour qu'ils soient parfaitement alignés.

Elle plongea les yeux dans les siens. Il semblait abasourdi alors qu'elle l'accueillait en elle, déjà humide et prête pour lui. Elle gémit quand la queue massive de Vaillant lui écarta les parois.

Vaillant gronda et elle eut le souffle coupé quand il l'agrippa soudain et la fit basculer. Elle se retrouva sous lui, clouée sur le lit, sa queue enfouie profondément en elle. Il lui saisit les poignets, les remonta brusquement au-dessus de sa tête et prit appui sur ses bras. Il plongea les yeux dans les siens.

— Enroule-toi autour de moi.

Ce n'était pas une demande, mais plus un grognement impérieux.

La lueur sauvage dans ses yeux était devenue carrément féroce. Mais elle n'éprouva aucune peur alors qu'elle ouvrait plus encore les cuisses, les soulevait et les enroulait autour de sa taille, les mollets coincés sur ses fesses fermes.

Enfonçant ses genoux écartés dans le matelas, il se retira un peu, avant de lui donner un violent coup de reins. Elle cria de plaisir. Il gronda en se penchant pour lui mordiller l'épaule, lui repoussant la tête.

La morsure vive de ses dents fit un effet incroyable à Tammy. Elle ne lui fit pas tant mal qu'elle lui envoya une pointe de désir à travers le corps. La force de Vaillant excitait encore plus la jeune femme alors qu'il s'immobilisait, se maîtrisant parfaitement, puis commençait à onduler des hanches pour la baiser avec lenteur.

— Je lutte contre mes instincts, grogna-t-il contre sa peau.

— Ne lutte pas, gémit-elle, resserrant les jambes autour de lui.

Il releva la tête et plongea les yeux dans les siens.

— Je viens juste de te faire mal.

— Je n'ai pas eu mal. C'était agréable.

— Dis-moi si je te fais souffrir. J'ai toujours peur d'être trop brutal.

Soutenant son regard, il commença à bouger les hanches, les muscles de ses fesses se contractant contre les mollets de Tammy, et il lui assena des coups de reins profonds et réguliers.

Tammy rejeta la tête en arrière, les yeux fermés, sentant chacun de ses violents assauts alors qu'il la pénétrait frénétiquement, créant une délicieuse friction entre leurs corps joints qui se mua rapidement en un puissant orgasme. Vaillant rugit quand les muscles de son intimité se serrèrent autour de lui et elle cria son nom.

Ils haletèrent et Tammy sourit. Vaillant lui rendit son sourire.

— Ce n'était pas si mal, pas vrai ? Je t'ai dit que les préservatifs n'étaient pas douloureux.

— Je préfère ne pas en avoir mais ce n'est pas douloureux. (Il hésita.) Je dois le garder ? Je veux te retourner, te mettre à genoux et te prendre par-derrière.

— Laisse-moi une minute pour reprendre mon souffle d'abord et hum, non. Il faudra jeter celui-ci à la poubelle et je t'en enfilerai un nouveau.

Il esquissa un sourire.

— Je comprends. (Il se retira avec lenteur et roula au bas du corps de Tammy, s'allongeant sur le dos.) Vas-y. J'apprécie ta bouche.

Tammy se tourna sur le côté et se fendit d'un large sourire.

— Je crois que j'ai créé un monstre.

Le sourire de Vaillant s'effaça.

— Ça veut dire quoi ?

Elle rit.

— Rien. Je te taquinais.

Elle s'assit et chercha une poubelle du regard. Si lui faire des gâteries avec la bouche l'incitait à mettre des préservatifs, elle n'avait absolument rien contre. Elle aimait sa saveur.

Tammy sourit lorsque Trisha s'assit sur le canapé.

— Je suis si heureuse de vous voir. Vaillant est parti il y a environ deux heures et je me suis ennuyée. Il voulait prendre des vêtements chez lui et avait besoin de nourrir quelques-uns de ses amis. (Elle s'interrompit.) Je n'ai pas osé lui demander ce que ça signifiait.

Trisha se fendit d'un large sourire.

— Il aime les écureuils qui vivent autour de chez lui. Il a interdit à quiconque de les tuer. Il leur met des noix et des baies pour les attirer plus près de sa maison. Il essaie de leur apprendre qu'il ne les mangera pas, ou un truc dans le genre.

— C'est un problème ? (Tammy s'installa près de la jeune femme et jeta un coup d'œil à la glacière qu'elle avait posée sur la table.) Et qu'est-ce que c'est ?

— La zone interdite est une partie fortement boisée de la Réserve, où vit Vaillant. Il a quelques dizaines de voisins. Ils ne sont pas aussi humains que la majorité des autres Hybrides. Leurs traits sont plus animaux qu'humains, pour parler crûment, et certains sont aussi bourrus que Vaillant. Ils chassent des lapins et des chevreuils dans les bois mais les écureuils ne sont plus au menu désormais. Vaillant aime les observer pour une raison ou une autre et les a déclarés non comestibles. (Elle esquissa un grand sourire.) Je me contente d'un hochement de tête quand j'entends ce genre de truc. Certaines choses sont, eh bien, j'accepte juste ce qui est. Je vous ai promis du poulet frit. Je me suis dit que vous auriez encore envie de discuter aujourd'hui, plutôt que d'attendre. Comment vous sentez-vous ?

— Beaucoup mieux. Merci.

— Bien. (Elle redevint sérieuse.) Comment ça se passe avec Vaillant ? Les préservatifs sont-ils arrivés ?

— Oui. L'un des gardes les a apportés avant le départ de Vaillant. Merci.

— Ils préfèrent qu'on les appelle des agents. (Elle haussa les épaules.) C'est un truc d'Hybride. Vous l'avez déjà convaincu de les mettre ?

— On a réglé la question.

Trisha l'examina et sourit.

— Je suppose qu'il n'a pas trop protesté ?

— Je lui ai montré les bons côtés.

Trisha gloussa.

— Bien. J'étais inquiète. C'est la vraie raison pour laquelle je suis venue aujourd'hui. Je me suis dit que vous pourriez avoir d'autres questions ou que vous pourriez juste avoir besoin d'un peu d'aide pour le convaincre de se protéger. Il se sent toujours rejeté ?

— Je ne sais pas. Il a l'air de s'y être fait. J'ai juste besoin de plus de temps avant ne serait-ce que d'envisager de faire un bébé avec lui. (Elle s'interrompit.) Et franchement, je me sens un peu dépassée.

— Oui, c'est parfaitement normal. Sortir avec l'un d'eux va transformer votre vie.

— Un de mes amis m'a dit qu'il y avait des manifestants dans mon jardin.

— Mince. Je suis désolée.

Tammy haussa les épaules.

— Je ne suis pas chez moi. Je ne porte pas vraiment l'une de mes voisines dans mon cœur alors j'espère que ça lui tape bien sur les nerfs. (Elle sourit.) Elle n'a pas cessé de me harceler depuis des années. C'est le bon côté de la situation.

Trisha lui adressa un large sourire.

— Super. Gardez bien votre sens de l'humour. Ça aide. (Elle se leva.) Je vais attraper des assiettes dans votre kitchenette. J'ai tout le temps faim, en ce moment !

Elle contourna la table basse.

Tammy se leva pour la suivre, scrutant le coin-cuisine.

— Ces suites sont sympas.

— Et elles sont entièrement équipées.

Trisha ouvrit un placard, prit deux assiettes et se retourna. Elle pâlit soudain et eut le souffle coupé. Les assiettes faillirent lui glisser des mains, comme si elle n'avait plus aucune force dans les doigts.

Tammy les saisit avant qu'elles touchent le sol, les posa sur le comptoir et se retourna vivement vers le médecin.

— Qu'est-ce qui ne va pas ?

Elle dut attraper l'autre femme quand ses genoux se dérobèrent sous elle et elle l'aida à s'affaler sur la moquette sans se blesser.

Trisha grogna en serrant les bras sur son ventre et écarquilla ses yeux bleus.

— Faites venir Slade.

Tammy la lâcha et s'élança vers la porte. L'Hybride posté dans le couloir sembla interloqué quand elle l'ouvrit à la volée.

— Faites venir Slade tout de suite. Trisha souffre et se tient le ventre. Appelez-le et rejoignez-nous. Je ne sais pas quoi faire ni ce qu'elle a.

Elle laissa la porte ouverte et retourna en courant auprès de Trisha. La jeune femme agrippait toujours son ventre comme pour le protéger, assise sur ses jambes repliées. Elle s'était mise à haleter, et Tammy s'agenouilla près d'elle. Elle la retint par le haut des bras pour l'empêcher de tomber.

— Que se passe-t-il ? Que puis-je faire ?

— Des contractions.

— Mais ce n'est pas possible. Vous en êtes à quoi ? Cinq mois ? (Une pointe de terreur transperça Tammy.) Je vais appeler une ambulance.

— Non. (Trisha secoua frénétiquement la tête.) Pas d'étrangers. Slade va venir et il m'emmènera voir Harris. C'est un autre médecin qui travaille ici.

L'agent hybride du couloir se précipita dans la pièce avec une expression effrayée. Tammy releva brusquement la tête.

— Quel est votre nom ?

— Flamme.

— Flamme, prenez-la dans vos bras avec le plus grand soin s'il vous plaît et allongez-la sur le canapé. Elle a des contractions mais c'est trop tôt. Nous avons besoin du docteur Harris sans attendre. Elle refuse que j'appelle une ambulance.

Flamme se baissa et toucha doucement l'épaule de Trisha.

— Slade arrive. Je peux te soulever ? Je ne vais pas aggraver ton état ? Peut-être ne devrais-tu pas être déplacée ?

La douleur déforma le visage de Trisha quand une autre contraction la frappa. Elle indiqua le canapé d'un doigt tremblant. Flamme hésita avant de prendre la femme dans ses bras avec précaution et de la porter jusqu'au canapé, où il l'allongea sur le dos avec tendresse. Trisha grogna et continua à haleter.

Tammy se précipita dans la chambre libre pour arracher la couverture du lit et revint en courant dans le salon, ne sachant pas quoi faire d'autre. Elle en couvrit les jambes de Trisha car sa jupe était remontée sur ses cuisses et s'agenouilla près du canapé. Flamme s'était éloigné vers la porte ouverte pour parler dans sa radio. Tammy prit la main de Trisha.

— Les secours arrivent. Flamme appelle le docteur Harris et votre garde du corps. Je suis là, Trisha.

— Je peux vous aider ?

Flamme hésitait derrière elles, ayant fini de passer ses coups de fil.

— Je ne sais pas. (Tammy paniqua.) Elle n'est enceinte que de cinq mois. C'est trop tôt. Je lui ai trouvé une couverture au cas où elle tomberait en état de choc.

Il proféra d'affreux jurons.

— Je vais attendre le médecin à la porte. Dites-moi si vous avez besoin de quoi que ce soit. (Il s'interrompit.) Accroche-toi, Trisha. Slade sera bientôt là. Il était au rez-de-chaussée, à la cafétéria.

Trisha cessa enfin de haleter. Elle avait le visage un peu rouge et elle serra la main de Tammy un peu moins fort. Elle ouvrit les yeux.

— Cette contraction était violente. Avez-vous une montre ou voyez-vous une horloge ? J'ai besoin de les chronométrer.

Tammy jeta un coup d'œil au lecteur de DVD.

— Je surveille l'heure. Que puis-je faire d'autre ?

— Rien. Je veux juste Slade.

— Flamme a dit qu'il arrivait. Vous l'avez entendu ? Slade est au rez-de-chaussée.

— Il ne s'éloigne jamais trop loin de moi.

— TRISHA ! rugit une voix masculine, puis Slade s'élança par la porte. Je suis là.

Tammy dut s'écarter précipitamment du chemin du colosse qui manqua de lui tomber dessus, dans sa hâte pour se rapprocher de Trisha. Il saisit la main du médecin et lui caressa la joue de sa main libre. Il avait une expression terrifiée. Tammy recula et se releva, mettant de la distance entre eux.

— Parle-moi, ma douce. Le bébé arrive-t-il ?

Slade s'approcha encore un peu.

Trisha acquiesça.

— Nous devons nous rendre en salle de trauma.

— Très bien. Je vais te porter. Accroche-toi bien. Je vais te déplacer avec la plus grande précaution.

— Pas tout de suite. Je sens une autre contraction.

Le visage de Trisha se tordit alors qu'elle rejetait la tête en arrière et gémissait bruyamment, recommençant à haleter.

Tammy jeta un coup d'œil à l'horloge.

— Oh, oh. Elle a dit de chronométrer les contractions mais il ne s'est même pas écoulé une minute depuis la dernière.

Slade tourna vivement la tête vers Tammy.

— Qu'est-ce que ça signifie ?

— Ça signifie que les contractions sont vraiment très rapprochées. Plus elles sont proches, plus vite le bébé sera là. Moins d'une minute d'écart annonce généralement la naissance, d'après ce que je sais. (Tammy haussa les épaules.) Du moins, c'est ce qu'on m'a dit.

— Bon sang, grogna Slade. Trisha ? Ma douce ? Je suis là. (Il lui caressa le visage des doigts pour la réconforter tout en continuant à lui tenir la main.) Je suis là et je suis avec toi.

— Dépêchez-vous, cria Flamme dans le couloir. Par ici. Elle est à l'intérieur.

Un homme vêtu d'une blouse de médecin se précipita dans la pièce avec deux hommes en tenue d'infirmiers sur les talons. Les deux infirmiers portaient chacun un gros sac de toile. Ils avaient apporté une machine en forme de caisse avec un petit réservoir à oxygène que le médecin posa. L'homme en blouse blanche, certainement le docteur Harris, sortit des gants de sa poche et les enfila.

Il se pencha par-dessus le dossier du canapé, repoussa le dessus-de-lit qui couvrait les jambes de Trisha et hésita. Il croisa le regard de Slade, qui hocha la tête, et le médecin glissa la main sous la jupe de Trisha. Il lui enleva sa culotte avec son aide. Avec douceur, le médecin appuya du coude contre son genou pour lui écarter les cuisses.

— Je vous examine, Trisha. Je dois voir si vous êtes dilatée.

Trisha acquiesça, haletant encore. Elle avait l'air de beaucoup souffrir. La contraction durait longtemps. Le docteur Harris ôta son gant ensanglanté.

— Slade, nous devons l'allonger sur le dos. Elle va donner naissance à ce bébé sans plus attendre. (Le médecin lança des ordres aux deux infirmiers.) Préparez tout le matériel et soyez prêts à tout. Allez-y !

— Je refuse qu'elle accouche par terre, grogna Slade.

Tammy jeta un coup d'œil à Flamme, qui hésitait encore près de la porte.

— Allez chercher le matelas du haut dans la première chambre et amenez-le ici.

Tammy tenta de ne pas paniquer alors qu'elle empoignait la table basse et la tirait dans un coin de la pièce.

Flamme porta le matelas pour lit *queen size* dans le salon comme s'il ne pesait rien. Slade s'écarta une seconde avant qu'il le lâche par terre près du canapé. Tammy recula pour ne pas les gêner. Slade souleva Trisha dans ses bras. Elle gémit, mais enroula les bras autour de son cou. Il se retourna doucement et l'allongea sur le matelas, puis s'assit derrière la tête de la jeune femme. Il glissa délicatement les mains sous ses bras et la hissa, ses cuisses lui faisant office d'oreiller.

— Je suis juste là, ma douce. Je suis là, lui susurra-t-il.

Trisha commença à se détendre. Elle s'agrippa à la cuisse de Slade d'une main et lui prit la main de l'autre.

— Ne me laisse pas.

— Il faudrait me tuer pour m'arracher à tes côtés.

Trisha esquissa un sourire.

— Tu me fais toujours rire. (Elle reporta son attention sur le docteur Harris.) Alors ?

— La seule raison pour laquelle vous n'avez pas encore mis au monde ce bébé, c'est parce que vous n'avez pas encore perdu les eaux. Quand les contractions ont-elles commencé ?

Trisha jeta un coup d'œil plein d'attente à Tammy. Tammy coula un regard vers l'horloge.

— Il y a environ six minutes.

Cette nouvelle ne sembla pas du goût du médecin.

— Tout se passe beaucoup trop vite.

— Nous savions que j'accoucherais probablement en avance, murmura Trisha. Le bébé est prêt à sortir. Je suppose qu'il ne peut même pas attendre la durée habituelle d'un accouchement.

Les deux infirmiers préparèrent le matériel médical d'urgence. De longues fermetures Éclair permettaient d'ouvrir les sacs comme des valises, tout l'équipement étant soigneusement rangé dans des poches en plastique à l'intérieur de chaque moitié hermétiquement fermée. Tammy recula encore, désormais coincée dans un coin, pour leur laisser plus de place. Elle devrait contourner le matériel médical pour partir. Elle ne bougea pas.

— Il y a plus de sang que je ne le pensais, grogna Slade.

— Pas vraiment, soupira le docteur Harris. C'est une quantité normale. Elle a perdu le bouchon muqueux. Dès que je percerai la poche des eaux, si elle ne se déchire pas toute seule, ce bébé naîtra. (Il jeta un coup d'œil à ses deux infirmiers.) Nous sommes prêts ? Nous ignorons si les poumons sont entièrement développés. Ils ont l'air de l'être sur l'échographie mais nous devons être préparés au cas où il y aurait des complications.

— Ses poumons vont très bien, grogna Trisha. Il en arrive une autre.

— Nous sommes prêts, dit l'un des infirmiers, déplaçant l'espèce de caisse à oxygène que le médecin avait apportée pour la rapprocher de leur matériel, à leur portée.

— Aussi prêts que l'on peut l'être dans une chambre d'hôtel, convint l'autre.

— Nous n'avons pas le temps de la transférer dans la salle de trauma. (Le docteur Harris s'agenouilla entre les cuisses de Trisha.) La jupe est ample, je ne l'enlève pas.

Slade hocha la tête. Il se tourna vers la porte. Flamme s'y trouvait avec une poignée d'autres Hybrides qui hésitaient sur le seuil.

— Du balai !

Ils se retirèrent en fermant soigneusement la porte derrière eux. Slade croisa le regard de Tammy, puis ne lui prêta plus attention. Tammy supposait qu'elle pouvait rester puisqu'il ne lui avait pas demandé de partir à elle aussi. Elle n'avait pas vraiment le choix, coincée comme elle l'était. Trisha haletait et serra fort la main de Slade. Slade la porta à sa bouche pour l'embrasser et lui passa son autre main dans les cheveux, la caressant.

— La contraction vient juste de provoquer la rupture de la poche des eaux. (Le docteur Harris s'éclaircit la voix.) Je vais encore vous examiner.

Le docteur Harris enfila un nouveau gant. Il examina Trisha et hocha la tête.

— Je dirais que votre fils sera là en quelques poussées. Vous êtes prête.

Trisha acquiesça, et leva les yeux vers Slade.

— N'aie pas l'air si effrayé. Je me montre courageuse alors tu dois l'être aussi. Il sera en parfaite santé. J'ai passé tous les examens imaginables et nous n'avons rien trouvé de préoccupant.

Slade hocha la tête.

— Je sais, Trisha. Je ne peux pas m'empêcher d'avoir peur pour vous deux.

— Il n'y a aucune raison. Nous irons… merde ! Il en arrive une autre.

— Poussez si vous en ressentez le besoin, l'encouragea le docteur Harris. Seulement si vous en ressentez le besoin.

— Je sais, haleta Trisha. Je suis médecin aussi, vous vous rappelez ?

Elle grogna, aspira l'air et son visage devint tout rouge. Le corps tendu, elle commença à pousser.

Les infirmiers sortirent le matériel du sac. Tammy serra les bras sur sa poitrine, craignant d'assister à une tragédie.

Les bébés qui naissaient après cinq mois de grossesse ne survivaient pas en général, et son cœur se serra pour Trisha.

— Je vois la tête. (Le docteur Harris semblait enthousiaste.) Il arrive, Trisha. Il a une belle tignasse.

Slade tendit la main et tira sur la jupe de Trisha d'un coup sec, la retroussant jusqu'aux côtes pour dévoiler entièrement son ventre rond. Il riva son attention entre ses cuisses nues écartées pour regarder naître le bébé. Trisha reprit son souffle et poussa plus fort.

— La tête est sortie. Ne poussez plus, ordonna le médecin enthousiaste.

Tammy ne put s'empêcher de jeter un coup d'œil par-dessus l'épaule de Slade. Le docteur Harris utilisa une poire aspirante pour dégager la bouche du bébé. Trisha avait arrêté de pousser et haletait bruyamment. Tammy ne pouvait pas détacher les yeux de ce qui se passait. Un infirmier tendit ensuite une petite serviette que le médecin prit, la faisant disparaître, peut-être sous le bébé ou Trisha.

— Poussez, Trisha. Je sais que vous êtes fatiguée mais j'ai besoin d'une belle poussée bien forte pour libérer ses épaules.

Trisha aspira l'air et se crispa tout en poussant. Un hurlement lui échappa quand le bébé glissa hors de son corps, tombant dans les mains du docteur Harris. Le médecin leva le bébé. Tammy regarda fixement ce qui aurait dû être un minuscule prématuré mais ressemblait à un bébé né à terme.

Le docteur Harris plaça délicatement le bébé contre son bras et sa poitrine, lui tenant les fesses de la main, et utilisa la serviette pour lui frotter doucement la poitrine et le visage. Le cri d'un nouveau-né emplit la pièce. Tammy s'écroula presque de soulagement à ce son merveilleux. L'un des infirmiers se pencha pour clamper le cordon ombilical et le coupa. Il surveilla l'expulsion du placenta et nettoya Trisha après son accouchement.

Le bébé vagissait et se tortillait dans la main du médecin. Il paraissait effectivement en bonne santé et de taille normale, voire un peu plus grand qu'un bébé né à terme. Le médecin accepta l'autre serviette que lui donna l'un des infirmiers pour sécher le bébé. Celui-ci cessa de pleurer mais continua à s'agiter et à remuer ses jambes potelées. Le sourire jusqu'aux oreilles, le docteur Harris enveloppa le bébé dans une couverture à la manière des nourrissons amérindiens.

— Il semble en pleine forme, les amis. (Le docteur Harris rit.) En parfaite santé. Son teint est parfait, il respire comme un champion, il a dix doigts et dix orteils et il est fort.

Un large sourire illumina le visage de Trisha alors que Slade rayonnait absolument de bonheur. Il hésita puis tendit les mains. Le docteur Harris se pencha et lui confia le bébé qui gigotait. L'Hybride saisit le nourrisson dans ses grandes mains avec douceur et le déposa dans les bras ouverts de Trisha. Ils tinrent le nouveau-né ensemble en souriant et en le couvant d'un regard émerveillé.

Le docteur Harris arracha ses gants et donna une tape dans la main de l'infirmier le plus proche.

— OUI !

Ils éclatèrent tous les trois de rire. Le docteur Harris descendit du matelas et se leva. Tammy regarda, stupéfaite, le médecin serrer dans ses bras les deux infirmiers qui l'avaient aidé. Puis ils se retournèrent et observèrent Trisha et Slade avec le bébé. Ils semblaient tous trois ivres de bonheur.

— Nous avons notre premier bébé hybride en bonne santé ! (Le docteur Harris rit.) Félicitations, Trisha et Slade. Il est magnifique.

Slade sourit, levant les yeux vers le médecin.

— Merci, Harris.

Le médecin lui adressa un signe de tête. Trisha tendit soudain sa main libre, empoigna Slade par les cheveux et l'attira vers elle. Elle l'embrassa à pleine bouche.

— Je t'aime tant, mon sucre d'orge.

Il rit en l'embrassant encore.

— Je t'aime aussi, ma douce. Notre fils est un miracle. Un cadeau. Merci.

Tammy digéra leurs paroles et leurs actions jusqu'à ce que la vérité la frappe comme si on l'avait giflée. Elle regarda bouche bée Trisha et Slade, l'Hybride costaud aux cheveux noirs parsemés de quelques mèches blondes. Trisha venait juste de donner naissance au bébé de Slade.

Tammy reporta aussitôt son regard sur le bébé, prenant conscience que c'était le premier bébé hybride. *C'est ce qu'a dit le docteur Harris.* Trisha n'avait été enceinte que de cinq mois. C'était un gros bébé qui était manifestement en bonne santé. Elle l'apercevait depuis sa position dans le coin, et elle s'attarda sur ses traits. Elle s'aperçut que son petit visage contracté n'était pas entièrement humain. Il avait le nez trop plat, trop large et elle n'avait jamais vu de bébé avec des pommettes aussi saillantes avant. Les bébés avaient des joues rondes et potelées mais pas celui-ci.

Trisha n'avait pas de copain ailleurs. Slade était son copain. Il était toujours avec elle. Toujours. Ils s'embrassèrent encore, en riant. Voilà comment Trisha savait que les Hybrides pouvaient mettre les humaines enceintes. Tammy reconstitua rapidement les faits. Trisha le savait parce que

Slade l'avait mise enceinte. Pas juste ça, mais le bébé d'un Hybride naissait à cinq mois de grossesse.

Tammy s'appuya contre le mur, ayant besoin d'aide pour rester debout, et regarda le couple qui formait désormais une famille. En voyant l'amour que se portaient Trisha et Slade, la joie qu'ils éprouvaient à avoir un fils en bonne santé, Tammy ressentit un pincement au cœur. Ils étaient incroyablement heureux et leur bonheur sautait aux yeux. Elle se mordit la lèvre en tournant toute son attention vers le bébé. Elle avait toujours adoré les prendre dans ses bras quand ses amis en avaient eu et avait toujours voulu devenir mère un jour.

Je pourrais vivre ça avec Vaillant si je tombais enceinte. Ça pourrait être nous un jour. Cette pensée la choqua.

Vaillant ne put s'empêcher de sourire en entrant dans sa chambre. Tammy était assise sur le lit avec des oreillers coincés dans le dos et regardait la télévision, mais elle croisa son regard quand il referma la porte doucement. Il venait juste de rentrer dans son nouveau logement pour découvrir qu'il était le théâtre d'une frénésie d'activité.

Il laissa tomber son sac de vêtements à terre près de la porte. Trisha avait donné naissance à l'enfant de Slade, l'accouchement s'était bien passé et la sécurité s'apprêtait à leur faire quitter la suite pour installer la petite famille au centre médical. Il avait vu le bébé et cette vision lui avait empli le cœur d'une joie pure.

— Il est parfait. Tu l'as vu ?

Elle acquiesça.

Elle lui parut pâle et il fronça les sourcils, une partie de sa gaieté s'envolant.

— Ils ont dit que tu connaissais la vérité. Tu m'en veux de ne pas t'avoir révélé que Slade était le père de l'enfant de

Trisha ? Je n'étais pas autorisé à partager cette information. Je suis désolé. Ce n'était pas à moi de divulguer ce secret.

— Ce n'est pas ça.

Il hésita ; il avait besoin d'une douche après avoir couru dans les bois, mais il voulait savoir ce qui n'allait pas. Il s'approcha du bout du lit.

— Si, tu m'en veux de ne pas t'avoir révélé que Slade était le père.

— Non. Vraiment. J'ai beaucoup réfléchi, pendant que j'étais assise ici. Je comprends pourquoi on ne m'a rien dit. Je ne saurais toujours pas qui est le père de son bébé si elle n'avait pas accouché dans notre salon, pas vrai ?

— Je ne te mentirai pas. Non. Probablement pas.

— Je l'ai vu.

— Slade ? Il ne quitte jamais Trisha d'une semelle ou alors il n'est jamais bien loin.

— Le bébé. (Elle s'humecta les lèvres.) C'est le portrait craché de son père. Enfin, c'est difficile à dire quand ils viennent de naître, mais il a ses traits.

— Slade est le père. C'est le premier bébé hybride.

— Plein de gens dans le monde ne seront pas contents quand ils découvriront l'existence de ce bébé.

Tout le corps de Vaillant se crispa.

— Tu vas leur dire ?

La souffrance d'une possible trahison le déchira.

— Non ! (Elle fronça les sourcils en lui lançant un regard furieux.) C'est juste que je comprends pourquoi on ne m'a rien dit. Totalement. Trisha et son bébé seront en danger si ces groupes suprémacistes et ces cinglés l'apprennent. Des hommes comme ceux qui m'ont kidnappée leur tomberont dessus. Ou pire. Ils voudront les tuer sur-le-champ.

Il put de nouveau respirer quand il sut qu'elle garderait le secret sur le bébé.

— Oui. C'est notre plus grande peur et la raison pour laquelle seule une poignée de gens est au courant pour Forêt.

— Forêt ?

Il sourit.

— C'est le nom qu'ils ont donné au bébé. Forêt Slade North.

— Très joli.

Elle sourit.

— Il a été conçu en forêt.

Tammy rit.

— Sérieux ?

— Oui. Trisha a insisté pour qu'il porte ce nom et Slade a accepté. Il lui plaisait.

— Ils s'aiment vraiment beaucoup tous les deux. Je les ai vus ensemble. La naissance de ce bébé les rend si heureux.

— C'est vrai. (Il inclina la tête et l'observa, tentant de deviner ce qui la tracassait.) En quoi est-ce un problème ?

Elle rampa soudain vers lui sur le matelas. Le cœur battant, Vaillant embrassa son corps du regard. Sa queue durcit aussitôt alors qu'il la regardait approcher avec une lenteur sexy. Elle s'arrêta à quelques centimètres du bout du lit, soutint son regard et sourit.

— Je suis un peu jalouse.

Il tenta de comprendre ce qu'elle voulait dire, sans succès.

— La façon dont ils se regardent et l'amour qu'ils se portent. Même le bébé. Je jure que c'est le plus mignon que j'aie jamais vu. Assieds-toi, s'il te plaît.

Il respira profondément en s'installant près d'elle. Il sentit son cœur s'emballer et soudain Tammy se leva et lança la jambe par-dessus ses genoux pour s'asseoir sur ses cuisses. Elle enroula les bras à son cou et plongea les doigts dans ses cheveux. Elle lui sourit.

— Je pense que ton bébé serait absolument adorable.

Il en resta sans voix. Son esprit se vida. Il ne voulait pas mal interpréter ses paroles mais il avait presque l'impression qu'elle lui proposait d'essayer d'avoir son bébé.

— Je ne suis pas encore prête à en avoir un mais maintenant c'est quelque chose que j'envisage.

Il sourit.

— Vraiment ?

— On doit apprendre à mieux se connaître mais je veux nous laisser une chance. Tu crois que je pourrais trouver un emploi ici à la Réserve ? Rester un peu peut-être ? Je ne suis pas pressée de reprendre le cours de ma vie. J'aimerais rester avec toi et voir où ça nous mène.

— On ira dans ma maison. (Il referma les bras sur elle.) Tu n'as pas besoin de travail. Tu es à moi. Je prendrai soin de toi.

— Ce n'est pas si simple.

— Si, ça l'est. (Il l'attira tout contre lui.) Ta place est à mes côtés.

Elle se lova contre son torse et une chaleur lui réchauffa le cœur.

— Je veux rester avec toi.

À son aveu il sentit son cœur se gonfler encore plus d'amour pour elle.

— Je ne te laisserai jamais partir. Tu es à moi et je suis à toi.

Elle gloussa.

— À t'entendre, ça semble si facile.

Il frotta sa joue contre sa tête.

— Ça l'est. Tu n'as qu'à rester avec moi.

Chapitre 11

— Je ne vendrai pas la maison de ma grand-mère. (Tammy lança un regard noir à Vaillant puis à l'avocat qui était assis dans leur salon.) Je dois la vendre ? J'ai de l'argent de côté pour payer les impôts de cette année. C'est la maison où j'ai grandi. C'est tout ce que j'ai.

Vaillant grogna tout bas.

— Tu n'as plus besoin de cette maison. Tu vas vivre dans notre maison ici. Ma maison est à toi maintenant. Tu n'as aucune raison de la garder.

Charlie Artzola s'éclaircit la voix.

— Elle y est attachée. C'est normal. C'est l'endroit où elle a grandi et elle y a plein de souvenirs et toutes ses possessions.

Vaillant hésita.

— D'accord, mais tu ne vis plus là. Tu peux la garder mais tu n'y vivras plus jamais. Tu habites avec moi dans notre maison ici. C'est risqué pour toi de quitter la Réserve. Tu as déjà été attaquée une fois.

L'avocat poussa un soupir de soulagement et adressa un large sourire à Tammy.

— Bon, pouvons-nous avancer avec la paperasse ? J'ai besoin de votre signature pour vous procurer un certificat de capacité à mariage.

Tammy hésita. Vaillant voulait l'épouser et avait fait venir l'avocat avec les documents nécessaires pour lancer la procédure. Elle avait l'impression qu'il cherchait à lui forcer la main. Tammy n'avait pas pensé qu'il souhaiterait lui passer la bague au doigt immédiatement quand elle avait répondu oui à sa demande, plus tôt dans la matinée.

Tammy se tourna pour dévisager Vaillant.

— Et si je veux retourner travailler ? Ça m'arrive d'aimer bosser.

Il grogna en plissant ses yeux dorés.

— Tu seras trop occupée pour avoir envie de travailler. Je vais y veiller. (Il ferma la bouche.) Je veux que tu sois à la maison avec moi. Je prendrai soin de toi.

Elle ferma les yeux et compta jusqu'à dix. Vaillant avait tendance à être hyper autoritaire, un trait pas toujours séduisant. Et c'était bien le truc chez lui qui la rendait folle. Quand elle ouvrit les yeux, Vaillant la regardait de son regard sexy auquel elle était incapable de résister.

— Je t'aime.

Ces mots firent fondre le cœur de Tammy.

— C'est vrai ?

— Tu es tout pour moi.

Vaillant glissa soudain au bas du canapé et avança sur les genoux vers elle. Il lui encadra le visage des mains.

— Je suis heureux pour la première fois de ma vie et c'est grâce à toi. Je veux passer le reste de ma vie avec toi, Tammy. Je sais que tu es étonnée que je veuille t'épouser sur-le-champ mais je sais ce que je veux. Et c'est toi.

— Hum. (L'avocat se racla la gorge.) Dois-je revenir plus tard ?

— Non, grogna Vaillant.

Son expression s'adoucit.

— Je t'aime. Tu es mienne et je suis tien. Nous réglerons ces détails. Nous voulons être ensemble. Nous sommes heureux et nous sommes des compagnons.

Tammy plongea les yeux dans les siens, incapable de détourner le regard. Il pensait chacun de ses mots. Elle le voyait aussi clairement que les mouchetures dorées dans ses yeux exotiques. Les quelques jours qu'ils venaient de passer ensemble avaient été les meilleurs de sa vie.

Ils avaient plein de trucs à régler mais tous les couples ne rencontraient-ils pas des difficultés ? Elle supposait que si. L'idée d'une vie sans Vaillant lui paraissait morne. Elle voulait se mettre au lit avec lui chaque soir, qu'il la tienne dans ses bras toute la nuit et la réveille le matin de ses baisers et en lui faisant l'amour. Elle savait ce qu'elle ressentait pour lui. Il lui était impossible de ne pas tomber follement amoureuse de lui.

— OK. Je t'aime aussi. (Tammy lui sourit.) Je suis hyper partante. Pousse-toi que je signe les papiers.

L'avocat sembla soulagé quand Vaillant se rassit et que Tammy se pencha pour apposer sa signature à l'endroit qu'il lui indiquait sur les formulaires. Elle commettait peut-être une erreur, mais quand elle jeta un coup d'œil à Vaillant, elle se dit qu'il en valait largement le coup. *Parfois, il faut savoir dire « et après ? »*. Elle sourit de toutes ses dents. *Il faut toujours s'attendre au pire. Parfois, le pire n'est pas si mal.*

— Bien, je m'en occupe. (L'avocat fourra rapidement les documents dans sa serviette et se leva.) Ce fut un plaisir de vous rencontrer tous les deux.

Il courut presque vers la porte et quitta leur suite.

Tammy rit.

— C'était un gros mensonge. Il voulait tant déguerpir loin de nous que je percevais presque son envie.

— Je le terrifie. J'ai senti l'odeur de sa peur.

— Vraiment ? J'ai juste cru qu'il était agacé parce que je n'ai pas signé tout de suite sur les pointillés. Il n'avait vraiment pas l'air content d'être là.

Vaillant sourit.

— Je l'ai terrifié. La peur a une odeur, ma jolie. (Il se pencha vers elle.) J'ai humé ta peur quand je t'ai rencontrée. Tu as une odeur suave quand tu es effrayée et ça m'a excité.

— Eh bien, dans ce cas, je parie que tu regrettes de ne plus me faire peur.

— Tu as peur quand je me mets en rogne contre d'autres personnes. Tu crains que je leur fasse du mal. (Il se rapprocha encore.) Je me demande toujours si tu t'inquiètes pour eux ou pour moi.

— Pour eux. Assurément. Je sais que tu leur foutrais une raclée et les laisserais pour mort.

— Je ne tue pas tous ceux à qui je fous une raclée.

— C'est juste une expression, répliqua-t-elle en riant.

Elle se colla contre Vaillant et passa les paumes sur son torse, regrettant qu'il porte un tee-shirt. Elle adorait toucher sa peau nue.

— J'essaie d'expliquer que je sais que tu remporterais un combat mais que je ne veux pas que tu tues quelqu'un.

— Pourquoi pas ?

— Eh bien, il y a cette histoire de vie derrière les barreaux.

Il haussa les épaules.

— Nos lois ici sont différentes de celles dont tu as l'habitude. Je ne tuerais jamais personne sans une bonne raison. Et je ne serais pas puni pour ça.

La sonnette retentit et Tammy tressaillit. Vaillant fronça les sourcils avant de se lever du canapé, puis marcha à pas de loup vers la porte, l'ouvrant à la volée.

Tammy scruta l'Hybride qui se tenait sur le seuil. Elle ne l'avait jamais rencontré mais il lui semblait familier. Elle n'arrivait juste pas à se rappeler d'où elle le connaissait. Il était grand, environ un mètre quatre-vingt-quinze, avait de longs cheveux noirs qui flottaient librement sur ses épaules et les yeux de chat les plus foncés qu'elle avait jamais vus.

Il adressa un large sourire à Vaillant, montrant quelques dents pointues, et passa les mains sur ses flancs. Il portait un costume noir sur mesure hors de prix qui ne camouflait pas l'aura dangereuse qui émanait de lui. Tammy se crispa.

Vaillant ne lui rendit pas son sourire.

— C'est un honneur de te voir ici.

L'inconnu hocha la tête.

— Merci de le penser. J'ai appris que tu avais trouvé une compagne et j'ai voulu te féliciter personnellement. Je sais que tu dois être fou de joie. C'est une excellente nouvelle.

Vaillant sourit.

— Oui. Merci. (Il s'effaça pour laisser entrer l'inconnu.) Justice North, je voudrais te présenter ma Tammy.

Justice North ? C'était pour ça qu'il lui semblait familier. Tammy s'obligea à sourire et s'efforça de ne pas le dévorer des yeux, mais c'était une célébrité. C'était le chef de file de l'Organisation du peuple hybride et le plus connu d'entre eux. À la télévision et dans la presse, ses yeux et ses cheveux ne paraissaient pas si foncés. Tammy ignorait si elle devait simplement continuer à lui sourire ou plutôt lui serrer la main.

— Ravie de vous rencontrer.

Elle se leva mais resta clouée sur place.

Il lui sourit mais elle remarqua qu'il prit soin de dissimuler ses dents pointues quand il lui fit face. Elle faillit se frapper le front de la main quand elle comprit pourquoi elle ne l'avait pas reconnu. Ce n'étaient pas juste ses cheveux et ses yeux, mais il souriait sans montrer ses dents chaque fois qu'elle l'avait vu à la télévision ou en photo.

— Je suis enchanté aussi de faire votre connaissance, Tammy.

— Tu as vu le bébé ? s'enquit Vaillant en refermant la porte.

Justice gloussa.

— Oui. Il est parfait. Slade et Trisha sont très fiers et heureux. La naissance de ce nouveau-né en bonne santé nous comble tous de joie.

— Et le petit est hybride.

Justice semblait rayonner de bonheur.

— Il est assurément hybride.

— Je m'étais demandé si ses caractères humains seraient plus forts que ceux de Slade. (Vaillant parlait d'une voix douce.) Si j'ai un enfant avec ma compagne, j'espère qu'il me ressemblera. Tammy pense que notre bébé sera adorable.

— Nous espérions tous que les caractères hybrides seraient transmis au bébé. C'est rassurant de savoir que nous ne sommes plus seuls et que notre espèce se perpétuera à travers nos enfants pendant des générations. (Justice s'interrompit.) Mais avoir un enfant qui semblerait entièrement humain serait une bénédiction aussi. Le simple fait d'être capable d'en avoir suffit à notre bonheur.

Tammy restait silencieuse, ne sachant pas quoi dire, pendant que les deux hommes parlaient. Elle se demandait si elle devait les laisser seuls quand Justice la regarda. Il gloussa en jetant un coup d'œil à Vaillant.

— Vous êtes si petite. (Justice l'examina.) Pardonnez mon amusement mais Vaillant a maintenu catégoriquement lors de discussions précédentes que nous ne devrions jamais nous rapprocher des humaines et que si jamais l'un de nous devait s'accoupler avec l'une d'elles, elle devrait être bien bâtie et résistante. Je trouve amusant qu'il vous ait revendiquée. Sans vouloir vous offenser, c'est drôle.

Il sourit jusqu'aux oreilles, cachant toujours ses dents.

— Je comprends. (Tammy sourit.) Je ne suis pas offensée. Il est gigantesque, et moi pas. Voulez-vous vous asseoir ?

— Je crains de ne pas pouvoir rester. Ma vie est régie par un emploi du temps qui ne me laisse pas une seconde de répit. Je serai là toute la journée pour rencontrer la sécurité et j'ai rendez-vous avec la personne qui s'occupe de mes cheveux. (Il leva la main pour les toucher. Poussa un lourd soupir.) Notre équipe des relations publiques exige que je les éclaircisse avant de me montrer devant les objectifs. (Il croisa son regard.) Je suis plus effrayant avec les cheveux foncés, d'après vous ?

— Je ne vous ai pas reconnu, au début. Votre visage me paraissait familier mais j'ignorais pourquoi jusqu'à ce que j'entende votre nom. Vos yeux semblent plus sombres aussi.

— On m'oblige à porter des lentilles de contact. Encore une fois, ils semblent croire que les humains m'accepteront plus facilement si j'ai l'air moins menaçant. Ils modifient aussi mon apparence quand je me déplace en public pour tenter de cacher ma véritable identité, vu ma notoriété.

— Je vous trouve très bien, reconnut-elle. Mais différent.

— Merci.

Vaillant examina l'autre homme.

— Tu loges à l'hôtel cette nuit ? Nous serions heureux de dîner avec toi.

— Cela aurait été avec plaisir, mais je dois donner une conférence de presse ce soir à Homeland pour le journal du soir. Un hélicoptère doit m'y conduire après ma dernière réunion cet après-midi. Je mangerai probablement pendant le vol. Je rêve de pouvoir prendre quelques jours de congé. Malheureusement, ça ne risque pas d'arriver de sitôt. Je reviendrai dans deux jours pour assister à une réunion avec le maire de la ville, avant de rentrer à Homeland pour une interview avec un journal local. Ça ne finit jamais.

— Tu devrais revendiquer une compagne. (Vaillant lui adressa un regard compatissant.) Elle te rendrait heureux.

Justice gloussa.

— Je n'ai pas de temps pour ça, Vaillant. Chaque journée est aussi trépidante en général. Il y a toujours des réunions, des conférences ou des endroits où je dois me rendre pour assister à d'autres entrevues. Aucune femelle ne souhaiterait partager mon fardeau.

— Tu as une vie dure. (Vaillant se rapprocha un peu et lui serra l'épaule avant de laisser retomber sa main.) Tu as beaucoup sacrifié pour nous, Justice. Nous te sommes tous redevables et j'en suis bien conscient.

Justice haussa les épaules.

— Quelqu'un devait le faire, Vaillant. J'avais le plus de facilités pour m'adapter aux humains et me mêler à eux. C'était normal que j'endosse ce rôle.

— Si jamais il y a quelque chose…

Vaillant ne termina pas sa phrase mais son intention était claire.

— Merci, mais je le sais déjà. (Justice sourit à Tammy.) Ravi de vous avoir rencontrée et bienvenue dans la famille.

Vaillant referma la porte derrière le chef des Hybrides et marcha vers Tammy. Il avait une expression triste sur le visage.

— Je ne lui envie pas sa vie.

— C'est un homme occupé, c'est sûr.

Vaillant hocha la tête et l'attira soudain dans ses bras.

— Je suis content d'avoir pour seule responsabilité de te rendre heureuse. Il porte le poids de tous les Hybrides sur ses épaules.

— On va prendre le nom de famille North nous aussi quand on sera mariés ?

Vaillant hocha la tête.

— Oui. C'est un honneur de porter le nom qu'il a choisi. Je soutiens Justice et lui suis reconnaissant pour tout ce qu'il a accompli pour nous.

— Qu'a-t-il voulu dire en me souhaitant la bienvenue dans la famille ?

— Tu es l'une de nous désormais. Tu fais partie de la famille. Nous n'avons pas de parents, d'oncles ou de cousins comme les humains. Nous n'avons que nous. Nous accordons beaucoup d'importance à la famille, et pour nous elle se compose de chaque Hybride. Ensemble, nous sommes forts.

Tammy sentit la tristesse l'envahir.

— Est-ce que l'un de vous sait qui sont ses parents biologiques ? C'est vrai quoi, vous devez avoir eu des parents à un moment, non ? Au moins une mère qui vous a portés.

Vaillant grogna.

— Nous sommes tous orphelins. Nos parents nous ont abandonnés en enfer. Ils ont autorisé Mercile à nous créer, nous n'étions qu'un don de gamètes pour eux, et les humaines qui nous ont mis au monde en ont eu fini dès qu'on a coupé notre cordon ombilical. C'est ce qu'ont raconté certains des médecins qui ont été arrêtés.

— Je suis tellement désolée, Vaillant. (Elle le serra dans ses bras, son passé lui brisant le cœur.) J'ai toujours dit qu'il suffit d'un peu d'amour pour former une famille. Ma mère m'a abandonnée. Je ne comprendrai jamais qu'elle ait pu faire ça, mais je lui suis reconnaissante de m'avoir donné la vie. Je ne serais pas là sans elle.

Il la regarda dans les yeux.

— Où est-elle ? Elle est vivante ?

Tammy haussa les épaules.

— Aucune idée. Elle m'a laissée avec ma grand-mère et on n'a plus jamais entendu parler d'elle. Ma grand-mère pensait qu'elle avait dû mourir. Elle disait que ma mère l'aurait au moins contactée pour lui demander de l'argent, sinon. Pendant un temps, j'ai prié qu'elle débarque un jour pour me dire qu'elle m'aimait et qu'elle était vraiment désolée de m'avoir laissée. Tu vois ? (Elle sentit sa poitrine se serrer encore un peu à ce souvenir.) Qu'elle me dise qu'elle avait fait une terrible erreur. Au bout de quelques années, j'ai compris que ça n'arriverait pas. J'ai commencé à la détester un peu et ma haine s'est transformée en colère. Je ne veux plus la voir maintenant si jamais elle est en vie.

Vaillant sourit.

— Je suis là maintenant et je ne te quitterai jamais, Tammy. Tu fais partie d'une grande famille. Si jamais nous avons un enfant, il vivra toujours dans l'amour et en sachant ce que c'est que d'appartenir à une vaste communauté qui nous aime de tout son cœur. Notre enfant ne souffrira jamais de solitude. Et ne connaîtra jamais une vie sans amour.

Son cœur se brisa un peu plus encore pour lui. Elle percevait la douleur qui imprégnait sa voix. L'avait-on jamais aimé enfant ? Elle avait au moins eu l'amour de sa grand-mère. Tammy resserra son étreinte autour de lui.

— Je t'aime, Vaillant. Je t'aime tellement.

— Je t'aime aussi et savoir que tu m'aimes me rend heureux.

On sonna à la porte. Vaillant grogna.

— J'allais t'emmener dans notre lit.

— Je ne m'y serais pas opposée.

La sonnette retentit encore. Vaillant lâcha Tammy quand elle s'écarta de lui. Il se rua vers la porte, visiblement irrité.

Tammy dut réprimer un sourire. Il manquait cruellement de patience. Vaillant ouvrit la porte à la volée.

— On a un problème. (Tigre se tenait sur le seuil, la mine sévère.) Le shérif Cooper nous a appelés. Deux autres humaines ont été kidnappées en ville. Il fait appel à nous pour les retrouver. J'ai besoin de toi, Vaillant. Je sais que ce n'est pas Tammy cette fois mais ces humaines travaillent pour nous. Tu es l'un de nos meilleurs traqueurs avec ton odorat fin et même si d'autres mâles de la zone interdite ont des sens aiguisés comme toi, je ne peux pas les laisser approcher des humains. Les humains ont perdu leur trace dans les bois. Tu nous aides ?

Vaillant observa Tigre. De longues secondes s'écoulèrent.

— Vaillant ? (Tammy attendit qu'il tourne la tête vers elle.) Aide-les, s'il te plaît.

Il regarda fixement Tammy avant d'acquiescer.

— Je le ferai pour toi. (Il se dirigea vers la chambre.) Je dois me changer. Je te rejoins dans une minute.

— Merci, chuchota Tigre quand ils se retrouvèrent seuls.

Tammy lui adressa un signe de tête.

— Vous pensez qu'il y a un lien avec les hommes qui m'ont kidnappée ? Leur patron devrait être en ville à l'heure qu'il est, à moins que vous ayez découvert son identité. C'est le cas ?

— Les survivants ne se sont pas encore mis à table et on n'a pas encore réussi à leur arracher le nom de leur patron. On n'a pas la moindre idée de l'identité de celui qui les a engagés. Je ne connais pas trop les détails, mais le shérif a dit que les humaines sont colocataires et qu'elles travaillent ici à la Réserve. Elles sont toutes deux cuisinières et ont décidé de vivre en ville plutôt que d'accepter un logement derrière nos murs. On s'est introduit chez elles. Les voisins ont entendu des cris et ont vu au moins six humains les kidnapper. C'est arrivé il y a une demi-heure. Ils ont découvert la camionnette avec laquelle elles ont été emmenées à l'endroit où on vous a retrouvée.

— J'espère que vous les sauverez.

— Moi aussi. (Tigre soupira.) Le shérif pense qu'elles ont été attaquées parce qu'elles travaillent pour nous. Ce qui signifie que tous nos employés humains doivent être prévenus et qu'ils seront accueillis ici. J'ignore où nous les installerons, mais nous prenons soin des nôtres. Au moins ils ne sont pas très nombreux. Slade est en train de les informer et s'occupera de ces dispositions.

Vaillant revint vêtu d'un jean, d'un tee-shirt noir et de baskets. Il marcha jusqu'à Tammy, baissa les yeux sur elle et dit :

— Je serai vite de retour. Tu vas me manquer.

— Tu vas me manquer aussi et merci de les aider. Sois prudent.

— Toujours.

Tammy regarda les deux hommes partir. Elle s'assit sur le canapé et commença à s'inquiéter. Elle se demanda si elle connaissait les deux femmes, si elles étaient du coin et avaient peut-être grandi avec elle, et regretta de ne pas avoir demandé leurs noms à Tigre. Elle se leva soudain et marcha jusqu'au téléphone pour appeler son patron, Ted, chez lui. Le téléphone sonna six fois avant qu'elle tombe sur le répondeur. Elle lui laissa un message pour le prévenir qu'il était peut-être en danger, juste au cas où les Hybrides auraient oublié de contacter les sous-traitants qui travaillaient pour eux.

Elle s'inquiétait pour Ted et tous ses collègues. Ils avaient effectué plusieurs missions à la Réserve depuis la première, où elle avait rencontré Vaillant. Elle entreprit d'appeler ses collègues mais tomba aussi sur leurs répondeurs. Elle leur laissa des messages en incluant le numéro inscrit sur son téléphone pour qu'ils puissent la rappeler. Elle se demanda où ils étaient tous, espérant qu'ils étaient partis travailler et n'avaient pas été kidnappés eux aussi.

Quelques secondes après, le téléphone sonna. Elle décrocha.

— Allô ?

— Bonjour mademoiselle Shasta. C'est Charlie Artzola. Nous venons de nous rencontrer, vous vous rappelez ? Je suis à mon bureau à côté et je crains d'avoir un problème.

Elle soupira.

— J'ai oublié de signer quelque chose ?

— Non. C'est juste que je ne vous trouve pas dans le système. C'est comme si vous n'existiez pas.

— Excusez-moi ? (Elle était interloquée.) Quel système ? Je n'ai pas de casier judiciaire.

Il rit.

— Non. J'ai entré votre numéro de permis de conduire mais vous n'existez pas d'après la base de données. Je dois faxer une copie de votre permis pour obtenir votre certificat de capacité à mariage car il y a une sorte de bug informatique. Je suis sûr que ce n'est qu'une erreur mais nous devons régler le problème. J'ai appelé l'hôtel et ai demandé qu'un agent vous escorte jusqu'à mon bureau. Je suis sûr que nous pourrons arranger ça si vous pouvez m'apporter une pièce d'identité. Ils en accepteront une copie comme preuve de votre existence. (Il rit.) Alors, vous voulez bien passer ? Nous ne devrions pas en avoir pour plus de dix ou vingt minutes. Prenez simplement votre portefeuille et votre permis de conduire.

Elle soupira.

— Très bien. Je dois juste enfiler mes chaussures et trouver mon sac à main. Heureusement que le shérif me l'a rapporté. Il est quelque part par là. La sécurité a dit que je pouvais sortir ? Je ne suis pas censée quitter la suite.

— J'ai obtenu l'autorisation de Tigre avant son départ. Un agent sera là pour vous escorter quand vous serez prête à partir. Merci, mademoiselle Shasta. Vous m'ôtez une épine du pied. Je sais que Vaillant ne voulait pas laisser traîner les choses et je ne peux pas obtenir le certificat de capacité à mariage sans fournir de preuve de votre identité.

— Je me dépêche.

Elle raccrocha et alla dans la chambre. Voilà qui l'empêcherait au moins de s'inquiéter pour Vaillant pendant un petit moment. Son sac à main était toujours dans le bas de la penderie où l'avait posé Vaillant quand le shérif le lui avait apporté en venant l'interroger. Les Hybrides avaient dû le fouiller d'abord, et il lui avait été remis plus tard ce jour-là. Elle avait aussi appris que le shérif avait fait remorquer sa voiture jusque chez elle quand il avait récupéré son sac à main sur les lieux du crime.

Elle se lava les dents et se brossa les cheveux. Elle ne prit pas la peine de se maquiller. Plus vite elle serait de retour, mieux ce serait car ses pensées étaient toujours tournées vers ses collègues. Elle ne voulait pas rater leurs appels quand ils auraient ses messages. Flamme se tenait dans le couloir quand elle ouvrit la porte. Elle lui sourit.

— L'avocat m'a passé un coup de fil pour me dire qu'il avait besoin de moi et de mon sac à main. (Elle le leva pour le lui montrer.) Et nous voilà tous les deux.

Flamme sourit.

— Il a appelé. Vous êtes prête à partir ? Son bureau n'est pas loin. Je vais commander une Jeep pour vous y conduire.

— Merci.

Ils quittèrent la suite.

Flamme utilisa sa radio pour demander que le véhicule leur soit amené devant l'hôtel pendant qu'ils attendaient l'ascenseur, et le temps qu'ils sortent du hall, il était arrivé. Flamme l'aida à grimper à l'intérieur et le contourna. Il conduisit jusqu'à un immeuble de bureaux neuf d'un étage. Il se gara et l'aida à descendre.

Le hall d'accueil était vide et le silence régnait. Le bâtiment ne semblait pas occupé. Flamme hésita.

— J'ignore où se situe son bureau. Je ne suis jamais venu ici avant. Seule une poignée d'employés humains travaille à la Réserve et je n'ai pas été affecté ici. Vous a-t-il indiqué où il se trouvait ?

— Non.

Flamme soupira.

— Partons à sa recherche. Je pourrais passer quelques coups de fil mais on est en état d'alerte maximum en ce moment et je ne veux déranger personne si je peux mettre la main sur lui grâce à son odeur. (Il aspira plusieurs fois l'air par le nez et montra un couloir sur la gauche.) Par ici. Mâle, humain et récent. Son après-rasage empeste et pas dans le bon sens.

Elle esquissa un large sourire.

— La plupart des types n'y connaissent rien et portent des trucs qui puent.

— On a tendance à être sensibles aux odeurs. La plupart des nôtres utilisent des produits aux parfums naturels. Contrairement aux humains.

Tammy le suivit à travers un dédale de couloirs.

— Êtes-vous en état d'alerte maximale parce que ces deux femmes ont été kidnappées en ville ?

Il hocha la tête.

— Oui. Nous avons renforcé le contrôle des entrées et posté des tireurs en haut du mur d'enceinte dans l'éventualité où on tenterait de prendre la Réserve d'assaut. Nous n'oublierons jamais l'attaque qui a eu lieu à Homeland.

Elle en avait entendu parler aux infos. Un groupe suprémaciste avait frappé l'enclave hybride juste après son ouverture. Ils avaient défoncé la porte principale et une bande d'hommes armés étaient entrés avec des pick-up.

Il y avait eu des morts. Heureusement il s'agissait surtout des membres du groupe suprémaciste. Mais ils avaient aussi déploré la perte de quelques gardes humains qui travaillaient à Homeland. Cette attaque avait été un choc. Manifestement, les Hybrides craignaient un nouvel assaut et elle ne les en blâmait pas.

Ils trouvèrent Charlie Artzola dans l'un des bureaux du premier étage. Il était assis derrière son bureau et fouillait dans un tiroir. Il leur jeta un coup d'œil à tous les deux quand ils entrèrent et sourit.

— Vous avez fait vite.

— Je vous ai dit que je l'escorterais immédiatement.

Flamme s'appuya contre le mur à l'intérieur de la pièce.

— Asseyez-vous, mademoiselle Shasta. (L'avocat lui indiqua un fauteuil du menton.) Vos hommes peuvent entrer et vous pouvez tous vous asseoir aussi. Il y a quatre fauteuils, autant les utiliser.

— Il n'y a que nous. Je préfère rester debout, répondit Flamme, qui se détendit.

L'avocat hocha la tête.

— Je cherche les notes que j'ai prises. Je suis vraiment désolé du dérangement. J'étais nerveux et je crains d'avoir mal consigné le numéro de votre permis de conduire. Si je le rentre correctement, le système informatique vous trouvera et nous n'aurons pas à leur en faxer une copie. (Il se pencha encore plus derrière son bureau alors que Tammy s'installait sur le fauteuil le plus proche de lui.) Ah, ah ! Je les ai. Je suis sûr qu'il s'agit juste d'une erreur. Je ne me suis probablement trompé que d'un ou deux chiffres.

Il referma le tiroir du bureau.

Tammy se carra dans son fauteuil et plaça son sac à main sur ses genoux. L'avocat se redressa. Elle eut à peine le temps de réagir quand elle s'aperçut que ce n'était pas une feuille qu'il sortait du tiroir. Mais une arme d'aspect étrange qu'il braqua sur Flamme ; il tira. Tammy en resta sans voix. Flamme grogna dans son dos et s'effondra au sol.

Tammy se retourna brusquement, horrifiée, et regarda fixement Flamme qui était vautré sur la moquette. Le pistolet n'avait pas fait beaucoup de bruit. Flamme était tombé sur le flanc près de la porte. Elle le regarda bouche bée, trop abasourdie pour pouvoir rien faire d'autre durant de longues secondes. Elle ne vit pas de sang tandis qu'elle restait assise immobile. Elle retrouva enfin le contrôle de son corps. Elle tourna la tête vers l'avocat et découvrit qu'il dirigeait son étrange pistolet sur elle.

— Vous ferez exactement ce que je vous dirai si vous ne souhaitez pas mourir, mademoiselle Shasta. Je n'ai aucun scrupule à tuer une femme.

Elle ouvrit la bouche mais aucun son n'en sortit. Le pistolet était à moins d'un mètre d'elle, pointé en plein sur son visage. Elle savait qu'il ne la raterait pas à cette distance. L'avocat se leva peu à peu de son fauteuil, les lèvres plissées. La large gueule du canon ne trembla jamais.

— Levez-vous lentement. Je vous tirerai une balle dans le dos si vous tentez de fuir.

Après avoir longtemps essayé de bouger son corps, elle réussit à se mettre debout. Son sac à main glissa au sol, ses doigts refusant de le tenir. De son arme, l'avocat indiqua la porte.

— On va sortir et marcher jusqu'à ma voiture, et vous allez entrer dans le coffre. Je vous tuerai sinon. Vous avez compris ?

Elle déglutit.

— Pourquoi faites-vous ça ? Que voulez-vous ?

Il la fusilla du regard.

— Une de mes connaissances désire vous parler. Elle craint qu'on vous ait obligée à épouser un Hybride.

Le cerveau de Tammy recommença à fonctionner. L'avocat ne menacerait pas de la tuer si on souhaitait juste lui parler. Il mentait sur ce point. Elle se mordit la lèvre et esquissa un pas hésitant. Elle ne voyait pas comment lui échapper sans recevoir une balle. Il ne pouvait pas la rater avec son arme.

Elle baissa les yeux sur l'Hybride à terre. Il était complètement immobile mais elle ne distinguait toujours pas de sang. Alors qu'elle se dirigeait vers Flamme et la porte d'un pas lent, elle remarqua deux choses : Flamme avait les yeux fermés, mais sa poitrine se soulevait, ce qui prouvait qu'il respirait encore. Elle dut enjamber son bras puis sa jambe pour sortir du bureau.

Elle glissa un regard derrière elle à Charlie Artzola. Il la talonnait de près, le pistolet toujours braqué sur elle. Elle marchait, obéissant à ses ordres tandis qu'il lui indiquait où aller. La peur faisait battre le cœur de Tammy mais les paroles de Flamme affleurèrent à sa mémoire.

Les Hybrides étaient en état d'alerte maximale. L'avocat ne parviendrait jamais à lui faire quitter la Réserve sans qu'elle soit découverte. Lorsqu'elle avait conduit la camionnette du traiteur aux portes de l'enclave, ils l'avaient passée au peigne fin. Elle devait croire qu'ils fouilleraient le coffre de la voiture de l'avocat. Ils sortirent du bâtiment par une porte de derrière devant laquelle une belle berline à quatre portes était garée.

Tammy dut attendre qu'il déverrouille le coffre. Il recula, le pistolet dirigé sur sa poitrine.

— Grimpez à l'intérieur et ne faites pas un bruit. Le coffre est trop petit pour que je vous rate si je vous tire dessus à travers la banquette arrière. Vous m'avez compris ? Vous avez intérêt à ne pas crier au poste de contrôle. Je tuerai tous les Hybrides qui vous entendraient. Votre vie n'est en danger que si vous m'obligez à vous descendre. Mon ami souhaite vraiment vous parler, mademoiselle Shasta. Il sera furieux si je dois vous éliminer, alors rendez-nous service à tous les deux. Entrez là-dedans et ne faites pas de bruit.

— Qui vous a demandé de me kidnapper ?

— Aucune importance. Tout ce qui compte, c'est que vous vous en sortirez à la fin si vous ne me causez pas d'ennuis.

Tammy avait envie de hurler en se jetant sur lui. Évidemment qu'elle ne croyait pas qu'elle ne courrait aucun danger si elle obtempérait. L'avocat était un gros menteur. Elle se sentait écartelée. Se battre ou obéir ?

Il jura tout bas, comme s'il devinait son dilemme.

— C'est un pistolet hypodermique spécial, rempli d'un mélange puissant conçu pour tuer les Hybrides. Il ne vous laisserait aucune chance. Entrez dans ce coffre et taisez-vous.

Tant qu'elle était en vie, elle pouvait espérer qu'on la sauverait quand ils parviendraient aux portes de la Réserve.

— D'accord. Ne me tirez pas dessus, réussit-elle à dire. J'y vais.

Le coffre était petit. Tammy dut se recroqueviller sur le côté, les genoux collés contre la poitrine. Il baissa les yeux sur elle d'un air sévère alors qu'il glissait la main dans sa poche. Il en sortit une seringue et en saisit le capuchon entre ses dents pour l'ouvrir d'un coup sec.

— Qu'est-ce que c'est ?

La terreur vibrait en elle.

— La garantie de votre silence. Ne vous inquiétez pas. C'est juste que je ne peux pas prendre le risque que vous hurliez au poste de contrôle.

L'avocat lui planta l'aiguille dans la cuisse à travers le pantalon.

La douleur cuisante lui arracha un grognement. Elle leva vers lui un regard à la fois terrifié et haineux.

— Vaillant va vous arracher les tripes et vous les faire bouffer. C'est son truc préféré.

Il serra les dents.

— Vous êtes une sale pute à animaux.

Il claqua le coffre.

Elle se débattit quand l'obscurité l'enveloppa et qu'elle ne fut plus sous la menace directe du pistolet. Après quelques vains coups contre le haut du coffre, ses membres commencèrent à devenir lourds et l'horreur la submergea. Ses mains refusèrent de se fermer, elle n'eut plus de force dans les bras jusqu'au coude, puis ils retombèrent mollement contre le fond du coffre.

La panique arriva ensuite. Quel que soit le produit qu'il lui avait injecté, il semblait la paralyser. Elle pouvait respirer sans problème et cligner des yeux, scruter les ténèbres, mais le reste de son corps ne voulait plus fonctionner. Elle tenta de crier mais même sa gorge était touchée. Elle pouvait à peine déglutir et ne pouvait même pas appuyer la langue contre les dents. Elle hurla dans sa tête mais le son ne franchit pas ses lèvres.

La voiture démarra. Tammy essaya de se calmer, prenant conscience qu'elle se trouvait désormais dans une situation vraiment désastreuse. *Réfléchis !* Les Hybrides fouillent les coffres. Elle les avait vus faire sur une voiture devant elle la première fois où elle était venue à la Réserve. Deux des agents s'étaient occupés de la camionnette de Tammy ensuite.

Ils avaient été particulièrement consciencieux. Ils avaient même regardé dans les mini-frigos à l'arrière et ouvert des plateaux hermétiquement fermés pour vérifier qu'ils contenaient des aliments et pas des armes. Ils avaient passé des appareils portables au-dessus de la nourriture pour s'assurer que rien n'y était caché.

On la trouverait. Charlie Artzola ne réussirait pas à lui faire quitter la Réserve. Elle savait qu'elle était entourée d'un épais mur d'enceinte, avec seulement deux portes. Il ne pourrait pas la faire sortir sans passer par ces postes de contrôle. Des larmes de frustration lui roulèrent sur les joues et elle ne put même pas les essuyer. *Ils me trouveront.*

La voiture ralentit sans s'arrêter, avant d'accélérer d'un coup. De longues minutes s'écoulèrent. La voiture s'immobilisa enfin. Tammy sentit son cœur se gonfler d'espoir. D'une seconde à l'autre, l'un des agents demanderait à l'avocat d'ouvrir le coffre. Ils la découvriraient, elle serait sauvée et retournerait auprès de Vaillant.

Mais la voiture se remit à avancer, prenant de la vitesse. Du temps passa encore. La voiture s'arrêta de nouveau, on coupa le moteur et Tammy riva les yeux vers le haut de sa prison. Il faisait noir à l'intérieur, noir comme dans un four, elle n'y voyait rien, mais elle savait où s'ouvrait le coffre. D'une seconde à l'autre, elle serait sauvée. Elle entendit des clés. Son cœur se gonfla d'espoir.

La lumière aveugla Tammy quand on ouvrit brusquement le coffre. Tammy leva les yeux mais ne découvrit pas le visage d'un Hybride. Charlie Artzola la fusilla du regard avant de tourner la tête pour regarder quelqu'un d'autre.

— Je vous avais dit qu'ils me laisseraient passer. Ils me font confiance. (Le fumier ricana.) C'est la salope dont je vous ai parlé. Ils voulaient un certificat de capacité à mariage. Elle voulait épouser l'un de ces animaux. Elle vit et baise avec lui. Il a encore plus une sale gueule que les autres. Il n'a même pas l'air vaguement humain. C'est un tigre ou une bête dans le genre. C'est le plus grotesque que j'aie jamais vu.

Tammy hurla dans sa tête. *NON!* Les agents à la porte de la Réserve ne pouvaient pas l'avoir laissé sortir sans l'arrêter. Un autre homme s'approcha et Tammy découvrit le visage d'un type dans la soixantaine. Il portait des lunettes et était chauve. Il ressemblait à un gentil grand-père. Jusqu'à ce qu'il pose sur elle des yeux verts glacés qui la figèrent. Il fronça les sourcils.

— Alors, dit doucement l'homme. Nous avons enfin un cobaye. Elle s'est accouplée avec l'un d'eux et a survécu. Quelque chose chez elle en a attiré un et, si ma théorie est valable, cette alchimie devrait opérer aussi sur 927. Vous avez dit que celui avec lequel elle s'est accouplée est un tigre? Eh bien, voyons comment elle s'en sort avec un chien. (Il rit.) J'espère qu'elle lui plaira autant qu'au tigre.

Deux malfrats effrayants d'une vingtaine d'années se dressèrent soudain au-dessus de Tammy. Ils la soulevèrent. L'un d'eux la saisit par les jambes et l'autre l'agrippa sous les aisselles. Ils la hissèrent hors de la voiture. Elle entraperçut des arbres alors qu'ils la portaient à eux deux comme si elle était un gros sac.

Elle distingua une maison – de plain-pied, blanche, ayant grand besoin d'un coup de peinture. Elle ne la reconnut pas. Ce qui signifiait qu'elle n'était pas près de la ville. Lorsqu'ils y entrèrent, elle découvrit un plafond en plâtre lézardé. Ils la lâchèrent sur un matelas mou.

Le petit lit avait été installé dans le salon. L'un d'eux lui adressa un large sourire et sortit quelque chose de sa poche de derrière. Il lui leva brusquement les mains pour les menotter et les accrocha au-dessus de sa tête. Elle ne pouvait pas tourner la tête pour voir à quoi il l'avait attachée, mais on tira alors sur ses jambes pour les plaquer sur le matelas. Du métal lui enserra chaque cheville. Le type effrayant près de sa tête se pencha pour la regarder dans les yeux.

— Attends de rencontrer 927. Il va t'adorer. (Il rit, levant les yeux vers l'autre homme.) Pendant environ dix secondes, avant de lui briser le cou.

Tammy entendit l'autre homme rire.

Le fumier qui était toujours penché au-dessus de Tammy baissa les yeux.

— Je te plains presque. 927 est la bête la plus méchante à avoir jamais été créée, mais comme tu aimes te taper ces animaux, je suppose que tu ne crains pas de te faire malmener quand il te montera. S'il te monte. Le doc croit que c'est possible vu que tu as plu à l'un d'eux.

— Écartez-vous d'elle, ordonna l'homme plus âgé d'une voix forte que Tammy reconnut. On ne veut pas votre odeur sur elle, il la tuerait sur-le-champ vu comme il vous déteste tous les deux. Elle doit garder l'odeur du tigre.

Vaillant. Elle hurla son nom en silence. Parviendrait-il à la retrouver cette fois encore ? À la sauver ? Savait-il seulement à l'heure qu'il était qu'elle avait été enlevée ? Qu'on l'avait kidnappée ?

Les larmes ruisselèrent sur son visage. Elle hurla encore dans sa tête. *Vaillant !*

— Ça n'a aucun sens. (Tigre fronça les sourcils en regardant Vaillant.) Pourquoi enlever ces deux humaines, les emmener à quelques kilomètres de chez elles et les laisser attachées seules ? Les retrouver a été un jeu d'enfant.

Vaillant haussa les épaules.

— Je l'ignore mais elles vont bien. C'est ce qui compte, pas vrai ?

Tigre hocha la tête. Il jeta un coup d'œil aux trois autres mâles qui composaient son équipe. Ils lui rendirent son regard. Tigre soupira.

— Il y a un truc qui cloche. Je n'arrive pas à mettre le doigt dessus mais toute cette histoire n'a juste aucun sens. À quoi bon kidnapper deux humaines pour les ligoter et les abandonner ?

L'un des mâles haussa les épaules.

— Ce sont des humains. Ils ont parfois un comportement irrationnel.

Le shérif Cooper s'approcha de Tigre et de son groupe avec un large sourire sur son visage ridé.

— Merci infiniment. Encore une fois, nous vous sommes redevables. Les femmes vont bien. Elles étaient effrayées mais n'ont que quelques hématomes. Elles voulaient vous remercier. Elles ont dit que les hommes ne leur avaient pas du tout parlé. Elles ont juste entendu l'un d'eux demander s'ils pensaient qu'ils les avaient emmenées assez loin pour qu'on ait du mal à les retrouver. Ça n'a aucun sens pour moi, mais c'est tout ce qu'elles ont entendu. Elles ont dit que les hommes les avaient portées sur leurs épaules à travers bois, s'étaient relayés pour les amener aussi loin, puis les avaient laissées tomber au pied de cet arbre. Ils les ont bien ligotées et sont partis.

— Ils avaient peut-être prévu de revenir plus tard. (C'était l'un des adjoints du shérif qui les avait rejoints.)

Peut-être qu'ils voulaient plus de femmes et cherchent d'autres victimes. Nous devrions poster quelques hommes ici juste au cas où ils reviendraient.

Le téléphone portable de Tigre sonna.

— Excusez-moi. C'est la Réserve.

Il s'éloigna pour répondre. Il écouta et se retourna brusquement. Tigre plongea son regard sévère dans celui de Vaillant et hésita.

— Je crois que je sais pourquoi les humaines ont été enlevées.

Tigre garda les yeux rivés sur Vaillant, puis jeta un coup d'œil au shérif.

— Vous m'avez expressément demandé d'amener Vaillant. Pourquoi ?

Le shérif fronça les sourcils.

— Eh bien, c'est votre meilleur traqueur. Voilà pourquoi.

— Qui vous a dit ça ?

Tigre serra les dents.

— C'est l'un des reporters qui traîne en ville depuis que Tammy a été kidnappée. Ils campent pratiquement devant le poste. Il a dit qu'il assurait tout le temps la couverture des affaires vous concernant et que Vaillant était votre meilleur traqueur. Il a dit que si jamais d'autres femmes étaient enlevées, je devrais m'assurer de le demander parce que ce serait le meilleur moyen de les retrouver rapidement.

— Que se passe-t-il ? (Vaillant fronça les sourcils.) Comment un reporter connaîtrait-il mon nom ? Il n'a jamais été divulgué, si ?

Il interrogea Tigre du regard.

— Non.

Tigre semblait fou de rage. Il fusilla le shérif du regard.

— Vous vous souvenez du nom de ce reporter ?

Le shérif hésita.

— Non, mais je me rappelle son visage. Pourquoi ?

Tigre grogna. Il tourna la tête vers Vaillant.

— Tammy a été enlevée à la Réserve. Elle est partie, Vaillant. Notre avocat a demandé à Flamme de l'escorter jusqu'à son bureau. Comme ils n'étaient toujours pas revenus à l'hôtel vingt minutes plus tard et que Flamme ne répondait pas à sa radio, une équipe s'est lancée à leur recherche.

Vaillant fut frappé de stupeur.

— Non.

— Ils ont découvert Flamme inconscient sur le sol dans le bureau de l'avocat. Il a été drogué avec une substance inconnue. L'avocat et Tammy ont disparu. On a retrouvé son sac à main. Nos hommes n'ont discerné que les odeurs de Tammy et de l'avocat. Ils les ont suivies jusqu'au parking, ce qui indiquerait qu'il l'a enlevée. Nous sommes certains qu'elle n'est pas partie de son plein gré grâce à l'odeur de sa peur qui persistait. Il a franchi la porte de la Réserve sans être ennuyé. On lui faisait confiance. On contrôle les voitures à l'entrée mais pas à la sortie quand elles sont conduites par des employés en qui on a toute confiance. Il l'a enlevée, Vaillant. L'enlèvement de ces deux humaines n'était manifestement qu'un stratagème pour t'éloigner de Tammy. (Tigre grogna en fusillant le shérif du regard.) L'humain qui a parlé de Vaillant s'est servi de vous pour l'attirer loin d'elle.

Vaillant rejeta la tête en arrière et rugit de rage.

— Nous la retrouverons, jura Tigre. Tout le monde est sur le coup.

Chapitre 12

Tammy avait fini par s'endormir mais se réveilla quand les malfrats la détachèrent du lit. Malgré ses jambes flageolantes et son corps engourdi, ils la tirèrent jusqu'à une salle de bains et la poussèrent à l'intérieur. À sa plus grande humiliation, ils refusèrent de lui laisser la moindre intimité et la reluquèrent pendant qu'elle l'utilisait. Elle n'eut pas le choix. L'un d'eux avait menacé de la frapper si elle n'obtempérait pas.

Ils l'empoignèrent ensuite par les bras et la traînèrent dehors jusqu'à une camionnette blanche. Le soleil s'était couché, et elle en déduisit qu'elle était restée inconsciente pendant des heures. Elle n'eut pas l'occasion de s'échapper, les deux hommes lui tenant fermement les poignets et ayant promis de lui foutre une raclée si elle se débattait. Un coup d'œil à leurs visages suffit à la convaincre. Ils avaient des yeux froids et une expression cruelle.

Ils lui mirent un collier métallique autour de la gorge et l'enfermèrent dans une grande cage à l'arrière de la camionnette. Le collier était épais et équipé d'une chaîne d'une soixantaine de centimètres qu'ils accrochèrent aux barreaux de sa cellule. La vision de cette cage l'épouvanta. Le seul fait de l'y installer était terrifiant. Pourquoi en auraient-ils besoin et que transportaient-ils dedans d'habitude ? Elle toucha les épais barreaux métalliques, supposant qu'ils retiendraient presque n'importe quoi.

L'un des hommes descendit et l'autre resta à l'arrière de la camionnette avec elle. Il alluma le plafonnier et la regarda avec un petit sourire narquois. L'homme qui était sorti ferma la porte latérale puis ouvrit la portière du conducteur, monta et démarra. Les yeux de Tammy se remplirent de larmes de peur, mais aussi parce qu'elle ne se sentait pas bien à cause du produit que l'avocat lui avait injecté. Elle avait mal à la tête, avait l'impression d'avoir la langue un peu gonflée et ses membres étaient encore engourdis.

— Pas la peine de pleurer comme une madeleine, ricana l'homme à l'arrière. Personne n'en a rien à foutre si tu chiales.

— Pourquoi faites-vous ça ? (Tammy détestait la façon dont sa voix tremblait.) Qui êtes-vous ?

— Pourquoi ? Parce que tu aimes les baiser. Parce que l'un d'eux t'a baisée et ne t'a pas tuée. Voilà pourquoi. Le docteur pour qui on travaille a vraiment envie de découvrir si 927 va s'accoupler avec toi. Tu ferais mieux d'espérer lui plaire. Ça sera sympa à regarder, en tout cas.

L'homme à l'avant s'esclaffa.

— Je doute qu'elle trouve ça sympa.

L'homme à l'arrière s'esclaffa.

— Ouais. Exact. (Ses yeux pétillaient de jubilation.) Tu veux savoir ce qui se passera si cette bête ne te met pas en pièces avec ses griffes avant de jeter les morceaux de ton corps hors de sa cage ? Le docteur va t'attacher sur une table et te bourrer d'hormones et de produits pour t'aider à tomber enceinte. Après quoi, on te remettra avec cet animal pour qu'il puisse encore te baiser. Le docteur dispose de toutes sortes de formules qu'il a inventées pour favoriser la conception. Ça pourrait prendre des mois avant qu'il découvre comment obtenir les résultats escomptés.

Le conducteur éclata encore de rire.

— Ça sera très sympa à regarder si 927 l'accepte. Je ne me fais pas d'illusions, cela dit. Il a tué les deux autres femmes qu'on a enfermées avec lui. La dernière m'a tapé dans l'œil. Elle avait un bien joli cul. J'ai failli pleurer quand il lui a brisé le cou et l'a balancée contre la porte. Peut-être qu'on devrait jeter des hommes à la bête.

— Elle était canon. (L'homme à l'arrière regarda Tammy en grimaçant.) Celle-ci est mignonne mais elle n'arrive pas à la cheville de l'autre. Elle ne sera décidément jamais Playmate du mois. Je crois que le docteur se monte la tête pour rien. Je crois que la bête va la tuer tout aussi vite que la dernière.

— Qui sait ? (Le conducteur soupira.) Peut-être que la théorie du docteur est valable et que la bête l'acceptera parce qu'elle se tape l'un d'eux et qu'elle porte son odeur. Ils ne tuent jamais leurs propres femmes. Le docteur est sûr aussi que ça a un rapport avec leur odorat et leurs caractéristiques physiologiques. Quoi que ce soit qui en a attiré un, ça pourrait en attirer un autre. On ne va pas tarder à en avoir le cœur net.

— S'il vous plaît, implora Tammy. Laissez-moi partir. J'ai beaucoup d'argent si c'est ce que vous voulez. (Elle n'eut pas le moindre scrupule à mentir.) Ma grand-mère est morte et m'a laissé deux millions de dollars. Tout est à vous si vous m'amenez à une banque.

Le type à l'arrière l'observa. Tammy hocha la tête, lui décochant son regard à la je-suis-totalement-sérieuse-fais-moi-confiance. Une expression qu'elle avait perfectionnée adolescente avec sa grand-mère.

— Je vous en donnerai jusqu'au dernier dollar, je vous les céderai à tous les deux, si vous me laissez partir. Je sais que vous ne pouvez pas être payé autant. Vous n'aurez plus jamais à travailler.

— N'y pense même pas, Mike, l'avertit le conducteur. Tu sais que tu ne peux pas dépenser d'argent si tu es mort. Le docteur mettra ta tête à prix et il n'existera pas un endroit sur terre où tu seras en sécurité.

Mike soupira, détournant le regard de Tammy.

— Ferme ta gueule, salope. Ne dis pas un mot de plus. Tu ne peux pas nous soudoyer, parce que Pete a raison. On ne peut pas dépenser d'argent depuis un cercueil. Si tu veux nous supplier et pleurer, oublie aussi. On n'a pas obtenu ce boulot grâce à notre petit cœur tendre. (Il ricana.) Pas vrai, Pete ?

— Absolument. (Pete, le conducteur, éclata de rire.) « Notre petit cœur tendre. » Tu es trop drôle.

— On y est dans combien de temps ?

— Environ dix minutes. Si seulement on était encore dans le Colorado. Il fait trop chaud ici. Je ne sais pas pourquoi le docteur nous a fait déplacer 927. On aurait plutôt dû faire venir la femme auprès de lui.

— Il a voulu déménager ici. Ne me demande pas pourquoi. Peut-être que ça l'excite de savoir qu'ils sont tout près et n'ont aucune idée de sa présence. (Mike haussa les épaules.) Peut-être qu'il a voulu se rapprocher pour les espionner tout en travaillant et en s'évitant tous ces allers et retours en avion. Ça pourrait être parce qu'il a peur que l'odeur de la femme change si on devait l'emmener aussi loin. On ne pourrait certainement pas l'embarquer dans un avion. On devrait conduire. Je vais être bien dégoûté le mois prochain quand on devra en transférer dix autres ici.

— Putain. Ne me le rappelle pas. Transporter 927 a été une vraie galère. Ce fils de pute a résisté aux produits qu'on lui a injectés durant tout le trajet. Il a tordu un coin de la cage avant que tu réussisses à lui tirer de nouveau dessus. J'ai failli faire dans mon froc quand je l'ai entendu bouger.

Je lui avais concocté un cocktail qui aurait dû le sonner pour la journée, mais il s'est réveillé au bout de moins de cinq heures. J'ai cru qu'on allait se retrouver à court d'anesthésiants.

Tammy tourna la tête et examina la cage à laquelle elle était attachée. Effectivement, elle remarqua qu'un des coins supérieurs avait été un peu tordu. La cage aurait facilement pu abriter un ours de belle taille. La camionnette était un véhicule utilitaire. Elle le savait parce qu'elle en conduisait une pour son travail. La cage occupait la moitié de l'arrière. Elle mesurait au moins un mètre quatre-vingts de long et un mètre cinquante de haut et de large. Les barreaux étaient aussi gros que des poings et elle supposait que 927 était un Hybride assez fort pour les tordre.

Elle avait l'esprit embrumé et le produit qui persistait dans son organisme n'arrangeait rien, mais l'image qui s'imposa à elle l'horrifia. Les Hybrides avaient reçu des noms après leur libération. Seul un Hybride encore emprisonné porterait un matricule. *Ce qui signifierait… oh mon Dieu!*

— 927 n'a jamais été libéré, pas vrai ? Il appartient toujours à Mercantile ? Vous travaillez pour eux, c'est ça ?

Le malfrat lui adressa un large sourire mais ne dit rien.

Tammy eut le pressentiment que ses craintes étaient fondées, ce qui lui donna envie de vomir. Un laboratoire avait été oublié. Elle avait lu dans les journaux il n'y avait pas si longtemps qu'on avait découvert d'autres Hybrides. Le docteur qui les employait devait être un salarié de Mercile, ce qui signifiait que ces hommes travaillaient pour cette horrible société aussi. Des expériences impitoyables sur des êtres humains avaient été conduites pendant des décennies, on leur avait fait subir des horreurs ; et voilà qu'ils l'avaient kidnappée.

— Vous ne vous en tirerez pas.

La voix de Tammy tremblait.

— Tu entends ça, Pete ? (Mike esquissa un grand sourire froid.) Salope, on ne s'est jamais fait prendre parce qu'on est les meilleurs.

Pete tourna la tête pour lui jeter un regard.

— Au lieu de nous lancer des menaces, tu devrais dire tes prières. Tu ferais mieux d'espérer plaire à 927. Il a tué deux autres femmes qu'on lui avait données pour qu'il les baise.

Ils comptaient la jeter à la merci de l'Hybride qui avait tordu ces barreaux. Le docteur pensait qu'il l'épargnerait parce qu'elle portait l'odeur de Vaillant. Tous les indices épouvantables se rassemblaient dans son esprit. Le docteur supposait qu'elle plairait à un autre Hybride parce que Vaillant l'avait trouvée à son goût. Elle ne croyait pas une seconde à cette théorie. Vaillant n'avait d'abord été attiré par elle que parce qu'elle ovulait. Ce n'était qu'après avoir passé du temps avec elle qu'il avait dit vouloir la garder. Ils étaient tombés amoureux mais, encore une fois, il avait été libéré de Mercile, avait appris que tous les humains n'étaient pas de sales types qui considéraient les Hybrides comme de simples animaux de laboratoire. Celui auprès de qui ils la conduisaient n'avait probablement jamais été traité avec bienveillance par aucun être humain. Elle dut fermer les yeux pour retenir ses larmes.

Elle devait mémoriser les faits si elle espérait survivre. Ils avaient dit qu'ils voulaient transporter dix Hybrides de plus et qu'ils venaient du Colorado, où devait se trouver le laboratoire clandestin. Elle se calma un peu et s'obligea à se concentrer sur ces informations.

Vaillant essaierait de la retrouver, il ne renoncerait pas, et ils finiraient bien par comprendre que ce connard d'avocat l'avait enlevée. Elle ne l'avait pas vu, alors il avait peut-être tenté de fuir l'État. Peut-être que la police l'arrêterait et lui ferait cracher où elle avait été emmenée. Elle s'accrocha à ce maigre espoir.

— Ne t'endors pas, lui ordonna Mike. On y est presque.

Elle ouvrit les yeux et le fusilla du regard.

— J'espère que vous rôtirez en enfer.

Il se pencha vers elle et lui montra le poing.

— Tu veux un avant-goût de l'enfer ?

— Arrête, intervint Pete à l'avant. Tu as entendu ce que nous a dit le docteur avant de partir. On ne doit lui faire aucun mal sauf en cas de nécessité absolue. Je parie qu'elle est morte de trouille et te provoque pour que tu la tues. Tu peux l'en blâmer ? (Il rit.) À sa place, je voudrais qu'on m'achève.

Mike laissa retomber sa main et se redressa.

— Ouais. Plutôt mourir que d'être à la merci d'un de ces animaux. Sales bêtes. Tu veux parier pour savoir s'il va la tuer ou non ? Vingt dollars qu'elle est foutue.

Le conducteur hésita.

— OK. Je relève le pari. Le docteur est super intelligent et il est certain que la bête voudra la baiser quand elle reniflera son odeur. On est arrivés.

— Super. (Mike adressa un sourire narquois à Tammy.) On a reçu l'ordre de te conduire directement à 927. Le docteur est déjà là, il nous attend.

La camionnette s'arrêta quelques minutes plus tard. Pete descendit et fit coulisser la porte latérale. Mike avança, le dos courbé, jusqu'à un placard sur le côté et l'ouvrit. Il en sortit une paire de menottes reliées à une chaîne d'environ deux mètres. Il fusilla Tammy du regard alors qu'il déverrouillait la cage et tirait la porte d'un coup sec.

— Tends les mains tout de suite.

— Va te faire foutre.

Elle serra les bras sur sa taille, refusant de lui donner ses poignets.

Mike lui lança un regard mauvais.

— Obtempère sinon je te promets que tu vas en baver.

Elle hésita, consciente qu'il aurait des ennuis s'il la frappait, mais finit par tendre les poignets. Elle pouvait lutter mais elle perdrait. Quoi qu'elle fasse, ils la conduiraient là où ils l'avaient décidé, alors elle pouvait y aller de son plein gré ou y arriver en sang.

Mike lui entrava les poignets et lança la chaîne vers Pete, qui la rattrapa et l'enroula à son poing. Mike prit soin de ne pas toucher Tammy pendant qu'il détachait la chaîne qui accrochait son collier à la cage.

— Avance, lui ordonna Pete.

Elle dut glisser sur les fesses jusqu'à la porte. Elle aspira l'air frais et descendit. Le collier pesait à sa gorge. Elle jeta un coup d'œil autour d'elle mais ne vit qu'un bâtiment industriel blanc d'un étage. Le parking était petit et la lumière éblouissante des lampadaires l'illuminait comme en plein jour. Elle ne distingua que des arbres, ce qui lui assura que cet endroit inconnu était isolé.

— Allons-y, salope.

Pete tira sur sa chaîne.

La porte métallique à deux battants était fermée par un digicode. Pete entra cinq chiffres, lui bloquant la vue de son corps. Un signal sonore retentit et les deux hommes la conduisirent à l'intérieur de la vaste salle bien éclairée qui semblait être une sorte d'ancien hall d'accueil.

Pas la peine d'être un génie pour comprendre que le bâtiment avait été abandonné en voyant les vitres cassées des fenêtres situées en hauteur sur les murs dans le fond, ou les couches de toiles d'araignée et de poussière qui couvraient quelques vieux bureaux qui avaient été laissés là. Elle chercha des indices sur l'entreprise à qui avait appartenu cet endroit mais aucun nom ni logo n'était peint sur les murs. Ils la conduisirent dans un couloir sombre percé de nombreuses ouvertures d'un noir d'encre et une odeur de moisissure lui agressa les narines. Ils l'encadraient, tenant les chaînes qui l'empêchaient de fuir.

Un grondement effrayant, bien que sourd, s'éleva de quelque part devant eux. Elle s'arrêta net, brûlant de se retourner pour se sauver. Les hommes tendirent ses chaînes, l'immobilisant.

Mike s'esclaffa.

— Elle a la pétoche.

— Comme toute personne dotée d'un cerveau. Tire sur sa chaîne pour qu'elle avance et je vous suis. Je suis sûr que le docteur en a marre d'attendre.

Les yeux de Tammy s'adaptèrent à la lumière vive quand ils entrèrent dans une autre vaste partie de l'entrepôt. Un sol et des murs de béton ainsi qu'un plafond situé à au moins quinze mètres de hauteur l'accueillirent. Un mur avait été rajouté pour séparer la salle en deux mais il n'atteignait pas le plafond, qu'elle apercevait de l'autre côté. Des néons de près de cinq mètres de long étaient suspendus par intervalles d'un bout de la salle à l'autre. Ils avaient tous été allumés et leur lumière crue lui blessait presque les yeux.

— Vous êtes enfin là, déclara l'homme plus âgé à lunettes, contournant le mur qui divisait la salle.

C'était l'homme que Tammy avait vu quand on l'avait sortie du coffre. Elle pouvait désormais mettre un visage sur son titre. Le docteur fit glisser ses yeux vert glacé sur Tammy, avant de les reposer sur les deux malfrats qui travaillaient pour lui.

— Il était temps. Il est réveillé, a été nourri et je lui ai donné deux kilos de viande supplémentaires pour m'assurer qu'il n'a pas faim. Il n'a pas tout mangé mais j'imagine qu'il est rassasié. J'ai veillé à ne le contrarier en aucune façon. Maintenant, nous allons voir s'il va s'accoupler avec elle.

— On doit la déshabiller avant de la jeter dans l'arène ? Ça pourrait attiser son envie de la baiser.

— Non. (Le docteur regarda Mike, les sourcils froncés.) Elle vivait avec l'un d'eux et je suppose que ses vêtements sont imprégnés de son odeur. Nous devons la conserver autant que possible dans l'espoir qu'il accepte la femme. Poussez-la juste dans la cage comme nous en avons discuté. Rejoignez-moi immédiatement après dans la salle de surveillance. Je ne veux pas qu'il la tue juste pour le plaisir d'horrifier la galerie.

— S'il vous plaît, implora désespérément Tammy. Ne faites pas ça.

Aucun des trois hommes ne lui prêta attention.

— C'est parti, dit Pete, tirant sur ses chaînes pour l'entraîner vers l'ouverture percée dans le mur. Tu ferais mieux d'espérer qu'il trouve ton odeur à son goût.

Mike gloussa.

— On ne va pas tarder à en avoir le cœur net.

Ils franchirent un passage voûté et Tammy freina des quatre fers, s'arrêtant. Une grande cage avait été placée contre les murs en béton, dans l'angle du fond. D'épais barreaux en garnissaient chacun des quatre côtés ainsi que le plafond. Une dalle métallique recouvrait le béton du sol.

Un petit lit, juste un cadre et un matelas, occupait la cellule et des W.-C. avaient été installés dans un coin. Ce ne fut pas ce qui retint l'attention de Tammy. La seule vue de l'homme à l'intérieur lui remplit le cœur de terreur. Il était costaud, avait des cheveux noirs hirsutes qui lui retombaient jusqu'au milieu de son dos nu et il portait un pantalon blanc cassé avec d'épaisses coutures sur les côtés.

Taille basse et de coupe ample, il s'arrêtait juste au-dessous du genou, révélant des mollets musclés et de grands pieds écartés d'une trentaine de centimètres. Il se tourna de tout son corps pour gronder dans leur direction, dévoilant des dents pointues, un nez aplati et les pommettes larges et saillantes qui semblaient caractériser les Hybrides.

Pete tira violemment sur la chaîne reliée à ses poignets, la faisant trébucher. Tammy gémit. Elle fut incapable de détourner les yeux alors que le colosse se rapprochait des barreaux avec fureur. Il les empoigna et Tammy jeta un coup d'œil à ses bras et à son torse musclés, avant qu'il se mette à renifler bruyamment. Des yeux sombres, presque noirs, croisèrent les siens.

— On t'a apporté une amie, s'esclaffa Mike.

— Sois gentil, railla Pete. Tu pourrais l'apprécier. Elle aime vachement passer du temps avec les bêtes. Elle couche avec l'un des vôtres. On l'a attrapée spécialement pour toi, 927.

Ils s'arrêtèrent devant la porte de la cage, à environ deux mètres de l'Hybride enragé qui recommença à renifler bruyamment. Le poids autour de son cou se volatilisa quand le collier disparut, et elle remarqua à peine qu'on lui ôtait les menottes des poignets. Toujours terrifiée, elle n'avait d'yeux que pour l'Hybride. Ils comptaient la pousser dans sa cage.

Il était presque aussi grand que Vaillant. Il mesurait peut-être quatre ou cinq centimètres de moins, un mètre quatre-vingt-quinze environ. Ses épaules, son large torse et ses bras musclés étaient à peu près de la même taille que ceux de Vaillant. C'était son visage qui la terrorisait le plus.

Un grondement sourd et menaçant s'éleva du plus profond de sa gorge alors qu'il montrait ses dents pointues. Comme Vaillant, celui-ci avait des traits animaux plus prononcés que la plupart des Hybrides. Ce qui expliquait probablement qu'il paraisse si effrayant alors qu'il grognait dans sa direction, dévoilant des dents qui semblaient pouvoir la déchiqueter sans effort. La peur crépita le long de la colonne vertébrale de Tammy comme si elle avait été frappée par la foudre.

Tammy prit conscience d'une chose lorsqu'une main la poussa dans la cage. Une épaisse cloison en verre se dressait entre l'homme qui grondait en regardant ses deux ravisseurs et la porte qu'ils venaient juste d'ouvrir. L'homme derrière le verre s'élança soudain et heurta la barrière transparente de plein fouet. Un énorme craquement retentit et une partie du verre se fissura, dessinant comme une toile d'araignée.

— Putain de bordel de merde, cracha Mike. Dépêche-toi. Ça ne va pas tenir longtemps. Il est vraiment agressif aujourd'hui.

Pete poussa violemment Tammy, la déséquilibrant, et elle s'avança en trébuchant dans la cage mais réussit à ne pas tomber la tête la première sur la dalle métallique. Lorsque la porte se referma en claquant derrière elle, elle se retourna, se jeta contre les barreaux qui la retenaient désormais à l'intérieur. Elle les secoua de toutes ses forces mais la porte ne bougea pas. Elle fixa Mike et Pete du regard, les implora en silence. Ils refusèrent même de regarder de son côté alors qu'ils disparaissaient dans l'autre partie de l'entrepôt d'un pas précipité, comme s'ils ne pouvaient pas fuir assez vite. Elle sentit un frisson lui glisser dans le dos.

Elle savait pourquoi. Sa respiration s'accéléra et elle serra si fort le métal froid qu'elle sut que ses doigts blanchissaient. *Tu ne peux pas sortir. Tu vas devoir lui faire face. Peut-être que tu pourras lui faire entendre raison.* Elle prit une profonde inspiration et expira par la bouche. *Tu n'as pas le choix. Parle. Tu n'as rien à perdre.*

Tammy lâcha les barreaux avec lenteur et se retourna, l'effroi lui soulevant un peu le cœur. À moins de deux mètres d'elle, les yeux les plus terrifiants qu'elle avait jamais vus l'observaient de l'autre côté de la cloison. Il plissa ses yeux presque noirs et grogna. Elle recula en s'éloignant de la porte, se collant contre les barreaux aussi loin de lui qu'elle le pouvait dans cet espace réduit.

Il leva les mains et les regarda. Elle suivit son regard, et le regretta aussitôt. Ses mains se terminaient par des ongles épais qui ressemblaient à ceux de Vaillant sauf qu'ils n'avaient pas été coupés. On aurait dit des griffes courtes mais redoutables et il s'en servit pour gratter l'endroit où le verre s'était fissuré. Un morceau se détacha, et Tammy comprit qu'il pouvait la rejoindre. Un hurlement monta en elle mais resta coincé dans sa gorge. Il griffa encore la cloison. D'autres éclats de verre tombèrent sur le sol dans un abominable bruit métallique.

— S'il vous plaît, le supplia Tammy doucement. Ne me faites pas de mal. J'ai été kidnappée et conduite ici contre mon gré. Je ne suis pas votre ennemie. Je ne travaille pas pour Mercile Industries.

L'Hybride cessa d'observer ses mains pour la scruter. Elle ne vit que de la froideur dans ses yeux quand leurs regards se croisèrent. Il éloigna les mains du verre, recula, et Tammy espéra que ses mots avaient fait mouche.

Il s'élança soudain, se tourna à la dernière seconde et heurta la cloison de l'épaule. Une plus grande partie du verre se lézarda. Tammy gémit et glissa le long des barreaux sur près d'un mètre, jusqu'au coin de la cage. Elle ne pouvait pas s'échapper. Il allait briser le verre qui les séparait.

Ses genoux semblèrent se liquéfier et elle se laissa tomber sur les fesses sur le sol froid et inhospitalier. Elle remonta les genoux comme pour se protéger et enroula les bras autour d'eux, recroquevillée. Il la suivit au bord de la cage. Il gronda encore.

— Écoutez-moi. S'il vous plaît. J'en sais beaucoup sur les gens comme vous. Savez-vous que la plupart d'entre eux sont libres maintenant ? La police a fait une descente dans le laboratoire où ils étaient enfermés et ils ne sont plus prisonniers. Ils vivent à l'extérieur, pas de barreaux, pas de cages.

Elle prit une inspiration, consciente de débiter des inepties, mais elle était contente de parvenir à parler. Elle poursuivit.

— Ils se sont donné le nom d'Hybrides. Ils sont vraiment libres et s'ils savaient où vous étiez ils viendraient vous sauver. Vous me comprenez ?

L'homme plissa encore plus les yeux et cessa de grogner, mais continua de la fusiller du regard. Elle espérait qu'il ne briserait pas le verre pour la tuer en un clin d'œil. Son bavardage semblait au moins lui avoir fait oublier de démolir la cloison de verre.

— Je vis avec l'un des vôtres. Il n'arrête pas de me répéter que je lui appartiens. Ça avait tendance à m'énerver jusqu'à ce qu'il me dise qu'il n'avait jamais rien possédé, n'avait jamais été autorisé à s'attacher à quoi que ce soit, parce qu'on s'en servait contre lui. Il s'est baptisé Vaillant. Il est en partie lion. Il a les yeux dorés les plus incroyables. Il m'aime et je l'aime. On habite à la Réserve. C'est une vaste étendue de bois et de prairies. C'est là où les vôtres vivent et œuvrent ensemble pour améliorer leurs vies. La Réserve leur appartient et est sous leur contrôle.

L'homme grogna dans sa direction, se crispa. Elle vit ses muscles se contracter et il posa les mains contre le verre. Il commença à pousser. Le verre gémit et elle entendit un craquement. Il se casserait bientôt. Un peu plus d'un mètre seulement la séparait de la cloison. Elle ravala ses larmes.

— La première fois que j'ai rencontré Vaillant, il m'a terrifiée. Il a grogné comme vous le faites maintenant. Je n'avais jamais rien vu de semblable à lui avant. J'ai cru qu'il me tuerait, mais non. Je m'étais trompée de destination et m'étais retrouvée chez lui par accident. Il m'a foutu une peur bleue mais il était aussi le plus bel homme que j'avais jamais vu. Il a des yeux incroyables et une crinière rousse parsemée de mèches blondes. (Sa voix se brisa et elle cligna des yeux pour retenir d'autres larmes.) Il est un peu plus costaud que vous. Plus grand. C'est une autre des raisons pour lesquelles il m'a effrayée. Il m'a soulevée dans ses bras, m'a portée dans sa maison et on a commencé à discuter.

Le verre se lézarda davantage, l'Hybride poussant toujours. Tammy arracha soudain son regard du sien pour le poser sur la cloison qui se dressait entre eux. De grosses fissures au tracé irrégulier s'étaient répandues vers le haut et vers le bas. Il ne lui restait plus beaucoup de temps avant qu'elle cède.

— Vaillant m'a dit que je faisais partie de la famille, maintenant que je suis avec lui. Ils disent qu'ils forment une grande famille car aucun d'eux n'a de parents. Ça signifie que je fais partie de votre famille à vous aussi. Vaillant… (Sa voix se brisa sous le coup de l'émotion et des larmes chaudes lui roulèrent sur les joues.) Il m'aime et il doit se faire un sang d'encre pour moi. Il ignore où je suis. J'ai été kidnappée à la Réserve. Il va me chercher et il ne renoncera jamais. S'il vous plaît, ne me tuez pas.

L'homme recula pour examiner le verre. Tammy cessa de parler pour l'observer. Elle se recroquevilla encore plus dans son coin, s'efforçant de paraître aussi petite que possible. Elle savait qu'il inspectait le verre, cherchant les endroits où il était le plus fragile. Son bavardage semblait être resté sans effet et rien de ce qu'elle avait dit ne lui avait donné envie d'arrêter d'essayer de casser la cloison pour lui tomber dessus.

Il se déplaça soudain, recula d'un peu plus d'un mètre, l'attention rivée sur une zone fissurée. Elle retint son souffle lorsqu'il s'immobilisa mais poussa un petit cri quand il s'élança. Il tourna son corps massif à la dernière seconde avant de se jeter de tout son poids contre la cloison et, à sa grande horreur, elle céda. Il la traversa à toute vitesse et heurta de plein fouet les barreaux à moins d'un mètre du coin où elle était blottie. La partie de la cloison qu'il avait défoncée s'effondra bruyamment au sol, la manquant tout juste.

Tammy leva la tête en gémissant quand il se redressa de toute sa hauteur. Il roula l'épaule qui avait percuté le verre et les barreaux. Quelques égratignures étaient visibles sur sa peau, mais la cloison s'était brisée en gros morceaux, c'était manifestement une sorte de verre de sécurité. Il se tourna vers elle, les yeux lançant des éclairs, et grogna. Il esquissa un pas et un autre jusqu'à ce que seuls quelques centimètres la séparent de ses jambes.

— S'il vous plaît, l'implora-t-elle doucement. Ne faites pas ça. Je vous dis la vérité.

Il s'accroupit en écartant les cuisses, la coinçant entre elles, mais il ne la toucha pas pendant qu'il la reniflait. Tammy plongea le regard dans ses yeux sombres et terrifiants, espérant qu'il aurait plus de mal à la tuer s'il la regardait dans les yeux. Elle vit une émotion vaciller dans leurs profondeurs ténébreuses. Il tendit les mains vers elle, empoigna son tee-shirt entre ses seins et la hissa violemment en se relevant brusquement.

Tammy entendit le tissu se déchirer quand il l'obligea à se mettre debout. Elle gémit encore. Il la tenait par son tee-shirt et s'en servit pour la plaquer contre les barreaux derrière elle. Elle leva les yeux vers son visage et serra les genoux pour s'empêcher de tomber. Elle tremblait comme une feuille quand il se pencha pour rapprocher son visage du sien.

Ses yeux noirs plissés jusqu'à n'être plus que des fentes, il continua à la renifler. Il pinça les lèvres en une ligne sévère quand il s'arrêta. Un grognement sourd sortit de sa bouche, bien trop près de la sienne. Il se rapprocha encore, jusqu'à ce que sa peau chaude lui touche les bras, qu'elle serrait sur son ventre, et il baissa davantage la tête. Il lui renifla les cheveux, y passa le nez, et il appuya le menton contre sa joue.

Fermant les yeux, Tammy détourna la tête même si elle sentait son souffle chaud lui caresser le cou alors qu'il continuait à analyser son odeur. *S'il vous plaît, ne m'arrachez pas la gorge avec vos dents pointues.* Elle ne put pas prononcer ces mots, trop terrifiée pour parler alors qu'il avait les mains sur elle et qu'il l'écrasait presque contre le métal froid. Il ne la toucha jamais de ses dents pointues.

Le corps de l'Hybride contre le sien se crispa. Le cœur de Tammy tambourinait si fort que c'en était douloureux. Il s'écarta, son torse cessa d'appuyer contre sa poitrine et elle respira mieux. Elle dut rassembler tout son courage pour lever de nouveau les yeux vers lui quand elle ramena la tête devant elle. Il plongea un regard furieux dans ses yeux effrayés.

Il recula et lâcha son tee-shirt.

— Reste.

Il lança ce mot d'un ton hargneux.

Tammy n'osa pas bouger. Il l'observa avec intensité avant de baisser les yeux pour examiner son corps. Tammy fut choquée quand il s'agenouilla brusquement devant elle, lui empoigna les hanches et enfouit le visage contre sa peau entre les seins, à l'endroit où il avait déchiré son tee-shirt. Elle prit une inspiration mais parvint à ne pas hurler, craignant trop de lui faire péter un plomb. Une langue chaude lui lécha soudain le côté d'un sein et il gronda férocement.

Elle cessa de respirer, mais il retira sa langue. Elle aspira un peu d'air quand il la renifla, puis il éloigna sa tête. Il lui lâcha la hanche d'une main, saisit le bas de son tee-shirt, qu'il remonta d'un coup sec pour découvrir son ventre. Il y appuya le nez mais ne lui fit pas mal. Humant profondément son odeur, il frotta son visage contre sa peau en descendant vers son pantalon. Il s'arrêta au niveau de sa ceinture.

Je ne suis pas morte. Il ne m'a pas tuée. Ça doit être une bonne chose, pas vrai ? Elle essaya de penser à un truc à dire mais décida que le moment était bien choisi pour ne pas desserrer les lèvres. Enfin, jusqu'à ce que le type s'accroupisse et fourre soudain le visage dans son entrejambe.

— Arrêtez !

Elle tendit les mains vers lui sans réfléchir, attrapa ses larges épaules et le poussa. Il ne bougea pas d'un centimètre, trop costaud pour elle.

Relevant vivement la tête, la bouche entrouverte pour montrer ses dents pointues, il gronda férocement. Elle éloigna aussitôt les mains comme s'il l'avait brûlée, transpercée de terreur par le regard assassin qu'il lui jeta, et il rebaissa la tête. Il enfouit de nouveau le visage dans son entrejambe et le frotta contre son sexe, la reniflant à cet endroit, comme s'il était vraiment un chien. Il recula brusquement, leva les yeux vers elle et lâcha son tee-shirt en se mettant debout.

Tammy réprima un hurlement quand il la fit tourner, lui plaqua le visage contre les barreaux et commença à la renifler du haut des épaules au bas du dos. Il écarta son tee-shirt de son passage en le lui remontant. Elle fixa du regard le béton à quelques centimètres de son nez à l'endroit où la cage avait été poussée contre le mur de l'entrepôt. Il grogna plusieurs fois pendant qu'il descendait, l'immobilisant des mains, et s'accroupit même derrière elle pour lui renifler l'arrière des cuisses. Au moins il n'enfouit pas le visage contre ses fesses. Elle tenta de se réconforter à l'idée d'avoir échappé à ça.

Il la retourna et l'observa d'une façon qui ne dévoilait pas le mystère de ses pensées et de ses émotions, mais il ne semblait plus furieux. Son regard sombre ne paraissait plus aussi froid ni effrayant. Il referma soudain la main sur le haut de son bras, mais son étreinte n'était pas douloureuse. C'était comme s'il s'efforçait de ne pas la meurtrir avec ses gros doigts.

— Viens.

Sa voix était bourrue, grave, mais ce n'était pas un grognement ni un grondement.

Il recula, la tirant pour qu'elle le suive. Elle avança sur des jambes flageolantes, ignorant ce qui l'attendait. Il recula encore, la traînant sur quelques dizaines de centimètres de plus, et tourna la tête pour regarder la brèche qu'il avait percée dans la cloison. Il s'y faufila avec lenteur, veillant à ce que sa peau ne touche pas les bords irréguliers, et ne lui laissa d'autre choix que de la franchir aussi. Elle l'imita docilement, trop reconnaissante qu'il ne la tue pas, jusqu'à ce qu'elle comprenne où il l'avait conduite.

La peur la poussa à tenter de s'arracher à son étreinte quand elle aperçut le lit de camp tout proche.

— Non.

Il plissa ses yeux sombres d'un air menaçant.

— Couche-toi maintenant.

— J'appartiens à Vaillant. (Elle ne put retenir le flot de larmes qui l'aveuglèrent jusqu'à ce qu'elle cligne des yeux pour les chasser.) S'il vous plaît, ne faites pas ça.

Il contracta la bouche, mais ce fut le seul signe d'émotion sur son visage.

— Repose-toi. Je ne te monterai pas.

Chapitre 13

La panique et la peur de Tammy s'apaisèrent en partie quand elle décida que l'Hybride ne lui mentirait probablement pas. Il était assez costaud pour parvenir à ses fins s'il voulait la violer. Il aurait déjà pu la tuer. Le fait qu'elle respirait encore devait être le signe qu'il n'était pas aussi mauvais que le croyaient ses ravisseurs ou qu'il avait senti l'odeur de Vaillant sur elle et que cela comptait pour lui. Elle le laissa la guider jusqu'au lit et s'assit sur le bord avec circonspection.

L'Hybride s'accroupit devant elle, les genoux grands ouverts, enserrant les jambes de Tammy. Il semblait aimer la coincer ainsi, remarqua-t-elle, n'appréciant pas sa tendance à envahir son espace personnel. Il était trop proche à son goût.

Il fouilla ses yeux du regard.

— Combien ?

— Je ne comprends pas.

— Combien d'Hybrides ont été libérés ?

— J'ignore le nombre exact, mais des centaines.

Il respira profondément plusieurs fois, ce qui ne suffit pas à l'apaiser.

— Combien de centaines ?

Tammy hésita.

— Je ne sais pas. Les Hybrides ne souhaitent pas vraiment que cette information soit portée à la connaissance du public, euh, des humains. Je dirais qu'ils sont au moins trois cents à vivre à la Réserve. Il y a aussi Homeland, une ancienne base militaire qu'on leur a donnée et qu'ils ont transformée en un vaste territoire habité par d'autres Hybrides. Ils doivent être plusieurs centaines là-bas aussi. Probablement plus.

— Dis-moi des nombres que tu connais.

— Je ne comprends pas. Je viens juste de dire que je ne connais pas le nombre total d'Hybrides.

Il grogna tout bas. Il se montra du doigt.

— 927. Quels sont les nombres que tu connais ? Quel est l'ancien nombre de Vaillant ?

Elle comprit.

— Je n'en connais aucun. Ils n'utilisent plus jamais les matricules qui leur ont été attribués dans les laboratoires. Ils se sont tous choisi des noms quand ils ont été libérés. Je n'ai jamais voulu demander à Vaillant quel était le sien quand il était encore emprisonné. J'avais peur de l'attrister en évoquant sa vie d'avant.

Il cligna des yeux.

— Ils ont choisi leurs propres noms ?

Elle hocha la tête.

— Oui. La plupart des vôtres ont des noms comme Justice et Brise. (Elle s'interrompit avant d'énumérer ceux qu'elle avait entendus.) Tigre. Flamme. Cuivre. Cavalier. Joyeux. (Elle s'interrompit.) On m'a expliqué que leurs noms correspondaient à quelque chose qu'ils aimaient ou qui avait une valeur pour eux. (Elle le regarda dans les yeux.) Ils seraient venus vous sauver s'ils avaient su. (Elle chuchota.) Ils ne sont pas au courant pour le laboratoire dans le Colorado. Ils croient les avoir tous trouvés et avoir libéré tout le monde.

L'Hybride se leva soudain et se détourna d'elle. Tammy tressaillit quand il gronda bruyamment et commença à arpenter la cellule. Elle recula précipitamment, s'adossant aux barreaux de la cage. Elle remonta les genoux contre sa poitrine et enroula les bras autour, l'observant en silence. Il semblait agité et très en colère. Elle avait répondu à ses questions mais regrettait ses dernières phrases. Peut-être qu'il était furieux que d'autres aient été sauvés et pas lui.

— Vaillant n'arrêtera jamais de me chercher. Ça signifie qu'il va nous trouver. Tous les deux. Ils vont vous libérer. (Elle parla doucement, espérant que sa voix ne porterait pas jusqu'à l'endroit où le docteur et ses deux malfrats étaient partis.) Nous nous aimons vraiment et il n'abandonnera pas.

L'Hybride cessa de faire les cent pas pour la dévisager. Il s'approcha avec lenteur et s'accroupit près du lit.

— Les techniciens vont te faire sortir de la cage si je ne te monte pas bientôt.

Il chuchota.

Tammy secoua la tête frénétiquement, effrayée, sachant exactement ce que ça signifiait. Une partie de jambes en l'air.

— Non.

— Je vais te renifler, ça nous fera gagner du temps.

— Comment ça ?

Il empoigna soudain Tammy par le mollet, tira fort et lui attrapa le bras de l'autre main, la tournant pour la plaquer sur le lit. Elle eut le souffle coupé, mais plus de cent kilos d'Hybride musclé la clouèrent sur place quand il se laissa tomber sur elle.

Tammy leva les yeux vers lui et gémit ; elle s'était imaginé être en sécurité, avait été certaine qu'il ne s'en prendrait pas à elle après leur conversation. L'Hybride avait le visage à quelques centimètres du sien et avait une expression sévère. Il l'enfouit contre son cou.

— Détends-toi. Je ne te ferai aucun mal, souffla-t-il contre son oreille. Ils écoutent toujours. À cette distance et aussi doucement, ils ne peuvent pas entendre. Je ne vais pas te monter mais je dois leur faire croire que tu m'intéresses. Ils vont venir te chercher sinon et ils pourraient te tuer s'ils pensent que l'expérience est un échec. Tu comprends ?

— Oui, parvint-elle à murmurer, luttant contre ses peurs, obligeant ses muscles tendus à se détendre. Ils ont mis des micros pour écouter ce qu'on dit ?

Elle parla aussi bas que lui.

— Ils nous observent avec des caméras aussi, mais ne les cherche pas des yeux. Ils se poseraient des questions.

Il se déplaça, la colla plus étroitement, la recouvrant entièrement de son corps. L'Hybride veilla à ne pas l'écraser. Tammy éprouva une peur à l'état brut, consciente d'être minuscule et sans défense, n'ayant d'autre choix que de lui faire confiance. L'homme était costaud et avait une odeur forte de savon et de sueur. Ce n'était pas désagréable, juste étranger. Elle s'était habituée à celle de Vaillant. Elle posa les mains sur son torse. Il avait la peau aussi chaude que celle de Vaillant, presque comme s'il avait la fièvre, mais ils avaient juste une température corporelle plus élevée que les humains. Elle résista à l'envie d'essayer de le repousser, sachant déjà que ce serait un vain effort.

Il enfouit de nouveau le visage dans son cou, renifla très fort, probablement pour les micros, avant de reprendre la parole à voix basse.

— Vaillant va vraiment te chercher jusqu'à ce qu'il te retrouve ?

— Oui. (Tammy n'en doutait pas une seconde.) Comme eux tous. Les Hybrides, je veux dire.

Un grognement sourd s'échappa de la bouche de l'Hybride.

— Je vais faire de mon mieux pour que tu restes ici. Ils te tueront s'ils croient que je ne te monterai pas comme ils le souhaitent. Tu n'aurais aucune valeur pour eux sinon. Ils me ramèneraient à l'endroit d'où je viens et considéreraient l'expérience consistant à m'accoupler à une humaine comme un échec.

Tammy ferma les yeux et réprima d'autres larmes. L'homme laissa retomber son visage contre son cou et ondula des hanches pour se placer entre ses cuisses. La peur et l'épuisement mental finirent par rattraper Tammy. Elle avait envie de pleurer et de se lamenter sur son sort ; elle s'agrippa à lui pour trouver un peu de réconfort.

— Reste allongée avec moi et repose-toi. Tu ne risques rien avec moi, petite aux jolis yeux.

— Je m'appelle Tammy.

Il huma la peau de son cou.

— C'est agréable de sentir l'odeur d'un des miens sur toi.

— Ils ne vous laissent pas voir d'autres Hybrides ?

— Non.

Il était seul. Elle enroula les bras à son cou. Il ne protesta pas. Elle était totalement coincée sous son grand corps mais elle ne se sentait pas menacée.

Au plus profond d'elle, elle comprenait une chose. Il était seul et avait besoin de la serrer dans ses bras, lui aussi ; il avait probablement autant soif qu'elle de ce réconfort. Elle ferma les yeux et se détendit. Ses pensées se tournèrent aussitôt vers Vaillant. Il la retrouverait. Il le fallait. Un bâillement la surprit et toute l'adrénaline de son corps commença à se dissiper.

Tigre foudroya Charlie Artzola du regard. L'humain avait été retrouvé ligoté dans sa voiture près de la Réserve. Il avait nié avoir volontairement enlevé Tammy, mais Tigre n'était pas dupe. Ou cet homme ignorait qu'ils avaient un odorat fin, ou bien il les prenait vraiment pour des imbéciles.

— Je vous l'ai dit. J'étais dans mon bureau quand, soudain, cet homme est entré. Il a braqué un pistolet sur moi jusqu'à ce que Mlle Shasta et son garde du corps arrivent. Je n'ai pas eu le temps de les avertir qu'il avait déjà tué celui-ci. J'étais horrifié. Il m'a obligé à sortir avec elle et m'a expliqué que si je ne les conduisais pas hors de la Réserve, il ferait sauter la cervelle de Mlle Shasta. J'essayais de lui sauver la vie quand il l'a poussée dans le coffre, s'y est glissé avec elle et m'a demandé de le refermer. Je savais qu'il la tuerait si je prévenais les agents au poste de contrôle. Je craignais pour la vie de Mlle Shasta, alors j'ai obtempéré.

Tigre grogna et esquissa deux pas menaçants vers l'avocat. Il ne chercha même pas l'autorisation de Justice du regard. Il le gifla violemment du revers de la main.

— Tu mens, dit-il avec hargne. On a reniflé ton bureau et suivi votre piste jusqu'à ta voiture. On a reniflé ta voiture aussi. Elle était seule dans le coffre. Il n'y avait pas d'autre humain. Tu l'as enlevée et tu vas nous dire où tu la retiens. Où l'as-tu emmenée ?

L'humain poussa un gémissement de douleur et lécha sa lèvre sanglante, qui s'était ouverte près de la commissure de la bouche. Une empreinte rouge ornait sa peau pâle. Charlie Artzola riva son regard écarquillé sur Justice.

— Vous savez que je ne vous mentirais jamais. J'ai travaillé pour vous pendant près d'un an. Vous me faites confiance, et tout ce que j'ai dit est vrai. C'est ce qui s'est passé. Je n'ai pas eu le choix. Le type au pistolet m'a indiqué où le conduire et c'est ce que j'ai fait. Peut-être qu'il portait un truc pour masquer son odeur. Il était en tenue militaire, avec un calot sur la tête. C'est probablement pour cette raison que vous ne l'avez pas senti. Un autre homme attendait à la destination qu'il m'avait donnée et il a braqué un pistolet sur moi, m'a ordonné d'ouvrir le coffre, et son ami en est sorti. Ils ont pris Mlle Shasta, m'ont ligoté et sont partis en voiture avec elle. Je suis resté assis là impuissant jusqu'à ce que vos hommes me trouvent. Je le jure, Justice. Je suis autant une victime que cette femme.

Avec lenteur, Justice leva la main et desserra sa cravate. Ses traits étaient calmes. Il la fit brusquement passer par-dessus sa tête et s'attaqua aux boutons de sa veste, les dégageant un à un. Il l'ôta et déboutonna sa chemise blanche. Il l'enleva et se retrouva torse nu. Il tendit ensuite la main vers sa ceinture alors qu'il s'extirpait de ses mocassins en s'aidant des pieds.

— Que faites-vous ? (La voix de l'avocat tremblait de peur.) Justice ? Pourquoi vous déshabillez-vous ?

Justice releva vivement les yeux et foudroya Charlie Artzola du regard.

— C'est un costume à deux mille dollars. Je ne veux pas le maculer de ton sang. Mes agents t'ont retrouvé parce qu'on installe des traceurs GPS sur les véhicules de nos employés, mais malheureusement, on ne peut pas connaître vos trajets sans les activer. On ignore où tu l'as conduite parce que tu t'étais déjà garé quand on a compris qu'elle avait été enlevée. Tu le savais cela dit, puisque c'est toi qui as rédigé la clause qui nous autorise à équiper les véhicules de tous nos employés humains de ces appareils, tout comme tu savais qu'on retrouverait ta voiture. Tu aurais mieux fait de disparaître. Mais tu as misé sur la confiance que j'avais en toi et sur ton aptitude à mentir pour te protéger de notre fureur.

— Je suis désolé que vous ayez perdu l'un de vos hommes, mais ce n'est pas moi. C'est la faute de ce type qui m'a obligé à le conduire avec Mlle Shasta hors de la Réserve. Je ne me suis pas attaché moi-même, quand même ! Vous voyez, c'est la preuve que je ne mens pas.

Justice plia son pantalon, ne portant plus à présent qu'un boxer noir. Il se retourna et tendit tous ses vêtements pliés à l'un des Hybrides postés à la porte.

— Mets ça dans une autre pièce, s'il te plaît. Le sang, ça éclabousse.

— Nom de Dieu, gémit Charlie Artzola. Que faites-vous ? C'est moi, Justice. Je suis votre ami. Vous savez que je ne trahirais jamais votre peuple. Jamais. Je sais que nous sommes tous bouleversés par l'enlèvement de Mlle Shasta, mais je ne l'ai conduite hors de la Réserve que pour lui éviter de se prendre une balle dans le crâne.

Justice se retourna en grognant.

— Les amis ne kidnappent pas l'une de nos femelles pour la livrer à l'ennemi.

— Elle n'est pas hybride. C'est une humaine. Je n'aurais pas fait ça à votre peuple et encore moins au mien.

— Elle est des nôtres malgré son sang. Parle, Charlie. Parle maintenant ou je vais t'y obliger. Personne à part les Hybrides ne sait que tu es entre nos mains. Ce n'est pas la place qui manque dans notre Réserve pour nous débarrasser de ton corps quand on en aura fini. Tu vas nous dire où la trouver si tu veux vivre. (Justice se rapprocha à pas de loup et grogna en lui montrant les dents.) On a appris la torture pour l'avoir subie. Je suis un prototype expérimental, Charlie. Ils m'ont fait vraiment très mal et il existe des milliers de façons de t'arracher des hurlements et de faire couler ton sang sans te tuer. Tu souffriras.

— Justice, je le jure. Il y avait un autre homme et il…

— Tu n'as pas tué mon agent, lança Justice d'une voix rageuse. Il a survécu. Ton complice, et tu en as au moins un puisqu'il a bien fallu qu'on t'attache, ou est un imbécile, ou bien il t'a condamné. C'est lui qui t'a donné le produit que tu as injecté à Flamme ? C'était un sédatif très puissant mais pas suffisamment pour provoquer un arrêt cardiaque. Il va bientôt se réveiller et sera en mesure de nous dire exactement ce qui s'est passé quand il a escorté Mlle Shasta dans ton bureau.

Vaillant se dégagea brusquement de l'étreinte de Cuivre ; il en avait vu plus qu'assez sur les écrans et voulait mettre l'humain en pièces pour lui arracher des réponses. Il avait dit à Justice qu'il lui laisserait une chance, conscient que sa fureur était trop énorme pour le moment, mais ça prenait trop de temps. Il s'élança vers la cellule d'attente.

La porte claqua. Vaillant gronda férocement en entrant dans la pièce comme un ouragan. Il riva son attention sur l'humain attaché sur une chaise dans un coin. Vaillant rejeta la tête en arrière et rugit face au ravisseur de Tammy.

— Bon Dieu ! hurla Charlie Artzola, dévisageant Vaillant.

— Ne le tue pas, lui ordonna Justice doucement. Il doit nous dire où il l'a conduite et à qui il l'a livrée. Il a un complice.

Vaillant grogna en montrant les dents, tremblant de tout son corps. Il serra les poings.

— Je comprends. Je vais contenir ma rage mais c'est difficile.

Justice s'éclaircit la voix.

— Je m'apprêtais à lui faire goûter la souffrance qu'on lui fera endurer pour lui faire cracher les informations qui nous intéressent.

— Accorde-moi ce plaisir, lâcha Vaillant avec hargne, ouvrant grand la bouche et bandant les muscles, le corps tendu tant il brûlait de lui arracher la vérité à grand renfort de coups.

Il voulait faire couler son sang.

— Il va tout nous dire.

— Nom de Dieu, gémit l'avocat.

Il mouilla son pantalon et une flaque d'urine se forma sur la chaise avant de lui dégouliner le long des jambes. L'avocat dirigea son regard terrifié sur Justice.

— Ne le laissez pas approcher. Elle a dit qu'il m'arracherait les tripes et me les ferait bouffer.

Justice arqua les sourcils quand il croisa le regard de Vaillant. Puis il se retourna soudain, tournant le dos à l'avocat, pour que seuls les Hybrides voient son large sourire.

— Comme ça elle t'a dit ce que Vaillant te ferait ? (Sa voix était un grognement.) Elle t'a averti de ce que te coûterait ta trahison. (Composant son visage, Justice fit de nouveau face au prisonnier.) Où est-elle ? Où l'as-tu emmenée ? À qui l'as-tu livrée ? Je veux des réponses, sinon Vaillant fera exactement ce qu'elle t'a prévenu qu'il te ferait. On le regardera faire sans lever le petit doigt. Tu vas endurer des souffrances indicibles et tu mettras des heures à mourir.

— C'est très douloureux, grogna Vaillant.

Il s'humecta les lèvres et montra ses dents pointues pour appuyer ses propos.

— La chair se déchiquette facilement.

L'avocat hocha frénétiquement la tête.

— Promettez-moi juste qu'il ne me touchera pas. Je veux vivre.

Justice hésita.

— Tu vivras si tu nous aides à la retrouver et qu'elle est toujours en vie.

— Il n'a pas prévu de la tuer, mais ce n'est pas ma faute si l'Hybride à qui il devait la donner la tue, balbutia précipitamment Charlie Artzola. Il voulait la mettre avec l'un des vôtres. L'homme pour qui je travaille est le docteur Adam Zenlelt. Il bossait pour Mercile Industries et est entré en contact avec moi après mon embauche à Homeland. Il m'a offert une grosse somme d'argent et j'en avais besoin. J'ai une ex-femme et une tonne de factures…

Dans un rugissement, Vaillant se rapprocha imperceptiblement et replia les doigts comme des griffes.

Justice lui jeta un coup d'œil avant de se tourner vers l'avocat.

— Il n'en a rien à foutre de tes raisons. Cesse de chercher à excuser ta trahison et dis-nous où est l'humaine et qui est cet humain qui l'a fait kidnapper.

— Je ne sais pas grand-chose sur lui. Il voulait Mlle Shasta parce que je lui ai dit que l'un de vous comptait épouser une humaine. Il me paie pour lui rapporter ce genre d'information. Il détient un Hybride et tente des expériences sur lui, mais c'est un fou qui n'arrête pas de tuer toutes les femmes qu'on jette dans sa cellule. Zenlelt aime se faire appeler « docteur ». Il a compris que deux Hybrides ne peuvent pas se reproduire ensemble et a prévu d'essayer d'en accoupler un à une humaine pour voir si elle peut tomber enceinte. Zenlelt s'est dit que si l'un de vous la baisait, son type se la taperait aussi. C'est pour cette raison qu'il la convoitait tant et m'a soudoyé pour que je la lui amène. Il va l'enfermer dans une cage avec cette chose pour voir si elle va la baiser ou la tuer comme les autres. Cet Hybride, c'est un vrai animal, Justice. Je l'ai aperçu une fois et il ne reste pas une once d'humanité en lui.

Vaillant s'élança. Justice se déplaça pour le retenir et le repoussa contre le mur. Il lutta mais il réussit à l'y clouer.

— On ne la retrouvera pas si tu le tues, lui lança-t-il avec hargne.

Vaillant ferma les yeux et acquiesça. Justice libéra le colosse. Il se retourna pour fusiller du regard l'humain à qui il avait eu le tort d'accorder sa confiance.

— Dis-nous tout ce que tu sais.

L'avocat hocha frénétiquement la tête.

— Bien sûr. Ils louent une maison et c'est là que je les ai rencontrés il y a quelques jours. L'Hybride était enfermé dans une cage, assommé par les médicaments, mais il n'était pas complètement endormi. Il m'a foutu une trouille bleue parce qu'il a des yeux noirs mornes et froids comme la pierre. Comme les tueurs en série. J'ai reçu l'ordre de la conduire dans cette maison, ce que j'ai fait. Zenlelt a deux types qui bossent pour lui et ils l'ont portée à l'intérieur. Ils ont un autre endroit, mais j'ignore son emplacement ainsi que celui du lieu où ils gardent l'Hybride. Je les ai juste entendus dire qu'ils attendraient qu'il fasse nuit pour préparer l'Hybride avant de la lui apporter. Ils l'appellent « 927 », et parfois « la bête ». (Charlie Artzola déglutit.) Zenlelt a dit que, de tous ses mâles, celui-ci avait le sperme le plus riche en spermatozoïdes. Je ne sais pas d'où vient l'Hybride ni où est installé Zenlelt normalement, mais il est venu ici pour trouver une femme ayant couché avec un Hybride.

— Où est cette maison ?

Justice se rapprocha un peu, les poings serrés.

Charlie Artzola hésita.

— Vous me promettez de ne pas me tuer ni de le laisser me faire du mal ? (Il posa brusquement les yeux sur Vaillant, adossé contre le mur où l'avait poussé Justice, avant de reporter son attention sur celui-ci.) Je veux que vous me juriez sur la vie des Hybrides que je sortirai d'ici vivant et en un morceau si je vous aide à la retrouver.

— Je ne romps pas ma promesse, grogna Justice. Je suis un mâle d'honneur. Je jure qu'on ne te tuera pas et que j'interdirai à Vaillant de te tomber dessus si elle est toujours en vie. Quant à sortir d'ici, je ne peux pas le promettre. Tu as trahi les miens, mais je suis prêt à te remettre à ta justice. Elle est bien plus clémente que la nôtre.

L'avocat leur donna l'adresse de la maison, mais hésita.

— Ils ont dû la déplacer à l'heure qu'il est. Le soleil se couchait quand vos hommes m'ont découvert.

— Avec quoi comptaient-ils la déplacer ? Tu as vu leur voiture ?

— C'était une grande camionnette blanche sans vitres. Elle ne portait aucune inscription et je n'ai pas regardé la plaque d'immatriculation. Vous n'avez pas envie de fourrer votre nez dans les affaires de ce genre de types. Les deux battants de la porte de derrière n'avaient pas de vitre non plus. C'est tout ce que je peux vous dire.

— Tu ne sais pas où ils comptaient l'emmener ?

L'homme hésita pendant une seconde de trop.

— Non. Je n'en ai aucune idée.

Vaillant grogna. Justice le fusilla du regard.

— Tu mens encore. Tu pues le déshonneur. Dis-moi où ils l'ont emmenée ou je le laisse t'étriper. (Il jeta un coup d'œil à l'agent près de la porte.) Tigre ? Tu as déniché un endroit où enterrer les restes de l'humain si on doit le tuer ?

Tigre esquissa un sourire froid.

— Bien sûr. Au beau milieu de la zone interdite. On ne le trouvera jamais.

— Je n'en ai vraiment aucune idée, sanglota presque l'avocat. Je sais juste que ce n'est pas loin de la maison. Hier, pendant que Zenlelt me donnait ses instructions, l'un de ses hommes est allé nourrir la bête. Il ne s'est absenté qu'une vingtaine de minutes. Je le jure, que Dieu m'en soit témoin, c'est tout ce que je sais.

Justice se détendit. Il se retourna et croisa le regard de Vaillant.

— Allons-y.

De l'autre côté de la porte, on tendit à Justice un jean et un tee-shirt. Il avait demandé à ce qu'on lui apporte des vêtements avant d'entrer dans la pièce. Il remercia d'un signe de tête en les acceptant et observa Vaillant.

— Eh bien, elle était vivante quand il l'a quittée. Elle est forte, Vaillant. Elle a si bien menacé cet humain qu'il a été terrifié à la seconde où tu as mis les pieds dans la pièce. (Justice sourit.) D'où elle a sorti ça, lui arracher les tripes ?

Vaillant haussa les épaules, trop inquiet et furieux pour être amusé.

— Je n'en sais rien, mais c'est ma Tammy. Elle est futée.

Sa voix se brisa.

Justice lui serra le bras.

— On va la trouver.

Tigre acquiesça.

— On va la ramener, Vaillant. Les SUV sont prêts. Allons-y.

Chapitre 14

Vaillant enfouit le visage dans le matelas du petit lit, humant profondément. Il grogna, réprima l'envie de rugir.

— Ma Tammy était là. Ils l'ont enchaînée et elle a eu très peur. Je distingue aussi une étrange senteur mêlée à sa sueur. Ils l'ont droguée. L'odeur est légère mais bien présente.

Tigre examina les entraves toujours attachées au cadre métallique à la tête et au pied du lit. Il ne vit pas de sang ni n'en sentit l'odeur.

— Nous la trouverons.

Justice acquiesça.

— On est venus à pied depuis les bois pour ne pas se faire repérer. Les chambres à l'étage sont actuellement utilisées. Leurs occupants vont revenir. Ils y ont laissé leurs affaires.

Tigre adressa un signe de tête aux cinq mâles à l'intérieur de la maison.

— On garde l'œil ouvert et on attend.

Vaillant se déplaça, grimpa sur le lit et enfonça de nouveau le nez dans le matelas. Le parfum de Tammy y persistait. L'odeur de sa terreur était plus forte à cet endroit. Il refusait de bouger de crainte que sa senteur se dissipe. Il devait la retrouver. Il sentit que Justice et Tigre l'observaient.

Justice soupira.

— Ça aide ?

— Un peu, reconnut Vaillant tout bas. Je ne veux plus vivre si on ne la retrouve pas.

Il tourna la tête pour les regarder fixement.

Tigre eut un mouvement de recul, ce que Vaillant comprit. Ils savaient tous que ça arrivait parfois aux Hybrides dans les laboratoires. Ils perdaient espoir et cessaient de manger. Laissaient leur corps mourir. Vaillant n'aurait jamais cru qu'il pourrait renoncer à la vie après sa libération. Il refusait néanmoins de regretter d'avoir rencontré sa Tammy.

— J'espère ne jamais tomber amoureux si perdre ma femelle m'ôte le goût de vivre, maugréa Tigre.

— Avec un peu de chance, le mâle auprès duquel elle a été conduite ne lui fera aucun mal, dit Justice. Il va sentir ton odeur sur elle, à moins qu'elle se soit douchée et ait changé de vêtements après ton départ.

Vaillant secoua la tête.

— Non. Elle s'était déjà habillée quand je l'ai quittée. Je l'ai serrée dans mes bras, elle est imprégnée de mon odeur. Il ne pourra pas la rater.

— Bien. (Justice reporta son attention sur Tigre.) Mercile retient encore d'autres Hybrides prisonniers. Nous devons les libérer, et nous y parviendrons si nous retrouvons Tammy.

Tigre brandit son téléphone portable.

— Je vais monter prévenir les autres. On va tenter de découvrir qui a acheté ou loué cette maison. Peut-être que le même nom ou les mêmes fonds ont été utilisés pour payer l'endroit où est retenue Tammy. Je doute que Zenlelt soit un vrai nom. Il a condamné Charlie Artzola. Il a l'habitude des Hybrides qui n'ont jamais goûté à la liberté. Je suis sûr qu'il a supposé que nous nous comporterions comme eux et le tuerions sur-le-champ. Il lui a donné l'arme qui a mis

Flamme KO et devait savoir qu'il survivrait. Je n'arrive pas à comprendre pourquoi il n'a pas descendu l'avocat d'une balle plutôt que de nous le rendre vivant.

Justice grogna.

— Mercile aime nous faire passer pour dangereux et instables aux yeux des humains pour justifier ce qu'ils nous ont fait. Ils ont dû supposer que nous tuerions ce salopard et qu'il y aurait des témoins humains. Ou alors ils nous prennent juste pour des imbéciles et ont choisi de courir le risque de le laisser en vie, histoire de garder une taupe en place si jamais on avalait tous les mensonges qu'il a tenté de nous servir. J'appréhende de découvrir l'ampleur de sa trahison et les informations qu'il leur a divulguées.

Tigre jeta un coup d'œil à Vaillant.

— Je suis désolé. On va la ramener.

Vaillant était incapable de parler. L'émotion l'étouffait. Justice se détourna pour chuchoter un truc à Tigre mais il l'entendit quand même.

— Il est si féroce. Le voir comme ça me brise le cœur. Laissons-le seul avec le parfum de sa compagne. Passe tes coups de fil et ordonne à nos agents de rester cachés. Avec un peu de chance, ils vont revenir ici. J'ignore quoi faire d'autre.

— Réveille-toi, grogna une voix à l'oreille de Tammy. Ils viennent nous nourrir. Reste sur le lit et n'approche pas des barreaux.

Tammy ouvrit brusquement les yeux. Elle croisa le regard de 927 alors qu'il s'écartait d'elle. Il se leva, se postant entre la porte de la cellule et elle. Tammy s'assit et remarqua, alarmée, que la cloison de verre cassée avait disparu mais que ses débris jonchaient encore la dalle métallique. *Comment ai-je pu continuer à dormir?*

Elle dirigea son attention vers le plafond de la salle quand un vrombissement retentit et elle vit qu'un tronçon de cinq centimètres avait été taillé dans les barreaux du haut de la cage, formant un interstice qui courait sur toute sa longueur à l'endroit où s'était trouvée la cloison. Elle entendit un bruit plus fort, la plainte stridente d'un moteur, et une espèce de grue souleva une nouvelle paroi de verre de l'autre côté de l'entrepôt.

Le souffle coupé, elle regarda la cloison être placée au-dessus de la cage, être alignée sur la fente et descendre lentement. Elle observa la scène, stupéfaite. À l'évidence, on pouvait retirer les cloisons par le haut, ce qui avait été le cas pour celle que l'Hybride avait cassée. Une nouvelle glissa jusqu'au sol, divisant la cellule.

L'Hybride qui lui tournait le dos se crispa et poussa un grognement grave. Tammy prit conscience qu'il le faisait pour la protéger. Ce qui semblait une grosse amélioration lorsqu'on songeait qu'elle avait été convaincue qu'il la tuerait quand on l'avait jetée dans la cage avec lui. Au lieu de quoi il l'avait tenue dans ses bras pendant qu'elle dormait et ne lui avait fait aucun mal. Un sentiment de gratitude envers lui et l'espoir que Vaillant et les Hybrides de la Réserve les retrouvent l'envahirent. Elle devait juste rester en vie.

— Tu ne l'as pas montée. (Pete s'approcha de la cage.) Pourquoi pas ? Tu aimes les hommes, 927 ? Le docteur a dit de la laisser avec toi et que ta nature finirait par te pousser à la baiser. Cette histoire d'odeur a dû fonctionner puisqu'elle t'intéresse. Je suppose que ça ne vous dérange pas de partager, hein ?

Mike ricana.

— Si tu la prends par-derrière, c'est comme enculer un homme.

— Tous les trous du cul se valent. Tu n'as qu'à fermer les yeux et imaginer que c'est Mike.

— Hé, ce n'est pas drôle. Ne lui fourre pas dans le crâne des fantasmes où il me prend par-derrière. Je n'ai pas envie qu'il me voie comme ça.

Pete éclata de rire.

— Autant qu'il pense à toi comme ça plutôt qu'à moi vu qu'il n'a que nous deux dans son entourage, à moins que tu veuilles compter le docteur. Personne ne voudrait le baiser.

— Exact.

Mike s'esclaffa. Il ouvrit la porte de la cellule et posa un grand plat et une bouteille isotherme.

— Viens les chercher.

Il claqua la porte de la cellule et les deux hommes partirent.

Une minute plus tard, le vrombissement retentit de nouveau. La cloison de verre commença à s'élever lentement. 927 se détendit et se retourna pour croiser le regard de Tammy.

— J'y vais. Tu peux utiliser les toilettes, je ne regarderai pas.

Elle hocha la tête.

— Merci.

Il n'y avait pas d'intimité dans la pièce. Elle jeta un coup d'œil à 927. Il avait marché jusqu'à la porte de la cellule et regardait à travers, lui tournant le dos. Les toilettes consistaient en une cuvette portable qui avait été placée sur le métal avec des conduits coincés entre le mur et la cage et qui s'étendaient hors de sa vue.

Du papier toilette était posé sur le couvercle. Tammy les utilisa en vitesse. Il y avait un tuyau et un trou d'évacuation avait été percé dans la dalle à côté de la cuvette. Elle s'en servit pour se nettoyer les mains. Il s'ouvrait comme un tuyau d'arrosage dans un jardin, il fallait juste diriger le mince filet d'eau qui en jaillissait dans le trou du sol. Ce devait être la seule façon qu'avait l'Hybride de se laver. C'était barbare.

— J'ai fini. Merci.

927 se retourna et lui adressa un signe de tête. Il ramassa le plat en inox et le porta jusqu'au lit. Il lui montra le sol en s'y asseyant, lui indiquant qu'elle devait s'installer à côté de lui. Il se servit du lit comme d'une table. Elle eut un mouvement de recul quand il souleva la cloche. Il n'y avait que de la « nourriture pour Vaillant ». Elle voyait que ce n'était pas très cuit. Ils leur avaient donné des steaks, débités en lanières et à peine grillés à l'extérieur, qui baignaient dans une flaque de sang.

Elle s'assit.

— Je ne peux pas manger ça. Ce n'est pas assez cuit.

Il fronça les sourcils.

— Tu vas manger. Tu as besoin de forces. Ferme les yeux et pense à toutes les raisons pour lesquelles tu dois survivre. Tu dois en avaler au moins un morceau.

Elle grimaça, mais savait qu'il avait raison. Elle n'avait rien ingéré depuis longtemps et la faim lui tordait le ventre. Il prit une grosse lanière de viande bleue et la lui tendit. Ses mains tremblèrent quand elle l'attrapa par un bout, veillant à ne pas laisser de sang lui dégouliner sur les vêtements.

Il en saisit une autre et la regarda dans les yeux. Il lui montra comment planter les dents dedans et tirer d'un coup sec pour la déchirer. Elle essaya mais la viande était très coriace et ses dents n'étaient pas aussi pointues que les siennes. Le goût du sang qui lui avait coulé dans la bouche quand elle avait mordu dans la viande, tentant en vain de la couper, lui donna envie de vomir. Le morceau était trop épais et elle dut le retirer de sa bouche.

— Je ne peux pas manger ça. Je n'arrive même pas à en détacher un bout. Je ne peux que le ronger.

Il tendit la main et lui écarta les lèvres des doigts, appuya les jointures contre ses dents pour qu'elle les desserre aussi. Tammy ouvrit la bouche pour qu'il l'examine. Les sourcils froncés, l'Hybride passa le bout du doigt sur le bord de ses dents avant de s'intéresser à celles du fond. Il éloigna son doigt.

— Elles sont trop lisses. Pourquoi laissez-vous quelqu'un vous limer les dents ? Elles ne sont plus bonnes à rien.

— Elles ont poussé comme ça. Nous n'avons pas besoin de déchirer nos aliments avec les dents. Nous utilisons des couteaux et des fourchettes.

Il lui ôta la viande des doigts. Il ouvrit la bouche, arracha un petit bout du steak et le lui tendit. Elle hésita avant de l'accepter. *Heureusement que je n'ai pas la phobie des microbes, hein ?* Elle grimaça en mangeant le morceau de viande saignant. Il en déchira un autre et le posa sur le plat devant elle. Avec les dents, il continua à lui découper de petites bouchées, formant un tas.

— Merci, chuchota-t-elle.

Tammy n'aurait jamais pu imaginer qu'elle mangerait de la viande crue et remercierait un homme de la lui déchiqueter en petites bouchées avec ses dents pointues pour qu'elle puisse les mâcher et les avaler. Elle n'aurait jamais cru non plus qu'elle aurait assez faim pour que ces deux trucs ne la fassent pas vomir.

Tammy ne put pas tout finir. Ce qu'elle laissa, 927 le dévora. Il mangeait plus que Vaillant. Il prit le plat vide et marcha jusqu'à la porte de la cellule. Il le tourna et le jeta de l'autre côté des barreaux. Il tomba dans un tel fracas que Tammy grimaça. L'Hybride revint et déboucha la bouteille isotherme en métal. Il la renifla avant de la passer à Tammy.

— Il n'y a aucun danger. Ils droguent parfois ma boisson mais je l'ai reniflée.

Elle lui sourit après avoir savouré l'eau glacée et lui rendit la bouteille isotherme. Il but en la regardant fixement. Le sourire de Tammy s'effaça quand elle remarqua l'expression bizarre qui lui assombrit les yeux, le poussant à l'observer avec un peu trop d'intensité à son goût.

— Quoi ?

— Tu es séduisante. Tu as une odeur suave.

Une sensation de malaise la rendit nerveuse.

— Vaillant m'a dit que j'avais cette odeur quand j'étais effrayée. J'ai beaucoup eu peur depuis hier.

Il hésita.

— Tu appartiens à ce Vaillant ?

Elle acquiesça.

— On va se marier.

— Marier ? C'est quoi ?

Elle pesa ses mots.

— C'est une cérémonie qui nous unit jusqu'à notre mort, dans mon monde. Il veut qu'on se marie pour s'assurer que la loi humaine reconnaît que je lui appartiens.

Il hocha la tête.

— Mais tu lui appartiens déjà ?

— Oui.

Il grogna doucement.

— C'est dommage. Je te veux.

Elle s'écarta imperceptiblement de lui, apeurée.

— Non.

Il fronça les sourcils.

— J'ai dit que c'était dommage. Tu ne comprends pas ça ?

— J'appartiens à Vaillant.

— Parle moins fort sinon ils vont nous entendre. Je sais. Je l'accepte.

Le rythme cardiaque de Tammy revint à la normale.

— J'avais peur que ça te soit égal que je sois à lui. La façon dont tu l'as dit, j'ai cru que tu allais… me toucher quand même.

Il haussa les épaules.

— Je voudrais qu'il te protège si tu étais à moi et qu'on t'enlevait pour te donner à un autre. Je le tuerais s'il te montait. Je ne vais pas te prendre de force, Tammy. J'en ai peut-être envie, mais je peux me contrôler. C'est mon esprit qui gouverne mon corps.

Tant mieux.

— J'espère juste que ce Vaillant ne va plus tarder. (Il se leva.) Tu sens trop bon. Cela fait longtemps que je ne me suis pas autorisé à assouvir mon besoin de m'accoupler. Beaucoup trop longtemps pour être aussi près de toi.

Tammy se sentit de nouveau mal à l'aise. On aurait presque dit que c'était une menace. Comme s'il l'avertissait que sa maîtrise de lui-même ne durerait qu'un temps. Elle se mordit la lèvre.

— Que fais-tu ici pour t'occuper ?

Il haussa les épaules.

— Je deviens fort.

Elle parcourut des yeux la cage exiguë. Elle contenait le lit de camp et les W.-C. Le petit tuyau qui s'ouvrait et se fermait à l'aide d'un robinet et le trou d'évacuation percé dans la dalle constituaient ses seuls autres éléments. Elle n'avait pas la moindre idée de ce qu'il entendait par là.

— Tu dois vraiment t'ennuyer.

— M'ennuyer ?

Elle essaya de penser à une façon de lui expliquer.

— Tu n'as rien à faire.

— Je deviens fort.

Il se baissa sur le sol près d'elle et fit des pompes. Elle regarda ses muscles se bander alors qu'il se soulevait et descendait rapidement. Il finit par s'arrêter et jeta un coup d'œil au mur. Il s'élança en courant, se retourna brusquement et heurta les barreaux de plein fouet. Il recommença plusieurs fois, changeant l'épaule qui prenait le choc. Elle scruta les barreaux et remarqua qu'ils étaient légèrement tordus, si peu qu'elle ne s'en serait pas aperçue si elle n'avait pas cherché quelque dommage.

Il cessa cet exercice et marcha jusqu'aux barreaux à l'avant de la cellule. Il les empoigna et fit des pompes debout. Il se retourna enfin et rejoignit le milieu de la cage à grandes enjambées. Il s'accroupit soudain et bondit haut dans les airs. Il s'agrippa aux barreaux au-dessus de lui, le corps suspendu à plusieurs dizaines de centimètres du sol, et elle le regarda faire des tractions, impressionnée. Il semblait ne jamais vouloir s'arrêter, jusqu'à ce que son corps ruisselle de sueur. Il lâcha les barreaux et retomba avec grâce sur ses pieds nus. Il se retourna et la regarda.

— Je deviens fort.

Pas étonnant que tous les hommes hybrides soient baraqués. Qu'ils soient autant en forme n'avait rien d'un mystère si c'était ce qu'ils avaient fait pendant toutes ces années dans leurs cellules.

Elle hocha la tête.

— Je vois ça.

— Je vais me laver maintenant. Tu peux te retourner.

Elle obtempéra. Elle tourna le dos au coin avec le tuyau. Elle entendit l'eau couler et un bruit bizarre de velcro. Elle eut envie de regarder ce que c'était mais n'en fit rien. Il voulait se laver, et même elle savait que leur définition de ce mot ne pouvait pas différer tant que ça. Le bruit de l'eau qui coulait dura un moment. Puis cessa. Elle entendit encore ce bruit de velcro.

— Je suis habillé.

Tammy se retourna, toujours assise par terre, et fit face à 927. Il s'était lavé le corps et avait les cheveux mouillés. Elle le vit poser quelque chose derrière les W.-C. quand il se pencha.

— Qu'est-ce que tu as mis derrière les... ?

Elle indiqua la cuvette du doigt.

Il se baissa de nouveau.

— Du savon et du déodorant.

Il les prit pour les lui montrer. Le savon était accroché à une petite ficelle et il avait reçu un déodorant petit format.

— C'est ce qu'ils nous donnent pour qu'on reste propres et ne pue pas. On n'aime pas que notre corps sente mauvais. Ça nous rend irascibles.

— Au moins tu as des toilettes. Je suppose que c'est une bonne chose.

— Ils ne nettoient pas nos chambres. On les tuerait s'ils venaient aussi près.

— Je comprends.

Les fumiers qui l'avaient amenée ici ne voulaient pas avoir à laver la cellule s'il ne disposait pas de cabinets décents.

Il se rapprocha et s'assit en face d'elle.

— Parle-moi des Hybrides. Dis-moi tout.

Tammy prit une profonde inspiration. Elle commença à lui raconter tout ce qu'elle avait appris depuis le moment où elle s'était mise à suivre les informations les concernant. 927 la regardait avec intérêt. Il souriait beaucoup. Elle continua à parler.

— Vous avez de la visite, avertit doucement une voix dans la radio.

Vaillant bondit du lit et vit Justice et Tigre se lever du sol où ils s'étaient installés pour se reposer. Les mâles se placèrent de façon à ne pas être visibles depuis la porte d'entrée. Justice mit en garde Vaillant du regard.

— Ne les tue pas et ne leur fais rien qui les rendrait incapables de parler. Ils savent où est Tammy.

— Je sais ça, Justice. (Vaillant grogna tout bas.) Personne ne veut la retrouver plus que moi.

— J'en ai bien conscience mais je vois ta rage, mon ami. Je comprends. Je voudrais buter les ravisseurs de ma femelle si on me l'enlevait… si j'en avais une. Je ne fais que te le rappeler au cas où tu n'aurais pas les idées claires. Il faut qu'ils nous disent où elle est.

— Ce n'est même pas ma femelle et je veux quand même les tuer, soupira Tigre. Ils travaillent pour Mercile et ont kidnappé l'une de nos femelles. Ils méritent de mourir.

— Chut, chuchota soudain Vaillant. J'entends un véhicule approcher.

On coupa un moteur dehors et une portière claqua. Un homme remonta l'allée de devant, ses chaussures presque silencieuses, et des clés cliquetèrent. Quelques secondes après, le verrou glissa et la porte s'ouvrit à la volée. L'humain qui entra avait une vingtaine d'années. Il portait des vêtements blancs, semblables à ceux des techniciens des laboratoires, et Vaillant ravala un grondement pour ne pas faire de bruit.

L'humain accrocha ses clés à un clou sur le mur et referma violemment la porte derrière lui. Il leva les bras en s'étirant, bâilla et se retourna. Il esquissa cinq pas avant de comprendre qu'il n'était pas seul. Il se figea.

Vaillant, Tigre et Justice l'encerclèrent à la seconde où ils sortirent de la pièce adjacente, où ils s'étaient cachés. La terreur assombrit aussitôt le visage de l'humain et ses effluves nauséabonds se répandirent autour de lui.

— Enculé, jura-t-il.

Tigre grogna.

— Pas même si tu nous suppliais. Tu n'es pas notre type.

L'humain blêmit.

— Que voulez-vous ?

Vaillant grogna.

— Tu sais ce qu'on veut. Où est ma femelle ?

L'humain commença à trembler et se mit à transpirer alors qu'il dévisageait Vaillant. Il examina le colosse de la tête aux pieds.

— Merde.

— Où est Tammy ? grogna Justice dans le dos de l'humain. Dépêche-toi de répondre parce que mon ami veut te faire hurler et te faire saigner. Le lit était imprégné de l'odeur de la peur de sa femelle. Il est très en colère.

La bouche de l'humain bougea mais rien n'en sortit. Vaillant rugit, faisant vibrer la pièce, et il avança. L'humain se retourna précipitamment pour fuir, perdit l'équilibre et s'effondra à terre, terrifié. Un hurlement strident s'échappa de sa gorge quand Vaillant s'accroupit et l'empoigna par les bras, prenant soin d'y enfoncer les ongles douloureusement.

— Où est ma Tammy ?

Ses mots n'étaient qu'un grondement féroce. Il rapprocha brusquement le haut du corps de l'humain de ses dents pointues.

— À l'entrepôt, sanglota-t-il. Elle est à l'entrepôt.

— Lâche-le, grogna Justice. Ne le casse pas. Il va nous dire où c'est, n'est-ce pas, l'humain ?

L'humain posa vivement les yeux sur Justice. Il hocha la tête, terrorisé.

— Oui. Éloignez-le juste de moi.

Vaillant le libéra et recula. Il tremblait de rage. La soif de tuer le submergeait presque. C'était l'humain qui avait emmené Tammy dans un entrepôt pour la jeter dans la cage d'un Hybride dans le cadre d'une expérience de reproduction. Il dut faire appel à toute sa volonté pour ne pas se ruer sur lui et lui arracher la gorge.

— Elle est encore en vie ? s'enquit Tigre, se rapprochant imperceptiblement pour l'intimider.

— Elle l'était quand je suis parti il y a un petit moment. 927 refuse de la baiser et il ne l'a pas tuée.

Justice se déplaça, bloquant Vaillant qui esquissait un pas vers l'humain à terre. Justice secoua la tête.

— Contrôle-toi.

— Je me contrôle, grogna Vaillant.

Justice tourna son regard furieux sur l'humain.

— Comment tu t'appelles ?

— Pete.

Justice cligna des yeux.

— Tu vas nous conduire à cet entrepôt. Quelle est la sécurité là-bas ? Combien de gardes protègent le site ? Sont-ils fortement armés ?

Pete le regarda fixement.

— Vous voulez savoir combien d'hommes le gardent ? Aucun. Il n'y a que moi, Mike et le docteur.

Tigre grogna.

— Menteur. Ils ne garderaient jamais un laboratoire avec seulement trois humains.

Pete tourna son regard terrifié sur l'homme qui le fusillait de ses yeux de chat.

— Ce n'est pas un laboratoire. On a juste un Hybride du laboratoire dans le Colorado. Le docteur voulait en amener d'autres, mais on doit attendre d'avoir plus d'hommes pour construire d'autres cellules. Pour l'instant, il n'y a qu'un Hybride et on arrive à s'en occuper à nous trois.

— Tu vas nous y emmener, mais d'abord tu vas nous dire où se trouve ce laboratoire dans le Colorado, ordonna Justice. Tout de suite.

Vaillant rugit. L'humain à terre hocha frénétiquement la tête, son regard terrifié rivé sur Vaillant.

— Oui. Tout ce que vous voulez. Mais ne vous approchez pas de moi.

Il débita une adresse à toute allure.

Justice jeta un coup d'œil à Tigre. Tigre hocha la tête, glissa la main dans sa poche de derrière et en fit sortir son téléphone portable. Il communiqua l'adresse à son interlocuteur. Il hésita.

— Combien d'Hybrides y sont emprisonnés ? À quoi ressemble la sécurité ?

L'humain ferma la bouche.

— Ils me tueront.

Justice grogna et frappa une fois dans ses mains. Les mâles qui étaient à l'étage descendirent et encerclèrent l'humain recroquevillé. Pete regarda fixement les huit Hybrides qui le cernaient. L'odeur de sa peur devint si forte que Vaillant la goûta presque sur sa langue.

— Parle ou on commence par tes doigts et tes orteils. C'est incroyable le nombre d'os qu'on peut casser avant que le choc commence à vous tuer. (Justice grogna, se rapprochant imperceptiblement.) Réponds à mes questions.

— Ne faites pas ça, implora Pete d'une voix râpeuse. Putain. N'approchez pas. Il devrait y avoir quatre-vingt-deux mâles et six femelles là-bas, à moins que certains aient été déplacés au cours de la dernière semaine, depuis que j'ai quitté le labo. La sécurité est élevée.

Il s'interrompit.

— Continue, grogna Vaillant. Où auraient-ils été déplacés ? Où sont les autres laboratoires ?

— Ce n'est pas ça, cracha le type. Quand les premiers laboratoires ont été pris d'assaut, les gens ont paniqué. On a trouvé un bâtiment abandonné et on a mis des mois à le préparer pour accueillir les Hybrides. Tout le monde était mort de trouille à l'idée que notre labo soit découvert, on voulait en partir aussi vite que possible, mais ça prend du temps de construire des cellules suffisamment solides pour y enfermer vos semblables. On les a déplacés à l'adresse que je vous ai donnée, et parfois on en prête certains à d'autres médecins qui n'ont pas été arrêtés. Je n'ai rien à voir avec ça et je ne sais rien à part qu'une poignée d'Hybrides disparaît de temps en temps et revient plus tard. Le docteur vous dira où ils vont et avec qui. C'est lui le responsable. Rien n'est fait sans son accord. Il s'appelle Adam Zenlelt.

— Combien de gardes y a-t-il ? Où sont les nôtres ?

— Au sous-sol, au deuxième niveau. C'est un ancien parking souterrain sur deux niveaux qu'ils ont fermé pour accueillir ces salopards. En général, il y a douze gardes en haut, et peut-être six en bas. Je ne connais pas tous les médecins et leurs assistants, mais je dirais peut-être vingt en tout sur le site pendant les horaires de bureau.

— Le site est-il truffé d'explosifs ? grogna Tigre.

Pete haussa les épaules.

— Qu'est-ce que j'en sais ! Je ne fais pas partie de la sécurité. Je suis juste l'assistant du docteur. Mike et moi on est ses gros bras. C'est tout. On s'occupe de 927 et des cobayes avec lesquels travaille personnellement le docteur.

— Et Tammy ? (Vaillant se rapprocha, les yeux lançant des éclairs.) Dis-moi tout.

L'humain déglutit.

— On l'a jetée dans la cellule avec 927. Il a tué les deux dernières femmes qu'on lui a apportées. Il les a juste tuées, merde. Il est fou. Il ne touche pas à vos salopes mais il tue les normales comme moi. (Il referma brusquement la bouche.) Ça m'a échappé. Vous voyez ce que je veux dire. Il a brisé la cloison que nous plaçons pour le garder à distance quand nous ouvrons la porte de la cellule. Il l'a beaucoup reniflée et elle l'a noyé sous un flot de paroles en essayant de le dissuader de la tuer. Il l'a emmenée sur son lit et s'est allongé avec elle. Quand je suis parti, il lui donnait à manger et, zut, il a déchiqueté la viande pour elle. C'était bizarre. S'il se sert de ses dents pour lui découper des petites bouchées qu'elle peut manger et s'il dort avec elle, pourquoi ne la baise-t-il pas ? On pense qu'il est gay.

— Il a dormi sur elle ? grogna Vaillant.

L'humain grimaça.

— Eh bien, il fait assez froid la nuit et on ne lui donne pas de couverture.

— Du calme, ordonna Justice à Vaillant. Il ne s'est pas accouplé avec elle. (Il braqua son regard sur Pete.) N'est-ce pas ?

L'humain secoua la tête.

— Comme je vous l'ai dit, on croit qu'il est gay.

— Ça veut dire quoi ?

Tigre fronça les sourcils.

L'humain à terre hésita.

— On pense qu'il aime les hommes. Elle n'est pas un homme. Il refuse de se la taper.

Tigre éclata de rire.

— Tu crois qu'il est attiré physiquement par les mâles parce qu'il refuse de s'accoupler avec elle ? (Il secoua la tête.) Tu ne t'es jamais dit qu'il n'appréciait peut-être pas de forcer les femelles ? (Son sourire s'évanouit et il grogna.) Les violer vous excite peut-être, mais pas nous.

— Eh bien, je n'ai jamais attrapé une femme pour lui briser le cou, mais lui l'a fait, dit Pete entre ses dents. À deux femmes et croyez-moi, elles étaient canons. Je me les serais tapées en un clin d'œil si on me les avait jetées dans les bras. Il ne leur a même pas parlé avant de les tuer. (Pete claqua des doigts.) Juste comme ça.

Justice fronça les sourcils et regarda tout à tour chacun des hommes dans la pièce.

Tigre jura tout bas.

— Soit il a perdu la boule, soit il avait une bonne raison de tuer des humaines sans défense. Nous le découvrirons.

Justice acquiesça d'un air sévère. Il tourna toute son attention sur leur prisonnier.

— Pete ? On va faire une petite virée en voiture. Tu vas nous conduire là où tu as emmené Tammy.

— D'accord. Je n'ai pas le choix. Mais n'approchez pas.

D'un geste de la main, Justice intima à ses agents de reculer. Pete se releva tant bien que mal, les jambes flageolantes. Il jeta un coup d'œil à Justice, qui lui paraissait être le responsable.

— Je veux l'immunité contre toute poursuite judiciaire pour enlèvement et tout ce que les flics pourraient vouloir me foutre sur le dos. Vous me le promettez et je vous conduirai personnellement jusqu'à la cellule de 927.

Justice cligna plusieurs fois des yeux avant qu'un sourire se dessine sur ses lèvres avec lenteur.

— Je te promets de t'accorder l'immunité contre ta loi. Marché conclu. Emmène-nous auprès de l'humaine et de l'Hybride maintenant.

L'humain regarda Justice fixement.

— Vous en avez le pouvoir, pas vrai ? De m'accorder l'immunité ?

Le sourire de Justice s'évanouit et il plissa les yeux.

— Je suis la loi hybride. Je suis Justice. Je peux te donner tout ce que bon me semble. C'est une situation qui concerne les Hybrides et n'implique pas ta loi à moins que j'en juge autrement. Je te donne ma parole en tant que Justice North que tes flics ne t'enverront pas en prison si tu nous aides. Maintenant, allons-y.

L'humain hocha la tête.

— Bien sûr. Je ne veux pas aller en prison. C'est juste un boulot bien payé. Je vais avoir besoin d'argent, aussi, histoire de rebondir. Je veux cent mille dollars.

L'expression de Justice était sinistre. Il esquissa un bref signe de tête.

— Ils sont à toi. Tu auras l'argent une fois qu'on aura retrouvé l'humaine, vérifié que le laboratoire dans le Colorado est bien à l'endroit que tu nous as indiqué et que les nôtres y sont.

Pete sourit, paraissant moins effrayé.

— Je comprends. Allons-y. Ce n'est pas très loin d'ici.

Tammy rit.

— Non. Je ne souffre d'aucune malformation. Beaucoup de femmes sont de ma taille.

927 hocha la tête.

— Je n'ai pas voulu insinuer que tu avais des imperfections physiques.

— Aucun souci. J'ai vu quelques-unes de vos femmes et elles sont vraiment grandes. Je comprends que tu aies pu penser ça. Je suis plus petite que la moyenne. Je…

927 se déplaça soudain, l'interrompant. Il bondit sur ses pieds en un clin d'œil et se pencha vers Tammy. Elle eut le souffle coupé quand il l'empoigna par les bras et la souleva d'un coup sec sur ses pieds. Elle se retrouva derrière le colosse. Il se crispa et grogna.

Le docteur et Mike marchèrent jusqu'à la porte de la cellule. Tammy les aperçut avant que 927 la pousse derrière lui, l'y maintenant de la main. Il était trop costaud et bien trop grand, lui bloquant complètement la vue. Un autre grognement sourd et féroce monta dans la gorge de l'Hybride.

— Je vois qu'elle te plaît. (Le docteur gloussa.) Tu dois t'accoupler avec elle, 927. (Sa voix se durcit.) Sinon je vais ordonner à Mike de sortir son arme pour la tuer.

La peur transperça Tammy. *Pourquoi feraient-ils ça ?*

— Ouais, s'esclaffa Mike. Tu vois ce pistolet ? Boum ! Le docteur est fatigué d'attendre pendant que tu courtises cette salope. Retourne-la et trouve le bon trou. Ça ne devrait pas être trop difficile. Je sais que tu aimes les hommes mais tu n'as qu'à faire semblant.

— Assez ! (Le docteur soupira.) Je n'ai pas cessé de vous répéter qu'il n'est pas homosexuel. Il s'est accouplé avec ses femelles par le passé. Ce sont les femelles non modifiées qui lui posent un problème.

— Peut-être qu'il s'est aperçu qu'il est attiré par les hommes. Ça arrive. J'ai un cousin qui a fait son *coming out* à plus de trente ans. Il s'était marié et avait eu quatre enfants quand il l'a avoué à sa femme.

Le docteur soupira plus fort.

— 927 ? Accouple-toi avec elle ou écarte-toi pour que Mike l'abatte. C'est aussi simple que ça. Tu as l'air de bien l'aimer et je suis sûr que tu vas finir par la monter. Tu t'y refuses juste pour me faire chier. Je comprends tout à fait, mais je suis à bout de patience. J'ai perdu assez de temps.

— Vous devrez me tirer dessus, les avertit 927, baissant la voix jusqu'à ce qu'elle ne soit plus qu'un grognement effrayant.

Un silence suivit. Le docteur parla enfin.

— Je vais te gazer dans ta cellule et nous la ramasserons quand tu seras inconscient. Ça ne m'enchante pas parce que je vais devoir commander le gaz, mais je peux l'obtenir d'ici la fin de la journée. Accouple-toi avec elle ou écarte-toi.

— Gaze-nous, grogna 927.

La terreur submergea aussitôt Tammy.

— Nous gazer ? souffla-t-elle.

927 tourna la tête pour la regarder.

— Tu veux t'accoupler avec moi ? Ils viendront te prendre après et tu resteras en vie jusqu'à ce qu'il décide qu'il a appris ce qu'il souhaitait. Ils vont t'attacher à une table et te faire du mal. C'est ce qu'ils ont fait à nos femelles. Elles pleuraient et hurlaient. Parfois, ils portaient nos femelles à d'autres mâles pour qu'ils s'accouplent avec elles et ça recommençait. C'est la vie que tu veux ?

Elle secoua la tête. Certainement pas.

Il hocha la tête.

— Tu veux que je me pousse pour qu'il puisse te tirer dessus ? Tu as déjà perdu tout espoir ?

Elle secoua de nouveau la tête.

— Je ne suis pas prête à mourir.

— Ils devront nous gazer. Ça va leur prendre du temps, chuchota-t-il.

Tammy plongea les yeux dans les siens et acquiesça.

— Qu'ils nous gazent.

927 lui décocha un sourire et se retourna. Son sourire disparu, il dit :

— Commande ton gaz. Tu ne pourras jamais me l'enlever, autrement.

— Putain, grogna Mike. Laissez-moi tirer à travers son corps, doc. Je suis quasiment sûr de pouvoir éviter tous les organes vitaux. Il s'en remettra.

— C'était juste une ruse pour le pousser à s'accoupler avec elle. On va mettre quelque chose dans sa nourriture. Il finira bien par devoir boire ou manger. Coupe l'eau dans sa cellule. Quand il aura ingéré l'aphrodisiaque que je vais lui donner, il sera contraint de la monter. Je ne voulais pas influer sur cette expérience, mais il est trop têtu. On va devoir utiliser les médicaments de la reproduction. Peut-être que s'il la refuse au début, il s'accouplera ensuite avec elle sans aide médicamenteuse après l'avoir eue une première fois.

— Pourquoi ne pas juste leur gazer la gueule ? On pourra l'obliger à vider ses bijoux de famille et injecter sa précieuse semence dans la salope si vous voulez voir si elle peut avoir un toutou dans le tiroir.

— J'ai déjà essayé de vous l'expliquer. (Le docteur soupira.) Ils font l'objet d'expérimentations depuis des années. Leur sperme est différent du nôtre. Nous avons découvert que durant l'acte sexuel sa concentration en spermatozoïdes est élevée, à condition qu'ils soient excités. Lorsqu'il est manipulé manuellement, si l'éjaculation est provoquée, leur concentration est considérablement plus faible. Ils ont aussi une durée de vie très courte. Ils meurent vite, presque dans la minute, et tant que nous n'aurons pas compris si c'est du fait de leur exposition à l'oxygène ou si c'est une question de température, nous ne pourrons pas corriger efficacement ce problème. Nous avons perdu une grande partie de notre matériel quand nous avons abandonné notre laboratoire. Il doit s'accoupler naturellement avec elle pour que l'expérience ait la moindre chance de réussir.

— Pourquoi ça ne marchait pas avec les salopes animales ?

— Les femelles ne produisent pas d'ovules viables. Seuls les mâles sont capables de se reproduire. Je dois passer quelques coups de fil pour commander les produits dont j'ai besoin et voir où nous en sommes en ce qui concerne les transferts. Les hommes arrivent demain pour continuer à fermer les lieux et ajouter quatre nouvelles cellules. Si celui-ci ne veut pas d'elle, peut-être que les autres mâles accepteront de s'accoupler avec elle.

Mike éclata de rire.

— Waouh, vous voulez qu'elle se tape cinq d'entre eux ? Vous croyez qu'elle y survivra ?

— Je l'ignore. Il faudra voir si les quatre autres la tuent ou non. C'est un travail important.

— Qui ça intéresse de savoir s'ils peuvent se reproduire ?

Le docteur hésita.

— Nous avons perdu les moyens d'en fabriquer d'autres depuis longtemps. Nous n'avons pas réussi à reproduire les travaux du médecin qui les a créés. Chaque tentative a échoué. Il est plus rapide de se pencher sur la question de leur reproduction que d'essayer d'en fabriquer de nouveaux en partant de zéro. Nous y avons travaillé pendant des années, sans succès. Si vous tenez à votre paie, nous allons devoir résoudre ce problème. Lorsque Mercile a été démantelé, tous ses actifs ont été gelés. Nous avons presque épuisé les sommes que nous avions virées avant. Nous devons trouver des moyens plus créatifs de gagner de l'argent sur leur dos, et résoudre cette question est une priorité.

— Ne seront-ils pas plus faibles s'ils se reproduisent avec des salopes normales ?

— Non. Leurs gènes modifiés sont dominants et très agressifs. Leur progéniture sera transgénique, exactement comme ils ont été créés.

— Génial.

— À condition que celui-ci veuille bien féconder la femme. Nous pourrons faire s'accoupler les mâles qui nous restent avec des femmes normales et obtenir des centaines de produits au cours de la première année. Imaginez la marge bénéficiaire et la vitesse à laquelle nous pourrons remplacer ceux que nous avons perdus. Nous avons beaucoup appris au cours des années et nous ne reproduirons pas les mêmes erreurs avec les plus jeunes. Les nouveau-nés seront dressés dès la naissance à obéir aux ordres.

— Trop génial.

— C'est plus une question de survie. Nous sommes probablement tous recherchés par la police et à moins de vouloir fuir dans un pays du tiers monde pour vendre des babioles aux touristes, vous feriez mieux de vous impliquer au plus vite pour contribuer à notre succès. C'est ce qui va vous permettre de continuer à toucher une paie.

— Bon sang. (L'expression de Mike se fit sévère.) J'ignorais que la situation était aussi désespérée.

— Laissons-les pendant que je passe ces coups de fil. Peut-être qu'il s'accouplera bientôt avec elle. Il n'a pas possédé de femelle depuis longtemps. C'est une des raisons pour lesquelles je l'ai choisi. Il devrait avoir du mal à lui résister.

Tammy tendit l'oreille mais ne les entendit plus. Elle observa attentivement 927. Son corps se décontracta enfin et il lui lâcha le bras. Se retournant, il baissa les yeux vers elle.

— Tu es effrayée. (Il huma l'air.) Je ne les laisserai pas te prendre.

— C'est à cause de ce qu'ils ont dit. (Elle leva les yeux vers lui, horrifiée.) Ils veulent qu'on ait des enfants pour leur apprendre à leur obéir ? Et c'est quoi un produit ?

Elle connaissait la réponse, mais cette seule idée était si monstrueuse qu'elle avait besoin qu'il la lui confirme.

— Nous sommes des produits. J'ai déjà entendu ce terme. Au début, on était censés les aider à créer des produits pharmaceutiques qu'ils testaient sur nos corps. Maintenant, ils n'ont plus que leur manque d'argent à la bouche ; ils ont voulu nous obliger à nous battre et ils ont même parlé de nous vendre. Je les écoute souvent et je les ai entendus comploter d'en créer d'autres comme nous, des plus jeunes, qui ignoreraient leur cruauté. Ils pensent pouvoir les manipuler pour en faire ce que nous refusons de devenir.

— C'est horrible.

Et diabolique. Ignoble. Malsain. Cruel. Elle s'arrêta avant de commencer à proférer des jurons.

— C'est pour cette raison que je n'ai pas eu le choix avec les humaines. Pendant des années, j'ai vu ce qu'ils faisaient à nos femelles, à essayer d'obliger leurs corps à concevoir. Ton esprit n'y survivrait pas et ton corps plus faible se briserait. Nos femelles sont plus solides.

— C'était donc vrai ? Tu as bien tué les autres femmes qu'ils t'ont amenées ? Je croyais qu'ils cherchaient à m'effrayer.

Il hésita.

— Elles ont hurlé quand elles m'ont vu et elles étaient terrifiées. Elles pleuraient. Elles se sont effondrées en me voyant. Je savais qu'elles ne résisteraient pas à l'accouplement ni ne seraient assez fortes pour endurer l'expérimentation. Elles seraient passées de cellule en cellule comme nos femelles pendant leurs expériences de reproduction. La situation a empiré récemment et ils se sont focalisés là-dessus. Ils ont obligé nos femelles à s'accoupler avec huit ou neuf d'entre nous. On refusait, si elles refusaient. La plupart de nos femelles sont devenues très tristes mais on essayait de les aider à rester fortes. Ça nous permettait au moins de nous voir, et on se traitait bien. Nos femelles ont des vies très difficiles. J'ai fait preuve de miséricorde en tuant les humaines, et je l'ai fait sans douleur. Leurs souffrances auraient été largement plus grandes, chaque seconde de leur vie. Nos femelles nous ont raconté ce qu'on leur faisait pendant les expérimentations auxquelles procédaient les médecins sur leurs, corps loin de nous. (Il frémit.) Ils auraient éliminé les humaines de toute façon, si elles avaient réussi à survivre à l'accouplement et aux expériences. Je préférerais mourir. Leur mort a été rapide et indolore. C'était leur rendre service que de les tuer avant qu'on les torture jusqu'à les rendre folles.

— C'est ce qui m'attend ?

Il hocha la tête d'un air sinistre.

— Tu es plus forte. Tu n'as pas hurlé ni pleuré à chaudes larmes quand ils t'ont amenée. Tu t'es réfugiée dans un coin et tu m'as parlé. En t'écoutant, j'ai compris que tu pourrais être assez solide pour survivre et j'ai pris conscience que tu disais la vérité. Tu dois rester en vie et gagner du temps pour que ton Vaillant te retrouve. Je ne te ferai pas de mal et te traiterai aussi bien que mes propres femelles s'ils nous obligent à nous accoupler. Tu devras résister aux expérimentations et à leurs tortures. Comporte-toi de la même façon qu'avec moi s'ils te présentent à d'autres mâles. Tu devras leur parler et ne pas hurler. Ils sentiront mon odeur sur toi. Tu dois garder le moral. Nos femelles ont survécu parce qu'on les réconfortait. Je te réconforterai, Tammy.

Tammy avait envie de pleurer mais réprima ses larmes. Cet homme lui expliquait avec un tel calme l'enfer qui pourrait l'attendre. 927 se rapprocha lentement. Tammy ne protesta pas quand il la souleva dans ses bras, marcha jusqu'au lit et s'assit en la tenant sur ses genoux. Il l'attira tout contre son corps chaud.

— Je te protégerai dans la faiblesse. Pleure, petite aux jolis yeux. Tu as été très courageuse. Je vais te serrer dans mes bras pour que tu saches que je suis là.

— Merci.

Tammy relâcha le peu de contrôle qui lui restait. Elle s'agrippa à lui et pleura silencieusement contre son torse.

Ils allaient l'obliger à s'accoupler avec elle, comptaient faire venir d'autres Hybrides et la jeter dans leurs cages aussi. Ils lui enlèveraient son bébé comme si c'était un chiot ou un chaton s'ils réussissaient. Ils continueraient probablement à la faire se reproduire jusqu'à ce qu'elle ne soit plus bonne à rien et qu'ils la tuent. *Combien de bébés m'arracheront-ils des bras avant que tout soit fini ?*

Tammy prit une décision pendant qu'elle pleurait. Elle serait forte, elle ferait tout ce qu'il faudrait pour vivre. Vaillant la retrouverait. Peut-être pas tout de suite, mais un jour. Elle n'avait qu'à prier pour ne pas tomber enceinte si le pire arrivait. Elle ne voulait pas donner à ces enfoirés un bébé sans défense à tourmenter.

Chapitre 15

C'était un vieil entrepôt. Une voiture était garée sur le parking, il n'y avait pas d'entreprises ni de maisons à proximité et une porte à deux battants métalliques semblait constituer la seule entrée, à moins de grimper jusqu'aux fenêtres percées en hauteur près du toit. À l'arrière du bâtiment, une vieille rampe d'amarrage était appuyée contre une épaisse porte de garage en métal. Leur équipe s'était arrêtée à un peu plus d'un kilomètre et avait terminé à pied avec l'humain. Pete s'était plaint tout au long du trajet. Vaillant était prêt à le tuer mais Justice lui refusait ce plaisir.

— Il n'y a que deux accès et ils sont protégés par des alarmes, expliqua l'humain tout bas. Il n'y a pas de caméras extérieures. Je vous l'ai dit. Je ne sais pas pourquoi vous avez tenu à vous approcher furtivement.

Justice le fusilla du regard.

— Ferme-la à moins qu'on te dise de l'ouvrir.

— Très bien, dit l'humain. Comme vous voulez. Je ne fais que vous aider.

Tigre leur fit signe et ils s'élancèrent vers le devant de l'entrepôt alors que certains se détachaient pour s'approcher par l'arrière. Ils ne voulaient pas être vus avant de s'être introduits à l'intérieur. Vaillant craignait que les deux humains tuent Tammy et l'Hybride qu'ils retenaient prisonniers à la première occasion.

Justice jeta un coup d'œil à l'humain.

— Nous allons nous déplacer rapidement. Tu passes devant. Tu te dépêches d'ouvrir cette porte et tu gardes le silence. Si tu tentes quoi que ce soit, je te tuerai ou le laisserai s'en charger. (Il montra Vaillant.) Je serai moins cruel.

Un grondement sourd monta aussitôt dans la gorge de Vaillant. Il brûlait de se jeter sur l'humain à bras raccourcis pour avoir posé la main sur Tammy et avoir aidé à l'amener à cet endroit dans les bois. Pas même Justice et l'équipe entière de mâles ne pourraient sauver Pete si elle était morte. Il leur passerait sur le corps pour le tuer.

— Je comprends. (Pete puait la peur.) Je veux cet argent que vous m'avez promis alors inutile de continuer à me menacer. Je fais ce que vous voulez. L'immunité, hein ? Et j'aurai les cent mille dollars ?

— Oui. (Justice hocha la tête.) Fais-nous entrer. Allons-y.

Ils se déplacèrent comme un seul homme. L'équipe rejoignit la porte d'entrée à pas de loup. Pete composa le code, l'alarme émit un bip et il ouvrit à la volée l'un des battants métalliques. Huit Hybrides fortement armés et l'humain se glissèrent lentement à l'intérieur. Il avait décrit à Justice, Vaillant et Tigre l'agencement de l'entrepôt et ils savaient à quoi s'attendre. L'un des Hybrides attrapa Pete à la seconde où ils posèrent le pied dans le bâtiment et lui appuya un couteau contre la gorge.

— Ne fais pas un geste ni un bruit, grogna le mâle tout bas.

Pete cligna des yeux et se figea. Il ne desserra pas les lèvres.

Vaillant dut se retenir de se précipiter vers la cloison qui bloquait à sa vue l'endroit où Tammy devait être. Il renifla l'air et Justice lui empoigna soudain le bras, le mettant en garde du regard. Il lui adressa un signe de tête, comprenant qu'ils devaient procéder avec prudence.

Tigre remua les doigts en l'air, ordonnant aux agents de se disperser pour trouver les humains. Vaillant discerna deux odeurs, semblant toutes deux provenir d'une pièce proche. Dès que l'équipe dirigée par Tigre resserra son étau autour de sa cible, Vaillant s'élança. *Tammy !*

Vaillant sentit son rythme cardiaque s'accélérer quand il huma une légère trace de son parfum. La senteur suave de sa peur le rendit presque fou. Ça lui déchirait le cœur de ne pas avoir été présent pour la protéger. Alors que Justice et lui traversaient l'entrepôt en silence, l'odeur de Tammy se fit plus forte. Ils franchirent la cloison et Vaillant posa pour la première fois les yeux sur les barreaux de la cellule. Justice l'empoigna soudain.

— Ne l'effraie pas. Avance lentement et reste calme. On ignore dans quel état il est. On ne veut pas qu'il lui fasse du mal.

Vaillant s'obligea à réprimer ses instincts, n'ignorant pas qu'un Hybride captif pouvait être très instable ; il devait garder son sang-froid pour le bien de Tammy.

— Je sais.

Le corps contre Tammy se crispa. La main de 927 se figea dans le dos de la jeune femme et l'Hybride la souleva soudain. L'homme était fort. En un instant, il passa de la position assise à debout en la tenant dans ses bras. Tammy renifla en essuyant ses larmes. Elle croisa son regard.

— Que se passe-t-il ?

Il prit une inspiration. Elle vit la stupéfaction dans ses yeux. Il la regarda.

— Je les sens.

— Qui ?

Il braqua le regard sur la porte de la cellule.

— Vaillant et d'autres comme moi.

Tammy se tordit le cou pour scruter à travers les barreaux l'endroit par lequel ils devraient entrer. Son cœur battait la chamade et elle se tortilla dans ses bras.

— Pose-moi par terre ! Tu as senti l'odeur de Vaillant ? Tu en es sûr ?

Il hocha la tête en se penchant, la plaçant sur ses pieds. Tammy aperçut un mouvement et Vaillant apparut à sa vue. Justice était sur sa droite, lui agrippant le bras, et les deux hommes étaient tout de noir vêtus. Ils avaient les cheveux attachés en arrière. Justice avait un pistolet à la main tandis que Vaillant serrait un couteau d'aspect meurtrier dans la sienne. Tammy s'élança vers l'avant de la cage.

— Vaillant !

Elle heurta les barreaux et tendit les bras entre eux. Vaillant se précipita pour prendre ses mains dans les siennes. Le couteau tomba avec fracas sur le sol. Il se colla contre la cage, baissa la tête et appuya le visage contre les barreaux jusqu'à ce que leurs fronts se touchent à travers l'espace exigu. Ses yeux dorés semblaient humides quand leurs regards s'accrochèrent.

— Je t'ai retrouvée.

Sa voix était râpeuse, étranglée par l'émotion.

Des larmes lui ruisselèrent sur les joues mais elle ne tenta pas de les retenir.

— Je savais que tu viendrais.

Il lui lâcha les mains et tendit le bras à travers les barreaux pour lui caresser la joue de la main. Il essuya ses larmes du pouce. Il referma son autre main sur sa hanche. Elle aurait aimé qu'il n'y ait pas de barreaux entre eux. Elle voulait qu'il la serre dans ses bras, mais c'était impossible.

— Tu es blessée ?

— Je vais bien. J'ai juste eu peur.

Elle se rappela soudain qu'ils n'étaient pas seuls. Elle tourna la tête juste assez pour jeter un coup d'œil dans la cellule, mais sans s'écarter de la main de Vaillant.

927 n'avait pas bougé. Il dévisageait Vaillant et Justice avec une curiosité et un émerveillement manifestes. Il demeurait parfaitement immobile et silencieux. Tammy posa les yeux sur Vaillant puis sur Justice, qui se tenait près d'eux dans une position décontractée, observant 927.

— Voici 927, dit Tammy doucement. 927, voici Vaillant et voici Justice North. C'est le chef de ton peuple, dont je t'ai parlé. Je t'ai dit qu'ils feraient tout pour nous retrouver.

Justice prit enfin la parole.

— Je suis Justice, anciennement connu sous le matricule 152. Nous allons vous faire tous deux sortir de cette cage dès que nos mâles auront capturé les deux humains qui vous ont retenus prisonniers et nous auront apporté les clés. (Justice se redressa. Il ne quitta jamais 927 des yeux.) Tu es libre désormais. Nous allons te ramener chez nous, auprès des nôtres. Tu feras partie d'une famille aimante et tu ne seras plus jamais emprisonné. Tu es un mâle libre maintenant, qui n'a plus à être désigné par un matricule. Tu auras un vrai nom dès que tu t'en seras choisi un.

Tammy jeta un coup d'œil à 927 pour voir sa réaction. Il cligna rapidement des yeux quand ils parurent s'embuer et baissa la tête pour que ses cheveux noirs dissimulent ses traits. Après quelques profondes respirations, il sembla avoir repris le contrôle de ses émotions. Il releva la tête et regarda Justice.

— Je serais ravi d'avoir une maison et un nom.

Justice sourit.

— C'est merveilleux d'avoir une maison. Tu seras heureux avec nous et je suis sûr que tu te choisiras un nom parfait.

Tammy luttait contre les larmes alors qu'elle assistait à un miracle : 927, après une vie entière d'emprisonnement, connaîtrait enfin la liberté. Tammy sourit et regarda Vaillant. Elle tendit la main pour lui toucher le visage.

— Je t'aime tant.

— Je t'aime aussi, ma jolie.

Vaillant décocha un regard à l'homme qui se tenait derrière Tammy. Il baissa les yeux vers les siens et son visage se crispa.

— Il t'a fait du mal ?

— Non.

Vaillant se détendit, mais il ne cessait pas de toucher Tammy, qui comprenait pourquoi. Ils étaient tous deux reconnaissants d'être de nouveau réunis. Tigre se précipita dans le fond de l'entrepôt, cliquetant en courant.

— Les deux enfoirés sont vivants et ligotés. J'ai les clés de sa cage.

Il sortit un trousseau d'une des poches de son gilet et scruta 927 avant de jeter un coup d'œil à Justice.

— Il est stable ? Dois-je faire venir des renforts ?

— Inutile. (Justice saisit les clés.) Il va bien. (Il s'approcha de la porte.) Je vais te laisser sortir maintenant.

À la seconde où la porte s'ouvrit, Vaillant entra dans la cellule et attrapa Tammy. Il la souleva du sol et manqua presque de l'étouffer en la serrant dans ses bras alors qu'il la sortait de sa prison à reculons. Tammy n'y trouva rien à redire et lui rendit son étreinte, avant de poser sa tête contre son épaule pour ne pas rater la suite des événements.

Tigre gloussa.

— Il est content de la voir.

Justice sourit.

— Oui.

Il tourna son attention sur 927. L'homme était resté immobile dans sa cellule. Avec lenteur Justice y entra, une expression d'effroi sur le visage.

— Je déteste entrer dans ces cages. Elles m'évoquent tant de mauvais souvenirs.

Il s'arrêta juste devant la porte.

— Es-tu prêt à quitter cet endroit pour commencer ta nouvelle vie ?

927 hésita.

— Je suis vraiment libre de ça, de tout ça ?

— Oui. D'autres, dehors, attendent aussi pour t'accueillir. Nous t'aiderons à apprendre à vivre de l'autre côté de ces barreaux. Nous sommes tous passés par là et c'est effrayant au début. Les humains ont dû nous aider à nous adapter à notre nouveau mode de vie, mais ce sera plus facile pour toi maintenant que nous sommes aux commandes. Nous allons te conduire à la maison.

927 esquissa un pas puis un autre jusqu'à ce qu'il soit sorti de sa cage. Il s'arrêta à côté de Tammy. Vaillant l'avait reposée sur ses pieds quand elle l'en avait prié en silence. Elle leva les yeux vers l'Hybride qui aurait pu lui faire du mal mais n'en avait rien fait. Elle sourit quand il parla à voix basse.

— Tu m'as dit la vérité.

— Oui. Tu es libre, dit Tammy doucement.

Vaillant le scruta intensément du regard et lui tendit la main.

— Merci de ne pas lui avoir fait de mal. Elle est tout pour moi. Mon cœur et mon âme. Ma raison de respirer.

927 regarda la main qu'il lui tendait avec perplexité.

— Nous avons adopté l'habitude des humains de se serrer la main, expliqua Justice.

Il s'avança et serra la main de Vaillant.

— Nous serrons la main des mâles en signe de respect.

927 serra la main de Vaillant.

— Avec plaisir. Je l'ai traitée comme j'aimerais qu'on traite une femelle qui me serait chère. Tu dois être très heureux qu'elle t'aime autant.

Vaillant attira Tammy plus près de lui.

— Je n'ai jamais été plus heureux de ma vie.

— Je suis Tigre. (Il se rapprocha.) Je suis le chef de la sécurité à la Réserve. C'est là que tu vivras pendant que tu t'habitueras à ta liberté. Tu vas adorer. Tu auras des kilomètres pour courir et plus de chevreuils que tu ne pourras en abattre. (Tigre lui adressa un large sourire.) Plus de barreaux et des arbres à perte de vue. Le ciel est magnifique. On va vider des bières dégueulasses en regardant le lever et le coucher du soleil. Tu détesteras le goût de cette boisson humaine mais tu la boiras parce que c'est une expérience à tenter. (Il sourit.) Tu verras.

927 cligna fort des yeux. Tammy aperçut quand même ses larmes avant qu'il recouvre le contrôle de ses émotions. Elle lutta contre l'envie de pleurer elle aussi. Ce type avait-il jamais vu le soleil se lever ou se coucher ? Avait-il jamais vu des arbres à perte de vue sans aucun mur autour de lui ? Elle connaissait la réponse et ça lui brisait le cœur.

Deux nouveaux Hybrides entrèrent dans la salle avec lenteur, comme s'ils craignaient presque d'effrayer 927. Ils se présentèrent à lui chacun à leur tour. Il avait l'air un peu dépassé par tous ces Hybrides, à moins que ce soit encore le choc d'être libre. Tammy comprenait. Elle serra la main de Vaillant et s'arracha à son étreinte.

— Ça fait beaucoup à encaisser, hein ?

Elle croisa le regard de 927 quand elle leva les yeux vers lui.

— Oui.

— C'est normal que tu aies un peu peur, mais ça va être super. On sera tous là pour toi. Je sais que ça fait beaucoup de changements mais vas-y à ton rythme. Tout le monde ici est ton ami et tient à toi. (Elle lui tendit la main.) Je vais marcher avec toi. Prends ma main. Tu n'es pas seul.

Vaillant grogna. Tammy tourna la tête pour lui lancer un regard noir. Elle savait qu'il était possessif, mais elle devait bien à 927 de l'aider à traverser ce passage difficile. C'était ce qu'il avait fait pour elle. Elle voulait le faire comprendre à Vaillant pour qu'il ne soit pas contrarié.

— Tu te rappelles ton premier jour de liberté ? Eh bien, je me souviens de mon premier jour d'école. C'était un peu comme un nouveau monde. Je suis son amie. Je vais lui tenir la main comme ma maman l'a fait et je vais marcher dehors avec lui. Je t'aime alors tu n'as pas à être jaloux. Je t'appartiens entièrement, et ça me comble littéralement de joie.

Vaillant se détendit. Un sourire lui entrouvrit les lèvres.

— Ton premier jour d'école ? Tu compares le fait d'être libéré à l'école ?

Elle haussa les épaules.

— Eh bien, vous autres vous avez été libérés d'un véritable enfer. J'ai été emprisonnée dans le système scolaire pendant treize ans de ma vie. C'était une forme d'enfer atténué. Tu n'as pas compris ce que je voulais dire. Tout était nouveau et effrayant pour moi. Ma maman m'a tenu la main et a marché avec moi jusqu'à ma classe. Elle est restée jusqu'à ce que je prenne mes marques. Ça m'a aidée à me sentir mieux. C'est mon seul souvenir positif d'elle. Il ne connaît aucun de vous mais il a passé un peu de temps avec moi.

Justice éclata soudain de rire.

— Elle joue le rôle de sa mère.

Tigre fit un clin d'œil à 927.

— Sacré veinard. Tu as une maman.

927 sembla perplexe.

— Une quoi ?

— Elle te protège comme si tu étais son enfant, soupira Vaillant. Bienvenue dans la famille, fiston.

L'Hybride rit. Tammy les regarda, les sourcils froncés. Elle laissa tomber sa main.

— Très bien.

927 tendit soudain la main pour la saisir. Il lui adressa un large sourire.

— Merci. J'adorerais que tu marches dehors avec moi.

Tammy lui sourit et lui serra la main. Elle décocha à Vaillant un petit sourire narquois et commença à quitter la salle. 927 resta près d'elle. Tigre et Justice passèrent devant. Vaillant rattrapa Tammy et prit son autre main. Elle leva les yeux vers lui, reconnaissante qu'il comprenne. Ils sortirent de l'entrepôt ensemble.

Deux Hybrides s'éloignèrent en courant pour aller chercher les SUV. Tammy jeta un coup d'œil aux trois enfoirés menottés, gardés par deux Hybrides. Pete, Mike et le docteur semblaient super effrayés à présent qu'ils se retrouvaient à la merci des autres.

Vaillant grogna quand Tammy leur fit face, lâcha sa main et celle de 927 et avança de quelques pas vers eux. Vaillant l'empoigna par le bras pour la retenir.

— Où tu vas ?

Tammy le regarda dans les yeux.

— Je veux juste leur parler une seconde. Ils sont bien ligotés et les hommes qui les tiennent ne vont pas les laisser partir, pas vrai ?

Vaillant fronça les sourcils.

— Tu ne devrais rien avoir à leur dire.

La colère la saisit.

— Je ne compte pas leur parler.

S'arrachant à son étreinte, elle marcha jusqu'à Mike et Pete. Elle les fusilla tous deux du regard et hésita un instant avant de donner un méchant coup de pied dans le tibia de Pete. Il jura, sautant à cloche-pied. Tammy se tourna vers Mike et lui flanqua un coup de pied dans les couilles. Il se plia en deux, le souffle coupé, gémissant de douleur.

Tammy marcha jusqu'au docteur, lui enleva ses lunettes et les jeta. Elle ne prit pas la peine de le frapper. Quand elle recula en se retournant, elle découvrit Vaillant qui la regardait bouche bée, visiblement stupéfait. Elle croisa son regard, haussa les épaules et revint à ses côtés.

— Je leur devais bien ça.

— Espèce de salope, grogna Mike, toujours plié en deux.

Vaillant se jeta sur lui et lui assena un coup de poing sur la joue. Mike heurta violemment le sol et gémit. Vaillant poussa un grondement féroce.

— Ne lui parle pas. Tu as de la chance que je n'aie pas le droit de te tuer.

Il se retourna et marcha jusqu'à Tammy.

— Merci, Vaillant. Il a fait une remarque sur les trous que je n'ai pas particulièrement appréciée. (Elle lui frotta le bras.) Mon héros.

Vaillant hésita.

— Toujours, Tammy. Tu te sens mieux maintenant que tu les as roués de coups de pied et que tu as délesté l'un d'eux de ses bijoux de famille ?

Tammy hésita.

— Dans une seconde, je me sentirai super bien. (Elle se retourna pour se précipiter vers le docteur.) J'espère que tu pourriras en enfer, espèce de misérable salopard. J'espère que tu écoperas de dix ans pour chaque jour où tu les as torturés eux et ces pauvres femmes. Tu n'es qu'un monstre ignoble.

Le docteur la fusilla du regard, les yeux plissés car elle lui avait enlevé ses lunettes.

— Je n'irai jamais en prison.

— Tu crois ça ? (Elle ricana.) Si ce n'est pas la prison, tu auras droit à la peine de mort.

— J'en suis certain. Je conclurai un marché. J'en sais trop.

Justice apparut soudain.

— C'est ce que tu crois ?

— J'ai trop de valeur pour qu'on ne me propose pas un marché. Je sais où sont situés deux laboratoires plus petits dans lesquels certains des vôtres sont enfermés.

Justice réfléchit.

— Tu veux l'immunité totale contre ta loi pour cette information ? Je peux te la donner. J'en ai le pouvoir.

L'indignation explosa en Tammy.

— Vous ne pouvez pas leur accorder ça.

Justice lui coula un regard.

— Du calme, Tammy. Je sais ce que je fais. Sauver les Hybrides passe avant tout.

Elle ferma la bouche, fulminant en silence. Vaillant lui serra l'épaule. Elle examina ses traits détendus, et prit conscience qu'il serait fou de rage s'il existait un risque réel qu'un de ces hommes soit libéré et s'en prenne à d'autres. Elle comprit que quelque chose lui échappait et qu'elle devait faire confiance à Justice.

— Oui, dit le docteur. Je demande l'immunité totale pour n'importe quel crime.

— Très bien. On va t'emmener à la Réserve, tu vas nous dire tout ce qu'on doit ou veut savoir et tu auras une immunité totale contre toute poursuite judiciaire pour tout chef d'accusation, par ton peuple.

— Je veux ça moi aussi, grogna Mike, toujours à terre.

— Je te l'accorderai avec plaisir si les informations que tu me transmets sauvent la vie d'autres Hybrides. (Justice le regarda, les sourcils froncés.) Il vaudrait mieux pour toi que tu saches quelque chose d'utile.

Vaillant agrippa Tammy pour qu'elle se retourne. Il l'emmena faire un tour loin des hommes. Tammy bouillonnait de rage, mais elle tint sa langue jusqu'à ce qu'ils soient hors de portée de voix de Justice et des prisonniers.

— Il va leur donner l'impunité ? Ces fumiers vont s'en tirer, avec tout ce qu'ils ont fait ?

Elle chuchota pour être sûre qu'ils ne l'entendent pas.

Vaillant se baissa, le visage à quelques centimètres du sien.

— Justice leur donne exactement ce qu'ils demandent. L'immunité contre le système pénitentiaire humain. (Ses yeux pétillèrent.) Justice apprendra tout ce qu'ils connaissent avant de leur présenter la loi hybride.

Elle mit quelques secondes à saisir ce qu'il entendait. Sa colère se dissipa rapidement.

— Quel châtiment réservent vos lois pour enlèvement et pour s'être comporté comme d'infâmes salopards qui prennent leur pied à torturer les gens ?

Vaillant attira Tammy dans ses bras. Il lui effleura l'oreille des lèvres.

— Ils seront enfermés et finiront par mourir. Nous avons le droit de nous défendre et celui de punir ceux qui se placent sous notre loi. En demandant l'immunité contre leur propre justice, ils relèvent désormais de la nôtre. (Il tourna la tête et braqua à dessein les yeux sur Justice

North.) Il fera preuve de la même clémence dont ils ont fait preuve envers toi et les nôtres.

Tammy était contente d'être dans les bras de Vaillant quand elle glissa un regard vers Justice North. Pendant qu'elle observait le séduisant chef des Hybrides, elle perçut sa colère et plaignit presque ces fumiers. Enfin, jusqu'à ce qu'elle se remémore tout ce qu'elle les avait entendus dire depuis qu'elle les avait rencontrés.

Ce vieux docteur avait fait subir des traitements épouvantables au peuple de Vaillant pendant longtemps. Les deux malfrats qui l'avaient aidé avaient parié vingt dollars sur le fait qu'elle se ferait violer ou assassiner. Sa compassion s'évanouit aussitôt.

— Je suis contente, reconnut-elle. C'est tout ce qu'ils méritent.

Vaillant grogna soudain.

— Tu portes son odeur.

— À qui ?

— 927. (Il s'écarta, les sourcils froncés.) Il t'a touchée ? Je sens son odeur partout sur toi. On m'a dit qu'il a dormi sur toi. Pourquoi ?

Sa voix se fit plus grave.

— Il faisait froid. Mais ça n'avait rien de sexuel, Vaillant. Je le jure.

Il réprima sa colère.

— J'ai besoin de sentir mon odeur sur toi.

Elle réfléchit, consciente qu'il accordait une importance bizarre à l'odeur qu'elle avait et que c'était probablement dur pour lui de sentir celle d'un autre homme, de savoir qu'un autre l'avait touchée.

— On est loin de la Réserve ?

— À une demi-heure environ.

— Ça va aller. On va rentrer, je vais me doucher et tu pourras me tenir dans tes bras. Je porterai de nouveau ton odeur en un rien de temps.

Vaillant secoua la tête. Il grogna en se tournant vers Justice, pour lui crier :

— On va faire un tour. J'entends de l'eau.

— Les SUV seront là d'une minute à l'autre.

Justice fronça les sourcils.

— Je dois partager mon odeur avec elle maintenant, expliqua Vaillant. Sentir un autre mâle partout sur elle me rend fou.

Justice le regarda fixement pendant quelques instants puis esquissa un brusque signe de tête.

— Je comprends. Je ferai partir l'un des SUV et l'autre vous attendra. Faites vite.

— Merci.

Vaillant attrapa soudain Tammy, la souleva dans ses bras et marcha à grandes enjambées vers les arbres. Elle enroula les bras autour de lui et ne se débattit pas.

— Qu'entends-tu par partager ton odeur avec moi ? Vaillant, pourquoi nous enfonçons-nous dans les bois à toute vitesse ?

Vaillant ne répondit pas. Ils parvinrent à un petit ruisseau qui serpentait non loin de l'entrepôt. Il la reposa sur ses pieds et tendit la main.

— Donne-moi tes vêtements.

Elle en resta bouche bée.

— Tu veux faire l'amour maintenant ? Ici ? Sérieux ? Je ne suis pas exactement d'humeur.

Il soupira.

— Je veux tes vêtements. Je les jette.

— Qu'est-ce que je vais porter ?

Vaillant commença à se déshabiller.

— Les miens.

— C'est vraiment nécessaire ?

— Tu veux que je tue ton 927 parce que son odeur sur toi me rend fou ? J'ai d'abord été soulagé que tu ailles bien, mais je ne peux pas être coincé dans un espace exigu avec toi pendant une longue période sans que ça me mette en rogne, Tammy. Tu es à moi mais tu as l'odeur d'un autre mâle. Le trajet jusqu'à la Réserve sera trop long pour que je puisse réprimer mon besoin de te marquer de nouveau.

— Merde. Vraiment ?

Il hocha la tête. Il fit passer son tee-shirt par-dessus sa tête et se baissa pour se déchausser.

— Je ne supporte pas l'odeur d'un autre mâle sur toi. Ça me perturbe.

Tammy jeta un coup d'œil autour d'elle, ne voyant que des arbres et de l'eau.

— Très bien. Mais si on me voit nue, je vais être en pétard et super gênée.

Vaillant esquissa un large sourire, s'extirpant de son pantalon.

— Je mettrai les curieux en charpie et leur arracherai les yeux pour t'avoir regardée.

— Très drôle.

Tammy se dévêtit complètement. Vaillant continua à se déshabiller jusqu'à ce qu'elle aperçoive chaque parcelle de son corps. Elle le contempla. Cet homme l'excitait toujours quand il était nu, tant cette vision était attirante. Elle attarda le regard sur son torse et ses bras musclés.

— Tammy, grogna Vaillant. Ne me regarde pas comme ça à moins de vouloir que je te baise sur le sol ici même.

Elle s'obligea à arracher son regard au sien.

— Ce ne serait pas une bonne idée vu qu'ils nous attendent.

— Lave-toi la peau dans l'eau. Je l'aurais bien fait pour toi, mais si je te touche je ne voudrai pas en rester là. Loin de là, grogna-t-il.

Tammy obtempéra. L'eau était glaciale. Elle se nettoya le corps du mieux qu'elle put. Vaillant l'attendit sur la berge. Elle tremblait comme une feuille quand elle sortit du ruisseau. Vaillant lui sourit, admirant ses tétons tendus.

— Superbes.

Elle se couvrit les seins des bras, les cachant à sa vue.

— Je ne suis pas excitée. Je suis gelée.

— Désolé, fit-il en gloussant.

Il lui tendit son tee-shirt et son boxer. Ils avaient encore la chaleur de son corps. Elle avait l'impression d'être une gamine dans ses vêtements trop amples. Vaillant ne portait que son pantalon et ses chaussures. Les bras ouverts il s'avança vers elle, la serra fort et commença à se frotter contre elle, passant le visage sur son corps. Elle rit, enroulant les bras autour de lui.

— Qu'est-ce que tu fais maintenant ? Ça chatouille.

— Je t'imprègne de nouveau de mon odeur. Quand nous serons en sécurité chez nous, je vais t'enlever ces vêtements et imprégner chaque parcelle de ton corps.

— M'imprégner, hein ? Qu'est-ce que ça signifie ?

— Que je vais me frotter contre toi et te couvrir de caresses pendant des heures, grogna-t-il.

Il glissa un bras derrière ses jambes et la souleva, la maintenant serrée contre son torse de l'autre.

— Allons-y. Justice nous attend.

Tammy jeta un coup d'œil au tas de vêtements quand ils s'éloignèrent. Elle soupira. *J'adorais ce haut. Tant pis.* Elle devait reconnaître qu'ils ne lui auraient probablement rappelé que des mauvais souvenirs si elle avait insisté pour ne pas les laisser dans les bois. Il la porta jusqu'à l'entrepôt.

L'un des SUV attendait. Justice, 927 et Tigre étaient restés derrière. Les trois prisonniers et les cinq autres agents hybrides étaient partis. Justice sourit au couple quand il sortit des bois.

— Ça va mieux maintenant, Vaillant ?

— Beaucoup mieux. (Vaillant lui adressa un large sourire.) Elle a plus mon odeur que la sienne.

— C'est bizarre, soupira Tigre. Les mâles unis veulent tellement que leur femelle porte leur odeur et celle de personne d'autre que ça en devient une obsession.

927 hocha la tête.

— On a tous des compagnes maintenant ? Je vais en avoir une ?

Justice éclata de rire.

— On aurait de la chance d'en trouver une, mais seule une poignée d'entre nous a revendiqué une femelle. Je n'en ai pas.

— Je n'en veux pas. (Tigre avait l'air horrifié.) Elles sont terriblement mignonnes et je ne refuserais pas des parties de jambes en l'air régulières, mais je veux garder ma liberté.

— Je suis libre, grogna Vaillant.

Tigre arqua un sourcil.

— Vraiment ? Tu viens chasser avec moi pendant une semaine entière ? Je sais que tu adores la chasse au chevreuil.

— Je ne laisserai pas Tammy aussi longtemps, mais je t'accompagnerai si elle vient aussi.

Tigre hocha la tête.

— C'est ce que je disais. Tu aurais accepté sur-le-champ avant. Maintenant, tu dois toujours penser à elle avant de faire un choix. Je préfère être seul.

— Les parties de jambes en l'air n'ont rien de régulier, grogna Vaillant. Elles sont incroyables, addictives et valent chaque seconde où je ne chasserai pas le chevreuil avec toi. Je passerai un meilleur moment avec ma Tammy.

Justice rit.

— Je veux bien le croire. Bien dit, Vaillant. (Il adressa un large sourire à 927.) N'écoute pas Tigre. Avoir une compagne serait merveilleux. Je suis sûr que tu en trouveras une le moment venu.

— Mais tu n'en as pas trouvé une ? Tu veux une compagne ?

927 inclina la tête pour examiner Justice d'un air intrigué.

Justice hésita.

— J'adorerais avoir une compagne, mais je n'ai pas encore eu le temps d'en chercher une.

— Tu es très occupé, convint 927. Tammy m'a expliqué ton boulot et tout ce que tu fais pour nous. (Il s'interrompit.) Tu vas retrouver l'endroit d'où je viens et les libérer ?

— Oui, jura Justice. On y travaille déjà. Nous ferons tout ce qu'il faudra pour les ramener parmi nous.

— J'aimerais être présent.

Justice hésita.

— Nous verrons. D'abord, nous devons rentrer à la Réserve. Nous n'aimons pas nous en éloigner trop longtemps et nous avons normalement un détachement de sécurité humain avec nous. C'est une équipe spéciale que je dirige. Nous n'avons pas voulu les mêler à cette mission parce que nous ignorions ce que nous devrions faire pour vous sauver tous les deux. Je n'ai pas voulu que l'équipe spéciale se sente mal à l'aise ou déchirée entre sa loyauté envers les siens et envers nous. Une partie des humains qui ne travaillent pas avec nous ressentent de la haine et de la peur pour les Hybrides. Ce n'est pas le cas de la majorité, mais ceux-là ont tendance à essayer de nous tuer à la moindre occasion.

Nous constituons une cible vulnérable sans plus de renforts. Nous ne risquons rien à la Réserve, contrairement à partout ailleurs dans le monde, pour l'instant.

927 hocha la tête.

— Je crois que je comprends.

Vaillant s'installa dans le SUV avec Tammy sur les genoux. Il ne voulait pas la lâcher et cela ne la dérangeait pas qu'il la serre dans ses bras. Elle se cramponna à lui. Tigre conduisit, avec 927 sur le siège passager. Durant le trajet, ils souhaitaient qu'il ait la meilleure vue sur le monde qu'il n'avait jamais connu.

Justice s'installa sur la banquette arrière. Il avait apporté son ordinateur et son téléphone portable. Il enleva ses chaussures et son tee-shirt pour être plus à l'aise avant de commencer à parler tout bas au téléphone tout en regardant l'écran de son ordinateur portable. Tammy prit conscience qu'il ne cessait jamais de travailler. Elle tourna la tête pour jeter un coup d'œil à l'avant. 927 avait le sourire jusqu'aux oreilles alors qu'il contemplait, avec un émerveillement absolu, le monde à travers les vitres. Elle sourit, et accorda enfin son attention à Vaillant.

— Je suis contente quelque part que tout ça soit arrivé.

Vaillant grogna, une expression horrifiée assombrissant ses traits séduisants.

— Moi pas.

— J'avais un peu peur de me marier. Tu y tenais tant et j'ai eu le sentiment d'un mariage précipité. J'ai tiré une leçon de tout ça. Je veux t'épouser et passer chaque jour du reste de ma vie à tes côtés. Je veux même avoir un bébé. J'espère qu'on en aura au moins trois.

Il rit.

— Seulement trois ? Je pensais essayer d'en avoir huit.

— Arrête, souffla-t-elle. Huit ? Tu me fais marcher ?

Il s'esclaffa.

— Oui. Je te fais marcher.

— Merci. (Elle gloussa.) Comme je le disais, je n'ai plus peur. Le fait d'avoir cru mourir et ne plus jamais te revoir m'a fait vraiment prendre conscience à quel point je t'aime et veux construire mon avenir avec toi.

— Bien. Maintenant, ton cœur, ton corps et ta loi sauront que tu m'appartiens pour toujours.

— Oui. (Elle lui passa les doigts dans les cheveux.) Et on se mariera dès que possible.

— Demain, intervint Justice d'une voix forte.

Vaillant et Tammy se retournèrent pour le dévisager et il leur adressa un large sourire.

— Mon équipe vient juste de me contacter. Le certificat est arrivé. On peut organiser votre mariage demain si vous le souhaitez. Je serai encore là. J'ai reporté tous mes engagements des prochains jours pour être sur place pour gérer cette crise. Je veux être présent pour préparer l'assaut dans le Colorado.

Vaillant sourit de toutes ses dents.

— Demain c'est parfait.

— Demain c'est parfait, convint Tammy.

Elle le serra fort, puis enfouit le nez dans son cou en se cramponnant à lui. Elle avait eu si peur de ne plus jamais le revoir qu'elle savait exactement ce qu'elle voulait à présent. *Lui.*

Vaillant ferma les yeux, humant le parfum de Tammy, et refusa de la lâcher. Elle était assise sur ses genoux, en sécurité, et il prit une nouvelle fois conscience à quel point elle était précieuse pour lui. Tout ce qui aurait pu mal se passer commença à s'immiscer dans ses pensées.

Elle aurait pu mourir, le mâle tout juste libéré sur le siège avant aurait pu s'accoupler de force avec elle et la tuer. Lorsqu'ils avaient pris le bâtiment d'assaut, les humains auraient pu truffer la cellule d'explosifs et la faire sauter. Elle serait morte avant qu'il soit parvenu jusqu'à elle, ce qui lui aurait déchiré le cœur…

— Vaillant ?

Tammy interrompit ses sinistres pensées et il ouvrit les yeux pour les plonger dans ses prunelles magnifiques. Elle glissa ses petits doigts dans ses cheveux et lui massa le cuir chevelu.

— Tout va bien. Tu as l'air si furieux, mais je vais bien. Je suis juste là avec toi.

— Ne me quitte jamais.

Elle sourit.

— Jamais.

Il l'attira tout contre son torse et lui effleura le front d'un baiser, conscient qu'il ne s'en remettrait jamais s'il la perdait.

Chapitre 16

Tammy fronça les sourcils.

— Non.

Vaillant la regarda.

— J'ai dit à Justice que j'irais.

— Mais on se marie aujourd'hui, tu te rappelles ?

Il fronça les sourcils.

— Ça peut attendre mon retour. Justice m'a personnellement demandé de les accompagner, Tammy. Comprends-moi, s'il te plaît. Nous devons tous tant à Justice. Il ne me demande pas grand-chose. Quand tu as été enlevée, il a tout fait pour que tu me sois rendue. Il me l'a demandé et je n'ai pas pu refuser.

Elle hocha la tête.

— J'ai vraiment l'air mesquine quand tu présentes les choses sous cet angle, pas vrai ?

Il s'avança, l'attirant dans ses bras.

— Ça n'a rien de mesquin d'être déçue qu'on ne se marie pas aujourd'hui. Rien ne nous arrêtera demain. On part en hélicoptère pour arriver dans le Colorado dans l'heure et je devrais être de retour dans la matinée.

Tammy hocha la tête.

— Sois très prudent et reviens-moi.

— Je reviendrai toujours auprès de toi.

— Ça va être dangereux ?

Vaillant hésita.

— C'est un lieu fortement armé. Ils détiennent plus de quatre-vingt-dix des nôtres, Tammy. Des Hybrides comme 927.

— Je comprends. Il vous accompagne ?

— Justice a décidé de ne pas l'amener. Son traumatisme est trop récent. Nous avons besoin de maîtrise de soi et des savoir-faire que nous avons appris depuis notre libération. 927 est furieux, mais il comprend. Ce qui compte, c'est de libérer notre peuple.

— Ce fumier de docteur maboul a-t-il révélé à Justice où sont les autres laboratoires ?

— Oui. Ils y travaillent. Nous les trouverons et libérerons notre peuple.

— Nous ? Tu irais aussi ?

Il hésita.

— Non. Ce sera ma seule et unique mission. Je me suis calmé depuis que je t'ai rencontrée, mais Justice craint que cet endroit soit truffé d'explosifs. Mes sens sont plus fins que ceux de la plupart des Hybrides et il a besoin de moi pour lui donner un avantage. Le docteur qu'on a capturé ignore s'il y a des explosifs dans les cellules aussi. J'ai prévu de prendre soin de toi, alors c'est la dernière fois que je risque ma vie. J'ai juste besoin de remplir cette mission car j'estime que je le leur dois bien après tout ce qui a été fait pour que tu reviennes à mes côtés. Je vais travailler avec d'autres Hybrides de la zone interdite qui sont comme moi, qui ont l'odorat aussi aiguisé que moi, pour les rendre plus stables. Comme cela, Justice pourra faire appel à eux s'il a besoin d'aide à l'avenir.

— Des explosifs ?

La peur la saisit, et elle l'imagina se faire tuer dans une explosion.

— C'est pour cette raison que je dois y aller. Je sens leur odeur. Je m'en sortirai.

Elle hocha la tête.

— Bien. Passer une nuit loin de toi a été horrible et je ne veux pas réitérer l'expérience.

— Mais un autre mâle t'a serrée dans ses bras.

La jalousie de Vaillant était palpable.

— Il faisait froid et je n'ai pas vraiment eu le choix. Il n'y avait qu'un lit et 927 m'effrayait. Je n'allais pas me disputer avec lui, Vaillant. J'étais trop heureuse qu'il ne m'ait pas brisé le cou ni n'ait essayé de me toucher d'une façon déplacée.

— Je suis quand même furieux. Je déteste qu'un autre que moi te serre dans ses bras.

— Je t'aime. Ne sois pas jaloux.

— Je sais ça. Je ne serai pas parti longtemps. On rejoint l'endroit en hélico et on lancera l'assaut à la nuit tombée.

— Vous les attaquez seuls ?

Il secoua la tête.

— Non. Le gouvernement nous envoie un détachement spécial. Ça n'a rien d'exceptionnel. Justice dit qu'il connaît les deux équipes qui vont travailler avec nous. Ce sont tous de bons mâles humains qui ont été affectés à notre service. Ils seront sous les ordres de Justice en permanence.

— Tu m'appelleras quand tout sera terminé pour me dire que tu vas bien ? Je vais me faire un sang d'encre pour toi.

— Je t'appellerai. Justice a toujours un téléphone sur lui. J'ai reçu l'ordre de rester à ses côtés.

Tammy sourit.

— Oui. Il a toujours son téléphone et un ordinateur portable.

— Je dois y aller.

Vaillant se pencha et lui effleura les lèvres des siennes.

Tammy l'empoigna par sa chemise pour l'attirer à elle et lui ouvrit la bouche de la sienne pour approfondir leur baiser. Leurs langues se rencontrèrent. Vaillant grogna, la serrant contre lui. Tammy sourit intérieurement. C'était l'un des trucs qu'elle adorait chez Vaillant. Un baiser et il était prêt à la porter dans son lit.

Vaillant mit fin à leur baiser. Ses yeux plissés pétillaient.

— Tu l'as fait exprès.

— Fait quoi ?

Tammy s'efforça de prendre un air innocent.

Vaillant lui saisit la main et l'appuya contre le devant de son treillis noir.

— Ça.

Tammy frotta sa queue rigide sur toute sa longueur. Il gémit, avançant les hanches contre sa main. Elle empoigna son érection à travers son pantalon et tendit sa main libre vers sa braguette. Elle descendit la fermeture Éclair et dégagea le bouton.

— Tammy, grogna-t-il.

— Tu as quelques minutes.

Tammy baissa son pantalon et son boxer. Elle remonta sa jupe, fit tomber sa culotte et la repoussa du pied.

— Porte-moi.

Vaillant l'attrapa par la taille, la hissant dans ses bras. Tammy enroula les jambes autour de ses hanches nues. Elle était déjà mouillée quand Vaillant glissa brusquement en elle. Il lui tint fermement les fesses des mains en lui assenant de violents et rapides coups de reins. Tammy enfouit le visage contre son torse et gémit bruyamment contre sa chemise, regrettant que ce ne soit pas sa peau.

Les mains posées sur les épaules de Vaillant, elle prit appui sur ses bras pour onduler des hanches, s'assurant qu'il la pénétrait de la façon qui lui procurait le plus de plaisir. En l'espace de quelques minutes, Tammy hurlait son nom, transpercée par son orgasme. Vaillant rugit en éjaculant. Il maintint le corps avachi et comblé de la jeune femme contre lui.

Tammy gloussa.

— On devrait toujours se dire au revoir ainsi.

Vaillant rit.

— Je suis d'accord.

Tammy releva le visage en lui souriant.

— Reviens-moi juste sain et sauf.

Vaillant lui effleura la bouche d'un baiser. Il colla le nez contre le sien quand leurs lèvres se séparèrent et plongea le regard dans ses yeux.

— J'ai toutes les raisons de vouloir vivre. Je t'ai toi. Je serai très prudent.

On sonna à la porte. Vaillant soupira. Elle sépara ses chevilles dans son dos. Vaillant se retira d'elle et la posa sur ses pieds. Tammy rit alors qu'il mettait de l'ordre dans ses vêtements et allait ouvrir la porte. Elle n'eut pas à s'inquiéter de sa tenue. Sa jupe retombait au-dessous du genou, cachant l'absence de sa culotte. Tigre se tenait dans le couloir.

— Je déduis du boucan que j'ai entendu depuis l'ascenseur que vous vous êtes fait vos adieux tous les deux ?

Il souriait de toutes ses dents.

Tammy rougit.

— Vous nous avez entendus ?

— Comme tout le monde dans l'immeuble. On a tous hâte que Justice vous autorise à habiter chez Vaillant quand tout sera terminé. C'est isolé là-bas et assez loin pour qu'on ignore quand vous couchez ensemble. (Tigre regarda fixement Vaillant.) Tu es prêt, maintenant que tu as dit au revoir comme il se doit à ta compagne ?

Vaillant se baissa pour ramasser quelque chose. Il sourit jusqu'aux oreilles.

— Maintenant oui. (Il marcha jusqu'à Tammy et lui tendit la culotte qu'elle avait repoussée du pied.) Garde-la sur toi pendant mon absence, comme ça je pourrai penser à te l'arracher à mon retour. Je t'aime.

Tigre éclata de rire.

Tammy ne prêta pas attention à l'Hybride ni à la honte qui la submergea. Prenant son sous-vêtement, elle passa la main sur le torse de Vaillant à l'endroit où son cœur battait.

— Je t'aime aussi. Dépêche-toi de rentrer auprès de moi.

Elle regarda les hommes s'éloigner. Plus aucun agent n'était posté devant sa porte. Ils avaient attrapé la taupe qui avait divulgué des informations sur Justice et la Réserve. Tout le monde savait qu'elle appartenait à Vaillant, personne ne l'embêterait et ils lui faisaient confiance pour ne pas quitter l'hôtel sans une escorte, certains habitants de la zone interdite pouvant présenter un danger pour elle du fait de leur instabilité mentale.

Charlie Artzola ne leur poserait plus jamais de problème. C'était ce qu'on lui avait dit. Elle ferma la porte et la verrouilla, se demandant l'espace d'un quart de seconde si l'avocat était mort. Elle haussa mentalement les épaules. Son sort ne lui importait pas du tout du moment qu'il ne faisait plus jamais de mal. Justice lui avait assuré que ce serait le cas.

Il était minuit passé quand le téléphone sonna. Tammy se jeta dessus.

— Vaillant ?

— Comment savais-tu que c'était moi ?

Sa voix grave semblait amusée.

— Parce que personne d'autre ne m'appellerait aussi tard et que tu m'as promis de le faire. Tu vas bien ? Comment ça s'est passé ? Vous les avez sauvés ? Tout le monde va bien ?

— Doucement, gloussa Vaillant. Je vais bien. On a eu quelques blessés, mais tous survivront. On les a tous sauvés. Ils ne nous attendaient pas et comme c'était la nuit, ils étaient moins bien gardés. Les humains ont fui plutôt que de tenter de tuer les nôtres avant qu'on puisse parvenir jusqu'à eux. On n'a eu aucun mal à les rattraper.

Tammy poussa un gros soupir de soulagement.

— J'étais inquiète.

— Je sais. C'est gentil de te faire autant de souci pour moi. On va les transporter à la Réserve au cours des douze prochaines heures. On n'a que les deux hélicoptères et on devra les emmener par petits groupes. Justice ne veut pas les traumatiser davantage en leur imposant un long trajet et on ne veut pas les mettre en contact avec le monde extérieur en essayant d'affréter un avion. Trop de questions et trop de paperasserie. Je reste là jusqu'à ce que le dernier groupe ait été évacué. Mets-toi au lit et repose-toi, ma jolie. Je devrais être rentré pour le déjeuner demain.

— D'accord. Tu me manques.

— Tu me manques aussi et je t'aime.

— Je t'aime aussi.

Tammy raccrocha, triste. Vaillant lui manquait terriblement. Elle aurait donné n'importe quoi pour qu'il soit allongé près d'elle. Elle n'arrivait pas à croire à quel point elle était devenue accro à lui. Elle descendit du lit pour aller aux toilettes.

On sonna à la porte. Tammy fronça les sourcils après avoir jeté un coup d'œil à la pendule, constatant qu'il était un peu plus de minuit. Elle enfila un peignoir et longea le couloir à pas feutrés jusqu'au salon. Elle n'était pas très rassurée, sachant qu'elle n'avait plus d'agent posté devant sa porte. Elle marcha jusqu'à celle-ci et se mordit la lèvre.

— Qui est là ?

— C'est Brise. J'ai apporté de la glace. Je sais que Vaillant n'est pas là et je me suis dit que vous n'arriveriez pas à bien dormir. Je peux entrer ?

Tammy déverrouilla la porte et l'ouvrit en grand. Elle sourit à la grande brune.

— Entrez. Je suis si heureuse de vous voir. Vous avez parlé de glace ?

Brise s'avança en tenant un plateau recouvert d'une cloche.

— Pas n'importe quelle glace. J'ai apporté des sundaes au chocolat. Ellie m'a appris à les faire. J'ai mis de gros morceaux de brownie dedans aussi. (Elle sourit à Tammy du haut de sa grande taille.) Vous êtes sûre que ça ne vous dérange pas que je passe si tard ?

— Non. Je suis vraiment contente de vous voir. Je doute de pouvoir dormir. Vaillant vient d'appeler.

— Comment ça s'est passé ?

Brise posa le plateau sur la table basse et souleva la cloche. Elle s'assit sur le canapé et tendit à Tammy une cuillère enroulée dans une serviette en papier.

— Je n'ai encore reçu aucune nouvelle, ajouta-t-elle.

— Vaillant a dit qu'ils les avaient tous sauvés et que tout le monde allait bien. Quelques blessés, mais rien de grave.

— Je suis si heureuse de l'entendre. Je dois prendre des dispositions pour accueillir la demi-douzaine de femelles qui étaient détenues là-bas, d'après ce qu'on nous a dit.

Tammy hésita ; elle ne savait pas si c'était approprié ou non, mais elle ne pouvait pas rester les bras croisés.

— Vous avez besoin d'aide ?

— Ce serait avec plaisir.

Tammy leva son sundae et l'examina. Elle écarquilla les yeux.

— Merci beaucoup. Waouh. C'est juste… waouh ! Tout ce chocolat. Ce sont des noix ?

— Oui.

— J'adore les noix et le brownie. Nappage croquant au chocolat. (Elle en goûta une bouchée.) Et pépites de chocolat. C'est trop bon. Vous remercierez Ellie aussi. (Elle s'interrompit.) Vous pouvez manger du chocolat ? Vaillant a dit que ça le rendait malade.

— Certains Hybrides ne le supportent pas, d'autres si. (Elle esquissa un large sourire en prenant une grosse bouchée, le visage rayonnant de plaisir.) Moi, j'adore ça.

Vaillant observa en silence les six femelles qui passaient devant lui, précédées par une petite humaine. Il la suivit du regard. Ses cheveux attiraient l'œil. Ils étaient d'un roux flamboyant et coiffés en une queue-de-cheval qui lui tombait jusqu'aux fesses. L'humaine conduisit les Hybrides jusqu'à l'hélicoptère qui attendait et elles grimpèrent à l'intérieur. Vaillant fronça les sourcils. Il se tourna vers Tigre.

— Qui est la petite humaine aux cheveux roux ?

Tigre jeta un coup d'œil à l'hélicoptère. L'humaine était bien visible, les portes étant encore ouvertes. Elle vérifia chacune des ceintures de sécurité des six Hybrides avant de s'asseoir en dernier. Le pilote ferma la porte latérale et grimpa dans le cockpit.

— C'est Jessie Dupree. C'est l'humaine qui est sur place en général quand on découvre des Cadeaux. Elle fait partie du détachement spécial humain que nous affecte le gouvernement. Elle réconforte nos femelles. Je suis étonné qu'elle soit là. D'habitude, elle ne s'occupe que de celles qui ont été vendues.

— On aurait pu croire qu'elle aurait peur de nos femelles. Elle est petite comparée à elles.

Tigre haussa les épaules.

— J'ignore pourquoi, mais c'est elle que les humains envoient quand ils découvrent l'une de nos femelles. Je ne sais pas ce qu'elle fait là puisque ces femelles n'ont pas été vendues mais servaient encore de cobayes. On a bien invité les humains sur ce coup, mais ce sont eux qui ont décidé de l'amener.

Vaillant hocha la tête.

— Elle les accompagne jusqu'à la Réserve ? Les autres humains de son équipe viennent aussi ?

— Non. Juste elle. Elle a demandé à les escorter personnellement et à les aider à s'installer. J'en ai eu marre de discuter avec elle, alors j'ai accepté. Elle est petite mais elle a une grande gueule.

— Justice ne s'y est pas opposé ?

Tigre haussa les épaules.

— Je n'en sais rien. Il est encore à l'intérieur avec les équipes spéciales humaines ; il les remercie de leur aide et échange des politesses. Il n'a pas eu l'occasion de la rencontrer, le veinard. Elle n'a pas la langue dans sa poche. Il montera dans le dernier hélicoptère avec nous. (Tigre jeta un coup d'œil à sa montre.) Tu veux manger ? Les humains ont fait livrer des pizzas pour tout le monde. Elles sont délicieuses.

Vaillant acquiesça d'un signe de tête.

— Ce ne sera pas de refus. J'ai besoin d'en apprendre plus sur la nourriture humaine. Je ne crois pas que Tammy apprécie de me voir manger. J'ai remarqué qu'elle évite de me regarder pendant les repas.

Tigre gloussa.

— Laisse-moi deviner. De la viande bleue ? Ouais, ça débecte la plupart des humains. Tu vas aimer les pizzas. C'est vraiment bon. Elle doit probablement adorer ça, elle aussi. Je crois que tous les humains en consomment, comme nous de la viande. Ça doit combler leurs besoins nutritionnels. (Il haussa les épaules.) Toute la garniture est découpée en bouchées pour les aider, à cause de leurs dents plates.

Vaillant le suivit.

— Si on a un bébé, il faudra lui en donner.

— Ouais. Ils hachent probablement juste la garniture plus finement pour leurs petites bouches.

— Je dois goûter cette nourriture. Tammy sera contente que je me prépare à la paternité.

Tigre lui assena une tape dans le dos.

— Tu es un bon compagnon, mon pote.

— J'essaierai de l'être.

Tammy lui manquait. Il avait hâte de rentrer pour l'épouser et lui enlever sa culotte. Pas dans cet ordre, cela dit.

À 4 h 10 du matin, la poche de Brise gazouilla. Les deux femmes sursautèrent. Elles regardaient un film d'horreur à la télévision. Tammy éclata de rire. Brise esquissa un large sourire, glissant la main dans sa poche. Elle en extirpa son téléphone portable.

— Brise à l'appareil. (Elle écouta.) J'arrive tout de suite. Merci.

Elle se leva et sourit à Tammy en raccrochant.

— Je dois y aller. L'hélicoptère sera là dans environ vingt minutes. C'est celui qui amène nos femelles libérées. On s'est organisés pour qu'elles vivent ici à l'hôtel. J'ai une longue matinée qui m'attend. J'ignore dans quel état elles seront. J'ai été élue à ce poste et je ne suis pas vraiment douée pour gérer les femelles en état de choc. Je me souviens comme ça a été difficile pour moi. On n'est pas équipés pour accueillir les femelles qui viennent tout juste d'être libérées. D'habitude, on les envoie ailleurs, mais tout s'est passé trop vite et Justice a estimé qu'elles seraient plus heureuses ici. Il a probablement raison. Je regrette juste de n'avoir aucune expérience en la matière. Tout ce que j'ai, ce sont mes souvenirs des humains qui se sont occupés de moi.

Tammy se leva.

— Tu veux toujours de l'aide ? Je ne te l'ai pas proposé juste pour être polie.

— Tu m'as aidée à dresser une liste de vêtements à commander pour elles. Tu veux aussi aider à les accueillir et à les installer ?

— J'adorerais. Je ne dormirai pas. C'est déjà le matin. (Tammy lui adressa un large sourire.) Je peux t'accompagner ? Mieux vaut ça que rester assise à attendre que Vaillant rentre. Je ne fermerai pas l'œil tant qu'il ne sera pas là.

— Oui. Ça me ferait plaisir.

— Accorde-moi deux minutes pour m'habiller, passer un coup de brosse dans mes cheveux et me laver les dents.

— Je peux utiliser tes toilettes ?

— Fais comme chez toi. Il y a une deuxième salle de bains au bout de ce couloir. Suis-moi.

Tammy se dépêcha. Elle enfila un des pulls que Vaillant avait laissés sur une chaise. Il ne sentait pas trop mauvais. Elle avait envie d'avoir son odeur sur elle, et avec un peu de chance les femmes l'accepteraient plus facilement. Elle mit un pantalon en coton noir. Après être passée aux toilettes, s'être lavé les dents et brossé les cheveux, elle retrouva Brise dans le salon.

Brise renifla et lui adressa un large sourire.

— Tu es maligne.

— Le pull ? J'y ai pensé à la seconde où je l'ai vu accroché au dossier d'une chaise. Je crois que Vaillant l'a porté il y a deux jours. J'en déduis que tu sens encore son odeur dessus ?

— C'est léger mais suffisant. Tu as l'odeur de Vaillant. Elles sauront que tu es humaine bien sûr, tes traits ne laissent planer aucun doute, mais elles te considéreront moins comme une menace.

— Parfait. Alors où on va ?

Tammy glissa les pieds dans ses ballerines et attrapa la clé de la suite. Elle la fourra dans le devant de son soutien-gorge, n'ayant pas de poches et ne prenant pas son sac à main.

— On les accueille à l'héliport. Une camionnette est prête pour les conduire ici.

— Les vêtements qu'on a commandés ont-ils déjà été portés dans leurs chambres ?

Brise gloussa.

— Oui. Ça a été fait immédiatement. Elles auront des habits et de la nourriture à leur arrivée. J'ai fait approvisionner chaque chambre et elles ont des produits de toilette pour le corps.

— Ça m'a l'air bien. Allons-y.

Des hommes hybrides que Tammy n'avait jamais vus auparavant grouillaient dans le hall de l'hôtel. Brise et Tammy sortirent de l'ascenseur et toutes les conversations s'interrompirent. Tammy avança de quelques pas, puis s'arrêta quand Brise s'immobilisa.

Tammy lui jeta un coup d'œil.

— Qu'est-ce qui ne va pas ?

Brise grogna soudain et fit volte-face. Tammy vit un homme qui approchait rapidement. Deux autres le suivaient. Les trois Hybrides semblaient furieux. Brise se posta entre eux et Tammy.

— Qu'est-ce que vous voulez ?

Brise avait l'air en rogne.

L'homme grogna.

— Pousse-toi.

— Reculez, grogna Brise d'une voix plus grave. Elle est avec moi.

Tammy dévisagea les trois hommes avec nervosité. Elle prit conscience qu'il régnait un silence de mort dans le hall. Il devait y avoir au moins trente Hybrides mais aucun d'eux ne parlait. Pas un visage ne lui était familier alors qu'elle regardait autour d'elle. Tammy reporta son attention sur l'homme qui s'était montré le plus agressif.

— Il y a un problème ? s'enquit-elle.

Elle le regarda en fronçant les sourcils.

— Elle est humaine, cracha-t-il en lui montrant ses dents pointues, se rapprochant encore d'un pas.

Toujours sur son chemin, Brise tendit les mains devant elle.

— C'est une humaine qui vit ici avec l'un de nos mâles. Elle lui appartient et il te passera à tabac ne serait-ce que si tu dis du mal d'elle. Justice North l'a invitée à habiter avec nous. C'est l'une des nôtres même si elle est humaine. Je comprends qu'en tant que primate ton odorat n'est pas très fin, mais elle lui appartient.

L'homme grogna encore, de même que les deux autres derrière lui. Tammy perçut le danger. Elle respira profondément, tentant d'apaiser sa peur. Vaillant lui répétait toujours que les siens pouvaient en humer l'odeur. Elle releva le menton.

— Calmez-vous. Je ne suis pas votre ennemie.

Elle fut fière que sa voix soit forte et ne tremble pas autant que ses mains.

— Que se passe-t-il ? demanda soudain 927.

Il s'était approché derrière les deux femmes à grandes enjambées silencieuses.

Tammy tressaillit ; elle lui jeta un coup d'œil et sourit, se sentant un peu soulagée de le voir.

— Je suppose qu'ils ne m'aiment pas.

927 gronda férocement, fusillant les hommes du regard. Il s'avança d'un pas lourd et bruyant pour se poster à côté de Brise. Elle sembla mal à l'aise quand elle glissa un coup d'œil vers lui et son corps se crispa davantage. 927 ne lui accorda pas un regard. Il continua à défier les trois hommes des yeux.

— C'est grâce à elle que vous êtes libres. Le docteur Zenlelt l'a kidnappée et son compagnon a remonté sa piste jusqu'à moi. Elle n'est pas comme les humains que nous avons connus, 861. Arrête. Elle fait partie de notre famille. (927 parcourut le hall des yeux, croisant le regard curieux de chaque homme, et il haussa le ton.) Elle est de la famille et est notre amie.

— Les humains ne feront jamais partie de notre famille, grogna 861. Ça m'offusque de la regarder.

— Fais-toi une raison, lança Brise avec hargne. Elle n'ira nulle part. Elle vit ici aussi. Ainsi qu'une autre humaine qui est la compagne d'un des nôtres. Renifle-la. Elle appartient à l'un des nôtres.

861 se rapprocha de Brise et huma l'air. Il fronça les sourcils et s'avança encore. Brise recula pour l'empêcher de toucher Tammy. L'homme inspira encore et recula.

— Ça ne me plaît pas.

— Ça n'a pas à te plaire. Elle est là et aucun mal ne lui sera fait. Où est ta reconnaissance ? On serait encore enfermés dans nos cellules si son compagnon ne l'avait pas autant aimée et si les nôtres ne l'avaient pas aidé à la retrouver. Montre un peu de respect, exigea 927 d'un ton dur.

861 gronda en montrant les dents.

— Jamais envers un humain.

Brise jura tout bas et glissa la main derrière elle. Elle referma les doigts sur le devant du pull de Tammy et la poussa vers l'ascenseur. Un martèlement de bottes attira l'attention de tous quand d'autres Hybrides vêtus de l'uniforme noir de l'OPH se précipitèrent dans le hall. Ils évaluèrent rapidement les deux hommes qui se faisaient face en décrivant un cercle et Tammy vit ce qu'ils virent – ils allaient se battre. 927 la défendrait.

— C'est le primate qui a pété les plombs, cria Brise. Il s'en est pris à la compagne de Vaillant.

861 se jeta sur 927 et le combat commença. Les agents hybrides s'élancèrent, écartant la foule sans ménagement. En l'espace de quelques secondes, ils mirent la main sur 861 et le maîtrisèrent au sol.

Tammy se détendit. Brise lâcha son pull et tourna la tête pour l'examiner.

— Tu vas bien ?

— Ça va. Qu'est-ce qui lui a pris ?

927 s'approcha. Il s'était entamé la main en frappant l'autre homme au visage. Une dent pointue lui avait coupé la peau. Il s'arrêta à quelques pas.

— Je suis désolé. Ces mâles viennent du même labo que moi. Ils n'aiment pas les humains et ne leur font aucunement confiance. Quand il se sera calmé, je lui ferai entendre raison.

— Ce n'est rien. (Tammy soupira.) Je suppose que je peux le comprendre. (Elle baissa les yeux sur sa main.) Tu veux que je nettoie cette plaie et la bande ?

L'un des agents hybrides les rejoignit.

— On va le laisser retrouver son calme avant de nous entretenir avec lui. (Il jeta un coup d'œil à Tammy.) Vous êtes indemne ?

— Je vais bien.

Il huma l'air.

— Juste effrayée. (Il se tourna et croisa le regard de 927.) Merci de l'avoir défendue jusqu'à ce qu'on le maîtrise. Laisse-moi te conduire au centre médical pour qu'on s'occupe de ta blessure.

927 hocha la tête.

— Bien sûr. (Il décocha un sourire à Tammy.) Je suis désolé. Je parlerai à chacun d'entre eux. Tu ne risqueras rien. Ça ne ferait pas de mal non plus si Vaillant pouvait leur toucher deux mots aussi. Il les intimidera si je n'y arrive pas.

Brise éclata de rire.

— Il est doué pour ça. Je suis Brise. Merci pour le coup de main.

927 l'examina attentivement et sourit.

— Je suis 927. C'est un plaisir de te rencontrer.

Brise sourit de plus belle.

— Un sacré charmeur. Et nouveau. Viens me trouver si tu as besoin d'aide pour t'installer.

— Je n'y manquerai pas.

L'agent sourit.

— En route pour le centre médical, héros.

Brise saisit la main de Tammy et l'entraîna hors du hall, jusqu'à une camionnette blanche qui attendait. L'un des agents hybrides était assis au volant pour les conduire.

Brise se tourna vers Tammy à la seconde où elles furent à l'intérieur et que la portière se referma.

— Tu connais ce mâle ? Il est superbe, et tu as vu ses yeux sombres ? (Brise s'éventa le visage.) Je dois changer de pantalon. Je mouille à ce point. Il faut qu'il se choisisse un nom aussi chaud bouillant que lui.

Tammy sourit jusqu'aux oreilles.

— Il te plaît, si je comprends bien ?

— Je crois que je suis carrément en chaleur. Tu crois qu'il aime les grandes femelles ?

— À mon avis tu lui as tapé dans l'œil.

— Ah oui ? Je ne manquerai pas d'aller le trouver plus tard, après avoir dormi un peu. Je souhaite être bien reposée la prochaine fois que je le verrai.

Quelques minutes plus tard, elles arrivèrent à l'héliport. L'hélicoptère venait juste d'atterrir et on le ravitaillait déjà. La porte latérale s'ouvrit quand la camionnette se gara et des femmes commencèrent à en descendre. Tammy resta près du véhicule à côté de Brise pour accueillir les nouvelles. Elle espérait qu'aucune d'elles ne l'attaquerait. Tammy n'aurait jamais pensé qu'on puisse la détester au premier coup d'œil ou vouloir lui faire du mal. Comme ça avait été assurément le cas avec 861.

— Waouh, chuchota Tammy en apercevant les cheveux d'un roux flamboyant de la femme qui sortit la première de l'hélicoptère. C'est la plus petite Hybride que j'aie jamais vue, et elle a été croisée avec quoi à ton avis pour obtenir cette couleur de cheveux ? On croirait qu'ils sont en feu. Ils sont superbes.

Brise pouffa.

— C'est l'une des tiennes. Je dirais qu'elle est croisée avec une teinture pour cheveux. Ça ne peut pas être naturel.

— Peut-être que sa chemise et son pantalon noirs font juste ressortir ses cheveux.

Tammy haussa les épaules.

Brise sourit et haussa les épaules aussi.

— On pourrait le lui demander.

— Non ! (Tammy s'esclaffa.) Ne demande jamais à une femme si la couleur de ses cheveux est naturelle ou quel âge elle a. Les humaines sont très susceptibles sur ces sujets.

— Vraiment ? (Brise digéra ces informations.) J'essaierai de m'en souvenir.

La rouquine approcha. Elle leur adressa un signe de tête et s'arrêta près de Brise. Elle baissa les yeux et la tête, puis attendit quelques secondes avant de relever les yeux.

— Je suis Jessie Dupree. J'ai voulu escorter personnellement vos femmes ici. Je suis la représentante du gouvernement des États-Unis, membre du détachement spécial qui s'occupe de la recherche et du sauvetage de vos femmes disparues. Je vous demande l'autorisation de les escorter jusqu'à leurs nouveaux logements et de rester pour les aider à s'intégrer au sein de votre communauté. Elles me font confiance.

Elle posa les yeux sur Tammy et la jaugea du regard. Elle fronça légèrement les sourcils.

— Je ne vous connais pas. Qui vous a amenée ici ?

Tammy la regarda fixement.

— Vaillant.

Brise gloussa.

— Vous croyez que c'est une Hybride, n'est-ce pas, Jessie Dupree ? Ce n'est pas une des Cadeaux. C'est la compagne humaine d'un de nos mâles. Elle s'appelle Tammy Shasta.

La rouquine au regard d'un bleu éclatant cligna des yeux et les écarquilla.

— Oh. Je vous présente mes excuses. Je pensais qu'aucun humain ne vivait à la Réserve. En raison de votre taille et de l'absence de caractères faciaux prononcés, j'ai supposé que vous faisiez partie des rares Cadeaux. Certaines ont été sauvées, et à moins de voir leurs dents ou leurs oreilles, il est difficile de deviner qu'elles ne sont pas entièrement humaines.

— Vaillant m'a dit ce qui leur a été fait. C'est à vomir. Mais je suis humaine. Désolée pour la confusion.

La femme hocha la tête. Elle retourna son attention sur Brise.

— Suis-je autorisée à les aider à s'installer ? J'apprécierais beaucoup. Je sais que ce ne sont pas des Cadeaux, mais j'ai le temps et j'ai l'habitude d'aider vos femmes à gérer ce brusque changement de mode de vie.

Brise jeta un coup d'œil à Tammy, qui haussa les épaules.

— Elle a de l'expérience, dit-elle.

Brise se fendit d'un large sourire.

— D'accord. Je suis responsable de cette mission, et pour être honnête je n'ai aucune idée de ce que je fais. Normalement, ce n'est pas nous qui nous en occupons. D'habitude, elles sont envoyées ailleurs mais Justice a voulu les amener ici. Votre aide serait la bienvenue.

— Merci.

Jessie sourit. C'était une très jolie femme, qui devait approcher la trentaine.

— Je serais heureuse de faire tout mon possible, ajouta-t-elle.

Tammy observa les Hybrides qui sortaient de l'hélicoptère. C'étaient toutes des femmes grandes et robustes qui étaient musclées et en excellente forme physique. Elles portaient des vêtements blanc cassé et exactement le même pantalon que 927. Quand l'une des amazones passa devant elle, Tammy s'aperçut que ses habits avaient aussi d'épaisses coutures latérales. La femme jeta un coup d'œil à elle et Brise, mais personne ne s'offusqua de la présence de Tammy.

— C'est quoi ce truc avec leurs vêtements ? Pourquoi sont-elles toutes vêtues ainsi ?

Tammy parla à voix basse, le regard rivé sur Brise.

L'amazone montra des signes de colère et ses narines se dilatèrent.

— Chacun de nos membres était entravé par une chaîne. C'était plus facile pour nos bourreaux de nous changer avec des coutures qui s'ouvraient. Elles se ferment par du velcro qui s'accroche quand on appuie dessus. Ça leur évitait d'avoir à faire glisser nos pantalons le long de nos jambes ou de faire passer nos tee-shirts par-dessus nos têtes.

Cette réponse écœura Tammy et elle porta un regard entièrement nouveau sur l'enfer dont les amazones avaient réchappé. Ces vêtements moches avaient une fonction qui ne lui plaisait pas du tout. Elle chassa ces sinistres observations de son esprit et s'efforça de présenter un visage sympathique aux survivantes.

Tout le monde put rentrer dans la camionnette. Tammy sourit aux amazones mais aucune d'elles ne lui rendit son sourire. Cinq Hybrides sur les six la dévisagèrent néanmoins ouvertement. Certaines semblaient déconcertées et une avait l'air effrayée. Deux dissimulaient totalement leurs émotions. Tammy s'intéressa à la femme apeurée qui occupait le siège derrière le sien.

— Je suis Tammy. Vous ne risquez rien ici. Tout ira bien.

— Elles sont en état de choc, expliqua Jessie à voix basse. Il leur faudra quelques jours pour prendre conscience de tout ce qui leur arrive. Leur vie entière a radicalement changé en l'espace de quelques heures.

Tammy adressa un sourire triste à la femme qui la dévisageait toujours avec une expression effrayée.

— Ça va aller, vraiment. C'est un endroit super où vivre. J'y habite maintenant et j'y suis très bien.

La femme s'humecta les lèvres.

— Vous êtes quoi ?

Tammy cligna des yeux.

— Humaine.

La femme secoua la tête.

— Pas seulement.

— Oh. (Tammy bougea tout doucement et tendit le bras.) Vous sentez l'odeur de Vaillant. Je porte son pull. C'est un Hybride et nous vivons ensemble.

La femme posa sur elle un regard perplexe.

Jessie intervint.

— Vous vous appelez tous des Hybrides désormais. C'est le nom qu'ont choisi les vôtres car vous êtes tous issus de différents croisements de différentes espèces.

La femme derrière Tammy hocha la tête. Elle hésita.

— Vous vivez avec l'un des nôtres ?

Tammy acquiesça.

— Nous sommes des…

Elle se retrouva à court de mots.

— Des compagnons. Ils s'accouplent exclusivement entre eux, expliqua Brise, volant à son secours. Ils ont décidé de rester ensemble jusqu'à la mort.

La femme sembla choquée.

— Mais c'est une humaine.

Brise sourit.

— C'est une gentille qui ne nous fera jamais aucun mal. Elle aime Vaillant et il l'aime.

La femme continua à dévisager Tammy comme si elle était une énigme. Tammy essaya de ne pas s'en offusquer. Ces amazones ne s'attendaient pas à la voir.

— Tu n'as pas l'impression d'être un animal dans un zoo ? demanda Brise en gloussant.

Tammy lui sourit.

— Juste un peu.

Le reste du trajet jusqu'à l'hôtel s'effectua en silence.

Le hall de l'hôtel avait été évacué. Tammy était soulagée que les hommes soient partis, n'ayant aucune envie d'être encore prise à partie. Jessie et Brise discutaient à voix basse des chambres qui étaient attribuées aux nouvelles arrivées. Tammy remarqua que les six amazones l'observaient encore. Elles durent toutes se serrer dans l'ascenseur et elles la reniflèrent. Tammy essaya de ne pas s'en formaliser. Elle fut bien contente néanmoins quand les portes s'ouvrirent sur le deuxième étage.

Tammy, Brise et Jessie montrèrent à chacune des femmes leurs chambres respectives et leur expliquèrent comment tout utiliser à l'intérieur. Elles ignoraient comment prendre une douche ou se faire couler un bain. Comment se servir du téléphone, ouvrir les fenêtres ou verrouiller une porte. Une heure plus tard, Tammy, Brise et Jessie quittèrent le deuxième étage, fatiguées mais heureuses que toutes soient installées.

— Waouh, soupira Brise. Je n'avais pas conscience de connaître si peu de choses quand j'ai été libérée.

Jessie hocha la tête.

— Au moins, elles savent toutes lire et écrire. Certaines parmi les Cadeaux n'ont jamais appris. Je dirais environ la moitié d'entre elles. Tout dépend de l'âge qu'elles avaient quand elles ont été offertes.

— C'est tellement horrible, soupira Tammy, se rappelant ce qu'elle avait découvert sur ces pauvres femmes.

— Oui, convint Jessie. Vraiment. C'est moi qui interviens chaque fois. Le détachement spécial qui a été affecté exclusivement au service de l'Organisation du peuple hybride est composé de deux équipes des forces spéciales. Ce sont tous des hommes. Ils n'ont pas immédiatement pris conscience de la nécessité d'être accompagnés par une femme lorsqu'ils sauvaient des femmes hybrides. Les deux premières fois où ils sont intervenus sans moi, ils ont gravement traumatisé les rescapées. Il suffit de réfléchir un peu. C'était vraiment stupide. Ils n'ont simplement pas pensé à l'effet qu'ils pourraient produire sur une femme qui avait été maltraitée, enfermée pendant des années, et qui se retrouvait soudain entourée par deux douzaines d'hommes en tenue de combat armés jusqu'aux dents. (Jessie serra les dents et secoua la tête.) Ils ont fini par faire appel à moi. Les gars bottent les culs et je m'occupe des femmes.

— Comment avez-vous obtenu ce boulot ?

Tammy parcourut la cafétéria des yeux quand elles y entrèrent.

Jessie rit.

— Grâce à mon père, en fait. C'est un sénateur qui a été nommé pour représenter la question hybride à Washington. Il m'a proposée quand ils ont compris que la présence d'une femme qui ne serait pas considérée comme une menace par leurs rescapées serait judicieuse. Ils ont d'abord engagé une psychiatre. Ça ne s'est pas bien passé. Après ça, mon père a eu ce qu'il voulait et j'ai obtenu le poste. J'étais un peu dégoûtée au début car il ne m'a pas demandé mon avis, mais j'adore mon travail. Malheureusement, il y a beaucoup de temps morts. J'aimerais qu'on en retrouve plus. Ça ne me dérangerait pas de travailler quatre-vingts heures par semaine si c'était pour en sauver plus.

— Vous en découvrez souvent ?

Tammy saisit une assiette et entreprit de se servir au buffet. Elle prit quelques donuts et un muffin. Les présentoirs n'étaient pas très fournis à cette heure matinale. Le cuisinier ne commencerait pas à préparer le petit déjeuner avant 6 heures, à en croire le planning affiché au mur. Les deux autres femmes remplirent leur assiette aussi.

— Elles sont difficiles à trouver. En tout, on en a sauvé vingt-trois. On a réussi à retrouver la trace de certaines des Cadeaux qui avaient été portées disparues, mais la plupart n'avaient pas survécu.

Tammy grimaça.

— C'est si triste.

— Elles ne sont pas comme nous, déclara Brise doucement, croisant le regard intrigué de Tammy. Elles sont petites et ne sont pas capables de se défendre. Elles ont subi de graves maltraitances, un peu comme des chiots ayant reçu des coups de pied.

— Oh.

Jessie soupira.

— Les Hybrides ont parfois du mal à les accepter parce qu'elles sont si traumatisées qu'elles ne supportent pas la présence d'hommes au début. Plusieurs communautés pour femmes isolées rattachées à des églises ont eu la gentillesse d'en accueillir certaines. On y envoie celles qui sont particulièrement fragiles.

— Elles pleurent et hurlent quand elles voient un homme. Elles sursautent et tremblent. (Brise avait une voix énervée.) Et ça nous met vraiment en colère.

Jessie serra les dents.

— Ce n'est pas leur faute si elles sont comme ça.

Brise fronça les sourcils.

— On n'est pas en colère contre elles. On est furieux qu'elles aient dû subir toutes ces horreurs, qu'elles aient été créées plus faibles et aient été séparées de nos mâles qui les traitaient bien. Qu'elles se soient retrouvées complètement seules nous met en rage. On voyait rarement d'autres Hybrides sauf quand ils voulaient nous accoupler, mais on sentait leur odeur sur les humains qui venaient dans nos cellules. C'était réconfortant. Elles n'ont pas eu ça. Ça nous met tous en rogne. (Brise regarda fixement Jessie.) Notre colère n'est jamais dirigée contre elles. Jamais.

— Je suis désolée. (Jessie soupira.) J'ai vu les réactions des vôtres quand j'amène les femmes. J'ai simplement supposé qu'ils étaient furieux contre les Cadeaux parce qu'elles pleuraient et étaient terrifiées par la vue des leurs. Je sais à quel point vous respectez la force et le courage.

— En effet, mais nous tenons à protéger les plus faibles. Nous comprenons qu'ils ont encore plus besoin de notre compassion.

Tammy termina son petit déjeuner.

— Waouh. Le soleil est levé.

Elle détourna le regard de la fenêtre au fond de la cafétéria.

— Tu devrais te reposer avant le retour de Vaillant. (Brise gloussa.) Il va vouloir te mettre au lit, mais il ne te laissera pas dormir. Tu as besoin de sommeil, alors profites-en tant qu'il n'est pas là.

Tammy acquiesça.

— On se marie aujourd'hui.

Jessie avala son café de travers.

— Quoi ?

Tammy sourit jusqu'aux oreilles.

— On se marie. Il m'a demandée en mariage et j'ai accepté. Il veut que tout soit légal et j'en suis ravie.

— Encore un. (Jessie sourit.) Alors vous allez être le deuxième couple mixte marié. C'est super. Je n'ai pas voulu recracher mon café. C'est juste que j'ai été surprise.

Brise gloussa.

— Attendez de les voir ensemble. Vous serez encore plus surprise. Il est aussi grand qu'elle est petite. C'est un mâle costaud… un mètre quatre-vingt-dix-huit et près de cent vingt kilos.

Jessie adressa un clin d'œil à Tammy, un grand sourire aux lèvres.

— Vous êtes courageuse.

— Il est adorable.

Brise s'esclaffa.

— Avec elle, il est adorable. Nous, on tremble de peur quand il est en colère. Alors qu'elle lui rit au nez. Ne soyez surtout pas effrayée quand vous entendrez tout plein de bruits aujourd'hui, Jessie. Je vais devoir vous mettre au troisième étage, à côté de leur suite. Vous aurez besoin d'une chambre pour quelques jours pendant que vous restez pour aider les femelles. Vaillant est en partie lion. Ne l'oubliez pas.

Jessie sembla déconcertée.

— Qu'est-ce qui m'échappe ?

Tammy savait que ses joues étaient rouges de honte.

— Il rugit après l'amour. Sur ce, j'y vais. (Elle leur adressa un signe de la main.) J'espère vous voir toutes les deux au mariage. Venez si vous le pouvez.

— Elle plaisantait, pas vrai ?

Jessie avait l'air abasourdie.

Brise éclata de rire.

— Non. Elle ne plaisante pas. Elle est elle aussi ce que vous qualifierez vous autres de « bruyante ». On sait tous quand ils s'accouplent. On a hâte qu'ils emménagent dans la maison de Vaillant pour qu'on puisse dormir tranquille.

Tammy gémit en s'éloignant, reconnaissante de ne plus pouvoir entendre ce qu'elles disaient. Elle rejoignit rapidement l'ascenseur, heureuse qu'aucun homme ne traîne dans le hall, et se dirigea tout droit vers sa suite.

Chapitre 17

Tammy était bien un peu nerveuse, contrairement à Vaillant, semblait-il. Il lui tenait les mains en lui souriant de toutes ses dents. Les Hybrides avaient fait venir le pasteur Thomas pour célébrer la cérémonie. Le vieillard avait l'air un peu mal à l'aise, entouré par quelques centaines d'Hybrides, mais le fait qu'il avait accepté de les marier la touchait profondément. Seul un autre humain était présent en plus de Tammy et du pasteur. Jessie Dupree assistait à leur union.

Son meilleur ami avait refusé de venir quand Tammy l'avait appelé pour l'inviter. Elle était un peu triste, mais alors qu'elle plongeait le regard dans les yeux dorés exotiques de Vaillant cela ne lui sembla plus si important, après tout. Tim dépasserait ses préjugés, ou pas. C'était son problème, pas le sien.

Elle n'aurait jamais cru qu'autant d'Hybrides assisteraient à leur union, et pourtant c'était bien le cas. Qu'ils aient pris la peine de se déplacer lui réchauffa le cœur. Le hall était la salle la plus vaste de l'hôtel, à l'exception de la cafétéria, et il était bondé – même avec tout le monde debout. Il n'y avait pas assez de chaises pour autant de personnes. Justice se tenait à l'avant du groupe, le sourire jusqu'aux oreilles. Il était resté pour assister à la cérémonie.

— Acceptez-vous, Tammy Ann Shasta, de prendre pour époux Vaillant North ?

Ils avaient modifié les vœux pour qu'ils soient plus faciles à comprendre pour tout le monde.

— Oui, avec joie.

Vaillant sourit de plus belle.

— Acceptez-vous, Vaillant North, de prendre pour épouse Tammy Ann Shasta ?

— Oui, avec honneur et joie.

Il lui adressa un clin d'œil.

Tammy pouffa. Il faudrait de nouveau un mot pour lui expliquer à quel point cela faisait bizarre sur lui. Ils écoutèrent le pasteur, qui leur expliquait ce que signifiait le mariage avant de les déclarer légalement mariés.

— Vous pouvez embrasser la mariée, Vaillant. Elle est tout à vous désormais.

Vaillant lâcha les mains de Tammy et lui empoigna les hanches. Il la souleva lentement au-dessus du sol. Tammy rit en s'agrippant à ses larges épaules pour ne pas perdre l'équilibre. Il la hissa jusqu'à ce qu'ils soient à la même hauteur. Elle enroula les mains à son cou et ferma les yeux alors qu'il l'attirait plus étroitement contre lui. Il glissa les bras sur sa taille, la serrant fort.

Elle espérait qu'il lui effleurerait juste les lèvres d'un baiser. Après tout, il y avait des centaines de personnes qui les regardaient. Mais non. Vaillant l'embrassa vraiment. Il ouvrit la bouche contre la sienne et introduisit la langue entre ses lèvres.

Tammy lui rendit son baiser, incapable de résister à la caresse sensuelle de l'homme qu'elle aimait, et son corps réagit aussitôt. Vaillant lui faisait toujours cet effet. Il ronronna et elle gémit alors qu'ils s'embrasaient.

— Euh… (Le pasteur Thomas toussa.) Je pense que c'est suffisant.

Vaillant grogna mais il rompit leur baiser. Quand il s'écarta, ils se regardèrent et leurs regards s'accrochèrent. Tammy brûlait d'envie qu'ils soient seuls, et vu le désir flagrant qu'elle lisait sur ses traits, c'était un souhait partagé. Le silence régnait dans le hall. Vaillant la reposa lentement sur ses pieds.

— Mienne.

Tammy rit.

— Tienne.

Brise rit.

— Une voiture vous attend dehors pour vous conduire chez Vaillant en guise de cadeau de noces à tous les résidents de l'hôtel. On aimerait pouvoir dormir et on sait comment vous êtes tous les deux. On s'est dit que ce serait pire puisque vous célébrez votre mariage. On craint que Vaillant ne te laisse pas sortir du lit pendant des jours.

Une poignée d'Hybrides s'esclaffa. Tammy rougit. Vaillant sourit et acquiesça en regardant Brise.

— C'est mon intention.

— Dieu merci, chuchota Jessie. J'ai cru que le toit allait s'effondrer quand je les ai entendus. Félicitations ! Je vais aller manger avant qu'une longue queue se forme.

Elle se retourna brusquement en souriant, se frayant un chemin à travers la foule.

Tammy sentit ses joues la brûler de plus belle. Vaillant rejeta la tête en arrière et éclata de rire.

Le pasteur Thomas fronça les sourcils.

— Je ne comprends pas.

Brise s'avança.

— Nous voulons que Vaillant et Tammy savourent leur tête-à-tête et nous dormirons tous mieux quand ils seront loin.

Le pasteur avait toujours l'air perplexe.

— Qu'est-ce qui m'échappe ?

Justice gloussa, marchant vers eux.

— C'est un truc d'Hybride, si j'ai bien compris le sujet de votre conversation. Ne vous en faites pas pour ça.

Vaillant se tourna vers Tammy et l'attrapa soudain. Il la souleva dans ses bras avec un grand sourire.

— Rentrons à la maison.

Tammy enroula les bras à son cou.

— Tu vas me faire visiter cette fois ? Je n'ai encore rien vu de ta maison à part l'entrée, l'escalier et ta chambre.

Il rit, la portant à travers la foule qui s'écarta devant eux.

— Peut-être dans quelques jours.

— Tu dois me laisser manger, le taquina Tammy.

— J'y ai déjà pensé. Je nous ferai livrer des repas de l'hôtel.

Une Jeep les attendait dehors et Tigre sauta à la place du conducteur. Il se contenta de rire quand Vaillant s'installa à la place du passager avec Tammy pelotonnée sur ses genoux.

— Je m'en charge, lui lança Tigre en souriant. Des repas livrés… quoi ? Quatre fois par jour ?

— Plutôt six. (Vaillant gloussa.) Elle va avoir très faim.

Tigre démarra.

— Six ce sera. Et juste pour ton information, ne t'inquiète pas si tu sens l'odeur de certains d'entre nous dans les parages. On a envoyé un détachement de sécurité autour de ta maison. Pas trop près néanmoins. Juste assez pour garder un œil dessus pendant que Tammy et toi y êtes.

Vaillant soupira.

— Je comprends.

Tammy regarda les deux hommes.

— Moi pas.

— Tu es humaine, dit Vaillant doucement. Les mâles seront là pour aider à te protéger puisque nous ne sommes plus à l'hôtel. Nous avons des ennemis, ma jolie. Tu constitues une cible, maintenant que nous sommes mariés. La zone interdite ne devrait pas présenter de danger, mais Justice se sentira mieux s'il sait que la sécurité a été renforcée autour de la maison.

Tammy laissa retomber sa tête contre le torse de Vaillant. Elle se blottit contre lui.

— D'accord, mais assure-toi qu'ils ne soient pas trop près.

Tigre pouffa.

— Aucun problème.

Vaillant frotta le nez contre sa joue.

— À moi.

Elle rit.

— Tu n'arrêteras jamais de dire ça ?

— J'aime nous rappeler à tous les deux que tu m'appartiens vraiment. Il se peut que je le répète encore plus si nous avons des enfants.

Tammy esquissa un large sourire.

— Je n'en aurai certainement pas huit, cependant. Tu n'aurais plus que ces deux mots à la bouche, « à moi ».

— Je t'aime, Tammy.

— Je t'aime aussi.

Tigre rit.

— J'aime l'idée que vous serez tous les deux à des kilomètres et des kilomètres de moi quand je me coucherai ce soir. Je n'ai pas dormi huit heures d'affilée depuis que vous vous êtes installés à l'hôtel. Elle est petite, Vaillant. Tu devrais y aller un peu mollo sur le sport en chambre.

Tammy et Vaillant le fusillèrent tous deux du regard.

— Jamais, répondirent-ils en chœur.

Remerciements

Merci à M. Laurann de ne m'avoir jamais reproché d'écrire jusque tard dans la nuit. Son amour m'a appris que tout était possible. J'aimerais aussi remercier Kele Moon. C'est une personne incroyable, une amie merveilleuse et une partenaire de critique géniale.

[illegible]
[illegible]
[illegible]
[illegible]
[illegible]

Achevé d'imprimer en décembre 2018
Par CPI Brodard & Taupin à La Flèche
N° d'impression : 3031310
Dépôt légal : août 2018
Imprimé en France
81122948-2